天涯夜雨

黄修志 著

长江出版传媒 崇文书局

图书在版编目（CIP）数据

天涯夜雨 / 黄修志著 . -- 武汉 ： 崇文书局，
2024.1
　ISBN 978-7-5403-7279-8

　Ⅰ . ①天… Ⅱ . ①黄… Ⅲ . ①日记－作品集－中国－
当代 Ⅳ . ① I267.5

中国国家版本馆 CIP 数据核字（2023）第 099937 号

责任编辑：李艳丽
封面设计：杨　艳
责任校对：董　颖
责任印制：李佳超

天涯夜雨
TIANYA YEYU

出版发行 长江出版传媒 崇文书局
地　　址：武汉市雄楚大街 268 号 C 座 11 层
电　　话：(027)87677133　　邮政编码：430070
印　　刷：湖北新华印务有限公司
开　　本：880㎜×1230㎜　　1/32
印　　张：13.875
字　　数：301 千字
版　　次：2024 年 1 月第 1 版
印　　次：2024 年 1 月第 1 次印刷
定　　价：68.00 元
（如发现印装质量问题，影响阅读，由本社负责调换）

自　序

　　其实，这是一部别样的史书，具体而言，是一部渺小得可以没于人海和遁入尘埃的个体心灵史，我能如此大言不惭，或许是因为在求学路上受了钱宾四或章实斋的"蛊惑"，选择以史学作为学术志业或心灵避难所，最终将宇宙人生、万事万理都纳入"史"的神光烛照之中。

　　"史"之形体，乃人秉笔直书之态，本质上与写作、叙事有关，《说文解字》云："史，记事者也。从又持中。中，正也。"东周之后，君师分离，"史"的神圣叙事渐被世俗王权把持，夫子曰"述而不作，信而好古"应折射了社会骤变实态而非自谦之词，司马谈握着儿子司马迁的手痛泣太史之衰也印证了鲁迅"史家之绝唱"的判词。从李唐开始，官方设史局、史馆大规模修史，"史"在一定意义上沦为政治神学。清代章实斋撰写《文史通义》，通过祖述司马迁、司马光的"著述"之体期望达成一种"史学复兴"，将"天下之史"与"一人之史"贯通起来，岂非另一种"究天人之际"的启蒙性新解？

　　近代以来，梁启超倡导"新史学"，使"史"之写作摆脱王权史和政治史的桎梏，但一百多年来，以史学来启蒙心灵的任务似乎仍然长路漫漫，尤其是在史学写作成为谋生职业或技术工种的今日，各攻细类，以知识生产知识，以概念推导概念，眩于名实，求田问舍，遑论"通古今之变""养浩然之气"。何为启蒙？无非是个体的自我觉醒、自我督促。因此，以个体史、公共史、心灵史、人生史、生活史、记忆史为代表的史学写作应从石室、庙堂、学院回归到普通人的生活。

　　时隔多年，我在异国再次阅读这一篇篇在人生史的不同阶段所书写的个体记忆的文章时，仿佛在落叶中静静眺望遥远的天际和时空，若即若离，似有似无，"白云回望合，青霭入看无"。在大学中文系执教十年来，我常跟学生们提起自己杜撰的"人生文学史""日常写作"等理念，努力让他们相信：写史、写作不是史家、作家的禁脔，而是每个人一生中都可以享受的生活方式。为了更具说服力，我先后编选出《京华望北斗》《班史：一个大学班级的日常生活（2018-2022）》《梦入少年丛》《天涯夜雨》，可谓"现身献丑"。但与前三本书侧重某个时段不同，《天涯夜雨》则以四种视点贯通了自求学以来的心灵史。

　　第一部分"夜雨十年灯"，源于黄庭坚"桃李春风一杯酒，江湖夜雨十年灯"，视点为"年"，主要记载了一路走来的难忘岁月和师友相伴的青春年华。这里面充斥着各种回忆，却未曾流于感伤，它们昭示着一段段历史：看，这些真实的你我曾经这样走过。

虽说"佳期不可再，风雨杳如年"，但生命中最需要把握的不是佳期与良辰，而是日常和本心而已。曾经，那些远去的人们在记忆中纠缠不已，如今，那些故事都成为我们夜行路上沉默的灯火，如王摩诘对友人所说，"寒山远火，明灭林外"。

第二部分"千里快哉风"，源于苏东坡"一点浩然气，千里快哉风"，视点为"风"，主要收录了从大学到工作以后前往各地的旅行记。我出身农家，忙于耕读，从小没去过远方，高考时第一次去县城，考研时第一次出山东。但畅游书海的少年，总向往着"太史公行天下，周览四海名山大川，与燕、赵间豪俊交游"的气象，于是，大一暑假赴青岛观海的旅行开启了此后远行必记的节奏。需要说明的是，2016、2017 年的旅行记皆在《京华望北斗》中，故本书不再重复收录。前人讲，旅行是诗囊，意谓旅行可激发创作灵感，其实，真正激发的不是创作灵感，而是激荡着惊奇与震撼的内心体验，从而告别了往日的自己，就像那首歌，"你离开我，就是旅行的意义"。

第三部分"光阴书卷里"，化用陈与义"客子光阴诗卷里，杏花消息雨声中"，视点为"书"，主要记录了与书相遇后的一些随感或心得。当然，这些并非书评或读后感，而是由于读书的一些契机而生发出的思考、惦念甚至相逢。我深深服膺朱子读书法，感觉"虚心涵泳""切己体察"不仅只是为了反求诸己和证道，更是培养贯通生活万事的眼光和器识，最终熔炼出属于自己的信念体系，欣然会意，不忧不惧，享受孤独，书就成为那一艘船和那一道光。人间世，没有谁离不开谁，也没有哪一天不能告别或不堪回首，我们终将独自一人闯进风雪中，如果有可以随身携带之物，那可能就是"漫卷诗书喜欲狂"吧。

第四部分"早晚梦相逢"，化用白居易"吴酒一杯春竹叶，吴娃双舞醉芙蓉。早晚复相逢"，视点为"梦"，主要还原了近二十年中的一些梦境。这部分最为特殊，因为梦中的人和事都是非现实的，但这明显是"现实中心主义"的认识，若以梦境为中心，我们的现实世界何尝不是梦境，"人生如梦""浮生若梦"。从中学开始，我几乎每天都记得昨夜之梦，醒来后常讶异于梦中世界竟如此真切、辽阔、跌宕，人物的神情和对话的氛围也格外清晰。于是，从大学开始，我有了记录梦境的习惯，大多都是碎片化的勾勒，但也有少数有头有尾的描述。因此，本部分主要收录了一些还算完整的梦境。我不知道这样的记录习惯是否妥当，因为一旦记录下来，感觉梦境好像真的发生过了，融入到我的记忆史和心灵史中了，但我确信，一些梦境曾比现实更激励了我。

身为教师，我常佩服一些文笔优雅、神思淋漓的学生，开心地发现这又是一颗精致而敏锐的心灵，值得自己去呵护与引导。我不确定，这部书的出版是否能给学生们做出一个好的榜样，因为我明显感到了自己步入尴尬年岁的苍白匮乏。多年以来，在学术生活之外，我的思绪似云朵暧昧，虽有不少写作计划，但有时落笔时又觉腹笥空空，卑之无甚高论，只能将浅薄平庸的生活体验如意识流般倾泻而出。不久前，我读到艺术史研究者陆蓓容评价顾随写给周汝昌的信札，"谋生之难，家事之繁，病躯之劳，都是他常常感叹的话题。从信中偶然露出的消息来看，人事浮沉、风气浇漓，也是每一个时代里都有的事，困扰着每一个平凡的人。"我想，若此书有些许价值的话，那可能就是，它平铺直叙了一个平凡的乡村书生在无关紧要的平庸时代里的心灵江湖。

在天涯听夜雨，天涯不仅是寂静远方的空间，也是久远过去的时间，然而，此身就在天涯，所以天涯也是一种日常状态。我常珍惜享受人生的每个天涯夜雨时刻，雨声绵延不绝，从每个方向的窗外传来，如光，若风，似蝉鸣，穿透每个缝隙，在书桌四周形成立体的声波和光晕。读着读着，凝神思虑品味之时，竟不觉窗外有哗哗雨声了，似乎因书而起伏的思绪是调音器，已对雨声设置了静音。待思绪如烟云散去，雨声又渐渐清晰响亮起来，人也回到现实，这才注意到已是风雨交加的深夜。是雨声抚平了心灵，还是心灵消解了雨声呢？其实是互相拥抱和交融，使自我回归到静悄悄的私语状态。窗外的雨一直下个不停，内心的感受再次似曾相识，总是如此，不知已经历了多少个往昔，今后还要体验多少个此时。但我从不腻烦，庆幸这样沉重的皮囊，还能像从前那样不断拥有这样的心情。夜深了，茶淡了，书已翻到最后一页，看雨势依旧，但雨声却渐小了。躺在床上，想到：其实不是雨声小了，而是雨声久了。就这样吧，希望入梦时刻，又是一场天涯重逢。

黄修志

2023 年 7 月 2 日于温哥华 UBC

目　录

夜雨十年灯

早晚梦相逢

夜雨十年灯

春天之于我

立春来了，阳光如瀑。我想写给年轻的朋友们。

我对一个朋友说，春天这么美丽地来了，谁不想甩掉严冬那臃肿的包装和沉重的念头，谁不想在这个春天里有一个新的开头、新的转机呢？是啊，过去的一切都已烧为灰烬，春天总是让人有盼头的。

而现在春天像绿色的巨人一般已经真真实实地站在我们的面前，他向着我们微笑，似乎在说：孩子们，我给了你们一个灿烂无比的青春，难道你们就不能为我做点什么？或者是以青春的名义给我一个坚实的承诺也好啊。

很多人对我说他们的生活很沉闷，机械的生活磨去了以前很多的激情，似乎是青春的狂想曲已经一去不复返，就像是汪洋里的一艘船，迷茫而不知进退。亲爱的朋友，我想告诉你，每个人都无法避免成长，而成长必然要带给我们一些内心挣扎，甚至是要付出一定代价的。岁月让我们改变，改变让我们成熟，而这一个过程往往会带着脱离过去的痛楚，也往往孕育着新生的欢欣。每个人都要在挣扎中寻求光亮，去掌握控制内心的终极力量。力量，无限的力量来自我们内心的光明与平和，让我们相信，挣扎总是会有希望的。

我一直认为，真正的在者乃为思者，真正的思者乃为诗者，真正的诗者乃为战者！年轻的我们总是希望能够在这个奔腾的世界里狂歌进取，飞啸叱咤，可是现实的林林总总似乎销蚀着我们的火焰。哦，年轻的朋友，我想告诉你，要有自己的思想，做一个真实而独特的自己，学会为自己的生活平添一份诗情，时刻拥有属于自己的光荣和梦想，用实干的双脚踩出自己的一条路。这是属于我们的世界，年轻就是我们最好的资本，年轻的我们是激昂的青年，有一种约翰·克里斯朵夫式的英雄主义，永远保持着战斗向上的力量。

哈佛的学生说："人无法选择自然的故乡，但人可以选择心灵的故乡。"在这个明媚的春天里，我愿年轻的朋友们也能和我一样共勉。

立春来了，阳光如雪。我也想写给时光中的自己。

春天之于我，会有满眼的春水。

或是故乡童年的河水，青青的芦苇扎根于小西河的两岸，明媚的阳光下，我和伙伴吹着口哨，光着屁股从绿油油的麦田里跑过，一起到清清的河水中洗澡摸鱼，清凉无比。

或是高中门前的大清河，"出门一笑大江横"，郁闷的时候旷课去和二三同学荡舟其上，换得"云淡风轻近午天"，一片烟波，一丝浮云，堤前葱葱杨柳，船下淙淙流水，凝眸匆匆青春。

抑或是一个城市的海水，诗人说"瓦蓝蓝"的，沧海旁边有灵魂，有记忆，不仅仅是在书里，更在心里，这是我的人间，我的流年。

更或是武汉珞珈山旁的东湖之水，烟花三月下荆州，南国之气，陶侃之剑，李白与孟浩然的畅饮，来自长江的声音，奔流浩荡。

或许有书的相伴，古籍新书，想来都是心史吧。风雨中的英雄，每一个人，哪一个不在与自己的心灵记忆纠缠与抗争呢？《红楼梦》中的所有话语，科幻武侠中的星云刀剑，宫崎骏笔下的孩童，久石让的音乐，埋藏着青春终逝或岁月不再的忧伤，不会都是光影一闪而过吧？

朋友告诉我，你走后我这里就没有朋友了。我不知道我是怎样的一个人，生命或许给了我太多的赐予，而我却没有给生命足够的给予，两年时间一闪而过，我却迷惘不知道我的真诚又在何处。今日又读红楼，始觉自己何尝不是渺渺之人，真诚或者痴情，也许很多，自己又是几何呢？"各得各的眼泪吧。"

朋友说，宁愿憋在屋里，也不愿去看春天的阳光。我懂。

朋友讲，越面对文学，身处闹市之中就越觉得对它慌张。我说，这真是一种虔诚。他说，我并没有想着把文学艺术这么美的风景来做透视，我只想着，我需要它。我羡慕地看着他，实际上我也有几个这样的朋友，这种宽和，真好。

想起了很多事，有一年，我看《五月槐花香》，四合院里的佟奉全和秋兰坐在葡萄架下，春天的第一缕生气猛然间从干枯的葡萄枝上破出嫩芽来，春天来了，是啊，春天来了，谁不想自己的人生在这个春天里有点转机和欣喜呢？佟奉全坎坷半生，面对这样的情景，也不由得流泪感叹。

面对这个春天，我约莫明白了，人总是要在挣扎中长大的，有些事情也许你会懂，可若没有一种痛彻心扉，你不会真正明白，生命的洪流退潮之后，永远会留下一片肥沃，后来再回望，不会再痴想若回到从前该多好，只会感念彼时岁月造就此时对自己与世界的宽和。

在这样一个夜晚，我突然这样想到，自己的内心或许也可以产生一种伟大的变化，那种宁静顿时浸润了我的全身，原来，我也可以写好我的《双城记》："我现在做的，是我一生中做过的最好、最最好的事情；我即将得到的，是我一生中得到过的最安宁、最最安宁的休息。"

（2007 年 4 月）

流水二十年

终于还是到了该离开这里的时候了。当部分朋友已经开始稀落陆续离开这里时，或者回家，或者奔忙，我还是在这里多待了一个多月，也想在这个最后时刻留下对大学的深深一瞥。其间黑夜白昼地想了很多东西，算是为我一直叫嚣的青春画上一个悠长沉静的句号。

鲁迅先生曾言："我在年青时候也曾经做过许多梦，后来大半忘却了，但自己也并不以为可惜。所谓回忆者，虽说可以使人欢欣，有时也不免使人寂寞，使精神的丝缕还牵着已逝的寂寞的时光，又有什么意味呢，而我偏苦于不能全忘却……"回忆也许会充塞着欢笑和泪水，跌落的时光里也映射着昔日纯真的模样，然生命之洪流会将内心很多的峰峦抹平，只留给人以平静安然的回味，如午后挂在密林的秋阳。

二十岁，我对着汉字说这些是很惭愧的，甚至是有些虚荣的。二十岁的梁启超气吞长鲸，浩浩荡荡一篇《少年中国说》，二十岁的李叔同已有了"文章惊海内","我欲骑狮越昆仑，驾鹤飞渡太平洋"的气概。而现在我竟也会"塞上长城空自许"，想来也真是无知者无畏了。

我在高中时迷恋余光中和琦君的散文，也就是从那时起写些散文，自感心灵可以如流云飘烟般地纵横无迹，又如林岚暮霭般藏于山中。进入大学后，我也陆续零散地写点东西，大部分都是在宿舍松雨轩或网吧里所写，深夜读书忽来灵感或半夜梦醒突发感慨时，就披衣即兴在纸上划拉划拉。然而，我这个人于生活上是非常之健忘，常常随写随丢，我曾在《发现螃蟹的深情》中写道："我匆匆打完流年的草稿，扔在桌边，扔在路上，扔在水里，时光跌落，心里也是说不出的眷恋。"

高考结束后，我曾买过一本茨威格的《巴尔扎克传》。茨威格说他是一个注重将诗情与哲思融合在一起的人，其实我也经常会秉着这样的审美观去写文章，但有时候难以做到"中和"，浓艳而略显秋意的文字盖住了思考和旷达，想来还是年轻吧。生活和读书是不需要这些东西作底色的，我是应该觉醒地面对人生了。现在看着以前写的一些文字，有些显得纯真可贵，有些也令自己都觉得颓唐可笑，真是少年情怀，谁还没有做过纯真灿烂的梦呢？朋友说，自从他读完《1984》后，青春就已经结束了。我至今没有这样的心态，可能每个人对青春的定义都不同吧。

二十年中的后几年，为人很是落魄，伤害了很多真正的朋友，令我愧疚难当。从五年来的时光中放眼望去，内心的挣扎与战斗一直在持续，也逐渐趋于缓和，尤其是今年，我似乎发现了终究会发现的心灵的秘密，感觉也是很欣慰的。虽然我 2004 年进入大学，但我认识的很多朋友很少是 2004 级的，除了几个哥们儿外，许多好友要么比我高一级，要么比我低一级。十九岁时，君姐告诉我："修志，等到二十岁那一年，你的内心会发生很多的事情，到时你就会长大许多。"她预料很对，二十岁这一年刚刚三分之二，我感觉自己思考的东西已经抵上十年所想。这些思考是要把自己的灵魂同一些东西剥离，心灵的碎片"噼里啪啦"落下，很痛苦。有时熬不住了，就想为自己找些温暖和寄托，在不到半年的时间里，我去孔庙朝圣，去教堂访问，去寺院静心，就差没有去访道了。以前看《聊斋志异》中有关于"崂山道士"的描写，不过崂山似乎已经很远了，但转念一想，郁达夫说"武昌明月崂山海，各记东坡梦里人"，以后到江汉倒可以去武当山去看看了。其实我谈不上像几个朋友一样寄身于宗教，我还是相信中国心体论的东西，或许更应跟佛家最接近吧。不过现在想，人生就是人生，站得住脚跟，稳得住心境，随时都能在苦乐中逆风欢畅而行。

在这一个月中，有段时间特别想弹钢琴，虽然我对此一窍不通，但我仍想摸摸心灵的流水，想念亲爱的克里斯朵夫的琴声和莫扎特的音乐。晚上听着朋友吹笛弄箫，渺渺切切，也能在倾诉中寻找到些宽慰。

岁月改变了很多。一次在网上和一个同学聊天，同学说，青春已经死去，我说：别啊，青春还在战斗。不过现在我相信青春似乎开始慢慢淡去，我还不愿意对青春说"尚飨"，但它还继续生长在生命中，或许青春的梦想和激情应该融化为以后更扎实平稳的心态。过去是一张在稀疏稠密的青春密林中长着可爱可笑的面孔，但我总是耽于空想，而现在却应了我的字，要真正去"为之"了。生活中平凡而实实在在的快乐是最持久的，珍惜眼前的风景和快乐，内心对人间的暴力要始终有一种坚韧，更主要的还是平和，最珍贵的还是对真诚之人要真诚，还是要皈依善良和向上。"狂者进取，狷者有所不为"，我愿自己在其中有所取舍调和。

　　我现在对武汉珞珈山上深夜读书的日子很是向往，扭亮台灯，静心看书。江夏正是黄氏的起源地，我在那里应该能找到自在家园的感觉吧。面对东湖，那是李白和孟浩然泛舟论诗的地方，登高黄鹤楼，或许我也能来一句"楚天千里清秋"吧？但也并不只是闲游，我还是愿意做好喜欢的事，为人生好好规划，实在些，利索些，快捷些，少说话，多做事，勤读书，常写作，过踏实安静的日子。

　　对这个世界我心怀愧疚与忧虑，感谢所有走过我生命的人，感谢所有我路过人间的风景，感谢聊大，感念二三子，感念松雨轩。

（2007 年 8 月 18 日）

飘忽的友情岁月

高一喜欢看余秋雨，从《文化苦旅》《霜冷长河》《山居笔记》一直看到《千年一叹》《行者无疆》，虽然到了后来很少翻他的作品了，但在意气充盈的少年时期，很是推崇他的文章，其中就有一篇《关于友情》。后来的岁月中，我阅人也是有些，朋友这个角色我也是极乐意担当的。

有人说，朋友有"三大铁"，"一起尿过炕"是发小，"一起同过窗"是同学，"一起扛过枪"是战友。童年的那几个很要好，都是从泥巴柴火堆里滚出来的"战友"，翻墙跳沟，一起去壮胆吓唬邻庄那个令人畏惧的狗剩，我也傻乎乎地领着众弟兄到我家的黄瓜园和西瓜地里偷瓜揪果，然后跑到我家新建的房子里面，踹得墙壁上好几个坑，现在仍然罪证昭昭。小学班里有四个特别要好的朋友，一起背课文，一起滚玻璃球，一起去打架，一起到小西河钓青蛙捉泥鳅，一起剃个光头在小学后面的树林里练降龙十八掌，到了庙会也一起去玩儿，买一样的折扇，一样的飞镖。但不知到底是因为人情似纸，还是世事如棋，小学毕业后基本上都再无消息，那些红扑扑的笑脸也都随之淡去。今年暑假我回家，邻居家曾教我写毛笔字的贺爷爷将归道山，他的两个孙子也都从外地赶来侍奉床前，正好旁边的几个小伙伴也都在家，我们都曾是一个胡同里的孩子。在贺爷爷床前，原来都还没有床高的一群小屁孩现在都长大了。可是，相互见了，也都竟会有些迅哥儿的悲哀了。看来，童年的朋友也许真的只是为了嬉戏，历经岁月人事之后，大多数也沦落为记忆中的小伙伴。

　　中学全部在外乡上学，初中每周回家一次，高中每月回家一次，因此，从那时起，同窗好友逐渐凝结在一起。我在新湖二中读初中，认识四个很要好的朋友，两个本班，两个外班，中考后，除了一个已经完全丢了他的消息，其余三个又一起升入高中。每逢周末，四人就会到大清河的长堤上散步，或管渔家要一只小船，荡舟在烟波之上，抑郁的那段时间幸赖有这几个朋友陪着。高考后升入不同学校，现在有的已经就业，有的已经抱娃，有的还在做书呆子，平常虽很少联系，心里却默默地会给彼此留个位置。从三年前开始，每到过年，我们都会聚在一起喝酒，四个人的村庄不在一个乡镇，但都如期而至。我想，这也是自然而然对于友情的一种珍惜和保护。高中在班内班外也有几个要好的同学和朋友，现在还联系的也只剩下了至今还在读书的几个，或许都感到时间和空间太具杀伤力，一直都珍视彼此。

　　大一时在学院和社团中参加各种活动，上蹿下跳，着实发展了人脉。班内的几个是二话没说的好哥们儿，那是朝夕相处般的兄弟感情。因为辩论赛认识的几个也是想想就会忍俊不禁或心存感念的，三年的共同战斗也不会轻易将这碗儿茶搁凉。因为"大学生百家讲坛"偶遇的几个，或尖刻，或狂傲，或敦厚，但也是能让人相信确乎有"倚天照海花无数，高山流水心自知"之写照，旁边的同学很难猜这到底是一群什么人，现在离开聊大，虽已不大联系，但心里都明白，都懂得，若要相逢，定会浊酒相逢，不知东方既白，就像那段歌声："奔波的风雨里，不羁的醒与醉，所有故事像已发生。漂泊岁月里，风吹过已静下，将心意再还谁，让眼泪已带走夜憔悴。"

　　但旧雨新知，始终都有一个过程吧，若要问我，有永远吗？我也不知该怎样回答。要看怎样去做这个朋友，有些朋友注定不是永远的朋友，不可强求，因为性情或者观念，有些朋友可以成为持久的好朋友，但也并不一定始终联系。说到这里，似乎让人觉得有些逃避和推脱了，但人总要离开，真正相互理解的朋友都会把握好这个度，经常联系也会让双方都相知欢畅，有时要因情况而看待。可是啊，人生如一条缓缓的河流，许多的人，如别的河流一样和我们汇合了，我们绝不会停在此处成为一个湖泊，每个人还都有各自的河道，继续前进，去结识更多的河流，但我们还会彼此带着之前河流的一部分，融入整条生命的河流中。朋友因心而嘤鸣，有困则援手，但从不刻意求索。弘一法师有一诗偈云："君子之交，其淡如水。执象而求，咫尺千里。问余何适，廓尔忘言。花枝春满，天心月圆。"

　　在友情中，主要的还是人的因素。我这个人很是古怪，文章上满堆的自我意识，包括上面所写，也是一锅糊涂粥，也许会更伤害朋友，这就是属于我的问题了，而不是一段友情本身的问题。伤害一个朋友是让双方都伤心的事情，毁灭一段友情也是极为痛心的经历，在这方面，我觉得羞愧。我曾对朋友说，二十年中的后几年为人很是失败，在一些朋友面前我深感当初错了很多。我一直试图要改变于人生来说不长也不短的心灵劫难，虽然到了现在，还是在挣扎，我不想让这段挣扎旁溢到朋友身上而使朋友受到伤害，但我也始终有一个可信仰的信念在支撑着：朝向光明我敞开支离破碎的翅膀，挺住、尽力去飞，一直飞到翅膀散架和凋零，总有一天我肯定会通过考验。人不可能完全了解和理解另一个人，所以注定每个人都有其孤独的一面。今晨三点我写到这里，满心的愧疚不知积压了多少，因为我的原因而陡然使友情变成这样。或许以后当我真正明白事理、回首往事时，我才会明白自己当初到底应该怎么做，若朋友能容忍，我也很想与朋友忘记过去，做一个全新的朋友也是有希望的。

祝愿我的朋友，谢谢你。

（2007 年 10 月）

童年的那些鸟兽虫鱼

　　我的童年是一个禽兽横行、蛇虫乱爬的年代，这句话毫不夸张。在我记忆深处，它们虽说形态不一，妍媸并现，但在那个食物贫乏、玩具稀少的岁月，若无这些朋友的陪伴，我的童年肯定会了无生趣。小时候，我最喜欢夏天，有什么样的植物就有什么样的动物。夏天是万木葱茏的季节，也是动物最活跃的季节，更是我们这些小孩子最高兴的季节。我们白天去捉弄各种动物，玩它们，吃它们，夜晚躺在院子里或瓜棚里看星星睡到早晨，耳边是蚊咬蛾飞、蝉叫蛙唱、犬吠鸟鸣的声音。如今，这些朋友渐渐淡出我的视野，但我却时常想起它们，因为它们凝结了一段无忧无虑的美好时光，让我终生都难以忘记。

六畜兴旺

　　据爸爸说，公社解体后分财产，我家和四伯家曾分到一匹枣红色的战马，因为已经很老了，不能干活，而且常常生病，所以就把它卖了。很早很早，我大约四岁左右吧，看到村里有个小伙子骑着一匹大红马下地干活，心里非常羡慕他家里有一匹马。其实在那个时候，马是很常见的，许多走街串巷卖水果卖粮食的都赶着马车，我们也经常在大路上处处可见拉砖拉土的马车，尤其一到镇上，真是车如流水马如龙。我很喜欢马，见到一匹马站在那里，总小心翼翼地走过去，像林海音《城南旧事》中英子看骆驼一样，它黑亮如泓的大眼睛看着我，看着我这个小东西向它走来，一点也不慌，我反而没有勇气摸它一下。我小时候常常分辨不清哪个是马哪个是驴哪个是骡子，后来凭感觉：马是高大威武，像大将军一般，驴则低头耷耳的，有白眼圈，有点像戏台上的小丑，而骡子就更不堪入目了。高中时看张承志的《黑骏马》入了迷，但那个时候，马基本上开始退出农村六畜的行列，大街上很少再见到马车了。有次我去县城，看到一匹老马拉着一个老头儿缓缓步行在炎夏的马路上，蹄子上也没有钉掌，都开裂了，周围全是汽车卡车呼啸而过。我突然想起很多事，不禁为它感到心疼，既为这匹老马心疼，也为马的命运心疼，马退出了战场，退出了阡陌驰道，渐渐成为了人类的玩物，也只有大漠才是它唯一且最后的家园。我想，我去西北后，一定要骑马驰骋一番。

牛在村里比驴更常见，当时我们村很多人家都有牛，在生产力被解放出来之前，牛是很重要的，主要用来犁地和拉车。我们那里都是鲁西黄牛，性情忠厚，慢条斯理，从来没听说过触人事故。有次不知谁家的小牛犊跑到我们胡同里，东冲西撞地闯到我家来，我追着它玩儿，但它见我这么一个小孩子跑过来就要抱它，接着就被吓跑了。那个时候，马、驴、牛在鲁西平原很常见，深深影响着我们的生产生活，反映到对现代交通工具的命名上。比如我很小的时候，大人称呼拖拉机为"铁牛"，称呼摩托车为"电驴子"，而现在我们称呼洋车子（自行车）的车座，仍然借鉴了马鞍的功能，叫"鞍子"。小学时，大家都唱王二小的歌，"牛儿还在山坡吃草，放牛的却不知哪儿去了"，村里有些哥哥是放牛娃，可我只是一个放羊娃。

村子里起码会有三分之一的人家养羊。我上小学时，爷爷搬到我家来住，爷爷养了几只山羊，后来一只母山羊生了四只小山羊，我亲眼看到了它们出生的场面。我非常喜欢抱着小山羊玩儿，领着它们到河边吃草，或者爬到杨树上，给它们摘树叶吃。小山羊长大些后，就喜欢用头撞东西，长出角后就在石头上磨角，我就用我的头去顶它的头，玩得乐此不疲。高中时，我们都常年在外，只有妈妈一人在家，她就养了一只绵羊，拿它当宝贝一样，每天牵着它去吃草。我从学校回家后也喜欢放羊，后来这只绵羊生病了，请兽医来看，也没看好，只好卖了。羊也是很通人性的，认自己的主人，每次爷爷或妈妈从外面回来，走进胡同，家里的羊就开始叫起了来。至今村里还有很多羊。

与我最亲密的动物应该是狗。我很小的时候，爸爸从邻居家里要来两只小狗，一大一小，一黑一黄，我整天抱着大的黑狗到沙堆上玩儿，大妹就抱着小黄狗教它两条腿走路，而小妹生来就怕狗，现在也是如此。那只小狗失踪了，大妹伤心了好几天，后来在一堆棉花秸里发现了它的尸体，它肯定是跑进去再也出不来了。我的那只大狗越长越大，后来长得似乎比四岁的我还高，我到哪里去玩儿，它就一路跟着。我曾经突发奇想，想骑狗上学，跟小伙伴嘚瑟嘚瑟，但骑着它走了不到五米，它就把我扔在地上了，冲我叫了两声，抗议我如此虐待它。有次它抽风了，一双红眼睛恶狠狠地见人就咬，我都不敢看它。它疯跑到麦田里，爸爸就和几位叔叔追啊追，它钻到一堆木头底下，爸爸用一支很粗的棍子才把它撬出来，请兽医给它打了一针，它就安静了许多。那天晚上我很清楚地记得，它蹲坐在堂屋里，我爸给它戴上一个项圈，我站在它面前抚摸着它的脑袋，它仰头舔了舔我的手掌。这只狗是我家养过的最忠于职守的，有次全家下地干活，它到堂屋里玩儿，小桌上放着馒头，等我们回来后，那个馒头竟然还在那里，只有我们给它吃它才吃，别人给再好的东西它也不吃。它长得很帅很魁梧，后来产下一子，被小舅要走了，长得跟它一模一样。然而，有次我们全家到外婆家去，早上忘记喂狗了，它饿得慌，转眼到了下午，我们还没有回家，突然下起了大雨，正好有一只药死的耗子冲到它的眼前，它就吃了。等我们回到家后，推开门后，看到它倒在哗啦啦的雨水里，再也没有醒来。每逢我到小舅家里去，那只小狗总会像看见主人一样摇尾巴，而我总会想起和它长得一模一样的那只大狗。妈妈常常念起这只狗，她常说狗其实很有骨气，"狗不嫌家贫""狗是忠臣，猫是奸臣"。后来我们家又陆续养了几只狗，总体来说还不错，现在家里的这只狗也挺忠诚的，护院非常得力，也让远方的我们对妈妈少了一份担心。不过村里的狗越来越多了，街道上趴着一条条狗，但狗品参差不齐。我看不起那种色厉内荏的狗，见到人就狂吠不止，人一回头或怒视，它接着就夹着尾巴跑了，真真像某些人一样。有次我到堂姑家去玩儿，一进门，一只半大狗就扑了上来，我飞起一脚，把它踹到影墙上去了，自此见到我后浑身打哆嗦。当然也有这种狗，它见了你一声不吭，默默走到你跟前，猛然咬你一口，我小时候最怕的就是这种狗，因为这种狗非常善于隐蔽，它装得很像好狗，却会趁你不注意时出狠招。狗在我家的地位仅仅居于人之下，统领其他动物，所以，好狗也应该善于忍让和团结，比如猫和公鸡就常欺负它，今年过年时，一只可恶的公鸡啄它，它就把公鸡扑倒在地，咬得一地鸡毛，爸爸冲将过去，各给它俩头上一棍子，把棍子都打断了，狗才嗷嗷一声，再也不敢咬鸡了。猫倒是一般不去惹狗，我也见过别人家的猫和狗非常友好，从不咬架，猫躺在狗身上一起晒太阳，非常浪漫，不过这样的事情还没有在我家出现。

小时候，并不是每家都有狗的，但是每家都会养至少两头猪，猪是仅次于庄稼的第二经济来源。每次放学回来，我都会拿着鱼鳞袋子钻玉米地去打猪草，见到草就拔，偶然之间还会亲手摸到一些软乎乎的东西，比如大便或癞蛤蟆之类的。印象中，那个时候的猪大都是黑猪，长得很慢，长到很大时大约二百来斤，它一饿了就趴到猪圈上叫唤。我小时候特顽皮，经常拿猪开涮，比如过年时放鞭炮，看到不知谁家一头老母猪趴在草垛里睡觉，我就把一支鞭炮插在它的屁眼上，然后点燃，它就撕心裂肺般地哼哧哼哧地疯跑回家，我们就哈哈大笑一阵子。家里如果有一头小公猪，为了防止它脾气暴躁，到了一定时间就应该把它阉了，爸爸就把阉下来的东西放在锅里给我炸着吃，那个时候觉得非常美味。但是对于养猪来说，我们小孩子没什么概念，印象最深刻的应该是腊月里看杀猪，一头两三百斤的大猪哀嚎着被抬到案板上，其实它也知道每天吃了睡，睡了吃，早晚要等到这个时候。这时，一个圈脸胡的大叔拿起一把尖刀，快准狠地攮到猪脖子里，猪血像自来水一样哗哗流到盆子里，流满这盆，再换另一只盆，但猪还在哀嚎着，直到血快流干了，猪才永远停止了叫声。接下来老少爷们儿就将这头新鲜的死猪放进一口盛满热水的大锅里，开始刮毛去皮开膛破肚，割成一块块吊到架子上，然后村里人开始买肉，用草和糠喂起来的猪肉又香又卫生。而我们小孩子看完杀猪表演后就去捡猪吹泡，吹着玩儿。唉，有时候想想猪还是挺幸福的，一日三餐，一顿不少，引刀一快，立成英豪，死了之后，还能洗个热水澡，做猪有什么不好？现在我们家猪圈里已经不养猪了，却养上了鸡。

鸡是仅次于猪的家庭第三财产，首先是鸡蛋，其次是鸡肉。我一两岁时，爸爸与别人合作孵小鸡卖小鸡，孵小鸡是一个技术活儿，先将鸡蛋放在炕上暖上五天后，再拿着鸡蛋对着灯光鉴别，看是否适合孵，然后将选好的鸡蛋放在炕上孵，烧炕加热，待三七二十一天后，小鸡就会破壳而出。在这个过程中，一定要善于掌控时机，何时该开盖，如果开晚了，小鸡就会变成熟鸡，如果开早了，小鸡出来后就非常瘦弱，过不多大会儿就死掉，只有开得恰好，小鸡就全身蓬松松的，又圆又胖，煞是可爱，人家才会愿意买你的小鸡。孵好小鸡后，我爸就骑着洋车子驮着大篓，走街串巷卖小鸡，必须吆喝才行："卖小鸡儿喽，卖小鸡儿！"从1990年开始，我家开始种西瓜，那时我刚三岁，大妹两岁，小妹一岁，爸妈要到西瓜地里掐秧，不放心我们仨在家，就在瓜地垄沟里划一片地，让我们与小鸡儿待在一起玩儿，我们觉得小鸡儿真是可爱，经常也会不小心弄死几只。

小学有一篇课文《骄傲的公鸡》，那只公鸡常常唱这样的歌："公鸡公鸡真美丽，大红冠子花外衣，油亮脖子金黄脚，要数漂亮我第一。"公鸡的大红冠确实挺漂亮的，但最漂亮的是它脖子上的羽毛，我们一起踢毽子，毽子上的毛一般都是从公鸡脖子上揪来的，看到哪只公鸡漂亮，我们就忍不住扑上去拔下几根毛。鸡下蛋非常勤勉，年前我回到家中，猪圈里养了十只母鸡，两只公鸡，我一到傍晚就到鸡窝里拿鸡蛋，每天都能收获八九个热乎乎的鸡蛋。但鸡的功能除了打鸣下蛋外，在农村还有许多其他功能，由于鸡与"吉"发音一致，所以小时候我们那里有一种很有档次的烟，叫"大鸡"，再一个就是，鸡成了婚礼的一个环节。新郎去迎娶新娘时，新郎的弟弟或堂弟必须抱着一只大公鸡随同前往，来到新娘家，新娘的家人会将一只准备好的母鸡与抱来的公鸡拴好，然后由新郎的弟弟再一起抱回洞房，拴在婚床的床腿上。小时候我常常渴望去抱鸡，因为新娘的家人会给红包。前年，我堂哥结婚，我终于得到了这样的机会，当然现在不是为了图红包，只是觉得很喜气，我圆满完成了任务。第二天我问堂哥昨晚休息得怎么样，堂哥抱怨说，公鸡到了半夜一个劲儿打鸣，根本没法睡。

有时候鸡也惹人厌，一旦出了鸡圈，它就在院子里乱扑腾，难怪惹得猫扑狗咬。高考结束后，一天中午，我在家里看书，妈妈在睡午觉，这时鸡从鸡圈里出来，跑到堂屋门前的炉灰旁乱扑腾，弄得尘土飞扬，鸡鸣狗跳，妈妈被吵醒了，叫我把鸡撵走，我顺手拿起一只平时挥舞的竹棍，开始撵鸡，但有一只母鸡就是不太听话，我心中一怒，一棍打在了它的头上，只见它颤颤悠悠，扑腾飞到半空，一头栽了下来，再也没有动弹。妈妈一脸无奈，这可是最能下蛋的母鸡啊，我则一脸愧疚，小妹则一脸欢笑，因为今晚有鸡肉可吃了。我默默走到屋里，拿出一张白纸，写了一篇《悼鸡文》：

哀哉吾鸡，悲哉吾鸡！今逢一棍，呜呼不息，念尔日勤，特为一文。夙夜兢兢，不辞辛苦。一唱天白，东风战鼓，来有鲜蛋，去有炙饭。壮哉吾鸡，奇哉吾鸡！于我院内，乱鸣怪叫，诱狗狂吠，声躁于耳，此为一罪；将群倾巢，乱食于院，逗猫抓咬，此为二罪；今尔于炉，乱腾生尘，屎迹于前，臭入芝兰，此为三罪。我心生怨，遂舞一棍，本希揍背，以示惩儆，无想中首，尔脑溃沌，乱飞之后，超凡入凤。呜呼吾鸡，无是吾愿，尔丧天命，一者于天，二者于身，实乃尔过。若为良鸡，谨守鸡道，不会遭舛，使不至此。念及尔功，宜升凤君，功德且存。噫哉！十步杀一鸡，半点不见血，事了烧文去，鸡黍下酒喝。魂兮勿归！尚飨！

正准备对鸡烧化，小妹说，哥，先让我抄一份吧。小妹抄完后，我就将这篇《悼鸡文》对着这只死鸡烧掉，算是超度了它吧。有的公鸡确实可恶，仗着自己在鸡圈里是国王，出圈后也会冷不丁地追着啄人，这个时候，你需要凌空抽射，踢它几丈远就听话了。

我家以前也养过一些鸭子，鸭子平日里比鸡要老实，但一到下雨天，它就会想方设法钻出来在雨中狂奔呼喊，或者到水洼里洗澡。我们那里养鸭主要是为了鸭蛋，可以做咸鸭蛋吃，很少吃鸭肉。很多人家都会鸡鸭鹅一满圈，但我家从来没养过鹅，我小时央求妈妈养几只鹅吧，妈妈没同意。有的鹅会咬人，有次我看到胡同里有几只鹅在散步，我就想逮只玩玩儿，谁知它见我走来，主动进攻，伸长脖子叫着来咬我，吓得我赶紧回家去了。我到外婆家去，外婆总是喜欢炒鹅蛋给我吃，或用韭菜鹅蛋包饺子，我觉得鹅蛋并不好吃。鸭鹅在童年时光中最鲜明的记忆就是池塘上，夏天，我们偷偷跑到池塘去洗澡，看到水面上有鸭鹅，我们就比赛扎猛子，潜到水底，悄悄游到鸭鹅下面，突然抓住它，然后再抛到空中，看着它们飞啊飞。我们那里也有养鸽子的，小时候我觉得鸽子很神奇，我常幻想，如果我能养只鸽子，训练它成为一只信鸽，我写一封信拴到它的腿上，它就会带着这封信飞越大洋把我的祝福带到别的大洲去。

记得高三时我还写过一篇关于六畜吵架的童话，语文老师还在班里宣读过，但是那本作文本究竟被我放到哪里去了，我至今还没有找到。

猫鼠兔蛇

在我很小的时候，村里的房子都是用土砖盖的，屋里总会有几个老鼠洞或蛇洞。那个时候，老鼠多得要命，也非常可恶，根本不像《The Green Mile》里的老鼠先生那么可爱。无论白天晚上，老鼠在屋里墙根下跑来跑去，在屋顶上在电线上，在面缸里在锅台上，有次我打开抽屉，只见五六只白色的小老鼠躺成一排呼呼大睡，非常恶心。子时，躺在床上，老鼠就开始在属于它的时辰中喊喊喳喳开始咬东西了，什么都咬，咬粮食袋子，咬书本，咬门，最可恨的是咬衣服咬被子，搞得人难以入睡，实在受不了了就全家起床捉老鼠。但老鼠的地下通道四通八达，它又善于躲藏，人抓老鼠比较难，除非事先围堵好。于是，我们采取两种办法捉老鼠，一个是用老鼠夹子，一个是用老鼠药，但老鼠夹子效果不好，而老鼠药容易被其他牲畜误食。这个时候，养猫实在是大势所趋人心所向。

很奇怪，六畜和十二生肖里没有猫，可见猫是很晚才进入中国家庭的。同样，在我初中之前，猫在我们那儿也是稀罕物，谁家若有一只猫，我们小孩子就会想法去玩玩儿，我就有好几次被猫抓伤过。谁家老鼠实在太猖狂，就借猫来迎战，而且大多数猫也是非常尽本分的。我家就好几次借过别人家的猫捉老鼠，但它壮志难酬，总是被两个妹妹抱着玩儿搂着玩儿，甚至给小花猫化妆打扮。我家第一只猫好像是我上初三养的一只小黑猫，它刚出生半个月就到了我家，非常喜欢顺着人的裤子往上爬，爬到脖子或手掌中睡觉，我们全家都非常喜欢它。可惜没过多长时间，它误吃了一碗苍蝇药，邻居说可以用肥皂水灌它，然后它就会吐出来，然而无济于事，它渐渐开始痛苦悲鸣，两天后的一个下午，爸妈下地割麦子，我守在家里看着小黑猫。我把它放在鱼鳞袋子上，它在那里痛苦地打滚，我的脸贴着它很近，心里也很难受，这时它看了我一眼，伸直爪子在我鼻梁上挠了一下，继续打滚。我到屋里倒了一杯水回来时，它已经僵了，我伤心地掉了几滴泪，这时小妹回来了，一摸小黑猫，吓了一跳。我在围墙外的香椿树下挖了一个很深的坑，把小黑猫埋了进去，每逢我看到那棵香椿树，总会想起那只小黑猫。后来，我妈又找了一只小白猫，我当时在高中寄宿，一个月才回一次家，一直没见过，据说也挺可爱的，但后来有次它在沙发上睡觉，表弟没看见，直接坐了上去，小猫严重受伤，不吃不喝，几天后就一命呜呼了。

两只小猫死后不久，最勇敢最勤奋的小花猫开始登场。那天下午，妈妈到玉米地里干活，回来路上看见路边有一只很瘦弱的狸花猫，它看见我妈，就跑过来咬我妈的鞋，不让她走。我妈见它可怜，就把它抱回家，用鸡蛋和小米粥喂它，它才渐渐恢复了元气。小花猫越长越大，长成半大猫时，已经与众不同，有很长一段时间它从来不叫唤着要吃的，自己英勇善战，经常捉到大老鼠，捉到后还常跑到我跟前喵呜喵呜地向我炫耀。它趴在地上睡觉，听到一丝声音，耳朵一竖，抖擞精神，开始战斗，看到目标，先俯卧好，然后一招制敌。它会把老鼠放在跟前，故意耍着它玩儿，让老鼠逃跑，然后再捉回来，再让它逃，就这样反反复复地玩儿，直到老鼠被玩儿得晕头转向，连跑的心思和力气都没有了，小花猫才开始尽情享用美餐，吃得只剩下一根长长的老鼠尾巴。但它有个坏习惯就是喜欢在沙发上吃老鼠，我常常在沙发上摸到老鼠尾巴。自从这只小花猫来到我们家后，家里的老鼠就断子绝孙了，小花猫就串门到邻居家去抓老鼠。邻居大婶们也经常借我家的小花猫去抓老鼠，都称赞它很厉害。小花猫长大后，越发勇猛，什么都吃，尤其是在夏天，植物茂盛，动物也多，它爬到树上专门等麻雀，有次不知它是怎么做到的，它竟然抓到了一只燕子。晚上我们找不到小花猫时，就猜它肯定到菜园里抓青蛙和鼹鼠了。我好几次亲眼看到过它大嚼青蛙，不过没见它吃过癞蛤蟆，估计它也觉得那玩意儿恶心。晚上我们在院子里乘凉，看墙上的壁虎捉蚊子和飞蛾吃，而小花猫则顺着树贴到墙上抓壁虎吃。它也非常爱吃蜻蜓、金龟子、屎壳郎、蝼蛄、天牛和蛐蜒，也喜欢在葫芦下面捉螳螂和一些虫子。快到秋天时，玉米熟了，小花猫就跟着我们下地捉蛐蛐。秋老虎来的时候，傍晚特别闷热，院子里经常会莫名其妙多出很多癞蛤蟆往屋里跳，小花猫和狗就组成联盟赶走这些癞蛤蟆。雨天来临之际，空气潮湿，燕子和蝙蝠都飞得特别低，小花猫就蹲坐在院子里，俨然一只小猛虎。它抬着头，一旦看见它们飞过来，就猛地往上跳，试图抓住一只，大多数都没成功。不过我倒亲眼看到它抓住过一只蝙蝠，后来大概也许见这玩意儿长相奇异，玩了玩就放走了。它看到活动的小东西就吃，有次在蓖麻里看到一只臭大姐，就抓住吃了，结果恶心得它口吐白沫，满地打滚，然后它就去吃草，把吃得乱七八糟的东西都吐了出来，浑身轻松，到房顶上睡大觉。小的时候，家家都有蛇，我相信它应该吃过蛇，虽然我没见过这个战斗场面。小花猫一到冬天就变得非常慵懒，它也怕冷，白天趴在灶台和火炉旁睡觉，晚上在房间里巡视完后，就想钻被窝。我常常半夜被吵醒，睁开眼睛，就见它大大的瞳孔放着光亮，正对着我的脸喵喵叫，我把被子掀开一条缝，它就钻进去呼噜噜地睡了起来。后来妈妈说再清洁的猫都有病菌，而且跳蚤很多，我只好把它放到外层的被子下面。

这只小花猫不像其他猫一样馋嘴，被我们训斥了就比较听话，有次家里吃饭时，它跳到饭桌上吃鸡蛋，妈妈吼了一声，它就再也没敢跳上去过。在长大之前，它喜欢追着小鸡玩儿，偷吃过两只小鸡，妈妈把它提起来，扇了两个耳光，它再也不敢打鸡的心思了。因为它英勇善战，又经常在外面寻觅吃的，所以逐渐有了点野性，我家养的两只狗都非常怕它。大狗在吃食，小花猫也走过去吃，大狗就住嘴不吃，先看着小花猫吃完后自己再吃。那只瘸腿的小狗非常想与小花猫做朋友，每次都哈啦哈啦地跑过去舔小花猫，而小花猫从来不理睬它，我当时以为小花猫看不起它。但有一次，我家的那只瘸腿小狗在胡同里被邻居的大狗欺负，正好被小花猫碰见，它不由得大怒，跳到那只大狗身上，生生撕下一块血淋淋的狗皮下来，那只大狗吓得赶紧逃了，后来邻居的大叔大婶也说看到我家的小花猫把几条狗抓得屁滚尿流，很长一段时间，我们家门前很少有狗经过。

小花猫第一次生猫宝宝时正好是半夜，妈妈叫醒我，我正好看到这一场面，妈妈把猫的胎盘取出来，据说这玩意儿能治疗妇女不孕不育，我们那里的中医也这么说，想来应该是有点效果的。邻居听说我家小花猫生产的消息后，都纷纷过来表示想要一只小猫。它第二次生产时非常不幸，刚生下来四只猫宝宝，就被突然闯进来的一只大黄猫咬死了，对此小花猫哀嚎了三四天。第三次生产之前，晚上我妈正在厨房里刷锅，正要离开厨房，这时小花猫咬住我妈的裤腿不让她走，我妈顿时明白了，今晚小花猫肯定生产，而它害怕猫宝宝会像上次一样被残害。我妈就找一只大箱子，里面放上烂棉花，把它放在单独一个房间里，以便它顺利生产。第二天早晨，小花猫叫个不停，妈妈以为又出了什么事，赶过去一看，四只可爱的猫宝宝正在小花猫怀里吃奶，小花猫对着我妈开心地喵喵叫，似乎在表达谢意和得意。

多么好的一只小花猫，我们胡同里都非常喜欢它，它除暴安良，屡立战功，可惜有次在它出门后再也没有回来，胡同里的人们去找也没找到。我猜很可能被偷猫的偷走了，也有可能是去浪迹天涯了，但妈妈确实难过了很久，我也觉得惋惜，常常想起它蹲坐在围墙上看夕阳的情景。现在我家的猫是只黄白相间的猫，是我从亲戚那里抓过来的，才开始看见我就恶狠狠地咬我，后来我把它关在笼子里饿了两天，第三天它就开始主动和我套近乎。这只猫比起以前的小花猫来逊色很多，它除了老鼠之外不大敢吃其他的如蜘蛛蜈蚣等节肢动物，还经常偷吃东西，妈妈只好把它拴在鸡窝旁，因为我家前面那户人家常年没人，屋里黄鼠狼特多，把猫拴在那里可以防御黄鼠狼偷鸡，至少可以吓跑黄鼠狼。现在我们家只剩下一只狗、一只猫、十二只鸡，三者共同生活在影墙、厕所和猪圈之间，虽然缺乏以前那只小花猫那样的精神领袖，偶尔有口角发生，但总体来说都比较和谐尽职。

有人说猫是一种高傲的动物，我不觉得这样。大多数猫都馋嘴，爱偷吃，在路边随便都可以向一个陌生人套近乎要吃的，在宠物世界里也是与狗争夺主人的宠爱。但我无意贬低猫，我也觉得猫确实很可爱。

小时候，看到邻居家养了小白兔小灰兔什么的，就非常羡慕，摸摸它，抱抱它，给它吃草。虽然我们家没有养过兔子，但爸妈曾在玉米地里捉来一只小野兔，非常可爱，它来到人的世界非常紧张，我们兄妹仨就喂它，但它什么都不吃，我们玩上两天后就把它放回田野。我们在田间小道上玩儿时，经常会有一只大野兔出现在不远处，我想过很多办法，但从来没逮到过。有次见村里的人张好大网捕捉野兔，那野兔就横冲直撞，撞到网上就能捉到。据说兔肉非常好吃，可我从来没有心思吃，可能是觉得自己是属兔的吧，前段时间一个哥们儿拿来一碗肉，我放到嘴里嚼着，问是什么肉，他说是兔肉，我哇地一声就吐了出来。

蛇在我们那里很常见，方言叫长虫，小时候，家家都有蛇，在水泥还没有用于建筑材料时，每家屋里都会有几个蛇洞。最夸张的是，有次我到小伙伴家去玩儿，他大口吃着面条，我们就看着一条蛇从容不迫地在我们面前爬过，钻到另一个洞里。据说那个小伙伴家推倒屋子盖新房，在地基下面发现了很多很多蛇，我在他家的墙缝里曾看到过一条长着老鼠头的长蛇，后来想想可能是一条蛇正在吞吃老鼠吧。有次我和大妹在院子里玩耍，她看到我身后有一条花纹蛇游了过来，吓得哇哇哭，爸爸看到后就撵着它钻到了地基下面。大人认为蛇是护家的，家里有蛇可以消灾避祸，远不像小时候看什么《人蛇大战》那样恐怖。蛇在我们那里有种神秘感，它被我们称为"小龙"，比如我常说我大妹是属大龙的，小妹是属小龙的。妈妈说外公闭眼去世的那一瞬间，床底下游出来一条很长的大蛇，别的老人纷纷都说这是福气。小学有篇秦牧的课文叫《蛇与庄稼》，印象很深，但我小时候常在田野里看到蛇与青蛙争夺霸权的斗争，大部分都是蛇把青蛙吞进肚里，鼓起一个大包。蛇是会蜕皮的，我到菜园里玩儿，常捡到白花花的蛇皮，据说能入药，也常在田野里踩到一根软绵绵的东西，低头一看是一条死蛇。那个时候，小孩子都充大胆，有人提议抓到一条小花蛇后吃掉，但我始终没敢吃，我对线形的虫子有种恐惧感，比如豆虫、蚯蚓、蜈蚣、蚰蜒之类。小时候我想得多，看过一个杯弓蛇影的故事，总觉得吃了那玩意儿后会在肚子里咬我，小时候很长一段时间不爱吃面条，就是觉得面条像蚯蚓。现在院子里都铺上了水泥，村村通公路也遍地开花，很少见到蛇了，但前年暑假的一个晚上，胡同里的大婶们在我家门口打牌，一条小蛇竟然顺着一位大婶的腿爬到了她的膝盖上，可见小龙仍然守护在我们身边。

饕餮盛宴

　　初中之前的日子是小孩子四处捕食的日子。夏天，一到傍晚我们就拿着手电筒到树底下寻觅知了猴，尤其是一场雨后，地上的知了猴就露了出来，我们最喜欢结伴到树林里或到远处河堤上去抓知了猴，有人一晚上能抓一百多个，有时还能亲眼目睹金蝉脱壳的全过程。抓到知了猴之后，我们就把它们放到盐罐里，吵着让大人给我们煎着吃。去年我在大妹结婚的酒席上还吃到了知了猴，依然美味。村子东南有个大池塘，是我三奶奶承包养鱼的，我们买些鱼钩，找一根竹竿，挖几条蚯蚓或用馒头屑做鱼饵，就一起偷偷到池塘里钓鱼，有人能钓到大鲶鱼和大鲤鱼。我也曾经钓到过好几条小草鱼，送到奶奶家，奶奶做鱼给我们吃。五年级时的一个冬天，放学后我们到这个池塘滑冰，我滑着滑着突然看到冰层下面有条大金鱼，阳光透过冰层，大金鱼闪闪发光，它看了我一眼，一闪就游到水草里去了，我趴在冰上看，再也没看到，那是我第一次见到这么美丽的鱼。后来我们又用鱼竿去西边的小河边钓青蛙，青蛙蹲坐在浮萍和草丛中，我们将一个草叶放到鱼钩上，然后在青蛙眼前晃动，这时青蛙误以为是飞虫，就一口咬上去，青蛙就被我们钓了上来，现在想想真是邪恶，利用青蛙的好心去残害它。我们捉到青蛙后抓到手里玩儿，玩儿够了就放了，有时候也会把钓上来的青蛙扔到篝火里烤熟，撕下它的腿，蘸着酱油吃，有天晚上在小河边，我亲眼看到一些哥哥边吃边说香喷喷的，递给我让我吃，但我还是没吃。我们在水边也拾一些田螺，回家后放点辣椒和酱油煮着吃，春天去赶庙会时，大家也常会买点田螺吃。水边最多的除了青蛙和田螺外，还有蝌蚪和泥鳅。我曾经抓过一瓶蝌蚪，观看它如何慢慢变成青蛙的，不过瓶子太小了，蝌蚪小的时候还是挺可爱的，越大越难看，瓶子就会变得很恶心，只好放归水中。我们常会卷起裤腿到水边抓泥鳅，它很滑，而且不大好吃。在田野里，我们最随手可吃的就是蚂蚱和蝗虫，比如在庄稼和草丛里一捉到蚂蚱就把它的腿撕下来吃掉，大人说里面流的都是酱油，大的蝗虫不大敢生吃，我们一般都是烤熟后再吃。

冬天大雪纷飞后，麻雀都出来找食吃，我们就像闰土和迅哥儿一样在雪地里布置一个盆或箩，下面放点食物或粮食，用一根细棍撑着，细棍上拴着长线，我们就埋伏在近处等着麻雀过来，一旦靠近食物，一拉绳，麻雀就被扣住了。我们就先拔掉它的毛，然后放在锅底下烧着吃或者烤着吃。除了麻雀，我们常用弹弓射山雀和斑鸠，不过山雀并不好吃，斑鸠反而够味，有的大人也会拿着猎枪到树林里打斑鸠，这个时候我们就跟在后面看。我曾经试图用弹弓打猫头鹰，但后来大人说猫头鹰不是什么好鸟，不能打。小学时有次上夜课，我独自回家，听到头顶上一阵古怪的叫声，毛骨悚然，抬头一看，只见树上一只很大的猫头鹰睁着圆圆的眼睛瞪着我，从此我再也不敢招惹它了。后来上了自然课，老师说猫头鹰是益鸟，我顿时对它产生敬畏之感，可惜很多年过去了，我从来没再见过它。似乎我们从未打过啄木鸟，它"嘟嘟"停留在很高的树干上，像一位神圣的鼓手。

冬天的早上，如果田里有雾气的话，爸爸会偶尔从田里捉只刺猬回来，然后爸爸就把刺猬放在一口锅里煮，煮熟后，它的刺自然就脱落掉，妈妈和两个妹妹不敢吃，我就和爸爸一起分着吃，刺猬的肉非常有层次感，但很鲜美，我吃过两三次。据说蜈蚣可以入药治病，所以我们有些小伙伴逮到蜈蚣后就烤着吃。蜈蚣我不敢吃，但我小时候经常吃蜘蛛。记得是一年级的时候，有一天，我在屋里写作业，妈妈在纳鞋底，我看到墙角有只蜘蛛爬了出来，我就对妈妈说，妈，快看，蜘蛛！妈妈就走过去，捻死它，然后走到我跟前，对我说，张开嘴，我啊了一声，妈妈就将蜘蛛扔到我嘴里，让我嚼着吃，我才开始不敢，后来一嚼，有点甜甜的味道。或者是妈妈把蜘蛛放到一碗热水里，让我就着热水把蜘蛛吃掉，老人说蜘蛛可以治疗咳嗽，现在我们那里已经很少再有父母让孩子吃蜘蛛了。我们有时在翻土时挖到一些蛹子，就收集起来，把它腌了，客人来了就吃点，后来有专门做蛹子罐头的，我小时挺爱吃的，很有嚼头，别有一番滋味。现在的我只吃常见肉，如鸡、猪、牛、羊、常见鱼，除了猪肝和猪大肠外，其他内脏一概不吃，太过奇怪的肉我一看见就难受。树上也有很多让我们流口水的好东西，榆钱、槐花、甜枣、桑葚、香椿叶、杨树穗之外，我们还爬树去掏鸟窝，摸到鸟蛋后就煮着吃，麻雀的窝一般都在房檐下，很容易掏到。每家都有燕子窝，但老人常常教训我们这些淘气的小孩子不要去捉燕子，说捉燕子会瞎眼睛的，所以我们从来不敢去打燕子的主意。我一直觉得燕子有种尊贵典雅的气质，现在我家屋檐下有两个燕子窝，每年春天两对燕子都会准时从南方飞回来，就像小学课文《燕子飞回来了》一样，再过半月小妹结婚，我回到家时肯定会看到那两对燕子。

虫子天地

我们玩儿的主要是虫子。春天时，我们就拿着水去灌屎壳郎，只要看见一堆粪土在前面，我们就开始灌水，灌了一会儿，屎壳郎就会爬出来，我们就用一根细线拴住它的腿，让它飞，或者用针管给它注水折磨它。现在身边有个学埃及学的哥们儿，他说在古埃及，屎壳郎非常尊贵，被称为"圣甲虫"。到了晚上，有灯光的地方就有金龟子和屎壳郎乱飞，它们就像飞蛾一样看到明亮的灯泡就撞上去。小学教室的墙壁都是土制结构，春天一到，土鳖子（土元）就会钻出来，我们就常抓土鳖子玩儿，放到女生文具盒里，有时也到集市上卖钱，据说土鳖子也可以当中药。夏天的玩儿头最多，早上起来，我们三四个人就到树下捕蝉，中午我们到树林里抓虫子，比如有栖伏在椿树上的虫子，它外表很难看，有乌黑的甲壳，但飞起来时就会展开里面的彩色翅膀，我们就叫这种虫子叫"新媳妇"。桑树上有很多天牛，它的上颚非常尖利，就像铡草机一样，放一片叶子在它嘴里，它马上就能拦腰切断，我们把它捉下来，看它尽情撕咬一些软体类的虫子，听着它吱吱叫，当然也会不小心被它咬到手指头，火辣辣地疼。小学课文中讲"七星瓢虫，它是益虫，爱吃蚜虫"，但我们也常会到棉花地里捉七星瓢虫玩儿，放在罐子里，欣赏它的七星战甲。除了去池塘或小河旁洗澡捉鱼外，我们也带着自己的狗一起游泳，看狗捉鱼。中午躺在院子里看着阳光在厚厚的树叶上面，点点光斑，像星光一样，听着树上的知了和小鸟竞相鸣叫，很有"风暖鸟声碎，日高花影重"的感觉；看着满院子的蝴蝶花、向阳花，常常会有一只大蝴蝶蹁跹而来，我们就像薛宝钗一般拿着扇子去扑它。不过太妖艳的蝴蝶我从来不敢扑，大人说越艳丽的蝴蝶越有毒。傍晚，大片的蜻蜓飞得很低，我们就扛着大扫帚扑蜻蜓，扑到之后就用白线拴住，让它飞向空中，白线飘飘，煞是好看！我们如果闲得实在无聊，就开始捉弄蚂蚁，把奄奄一息的屎壳郎、金龟子、蝉或蜻蜓扔在蚂蚁的交通要道，蚂蚁大军接着赶来，抬到洞口，我们就用热水全歼之，罪过罪过！那时候听说有些小伙伴们不甘寂寞，跑到县城白佛山上捉蝎子玩儿，我第一次见到时不禁感慨，真是感觉造物弄人，竟然还有这种造型的虫子。秋天，我们最喜欢去抓蟋蟀，斗蛐蛐儿，有圆头的，也有方头的。小学四年级有篇课文叫《蟋蟀的住宅》，里面有段话我记忆犹新："蟋蟀出来吃周围的嫩草，决不去碰这一丛草。那微斜的门口，经过仔细耙扫，收拾得很平坦。这就是蟋蟀的平台。当四周很安静的时候，蟋蟀就在这平台上弹琴。"那个时候，我们在屋里一听到蛐蛐儿的叫声，浑身细胞就被激活了，赶紧扔下手头的玩意儿循声去捉。现在我们那里有许多外乡人到玉米地里去抓蛐蛐儿，然后在镇上成群结队地卖，一只好蛐蛐儿能卖几千块钱。冬天，大地冰封，没什么虫子了，我们最常玩儿的主要是抓麻雀或者到池塘里刨冰抓鱼。

　　玩虫子，也常会玩出麻烦来。比如有次我们几个小孩去邻居家捅马蜂窝，马蜂愤怒无比，我们都被蜇到了，还好不严重。从小学放学回家的路上，路边有很多野花，我们拿着塑料袋捉蜜蜂玩儿，也常被蜜蜂蜇到，回到家后，大人会把仙人掌磨成汁，涂抹在受伤的部位，不记得效果怎么样了。最厉害的是牛虻，它蜇到人非常厉害。一天傍晚，我正压水，突然觉得手背上一阵剧烈的痒痛，低头一看，只见一只硕大的牛虻在我手背上停着，我正要打它，它马上就飞走了，当天晚上，我的手以及前半个胳膊全肿了，又痒又痛，三天后才开始慢慢恢复正常。还有一种绿色的毛毛虫，我们叫八架子，夏天它常在杨树上活动，它常故意落在人身上，皮肤一碰到它就会起一片疙瘩，很痒。乡下的蚊子是很讨厌的，小学三四年级的一个早上，我正在院子里睡着，只听得震耳欲聋的响声，轰隆隆地天塌一般，原来是一只蚊子钻到我耳朵眼里乱撞，碰到鼓膜了。妈妈拿出花生油，往我耳朵眼里倒了一滴，过来会儿，那只蚊子就顺着油流了出来，现在我一听到耳边有蚊子嗡嗡叫的声音就赶紧撵蚊子。

兔走乌飞，流光如水，求学生涯即将达到二十年，"非人磨墨墨磨人"。每次我返回家乡，在麦田旁的公路下车，远远望见绿树环抱中的村庄，"暧暧远人村，依依墟里烟。狗吠深巷中，鸡鸣桑树颠"，陶老头儿说得真是贴切。回到家中，阿猫阿狗围着我撒欢儿，然而那些鸟兽虫鱼已经没有了往日的热闹，他们渐渐远去了。夫子慨叹《诗经》中的上古神物渐渐消失，"多识鸟兽虫鱼之名"，因为这些动物见证了先民筚路蓝缕的过程。愧煞我也夫子自道，它们陪伴我度过清苦而惬意的童年。

几年前的一天晚上，我和妈妈在院子里装玉米，妈妈对我说：看，大雁！我抬头一看，一群大雁正从屋顶上飞过，飞得很低，他们排成一排，低鸣着，翅膀铮铮有声，飞啊飞，飞到苍茫云海间，消失在明月中。此时，西风吹起我额头上的头发，我抬头仰望，北斗星直指西方，星云如海，渊澄神秘。

（2011 年 4 月）

三十年后

　　三十年后，父亲在上海给我讲了一段陈年往事。

　　那是 1982 年 4 月，正是"大地春如海"的好时节，青城山及其附近的都江堰，林幽水明，鸟啼竹翠，此时已是父亲进入都江堰所在的总参部队的第三个年头，他接到部队命令，赴京前往解放军总参谋部参加一个学习研讨会。坐在由成都开往北京的火车上，父亲心情激动，虽然他自参军以来，多次去祖国各地采购军事物资，最远曾达漠河，但去首都毕竟还是第一次。

　　到达北京后，父亲与一位首长被安排到故宫东侧的南池子招待所住宿，这个招待所就在南池子缎库胡同内，胡同旁边有一个专门藏放档案的地方。白天，父亲在总参开会学习，晚上，他就在附近的天安门广场和王府井大街溜达。有天晚上，他和首长一起在王府井大街闲逛，穿梭于瑞蚨祥、中国照相馆等老字号的商店内，看到路旁有一个咖啡馆，首长对父亲说："好几次听人说外国人和城里人喜欢喝咖啡，咱也进去尝尝什么滋味。"咖啡馆内并没有多少人，父亲和首长坐在里面一边看着窗外喧闹的王府井，一边品尝着人生的第一杯咖啡。

后来几天，父亲又参观了毛主席纪念堂、人民大会堂和中南海毛主席故居。一个清晨，父亲正在人民英雄纪念碑下散步，这时一群便衣警察走进广场，开始驱散游客，据说一位外国元首马上要来，父亲问一位便衣是哪国元首，那位便衣见父亲穿着军装，敬了个礼说："是罗马尼亚总统齐奥塞斯库。"父亲站在中国历史博物馆的门前，远远望着天安门广场上迎风飘扬的中罗两国国旗。不大会儿，几百名少年儿童挥舞着花束和彩带从长安街跑了进来，陆海空三军仪仗队手持钢枪整整齐齐地踏入广场，紧接着，父亲看到，胡耀邦陪同一位高高瘦瘦的白发老头儿及其夫人走进来，军乐队演奏中罗两国国歌，胡耀邦陪同这位外国元首检阅了仪仗队。

总参的学习研讨会结束后，父亲又参观了八达岭长城、十三陵和密云水库，在北京待了二十天左右，父亲便依依不舍地离开了北京，返回了都江堰。

我听得入迷，忽然想起了许多小时候的事情，对父亲说："大大，怪不得家里有那么多你在北京时的照片，原来那都是三十年前你去北京时照的啊！怪不得小时候你和娘给我们兄妹仨喝糊粮水预防感冒时，我们不愿意喝，你劝我们说，这是咖啡的味儿。当时我还以为你哄我们呢，原来你真的喝过咖啡啊！"

父亲一边喝着茶，一边呵呵地笑。

我继续问父亲："你那天真的看见了齐奥塞斯库吗？我都有点

震惊了！"

父亲笑着说："嗯，记得很清楚，尼古拉·齐奥塞斯库，他的夫人应该叫埃列娜·齐奥塞斯库吧？"

我使劲点着头，兴奋不已。是的，那是他第三次访华，那年勃列日涅夫为了化解中苏关系的坚冰，3月在塔什干发表讲话暗示愿意重启两国关系，4月齐奥塞斯库就访华，所以，他这次访华实际上是担任了勃列日涅夫的特使，借机观察改革开放后的中国对勃列日涅夫讲话的反应。几天后，他的老友邓小平接见了他，并让他给勃列日涅夫传口信，表示只要勃列日涅夫在阿富汗、柬埔寨以及中苏边界撤军，就愿意重修旧好。三年后，齐奥塞斯库再次访华，邓小平又让他向戈尔巴乔夫传口信。父亲可能不知道，他所看到的齐奥塞斯库访华，正是中苏两国破镜重圆的先声。

我问父亲："你知道齐奥塞斯库后来的命运吗？"父亲摇摇头，说："只知道被推翻了。"我站起身来，绘声绘色地跟他讲起齐奥塞斯库在广场上怎样被人民突然高呼打倒，怎样在四天之后也就是圣诞节与妻子埃列娜被士兵们胡乱枪决。

听完后，父亲默然良久。我突然想起一个细节，问父亲："你说你住的那个南池子招待所附近有个放档案的地方？叫什么名字？"

父亲想了想，说："嗯，是的，当时我站在那个地方，是个古代的建筑，别人告诉我说这是放档案的地方，好像有名字，是三个字，最后一个字，很像"戊""戍"之类的字。三十年了，记不清楚了。"

哦，我思忖着：放档案的地方？会是一个什么地方呢？

2011 年的冬至，我第二次从上海来到北京，持一篇论文参加一个世界史论坛。论坛前一天，我早早来到天安门广场，参观了大前门、毛主席纪念堂和国家博物馆（原中国历史博物馆）。冬天的阳光洒落在千年的北京城，站在国家博物馆的门前，我远望前方的天安门广场，心想：现在我站在了三十年前父亲所站的位置。

从国家博物馆中出来后，我走进国安部对面的南池子大街，买了根冰糖葫芦，在一排排槐树底下边吃边逛。走了几分钟，路东猛然出现"缎库胡同"和"南池子招待所"的指示牌，我心中一惊，走了进去。我怀着探宝的心情走到胡同的尽头，一座三层楼的宾馆映入眼帘，门口大书"61195 部队南池子招待所"。我在门口瞻望许久，拍了好几张照片，激动得不能自已：三十年前，父亲就住在此处，没想到，三十年后，这个招待所居然还在。

走出缎库胡同，我继续走街串巷，观赏着头顶上的寒枝惊雀和门前的各式石鼓。虽然已是深冬，但天气晴朗，浅蓝的天空在四合院飞檐的勾勒下显得宁静悠远，我爱极了这干燥寒冷的北国乡村景色，北京比上海更能给我一种回家的感觉。我想，当年 21 岁的父亲穿着军装也在这条大街上走过，但那时是槐花初发的四月，"淑气催黄鸟，晴光转绿蘋"。

走了一会儿，一座红墙黄琉璃瓦的建筑渐渐离我越来越近，待我走到它的跟前，终于看清了墙上的三个大字。

皇史宬！竟然是皇史宬！

皇史宬建于明嘉靖年间，专门藏放明清两代的皇家档案，包括明清各位皇帝的御像、宝训、实录、玉牒等。我写明清史论文所翻阅的明清实录，最早都是从此地而来。中国历来的宫殿多是木制结构，但皇史宬作为保存皇家史册的地方，沿袭秦汉"石室金匮"的制度，全用砖石建造，皆以铜柜储藏书籍，目的就是为了防潮防火，可谓是明清中国最尊贵、最可藏诸名山传之其人的藏书阁。两千年前，太史公司马迁曾经回忆自己写作的经历，他说他是在继承父亲担任太史令后，"䌷史记石室金匮之书"而写史的，而我眼前的皇史宬正是明清的"石室金匮"。

如今，我愣愣地站在皇史宬的门口，不仅想起了父亲的回忆，也想起了明清两代的故事，更想起了中国史家的祖师爷司马迁，它们分别代表了古代的亲、君、师和今天的父辈、国家、学问。我摩挲着皇史宬斑驳的外墙，似乎在抚摸一位很老很老满脸皱纹的远祖，一片黄叶在西风中打着旋儿飘落在我的眼前，仿佛是历史发出的一声意味深长的叹息。

皇史宬大门紧闭，在人声鼎沸的天安门广场附近，它孤独地静默着，如同故宫内的石鼓一样。那一天，我在它面前站了许久许久。

三天后，也就是论坛结束后的第二天，我跟随旅行社来到天安门广场观看升国旗仪式。令我惊讶的是，广场上到处悬挂着中日两国国旗，身旁的一位大叔说："好像是日本首相要过来。"导游是一位北京大婶，她操着浓厚的北京话嚷嚷道："可不是嘛！所以天安门戒严了。"

听到这里，看着壮美的五星红旗在东方欲晓的天空中冉冉升起，我百感交集，难以形容此刻的心情。看完升国旗后，我就登上了前往八达岭长城和十三陵的大巴。

而三十年前，父亲也去过这两个地方。

（2011 年 12 月 30 日）

十年一报老友心

　　记得 2011 年刚写完一篇学术论文，有种元气大伤之感，需要写些闲散文字放松下，于是根据自己的高中日记撰写了一篇长长的回忆录《我的高一岁月》。其中第八部分有这么一段文字：

　　　　当时我办手抄报的时候没想到后来会怎么样，只想认真地把一张小报办好。然而，到了高二，吴中正、我、唐涛、贾芹四人以原来高一九的部分同学为基础，成立了"久一学社"，在邀请崔伦峰、刘玉宝、王绪林、孔令臣、孟庆文、李茂镇、苗学军等人加盟后，势力逐渐扩展到全级十个班，并吸纳了高一的部分学生。久一不仅仅是个文学社，还是一个学习组织，除了定期的聚会讨论外，还发行了自己的报纸《久一》，我当时担任总编，为了不耽误大家的学习，下分三位主编，每位主编各有一班人马，轮流办报，接受全校同学的投稿，且有美术好的同学担任美编。这得到了刘老师的大力支持，而刘老师又争取到邹兰顺老师，后来又争取到校长的支持，几个副校长专门出席了久一的成立大会，学校负责给我们印刷报纸。《久一》共分为 8 个版面，每版 16 开，面向全校每间教室和办公室发行，每周一期，每期发行三百份左右，总共发行了十余期。久一内部分工明确，在高二下学期校学生会成立之前，久一是三中最大的学生组织。当然，此为后话。

实际上，限于主题，这只是一个粗线条的描述，当时办报的过程远比这要复杂得多，在此期间，我们遭遇了不少挫折、阻挠和非议，也品尝了许多辛酸和甘甜。因为《久一》，学校首次出现一个面向全校学生并鼓励其自由写作、发表议论和探讨学习的平台，也是因为《久一》，我们也结识了更多的同学和朋友。

当时主办《久一》是在 2002 年，整整十年过去了，每期发行那么多份，但作为总编的我，却在十年之中将其丢失殆尽，每每想起，总觉遗憾，因为这份报纸凝结了我当时的一番心血和精力。去年,在人人网上,高中同学武甲兴突然告诉我,他还保留着《久一》报，一期不少，全在家中放着呢。欣闻此讯，我特别高兴，但很快就以为他在跟我开玩笑，没太当真。

记得刚进高一时，甲兴作为全校第一名代表高一新生在开学典礼上发言，当时他在十班，我在九班，所以那个时候，我经常在走廊里能碰到他。在我的观察中，他似乎是一个崖岸自高的人，别人不太容易接触。后来等到我们有所接触时，马上就是高二文理分班了，又很少见面了，所以十年之中，我对他的印象一直是一些表面的残影。后来他和我的另一位高中同学侯胜伟前往武汉求学，他俩各在武大及其附近的中科院水生所读研，而我恰好已离开了武汉，所以我并没有见到甲兴，但他俩常常见面。胜伟告诉我，甲兴也爱好文史，关心时政。

今年大年初七，我来到距我家十五里地左右的韩圈村，与唐涛、胜伟、光建相聚。正在喝茶，胜伟拿出一叠发黄的报纸说："这是武甲兴让我转交给你的《久一》报。"

我满心欢喜，接过厚厚的一沓报纸，打开第一期，登时有种说不出的激动和感动荡漾心间。那熟悉的字体和版式仿佛蛰伏着一个岁月的精灵，在我翻开的一刹那，它猛然跳出来，对我倾诉十年前的一个个故事。每一个标题，每一幅插图，每一篇文章，顿时变成一根根火柴，在我脑海中"嚓"的一声，点燃了十年前我审选稿子的每个片段。

哦，这篇美文，我记得，当时他投稿时我一眼就看中了，对他很钦佩；哦，这个名字，我记得，她叫晓寒，文笔雅洁忧伤，屡次选登，她好像经常留着短发穿着洁白的褶裙在校园中漫步；哦，这篇社论，我记得，当时社长花了许久琢磨出这篇东西，但后来毕业后我再也没见过他，只在几年前的家乡大雪中在飞驰的车上看过他的背影；哦，这个字体，我记得，是我高二的一位好友写的，他的书法轻快庄秀，人也秀气风趣，我常跟他一起聊天，后来他辍学下海了，许久未见了；哦，这篇诗歌，我记得，他是高三的一位师兄，当时他找到我说他失恋了，想写篇诗歌刊登希望他女朋友能回心转意；哦，这幅插图，我记得，她是美术班的，总能根据标题和内容设计相应的图画，是《久一》最好的美编之一；

哦，这篇物理解题，我记得，他陪伴我读完初中和高中，每年我们都见面；哦，这篇杂文，我记得，当时该期发行后，在学校里引起了不小的反响和讨论；哦，这篇文章，我记得，他是高一的一位师弟，个子瘦小，脸上有点疤，总是像安徒生的燕子一样轻敲我的窗子投稿，诉说他的坚强……

我和唐涛、胜伟、光建兴致勃勃小心翼翼地翻阅着每张报纸，果然是一期都不少，十年时间，能保存到这种程度实属不易，翻着翻着，发现里面竟然还有他们的文章和字体，大家嘻嘻哈哈地想起了那些年的许多故事。看完后，我向胜伟要了甲兴的手机号，打电话谢谢他。我说："甲兴，你真好！真是非常谢谢你！当时我还以为你跟我开玩笑呢，没想到你一直珍藏着，你真是有心啊！我又激动又感动！真的非常谢谢你的礼物！"甲兴乐呵呵地笑个不停，他说次日就要回广州了，我说多年不见了，非常期待我去广州或者你来上海时，我们再次见面。

一位高中好友对我说："每次看到怀旧的东西就很感慨呀，看来真的是老啦。"我说："不是心老了，而是心热了。"怀旧从来都是给未来做准备的，是最好的反思，它在岁月深处使你回想最初的梦想，反思今后的旅途。今天的我，仍然记得十年前那个明媚的画面，出门一笑大河横，我们荡舟在学校门口对面的大清河上，划动丛丛水草，远眺葱葱堤柳，聆听淙淙流水，凝望匆匆青春。

（2012 年 2 月 10 日）

彩云之南的明信片

二月的小雨，淅淅沥沥，乍暖还寒，像个闷闷不乐的娃子坐在吴国的星野上出神，上海也被笼罩在这天潮潮地湿湿的烟云雨雾中，不过空气中氤氲着春天的气息，倒是读书的好天气。午饭后散步归来，路过信箱，偶然一瞥，竟是一张从丽江寄来的明信片。

明信片上是一幅晨光中的摄影，羞涩明媚。这条青石板铺成的小巷子延伸到古城深处，也似上海这般湿润的天气，青山在望，灯笼低垂，顺着两侧的檐角看去，天地挤出一缎春光。老人坐在门槛上静静做活，小狗摇着尾巴在门前奔跑轻吠，围着漂泊的客子打转，一片阒静安然。我不禁发呆良久，想起五年前去过的凤凰古城，想起那一方清澈朗润的山水，而此刻仿佛也置身于这张画中的丽江古城，聆听岁月深处的呢喃，凝眸天涯远方的客栈。

然而，何处是远方？哪里是故乡？贾平凹有次去四川二郎镇，那里是郎酒的故乡，空气里都飘着酒香。他遇到一个老头，老头说起自己有一个女儿把自己接到北京住了一个月，贾平凹问："那怎么不多待些日子呢，北京多好啊！"老头说："北京好是好，就是太偏远了！"贾平凹哈哈大笑，但老头并不明白他在笑什么，只是进屋提了壶酒出来请贾平凹喝。贾平凹离开二郎镇的时候，又想起了老头的话，他说："老头的话说得好啊，站在这里，北京是偏远的，上海是偏远的，所有的地方都是偏远的。"

是的，故乡之外便是偏僻的远方，这是因为生于斯长于斯的土地亲情。每次回家，我总喜欢走在乡间的小路上远眺我的小村庄。我总觉得：故乡是属于乡村的，那一瓦一房，一草一木，一片麦田，一群牛羊，一座小土丘，一条小溪流，自家的大黄狗，邻家的小馋猫，前院的老爷爷，右舍的小妹妹，晨睡中母亲熬的小米粥香，午觉中胡同里卖西瓜的吆喝声，怎能不惹人怀念呢？就算是再贫瘠的土地也会生长出茁壮的故乡之树。而城市是没有故乡这一概念的，难道一条不断翻新的街道和换来换去的商场能代表故乡吗？难道没有兄弟姐妹的家和钢铁水泥的笼层房子能引起思念吗？过度追求城市化，使过多的中国人成了无根之草，所以中国之绵延和伟大，在于乡村，中国文化说到底即是乡村文化。

然而，处处是远方，处处是故乡。古龙曾在《天涯明月刀》中借女主人公发问："天涯远吗？""不远，人就在天涯，天涯怎么会远呢？"是啊，流光容易把人抛，此身生来便孤独，人生烦恼识字始，宋人写道"客子光阴诗卷里，杏花消息雨声中"，生命的每一段落无非都是一个听雨的夜晚，区别在于，是红烛昏沉、江阔云低还是鬓已星星。尼采说，人生处处皆是深渊，当你凝视深渊时，深渊也在凝视你。所以，解决这一困扰无非是让此心寻一安静住处，虽人在天涯，然家在心中。想起四年前我写过一篇《天涯与家园》，篇末说："家园如明月，而明月就在天涯路上，但明月何时照我还呢？"

明月何时照我还？在于修行，既修且行，然所行有二，一则读万卷书行万里路，一则知行合一勇于任事。阳明先生云"静处体悟，事上磨练"，则人生何处不是修行？跨山越海是一种修行，箪食瓢饮是一种修行，读书有得是一种修行，千金散归亦是一种修行。修行所为者何？曰修此心也。一部《西游记》，修心而已。

虽然如是想，年轻人却总想着山外的景致。在这张来自彩云之南的明信片上，朋友用俊秀的字体自嘲而又自负地写起自己在彩云之南的行程："过了一种近乎江湖散人的流浪日子，从大研古城到拉市海策马划船，从束河古镇到白沙古镇到玉龙雪山山脚下石头砌房的雪嵩村……时间的河啊慢慢地流，欣赏的脚步慢慢地走，风也含情水含笑，叫人怎不心醉！在这里谁是谁的风景，谁是谁的艳遇……"看着这行文字，我羡慕不已，似乎听到了朋友永不停歇的旅行脚步。嗯，是啊，年轻人不应过多追寻安全的家园，心灵应该永远飞驰在天涯。

感谢这位从未谋面的朋友，但愿能在不期而遇的山水中相遇。

（2012 年 2 月 22 日）

收音机里的青春

　　那是十年前一个明媚的下午，他把我从高二一班的教室中叫出来，让我将一张纸转交给他心仪的姑娘。他腼腆地说："她说一直在找这首歌的乐谱和歌词，我已经全部抄在这张纸上了，麻烦你帮我交给她吧。"我嘿嘿一笑，心中难掩好奇，展开一看，是卡朋特的《Yesterday Once More》。我坐到座位上，将这首歌递给她，对她说，这是他专门抄来送给你的。她说"哦"，一边看一边哼着曲子，我说，唱出来吧！她说好啊，随即唱了起来。

　　曲子感觉很熟，但歌词却感觉异样。当时我曾疑问：收音机能有这么大的魅力，它会使人追忆逝水年华？谁曾想，这样一句疑问，要用十年的时间来回答。

　　聊城，歌声与微笑。聊城是个小城市，我多次徒步前往汽车站、火车站，也多次闻着槐花香跨过京杭运河走到东昌湖，而位于南环的聊大是我第一次认真听收音机的地方。每当回到宿舍，打开收音机，传出"享受音乐，享受生活，Music 88.7"！一首首新歌老歌会像流水一样绵绵不断，几个舍友总会跟着唱起来，那些时候，我们知道了很多歌，学会了很多歌。记得那个夜晚，舍友们正在卧谈会上聊天，一段很治愈且略带沧桑的女声从收音机里传了出来："终于做了这个决定，别人怎么说我不理，只要你也一样地肯定，我愿意天涯海角都随你去……"

顿时，所有人都安静了下来，听完整首歌曲后，我们都纷纷问道："这是什么歌？"那时，我们也常常借收音机中的一些夜话节目哈哈胡侃，喜欢足球和篮球的哥们儿也常在宿舍里听着收音机的广播，不时发出叫好声和叫骂声。每学期的劳动周，宿舍几个人总被分到看管自行车和夜间巡逻的任务，我们主要的消遣就是听收音机，记得就是在那段时间里，我听袁阔成播讲《三国演义》听得入迷，也第一次听到了安德烈·波切利和莎拉·布莱曼合唱的如天籁般的《Time to Say Goodbye》，还有那情到深处的《You Raise Me Up》。收音机中传出的是播音室里的声音，我第一次走进播音室，是因为笑冬的邀请。那个下午，我有点紧张地与笑冬坐在播音室，笑冬一边操作着调音台，一边用标准的普通话对着话筒说："今天我们请来了一位新嘉宾……"笑冬侧过头对我露出大男孩的微笑："这就是修志同学的情况，修志同学，给大家打个招呼吧！"我们坐在那里，借着电波对着我的大学聊了很多。记得聊大的校园广播总会在三餐之前说上几句"打造激情与梦想，感受活力与奔放"，对于整日呼呼大睡连早餐都很少吃的我们来说，这着实烦人。如今，错过了那些大把大把的时光的我是多么怀念它！

武汉，樱花树下的家。坐在东湖附近的宿舍里，我下载了一个网络收音机，竟然也能收到 Music 88.7 的歌曲，对此，大黄甚为鄙视。黄昏的珞珈山，幽深清凉，我和大黄一边拾级而上，一边听着武大广播台的声音，大黄突然说起自己在兰大时所听的校园广播，他笑嘻嘻地模仿着说："亲爱的听众朋友，您现在收听到的是兰州大学广播电台音乐节目《月亮河》。"我曾与大黄各自写过一则诗文赏析，我的那篇交给曾是武大广播台台长的睿姐，她指出哪些地方应该根据朗读的需要作出修改："嗯，写得很青春，这里不大朗朗上口。"后来我在古籍所的电脑上听到了她对我那篇诗歌赏析的朗读。我也曾与大黄在同窗鹿姐的邀请下参与撰写一个武大宣传片的文案，有次三人讨论完后，鹿姐邀请我们到武大广播台播音室去参观。记得在古籍所上课，鹿姐悦耳流畅的古文朗读总让人欣慕不已，我们禁不住赞叹：不愧是学校广播台台长！那时我、大黄、豪哥、金鱼、鹿姐五个人总喜欢在珞珈山的树林中聊天，偶尔也会听到广播台中传来一首歌曲《樱花树下的家》，有次我竟然也从收音机中听到了这首歌："梦中的樱花伴着珞珈的晚霞，你我曾在樱花树下渐渐长大，明天你起航去向天涯海角，别忘了咱们樱花树下的家。"后来，鹿姐跟我说起这首歌背后的传奇，又说亲眼在广播台碰到这首歌的作者彭挺，那种得意的神情让我理解了为何珞珈山能成为一种家园的回忆。

上海，千里共良宵。来到复旦后，长期处在北区公寓和图书馆之中，很少听到学校广播，只是偶尔一个人会在光华楼草坪上吹风的时候听到，整日忙碌的读书和写作也已让我无暇听收音机。去年听一位朋友说，他每次坐火车旅行，总会听一路的收音机，一路上各地方言此消彼长的感觉特别好玩儿。朋友这么一说，勾起了我以往听收音机的回忆，今年从网上买了一个很喜欢的收音机，每天早上醒来到吃早饭前就会听上一段央广新闻，若是忙到很晚或午夜失眠，就会打开收音机听上一段"中国之声"中的"千里共良宵"。三个月前，我碰到了一个听过聊大校园广播的人，有好几个夜晚，我一边听着"千里共良宵"中姚科和李其轩的诉说，一边想念着这个人。午夜的声音，在温暖或寂寞的人听来，总有怦然心动之感。后来，两个人一起走过光华楼前，走过丽娃河边，听着她的歌声，我隐隐感觉到这两片校园也会成为记忆中收音机和广播台里的家园。每次离开前，总觉得我不是属于这里的，但每次离开后，就觉得我是永远属于那里的。

收音机中传来卡朋特的《Yesterday Once More》，我细细听完，想起十年前的疑问。昨日真的美好吗？事实上，我们回忆一些往日时光，并不是因为那些时光多么美好，而是因为在那些时光中，我们都还很年轻。那些歌曲也并不是真的特别好听，而是因为每当某些歌曲在空气中响起，某段岁月也会在脑海中想起。那是一起听收音机的欢笑青春，那是一段自由纯真的浪漫岁月。

（2012 年 5 月 9 日）

那些岁月，那些树

　　静静读完贝蒂·史密斯的《布鲁克林有棵树》，心中充盈着与弗兰西一样的沉静和温暖，虽然那棵在艰难的土地上茁壮成长的树只作为窗口风景倏忽闪过，但它却见证、象征着弗兰西及其家庭在清贫中努力生活并最终依靠善良、真诚和奋斗赢得回报的故事，所以，这棵树是一个人，也是一个家。如作者所说："一个通过自身艰苦奋斗走出了社会底层的人，通常有两个选择：脱离当初环境后，他可以忘本；他也可以在超出这个环境之后，永不忘记自己的出身，对残酷拼搏中不幸落下来的人充满同情，充满理解。"

　　我们只有理解了清贫，才能理解他人生活和这个世界。《布鲁克林有棵树》如同之前我所看的罗伯特·麦卡蒙的《奇风岁月》一样，讲述的是一个有关亲情和成长的故事，但《奇风岁月》中的少年是在明亮中扫除灰暗，而此书中的少女则是在灰暗中寻求明亮，更能让我时时掩卷回忆以往的生活。站在夏风习习的阳台上，我望着楼前的一棵绿树，慢慢想起岁月中的那些树。

　　旧时光如旧照片一样泛黄，回想起来便是黄土屋子和黄土围墙。从我记事起，我家五口人就寄居在别人的房子中，映入眼帘的无非是黄土、黄砖、黄草。后来我家在村子的西南角盖了新房子，姥爷便在院子里栽了八九棵小杨树，非常小，还没有大人高，爸爸在墙外栽了一排香椿树。刚刚搬进新房子，家徒四壁，没几件家具。怎么来形容那时的景况呢？当时我四岁左右，家里没钱，需要两毛钱买东西，问邻居借两毛钱，邻居都不借，因为他们见我家孩子多，还欠别人一万多块钱和镇上三千多块钱的贷款，不相信我家能还得起两毛钱。小妹妹晚上饿，哭着闹，但家里实在没东西吃，妈妈只好到别人家借了点红糖，冲上一碗红糖水让小妹妹喝，才勉强哄她入睡。

为了能过上好日子，爸妈想尽各种法子挣钱，卖早餐、做油坊、卖小鸡、贩苹果、承包黄瓜园、磨豆腐、干建筑、卖白菜等等，还种了八年西瓜，那时的我和两个妹妹常在瓜棚里玩耍写作业，我也曾跟着妈妈走街串巷卖苹果。我上小学后，有次学校要让交 5 块钱，回家后我小心翼翼地告诉妈妈，妈妈什么都没说，向邻居借了 7 块钱，第二天一早便骑着洋车子驮着大篓转了一百里地收破烂，晚上回来后一数，净挣 10 块钱，妈妈很高兴地对爸爸说："我出去一天就能挣 10 块钱，还给人家 7 块钱，咱还剩 3 块钱呢。"从此之后，妈妈就开始了十几年的收破烂生活，早出晚归，风餐露宿，一次车祸住院后身体大不如前，只好在家操劳。大约从妈妈收破烂起，爸爸也开始了打工生活，陆续在青岛、天津、牡丹江、上海打工，天呐，今年已经是他在上海打工的第 11 年了。父母不在家的日子里，我们兄妹仨便喂鸡喂鸭，喂猪喂狗，自个儿做饭吃，但很多时候无非是咸菜就馒头或是蒜泥就馒头，傍晚放学后，我们会多炒点菜，等到晚上七八点左右妈妈从外面回来后，便一起吃饭。

不知不觉中，院子里的树长得越来越高，枝繁叶茂，尤其是庭院中央的那棵杨树，转眼之间已是郁郁葱葱，笔直笔直的，像一柄大绿伞盖住了整个院子。夏天的周末和暑假，我们仨常在树下写作业、跳格子、玩沙包、跳皮筋，也会在两棵树上拴上一根粗绳，我推着两个妹妹荡秋千，阳光穿过绿叶的碎影照在我们的脸上，如同水晕一般，洋溢出清凉的色彩，欢声笑语惹得家中的小狗在我们旁边吐着舌头撒欢儿。乌云漫卷大地，外面狂风骤雨，我们仨坐在屋檐下，抬头仰望庭院中的那棵大杨树，它威武得像一位大将军，挺起坚实的臂膀，举起巨大的手掌保护着我们的房子和院子。我们想，家里有树就是好，不然刮起风来尘土飞扬，下起雨来也冲得坑坑洼洼。

围墙外面的那一排香椿树吱吱呀呀地牵着手互相提拔扶持，长得也越来越高，枝丫连成一片密不透风。阳春三月，香椿叶子开始长出来，我们爬上树摘叶子吃，一股清新别致的味道顿令唇齿生津，或者用椿芽炒鸡蛋吃，味道也很鲜美。妈妈一摘椿叶就能摘一大洗澡盆，腌在缸里，够我们吃上半年，上初中后，我常带一瓶子腌的香椿叶回学校就着馒头吃，宿舍的同学都很喜欢，常拿自己的咸菜跟我交换吃。夏天傍晚，我们钻到玉米地里打猪草，有时候偷懒，我就爬到树上，折断树枝，举着杨树叶给猪和羊吃。

家中的树越长越大，虽然屡受风雨雷电的袭击，却越来越壮实，枝叶扶疏，那些喜鹊啊，麻雀啊，啄木鸟啊，知了啊，一到夏天就在上面栖息鸣叫，连小花猫都喜欢爬到树上垂着尾巴吹着叶风睡大觉，理都不理在树下眼馋叫唤的小狗。后来爸妈在田里干活时，偶然发现一棵小桃树苗，就把它移到院子里，没想到竟然长成了一棵大桃树，两年后便开始结桃子了，虽然没经过嫁接，桃子很小很酸，但我们兄妹仨还是觉得很幸福，自家院子里结出的果子永远那么甜。

每次从家里去高中时，妈妈总会让两个妹妹在我家围墙外面的大树下目送我骑着车子去学校，直到看不见我为止，因为围墙外面便是村头，我骑过大片田野后，回头远望，妹妹仍然在树下踮着脚尖远眺。后来，家里的房子和院子翻修了，庭院中的那棵大杨树被砍掉卖了，围墙外面的香椿树也被砍了，桃树也不见了，回到家后，我怅惘了好一阵子，还好仍有一棵大树没被砍掉，为我们保留了对第一批大树的记忆。爸妈又在围墙外面种了一排杨树，现在它们长得异常高大，像一排手持钢枪的战士护卫着我家，无论刮多大的风，站在院子里却如清风徐来，而且在村子西边沿线有上百棵大树，只有三个喜鹊窝，其中有两个就在我家的树上，妈妈骄傲地说这是吉利。去年，两个妹妹陆续出嫁，爸妈极其风光地将她俩嫁了出去。如今，两个妹妹陆续有了自己的孩子，出生时每个都是八斤重，我起了几个名字，她们分别选中了"霖夏"和"镝"两个名字，望着妹妹们传过来的照片，一个个都是圆溜溜的大眼睛和胖嘟嘟的小脸蛋。

我觉得爸爸是一棵大树，他为了这个家吃了那么多的苦，胳膊和腿都受过伤，记得有次妈妈说起，爸爸有次晚上感冒生病，只能卧病在床，当时外面下着瓢泼大雨，他却还翻来覆去地叹息自己不能像其他工友去干活挣钱。有次爸爸得了一场大病，大妹妹劝慰妈妈："爸爸是一个好人，老天爷在看着呢。"是啊，平心而论，爸爸是我所见过的一个大好人，从来只见他一肚子的好心眼，他以德报怨，直爽痛快，是个典型的山东大汉，做什么事总为别人着想，但骨子里也因五六年的军旅生涯极有自己的原则性。我望着爸爸，总觉得他是我崇拜的一棵大树，我爱跟他一起喝酒论天下。

我觉得妈妈也是一棵大树，她和爸爸一起白手起家，风里来雨里去，使我们慢慢过上好日子，虽然生活清贫，但一直努力让我们仨读书。她为这个家操了那么多的心担了那么多的心。从小到大一直到现在，她每次总会嘱咐我"千万珍惜时光，不要白白流失了，但也要早睡早起"。记得高考后，我去县城武装部填报军校，回家已是晚上九点左右了，刚进村头，就望见妈妈站着等我，回到屋里，她竟像个委屈的小姑娘哭了起来，说我怎么回来这么晚，让她这么担心。现在我每隔三天就会给她打电话，虽然每次都问同样的问题，比如今天吃的什么饭啊，今天天气怎么样啊，今天都做什么了，但我问得高兴，她答得开心。我觉得我家也是一棵大树，有树根、树干、树枝、树叶：树根深扎大地，默默支撑；树干笔直挺立，风雨不摧；树枝伸展臂膀，亭亭如盖；树叶迎着阳光，补充能量。只有这样，大树才能顶住风雪，云蒸霞蔚。

读书时间渐长，我越来越体会到，人生最重要之事在于传家，所谓"忠孝持家远，诗书处世长"，我们每一个人都曾是一个孩子，也终要成为一个父母，在整个过程中，关键是要把父母的精神作为自己所受教育的重要部分，冶炼、鞭策、激励，再将之传给下一代，让孩子们记住这些艰难中相互扶持的温暖和困顿中仍然坚守的尊严，永远也不要忘记。正如《布鲁克林有棵树》第四卷最后所写，弗兰西对弟弟尼雷说起小妹妹劳瑞："她不会像我们那样吃苦的，对不对？"

"不会的。不过也不会有我们那些快乐。"

"对啊！我们过去可开心了，是不是，尼雷？"

"是啊！"

看到如此简洁的对白，我便想起了两个妹妹，相信她们肯定也深有感触。今年寒假我读完《奇风岁月》后曾将之送给大妹妹，现在我读完了《布鲁克林有棵树》，我决定把它送给小妹妹。

一位好友在北京工作两年了，但每周都坚持不懈地去北大讲堂看话剧，有次她神采奕奕地告诉我："我的梦想是，有那么一天，我在下面坐着，也能看到自己写的剧本在这个舞台上演出。"对此，我深深祝福。我也有个不大不小的梦想，我梦想着未来的二十年之中，能写部这样的小说，它记录一群成长的生命，讲一个故事，在缓缓平静的叙述中打动人，安慰人。就像左拉所说，所谓充实的生活，便是"养个孩子，栽棵树，写本书"。待到那时，若梦想实现，我便拥有了前所未有的轻盈和安宁。

其实我觉得，任何一个人，都是一棵树。

（2012 年 5 月 9 日）

春风秋气忆邹师

同门林盼催促我写一写我们的博导邹振环老师，我迟迟未能动笔，因为一提笔便觉沉甸甸的，像一根火柴"嚓"地点燃四年的回忆，在复旦跟随邹老师读书治学的时光，如电影一般在脑海中闪现，每一个镜头都让我感慨万千，鼻子酸涩，眼角温热，不知从何说起。

记得是 2008 年的一个深秋，我决心考博，趁着年轻再读几年书，于是我顺江而下来到复旦历史系拜访邹老师。面对我这位不速之客，邹老师很严肃地连续问我好几个问题，我支支吾吾答得一塌糊涂，就这样落荒而逃般地走出光华楼，在复旦围墙外面走了一圈，望着高耸的光华楼，狠狠地给了自己一个响亮的耳光。回到武大后，我开始了疯狂的读书和学习计划，在那披星戴月的四个月里，考博比准备高考还要努力。最后我如愿以偿，成为复旦历史系 2009 级博士生，忝列邹门。

刚刚开学之时，历史系 09 级博士班一起做活动，同学章斯睿问我导师是谁，我说是邹老师，她伸伸舌头说："天呐，传说中历史系最严格的邹老师。"几天后，在复旦研究生开学典礼上，邹老师被评为复旦"十大研究生心目中的好导师"，看着挺拔的邹老师走到台上领奖，林盼在后面对我说："修志，看邹老师果然高大威猛啊！"开学后不久，邹老师便找我和林盼谈今后四年的博士计划，邹老师表达了他对我俩的期望，建议我们先去认真读史料，在史料中自主摸索出具体的研究方向和题目，然后再与导师商量是否可行，邹老师希望通过这样的方式来培养我们独立的研究能力和问题意识。我和林盼从办公室出来后，林盼说："尽管我从本科就常跟邹老师聊天，但直到现在，坐在他面前还是很紧张。"是的，我也有同样的感觉，因为邹老师在我们面前总是很严肃很认真地强调治学，甚少谈及其他，他律己甚严，对我们学业的要求又很严厉，使我们自然而然心存敬畏。有次我跟邹老师谈及读博期间的读书计划，我说打算每周至少要读一本书，邹老师说："这是懒人的做法！我像你们这么大的时候一天拿出 12 到 16 小时来读书，一天何止一本书？"我听后羞愧不已。确实如此，正是依靠如此好学深思的读书习惯，邹老师在跟随周振鹤先生读博期间，才能写出被评为全国优秀博士论文的《晚清西方地理学在中国》。

邹老师出生在上世纪 50 年代末期的上海，在那个疾风骤雨的年代，邹老师对阅读产生了浓厚的兴趣，即使在工厂做工时也保持这一习惯。受叔叔邹逸麟先生的影响，邹老师在考上复旦大学后选择历史学作为终生志业，更加珍惜珍贵的读书时光。考上研究生后，邹老师跟随朱维铮先生治学，刚入朱门，朱先生便让他到复旦文科图书馆中把所有的图书卡片都翻读一遍，邹老师虽不解其意，但还是用了三天时间认真把所有的图书卡片都读了一遍，后来他才发现这是一个非常有效的目录学训练方法，了解自己所在的地方有哪些图书资源，日后自己搜寻资料就事半功倍，这是一个学者最基本的学术训练。朱先生是饮誉海内外的中国思想文化史大家，他对弟子的要求自然是严上加严，遵照朱先生的要求，邹老师每周都要精心读完一本古代经典，写出一篇读书报告，与朱先生相互辩难，这种阅读原典和师生切磋的读书方法使邹老师受益匪浅。邹老师常常向我们提起朱先生对他的影响，记得2012年3月朱维铮先生逝世，邹老师正在香港访学不能脱身，他连发两封邮件跟我和林盼谈及他对朱先生敬仰和自己的伤心："他和我们其他老师不一样，他首先是一个思想家，其次才是学者……人们内心喜欢的其实并非一个作为学者的朱维铮，而是他的启蒙思想……明天下午你们都去参加告别仪式，看一看你们祖师爷的遗容。"

其实很惭愧，刚进复旦历史系时，因为我本硕期间皆非史学出身，所以邹老师一度对我半路从事史学研究表示担心，因为史学研究意味着你不光要静下心来坐冷板凳去读史料，还要突破窠臼培养出自己的研究思路和问题意识，非朝夕可成。浑浑噩噩地读了半年史料，我仍然抓不住头脑，邹老师几次批评，教导我读书一定要着紧用力。博一快要结束时，我拿着自己的开题报告发给邹老师看，邹老师沉默了两天对我说："你半年后再开题吧。"当时我很吃惊，在课间休息时问邹老师原因，邹老师声色俱厉地对我说："黄修志，你一定要好好把博士论文做好！一定要扎扎实实地做，不要耍小聪明！不要以为一本博士论文就是随便这样生产出来的！"

事后，我痛定思痛，深刻反思，决心从头再来，抛掉从前的所有念头，剃个光头，远离电脑，闭关静心，认认真真地阅读优秀论著，扎扎实实地爬梳史料。因为那时我才真正觉醒到自己在史学研究上一贫如洗，要补的课实在太多，必须要付出十倍百倍的艰辛努力才能赶上来。在博二上学期，邹老师开了一门《明清西学史》的课，他让所有选修这门课的同学每人登台讲读一本国内出版的博士论文和一本海外汉学著作，台下的同学们包括邹老师也要进行评点和提问。如此，仅为了这门课，每人每周都要精读至少两本论著，还要精心准备自己的讲读，如同明代的会讲一般，大家一起臧否一本书的优劣得失，讨论其中的研究思路和史料方法。说白了，这门课的价值在于培养我们怎样做研究，对我影响很大，渐渐喜欢上这种读书方式，所以常去参加一些读书会，后来我们师门内部成立了一个读书会，每月在光华楼十五楼咖啡厅或校外一个咖啡馆聚会，每人拿出自己的一篇论文出来，供大家批判，大家互把对方的论文批得面红耳赤。邹老师得知后非常欣慰，多次希望我们及以后的师弟师妹们能把这个习惯传下去。

闭关时间越长，读书越来越有心得，研究思路也越发清晰，2010年的最后一天，邹老师把师门几位学生叫到他的办公室，一起讨论我的开题报告。其实我们有一个很让其他同学羡慕的事情，就是师门有一个人若开题或预答辩，邹老师会把其他学生也都叫过来一起提意见，专挑毛病，以便你能更好地写。在那一天，邹老师充分肯定了我的进步和开题报告，当时我眼睛湿润。当晚与师妹谢雨珂吃饭时，谈起在复旦彷徨焦虑了一年半才开始觉得有了点希望，如果没有邹老师当初的敲打和训斥，我很可能就会这么稀里糊涂地过下去，还会洋洋得意地说：读博无非如此。虽然开题报告已经做好，但我从未写过一篇正儿八经的史学论文，所以在2011年，我先花费了半年时间继续猛读史料和论著，后又用半年时间精心撰写一篇论文，邹老师看后回复了一封很长很长的邮件，一个一个地指出论文中的问题，我修改之后又接受师门读书会和两次全国学术会议的批评检验，从那时起，我才开始对史学研究真正有了信心。于是在2012年，我进入狂热的博士论文写作阶段，每写一篇就交给邹老师看，最后在寒假之前终于按邹老师的要求把初稿写完。记得写完20多万字的初稿，将之发给邹老师后，我在宿舍泪流满面，听着许巍的《喜悦》回家过年。今年大年初八，邹老师发来邮件对我博士论文做出了长长的的点评，后来在预答辩时，邹老师对诸多师友说起："黄修志把博士论文初稿发给我后，我整个寒假都在读，除了读他的论文外，还把他提到的他人研究成果都找出来看，看看他到底做到了什么程度，是不是就像他在研究综述中所说的那样在前人基础上有所突破和创新。才开始我读得很慢，因为要进入他的研究语感中，后来读完后发现他确实做出了很多突破。"

在大多数人看来，邹老师就是这样一个人，教书治学一丝不苟，平时也不苟言笑，难免让大家敬畏。博一时我担任邹老师给本科生开设的《中国史学原典导读》的助教，亲眼见邹老师领着二百多名学生一字一句地解读朱先生编的《中国历史文选》。同学成富磊听完邹老师的一门课《十三经导读》后，对我说："邹老师讲课，那真叫一板一眼啊！"实际上这种严谨认真的态度表现在其他任何事情上，读博四年，我有事回家或者去外地开会，告诉邹老师后，邹老师总会叮嘱我："别忘了跟你班的辅导员请假。"每次需要他填写表格或签字时，他都会专门安排时间来让我们前去，然后认认真真地写好。我跟着邹老师参与了两次国际会议的筹办工作，有次在筹办之初我脑子开了小差，没有把计划做好，邹老师生了很大的气，说做事就是做人，时间安排不好就不会尊重人。有人会说邹老师的脾气很大，训起人来不留情面，但在我们看来，这正是邹老师做事严谨认真的体现，其实邹老师自己也常说自己有时过于急躁，看着自己的学生做不好事情或者读书不上进，往往控制不住脾气。有次邹老师请我们大家吃饭，邹老师说："林盼是个急性子，做事很快；黄修志呢，是个慢性子，做事倒是稳重。邹老师是急性子呢，还是慢性子啊？"大家异口同声地说："急性子！"邹老师呵呵笑了。

但其实，随着跟邹老师的接触越来越多，我越来越感到他表现出的温暖的慈爱和关怀。他常推心置腹地跟我们说起他读书治学的各种得失，常常充满遗憾地说他们那一代人受政治环境的影响没能学好外语，反复劝告我们以后治学除了要在史料上超过他们外，也要在外语上比他们有所突破，这样才能站在国际学术的前沿，而且，在学术界做学问一要有大胸襟，善于包容他人；二要有大视野，方可登高望远。他也金针度人，常把新写的一篇论文发给我们读，让我们提意见，出版一本书后就跟我们谈这本书写作的过程，说治学应当有长远规划。这样一种严谨和诚恳的态度也折射到生活中，到了后来，邹老师也常语重心长地跟我谈起今后我的工作、生活、家庭等。

读博四年，是一条颠簸坎坷的路，导师的要求严，自己的期许高，读博自然就会清苦很多，充满了挣扎和焦虑。但我何其幸运，总归是走了过来，苦尽甘来。博士论文送出去后，得到明审专家的一致好评，其中一位专家说："个人认为，这是近二十年来大陆高校在中韩（朝）关系史方面最优秀的一部博士论文。"毕业答辩时，林盼和我的博士论文皆被评为优秀，那晚，邹老师红光满面，似乎比往常多喝了好多酒。即将毕业时，我被评为复旦大学研究生"学术之星"，是那一年历史系唯一当选者。在复旦历史系、文物与博物馆系、旅游系的毕业典礼上，我代表三系应届毕业博士生上台发言，回忆了这四年的酸甜苦辣，说道："如今站在毕业的门槛上，望着草木葱茏的复旦，我百感交集，难舍这片成长之地，心中充盈着对复旦的感激。在这个告别时刻，我要感谢我的导师邹振环教授，他常说做学问的态度体现出一个人为人处世的品格，他的严格要求促使我不断努力。"说完这段话，我转过身来朝着坐在博导席中的邹老师深深地鞠了一躬。

莫砺锋老师曾提到程千帆先生对门下弟子常"加以友善的压力"，其实从我的切身体验来看，这种"友善的压力"随着日积月累，弟子会渐渐把这种"友善的压力"变成"友善的斗志"，并将这种斗志内化到生命中。我是一个喜欢阅读圣贤经传和约翰·克里斯朵夫的人，坚信人生是一次次艰苦的战斗，"静处体悟，事上磨练"，而成长过程中凡骤然疼痛的一次次劫难，便是检验自己和心灵飞升之时，邹老师便是我成长过程中给予我重要教诲的师长。"律己宜带秋气，处世须带春风"，我认为他就是一个"春风长者，秋气学者"，他既是一位严师，时刻让我反省自己的过错，又是一位父辈，时常让我感受到被关怀的温暖。

2013 年，我毕业来到烟台工作，邹老师发来邮件告诫我："现在你应该忘记自己是复旦大学的博士，内心不要经常记着在复旦大学研究生期间的辉煌，暂时忘记这些对于你踏踏实实地从最基础的工作做起会有好处。"是的，其实我每到一处之时，就做好了从头开始的准备，因为世界是如此广阔无限，而人生又处处起波澜，只有勇于认真，勇于脚踏实地，勇于告别旧日习气，才会不断完成自我的超越。

学问的精神是经过一代代传递的，如今我也成为一名教师，面对我的学生们，我时常在想：著书在于育人，教书也在于育人，对一位教师来说，学问和学生是自己最应该珍视的作品。正如邹老师评价朱先生一般，"他首先是思想家，一位启蒙思想家，其次才是学者"，学问的终极关怀应始终在人，治学和教学的根本目的就在于启蒙人，激励人。今年 9 月 10 日，师妹赵莹说准备送给邹老师一个小礼物，问我是否要写上几句话，当时我引用黄山谷的诗，回复她：

"桃李春风一杯酒，江湖夜雨十年灯。"

师恩如酒，酩醉人生，师恩如灯，照亮征程。

（2013 年 12 月 15 日）

原来你也在这里

班得瑞的音乐弥漫在一路向南的高铁上。

暮色四合，从上海虹桥火车站出来后，轻快走进地铁 10 号线，听见风从人海中吹来，地铁随即呼啸起来。周围是各族人民和各色人种的说话声，人们兴致勃勃讨论着一天的工作和生活。刚过三四站，一位大约六旬老者，花白的头发和胡子，背着一叠画架走了进来。

"老人家，来我这里坐吧。"坐在我身旁的一位约莫二十岁扎着头发的姑娘摘下耳机，合上书本，站了起来。

"谢谢侬啦，我不用的啦，身体好滴很呐！"老者笑呵呵地带着上海口音说，"要不我给侬画张像吧！"

"呃……不用啦，谢谢！"姑娘不好意思地摆摆手，继续看起书来。

"侬不用客气啦，我画了三十多年了，一直靠画画养活自己，哎，让你们看看我的画！"老者从背包里拿出几把扇子，"看啦，水彩，素描，人物，山水，都可以的啦！"

我在一旁静静听着老人和姑娘的谈话，几站过后，老人背起画架走出地铁。我望着他的背影，想到今天从烟台来上海参加邹老师执教三十周年的聚餐，邹老师平常也爱画油画和素描，他的画龄也有三十多年了罢。

"对不起，我能跟你说话吗？"坐在身旁的那位姑娘碰了碰我的胳膊，打断了我的思绪。

"唔……可以啊，聊什么呢？"我稍有讶异，但又故作平静地说。

"你愿意过一种流浪的生活吗？"她很郑重地问道。

"年轻的时候有过这种梦想吧，现在好像忘记了。"我淡淡地说。

"那你现在不是年轻人吗？看你西装革履，应该是刚工作的大学生，我难以想象所有的大学生毕业之前都要放弃原来的梦想穿着职业装到处去求职。那你说你以前有过流浪的想法，都是怎样的想法呢？"

"以前吧，我也在上大学的时候，总是想着去敦煌，想着去草原，想着去另一个大洲旅行。尽管到现在，我仍然还是没有实现。但是当时在想这些东西的时候，自己心里是憋着一股劲为了这些东西去努力的。现在吧，怎么说呢，北岛说过一段话：'那时我们有梦，关于文学，关于爱情，关于穿越世界的旅行。如今我们深夜饮酒，杯子碰到一起，都是梦破碎的声音。'说的大概就是我现在这种感慨吧。"

姑娘眨了眨眼睛："也就是说你工作之后再也没有这种想法了？"

"也不是，毕竟我还在大学工作，接触的也都是年轻人，比在社会上工作的人还是多少保留了一些本色和想法。"

"哦……那你觉得现在的大学生应不应该有流浪的梦想呢？还有就是，当你的学生翘课时，你会点名吗？"

"财大的学生也有流浪的梦想吗？"我开玩笑地问。

"啊……你怎么知道我是财大的？"她惊异得面色微红。

"刚才那位老画家不是问你来嘛！何必流浪他乡呢？此身就在远方。个人的感觉，旅行固然是美好生活，但过于远离人群的修行总有点懦弱逃避的表现，有时生活和工作即是修行，通过琐事来磨练自己的心性，但仍能保持本色和一种陌生性。这种陌生性便是流浪的态度，世界虽然广大，人群虽然嘈杂，但在你心中，总有自己深如汪洋的想法和随意，有时我们那么努力，那么执着，不是为了改变世界，也不是为了改变他人对自己的看法，而是为了不让世界和他人改变我们"，我越说越来了感慨，瞥见前方的到站信号，站起身对她说，"不好意思，五角场到了，我要走了，很高兴和你说话，再见！"

我站在车厢门口准备下车，心想，其实这个姑娘应该是个很有想法的大学生，她的目光那么坚定，愿意在地铁中看书而不是刷手机，她问了这些问题，我作为老师，却忘记表扬鼓励她了。于是我回头隔着人群望着她微笑着点头，她支颐腼腆地冲我笑了笑，挥了挥手。

从邯郸路出口出来后，顺手打车来到三号湾临文轩，在服务员的引领下，我走进一间大厅，刚一推门就听见大师兄的祝酒词，一个个熟悉的身影举着酒杯。没想到我来得正是时候，三张大桌子摆满大厅，我迎上去跟邹老师握了手，邹老师笑着让我在他对面的座位入座。我放下提包，顺手举起酒杯，对面就是老师和师母的微笑。大师兄激情洋溢地说完后，二十多个师兄师姐师弟师妹一起举杯庆祝邹老师执教复旦三十周年。邹老师满面红光："今天我特别感动，感谢大家！我事先从不知道你们会做这样一个活动，邹老师学术怎么样，我的文章可以证明，但邹老师人品怎么样，就要看学生的印象了，是不是啊？这个没办法通过什么东西来证明的。你们认为我是好老师，那我就是一个好老师，你们认为我是一个差劲的老师，那我就是一个差老师，都留在你们记忆里了。刚才王纯说的，我蛮感动的，因为他是我第一个硕士，我的生活后面很长的一个经历，他是全程看到的。所以我也要特别感谢我的太太，我最后生活得比较安稳，做学问条件的改善，很大程度上是我太太给我带来的，所以这里也要感谢她！"

大家高兴地聊着笑着，我拿着酒杯敬邹老师，敬师母，敬传说中的师兄师姐们，敬从西安、杭州、青岛等地赶来的师兄师姐，敬两年多不见的林盼，敬多年不见和今天初见的师弟师妹。大家嬉笑着畅聊当年的往事，耳根温热，筵席快至尾声时，大家争先恐后地与老师师母合影。次日惠子师姐感慨："我好像又回到学生时代，邹老师依然如10年前艰苦求学时的初见，那般的儒雅温暖；师门子弟依然友爱同心。这弥久岁月给予的静好，是子弟们同德追求的体现，更是邹老师高尚师德不凡品格的回报。一位教授在执教30年后，能够聚齐几乎所有子弟，更在学生们热切期盼的目光下出场，只那一瞬的刹那光华，诉说着师德的高尚，真真值得我们一生珍藏体味。"

饭后已近十点，高明师兄把我与从青岛飞来的本成师兄安排到复旦卿云宾馆入住，放下行李后，我按捺不住，信步走进细雨丝丝夜色秋凉的复旦校园。时隔一年，我又来了。我给老葛打电话："老葛，猜猜我在哪儿呢？"

在长春的老葛不动声色地说："我猜你在光华楼前面漫步。"

"我靠！你可真行……我靠！你现在猜猜我看见谁了？"一个熟悉的身影在我前方诡异地闪过去，我惊叫了起来。

这人正是余伟，去年来复旦时，我在光华楼里看到他的背影，今年在这么个大半夜，在这么个偏僻的校园小路上，竟然又看见了他的背影！

"师兄！"我喊了一声，背影没有回头，"余伟！"我大声叫了起来。

余伟回过头来，夜色朦胧，灯火阑珊，我从黑暗中慢慢走近，他辨认了一会儿，登时大叫："我靠！我靠！你怎么来啦？哦……邹老师从教三十周年是吧？"

"咦……你怎么知道？"

"你们闹那么大动静，全系都知道了。"

"你回北区吗？走，一起跟你边走边聊。"我喜不自胜。

"我路过北区，要回三门路，我把复旦的工作辞了，现在在同济做博后。"

"噢……这就是去年我碰见你时，你说你在办一件惊天动地的大事？"

余伟点点头。两人一路从光华大道走进北区，绕过当年我住的宿舍楼，穿过北门，来到全家，余伟买了两瓶饮料，和我坐在临窗的座位前哈哈聊着，周围一群复旦或财大的学生在一旁吃宵夜斗地主，一如当年我和晓伟深夜常看到的场景。

聊到半夜十一点半，我们握手言别，他走进茫茫夜色中，我走到北门，被校警拦了下来："请出示校园卡。"

这时我才忽然醒了过来，原来我不是回北区宿舍，我已非此处之人，无奈我只好绕了一个大圈从政民路回到复旦东门来到卿云宾馆。

次日一早与本成师兄吃完早餐后，我走到南区，路过文科图书馆，犹豫着要不要进去看看，最后还是拿鲁大教工卡换成外校人员访问证走进教师研究生阅览室。我走到大型工具书区，发现又购入不少没见过的书籍。我在最后一排逼仄的角落里，翻阅着一本书，忽然一个身影在我右侧站住了。我扭头望了一眼，登时愣住了，对方也是愣愣地看着我。

"哎呀，石头！"我失声叫了出来，吃吃地笑望着他那张夸张惊奇的面孔。

他习惯地用手指点着我："小志！你……你怎么来了？"

"我来参加邹老师从教周年的活动，本来我还犹豫要不要来图书馆看一看，没想到竟然遇见了你！"

"我也是，今天我早上起来，看天要下雨，还犹豫要不要从松江赶过来查查资料，"石头笑着说，"好了，你先去看书吧，我暂时不会走。"

"好的,我先去上面的港台书区转转哈。"我拍了拍石头的肩膀。两年多没见过他了,他还是那么瘦,还是如我们以前朝夕相处时的那么瘦。

港台书籍专区的资源又越发丰富了,我翻了一个多小时仍然爱不释手,听得石头儿发来短信:"小志,午饭怎么安排的?"

我回道:"当然是跟你吃啦!"

外面的雨已下得紧密了,两人在图书馆门口一边避雨一边聊着,见雨并无消歇的意思,遂顶着细雨往南走去。在我的提议之下,两人来到附近以前我常来的东北大馅水饺,各要了半斤水饺,蘸着醋和蒜泥,快意地吃了起来。

"现在天天看你在微信上发一些你的书法作品,早课写篆书,晚课写楷书的。以前咋没发现你有这才华和心思呢,让我觉得你是阅遍人间靡烂后突然看破红尘遁入空门的感觉。"我笑嘻嘻地吞着韭菜水饺,看着神似雪村的石头,石头儿则不断抬头看着墙上的中国地图。

石头嘿嘿笑了一会儿,并没说什么。吃完后,石头说请我到附近的鹿鸣书店看书喝茶。鹿鸣书店的布置更雅致了,是书店和咖啡馆的完美结合体,柜台上挂着鲁迅、韦伯、陈寅恪等人的画像。我赶紧翻阅着一层层新出的书,有种触目惊心的错愕感,感觉学界的论著和选题真是更新得快,似乎稍作松弛,别人就会捷足先登。很高兴看到了自己喜欢的一些新书,也看到了自己参与整理的那套书赫然陈列。石头特意出资为我购买了自己喜欢的两本书。

"哎呀，那我得让你这书法大师在两本书上签上字，就说是赠我的。"我边说边拆薄膜。

"嗨，瞎说啥，你想喝什么？有咖啡，有茶。"石头赶紧止住了我，浏览着茶单。

品着沁香的洛神花茶，我们坐在明净落地玻璃窗旁的木椅上舒服地聊天，书店里静悄悄的，老板很客气热情地给我们续茶。外面的雨时而下得大了，浇得门前的一弯翠竹散着浅亮的光。我们小声地开怀大笑着，又怕吵了周围看书和喝茶的人们。落地窗对面就是正大体育馆，六年前我们班同学就是在这里参加的开学典礼，那天石头还穿着绿色横纹的 T 恤，和我慢腾腾地走回北区宿舍。我不断问他"还记得吗？"石头儿则不断以恍然大悟的"哦"回应着。

"你在想什么呢？"我望着石头凝望窗外出神的神情，有意地问了这么一句。

石头回过神儿来，呵呵笑了一阵子，他说："今天京东买 200减 100，我一早就下了一单。"

"哦，买的什么书呢？"

"呵呵，都不是正经书，都是字帖啊魏碑啊什么的，都是玩儿的啦，不过确实很精美，摸着就觉得很舒服。嗨，有时不知道自己弄这些干嘛。"

"这不是挺好嘛！这才叫读书，这才叫生活。我发觉自己现在买书都很功利性了，只买一些跟研究相关的书了，太俗了！我得向你学习啊石头儿。你说咱读书一直到现在，不就是渴望有这样的时光吗？比如现在咱俩天各一方，还能在鹿鸣喝着小茶，听着小雨，闻着书香，唠着小嗑，咱追求的不就是像此刻这样很安心的状态嘛！"我望着窗外翠竹和室内百城说道。

转眼已是下午，石头说还要回图书馆查资料，只好告别，我在雨中回头望着那熟悉的背影，很想知道自己在想什么。雨渐渐小了，我走到复旦旧书店盘桓徘徊了一阵子，淘了两本书回到卿云。突然想到鲁大法学院有个同事正在这里访学，遂又走到北区看望。聊了一会儿后，两人又到北门的新文艺书局，我又淘得两本书。晚上请赵莹、王慧、秋云三位师妹在西尔咖啡馆共进晚餐，吃着肉酱面和辣香的披萨，喝着热腾腾的柠檬红茶，背靠着沙发肆意大笑着聊着各种爆料和八卦。

回到卿云后，想起石头的话，在京东上下了一单书。本成师兄给我看了一张他高中同学的照片，我依稀觉得有些面熟，忽然想起每天在研究院上下班时经常看到的一位老师，个子不高，满脸书生气，竟然真的是他。本成师兄便聊起了他，聊起了他跟邹老师求学的日子，聊起鲁西南的家常，我应该是听着听着就进入了梦乡。

吃完早餐后，本成师兄把我送到五角场地铁站，我一路小睡来到虹桥火车站。在11号检票口坐等回烟台的高铁检票，这时一个熟悉的身影闯入我的眼帘。天，不会吧！我走到他的跟前，拍了拍他，他转脸惊讶地看着我。是的，我没有看错，这就是我现在的同事、江南才子、文学院男神、彪哥口中的小宇哥——秦老师！

"你从哪里来的？"

"我到绍兴开会，去复旦北区看望了咱院的涂老师，刚站在这里，就被你看到了，"秦老师笑了一会儿，"你应该是坐前一班地铁到的吧！"

"你在哪一个车厢？"我翻出他手中的票，念道："4车01C，哈哈，我的是04车01A！"

高铁很快就疾驰起来，我和秦老师并肩坐在一起聊啊聊。到了苏州站时，一拨乘客又走了进来，看到一个熟悉的身影，我怔住了，瞬间感到思维错乱，指着右前方一位女乘客支支吾吾地说不出话来。秦老师抬头看了看，叫道："张老师！"

女乘客定睛看到我俩，一拍手："呀！你俩呀！我去上海开完会，来苏州查资料了。本来在13车，有人说要跟我换座，我就来这里了！"

"哈哈，来一趟上海真刺激！不到两个小时，先是遇见了男神秦跃宇，又遇见了女神张清芳，鲁大文学院的教授、副教授、讲师都集齐了！"我坐在椅子上，咯咯笑个不停，回想着这两天遇到的熟悉的身影，心中响起刘若英的《原来你也在这里》。

那首歌改编自张爱玲说的一段话："于千万人之中遇见你所要遇见的人，于千万年之中，时间的无涯的荒野里，没有早一步，也没有晚一步，刚巧赶上了，没有别的话可说，唯有轻轻地问一声：'噢，你也在这里？'"

（2015年11月2日）

三十而立，语保有约

"今天是在烟台的最后一天，须把各项准备工作处理得当，将交代事宜嘱托到位。"读着 2017 年 2 月 27 日写的这段日记，恍如昨日。次日，告别家人后，我乘坐高铁从烟台南站抵达北京南站，来到位于西单大木仓胡同的教育部，当晚写道："明天是上班第一天，也许会有些煎熬，但应是历练成长、改变习气的第一步，务必让自己：谨慎、谦虚、明快、敏锐、灵活、坚定、果断。"继续往后读："戴老师说：这个工程是世界史上规模最大的语言资源保护工程，你我何其有幸，在工程中尽了一份力。我想，两年后，自己能否假装成未来世界比如 2068 年的研究者写出这段历史呢？"

时光飞逝，我在教育部语言文字信息管理司的借调工作已经过去两年多了，如今读着两大册厚厚的借调工作日志，仿佛在观看一部从 2017 年 3 月到 2018 年 3 月的电影，每一帧都烙下了鲜活的印记。如果说这一帧帧画面中有一个主题的话，那就是陪伴我 30 岁这一年的中国语言资源保护工程(下文简称"语保工程")。这两大册工作日志忠实记载了每一次语信司的司务会，语保工程的会商会、工作会以及围绕语保工程展开的各种日常工作的点点滴滴。

2017 年 3 月 1 日是我在语信司借调工作第一天，那天早上，戴宗杰老师带我来到语信司，见到田立新司长、易军处长和各位同事。在那半个月的时间里，戴老师倾囊相授，带我熟悉了关于语保工程的各个环节和部里相关部门，我逐渐适应了工作节奏，对语保工程也有了初步认知。3 月 3 日是我参加第一次司务会，针对语保工程，田司长提到《光明日报》刊发的访谈钱曾怡、孙宏开、张振兴三位先生关于语言资源保护的文章《跨越一甲子的赓续》。会后，我找来这篇文章研读，更加明白语保工程的重大意义。这项从 2015 年开始启动的国家重大文化工程，要用 5 年时间完成全国 1500 个点的汉语方言和少数民族语言的现代技术手段调研、展示、开发，是名副其实世界史上最大规模的语言资源保护工程。

3 月 9 日，我第一次来到北京语言大学参加语保工程会商会，所谓会商会，是语信司与北京语言大学的中国语言资源保护研究中心、中央民族大学的中国少数民族语言保护研究中心、清华大学李涓子教授的信息技术团队围绕语保工程的管理和推动定期召开的会议，一般每月一次。在会商会上，我见到了曹志耘教授率领的语保中心团队，这是一支战斗力和内生动力都很强的科研团队，集合了张世方、王莉宁、黄晓东、孙林嘉、黄拾全等一批优秀而蓬勃的教授和专家。正是在他们的孜孜努力下，语保工程的一系列技术规范才成为覆盖全国 1500 个点的调查标准。3 月 31 日，语保工程工作会议在京召开，各省语委办负责人、语保工程核心专家组专家前来参加。至此，正好一个月内，我大致接触了与工程相关的主要专家和负责人，对语保工程的整体框架和目标任务更加明晰，也更加感到自己使命光荣，责任重大。我预感语保工程注定要写入世界语言史中，也注定写入我的人生史中。

司里的工作很忙碌，几乎每天都有新的任务，我服务语保工程的重要工作之一，就是给全国各地的调查团队办理拨款。因为经费事关每个调查团队的基本保障，所以每次办理拨款，我和张世方老师都是反复核验。除了拨款外，司领导和易处也常提醒我，应多为语保工程的推进出谋划策。事实上，每次参加司务会和支部学习活动都是一种洗礼和震撼，让我不仅在工作态度上有了转变，更在工作效率上有了提升。司领导常常告诫我们做工作需要提前谋划、主动作为，总结来说就是要回应"三关"，拥有"三皮"，即谋划工作要服务国家发展需求，回应中央关心、群众关切、社会关注，展开工作要主动出击，硬着头皮、厚着脸皮、磨破嘴皮。这一年的工作实践也让我体会到一种认识世界和改造世界的魅力，许多问题看似复杂，其实需要掰开、揉碎，了解问题的实质后进行任务分解，扎实推进后自然迎刃而解。所以，每次司务会和会商会，听着大家的问题研判和解决方案，总有种观看高手拆招的感觉，尤其是当自己也参与其中时，我逐渐意识到"理一分殊"的意义，世间万事万物的道理都是一样的，就看你能否看破问题的关键。

借调工作期间，正是遇到那么多怀着同一个信念的优秀的人们，我才更加坚定对语保工作的信仰，我深信这就是一种可以升华和弘扬的"语保精神"。记得 5 月 15 日，我们赴中央民大调研中国少数民族语言资源保护研究中心建设情况，看到大楼中写着费孝通先生的名言"各美其美，美人之美，美美与共，天下大同"，这句话也正应了语言资源多样性和人类命运共同体的基本精神。7月 17 日，我在北语参加了南山会讲"语保世界观"，见到了在民间致力于语保工作的湖南卫视主持人汪涵和联合国教科文组织的相关负责人，这表明语保工程已得到社会响应和世界关注，田司长在讲话中倡议世界各国"共同保护语言资源，促进语言多样性，实现多语言和谐共存，从而留住生命之根，保护文化之心，成就文明之美"，其实这已是 2018 年世界语言资源保护大会的先声。

8 月初，语保工程的巡检工作正式开始，我和孙林嘉老师抵达广东，后又与黄拾全老师抵达江西。在江门巡检时，我们观摩了新会方言团队的调查过程。9 月下旬，中国语言资源保护工程核心专家组工作会议和第四届中国语言资源国际学术研讨会在西安举行，我跟随张浩明主任前往参加，又参加了陕西汉语方言调查的中期检查和巡检工作。10 月份我们在司里观看了十九大的直播，报告中提出"推动中华优秀传统文化创造性转化、创新性发展""不忘本来、吸收外来、面向未来""更好构筑中国精神、中国价值、中国力量""坚定文化自信，推动社会主义文化繁荣兴盛""推动构建人类命运共同体"，听着这些振奋人心的提法，我想到，其实我们的语保工程都若合符节。12月底，我跟随田司长前往湖南大学岳麓书院调研，为2018年世界语言资源保护大会做准备。

转眼间到了2018年，语保工程进入第四年。3月9日上午，我赴北语新综合楼1223室参加了最后一次会商会。回想起来第一次参加会商会也是在同日同地，似乎时针从原点出发又回到原地，画成一个圆圈，不由百感交集。王莉宁老师将她撰写的《中国语言文化典藏·澳门》赠给我，扉页上写着："采风，修志，问道，引玉，语保征程同行。"正如她所说，因为语保，我们是同行者，千千万万的语保人虽分布在五湖四海，但共望一轮明月照天心，都不是孤独的旅行者。确实，一代又一代的语保人就这样怀着初心和使命，抱着温情与敬意，跋山涉水，坚韧前行，探寻那些正在消失的乡音和文化，就像寻找那些濒危的小鸟和植物，小心翼翼地捧入怀中，使之融入新时代中华文明的血液中。与时间赛跑，为中华寻根，替文化续命，如果这样的胜利不属于我们，还会属于谁呢？

似乎冥冥中就是这样一个缘分，我把30岁这一而立之年奉献给了语保工程，同样，语保工程也给了我一生都引以为傲的馈赠，那就是内心深处的恒久激励和无限轻盈。借调工作结束，回到烟台后，我把在京写的60篇随笔整理成一本书《京华望北斗》，在自序里说：

回顾2017年在京工作的一年，收获了空前的成长，不仅是学到了方法，锻炼了能力，提升了效率，更重要的是，内心确实发生了预想的改变，斩获了一种视野、心境和格局。在北京的日常工作和业余时间里，我见证了一支简洁高效、廉洁自律的工作队伍，见识了一些精明强干的科研团队，认识了许多奋发有为的骨干精英，调研了若干省份地区，聆听或参与了许多学术会议，观看了不少展览演出，愈发感到自己的不足，于是学而时习，见贤思齐，反求诸己，不断磨砺……优秀的前辈，都是勤奋刻苦且管得住内心的人，走出书斋的工作更能砥砺内心的淡定、明快与从容。

2019 年年初，这本书刚出版，我携书来到司里"交作业"，发自内心地感念这一年的磨练。是的，感谢语保工程，感谢京华岁月，两大册工作日志记录了太多回忆和思绪，但纸短情长，言不尽意。我相信参与语保工程的每一个人，已经不仅把它视为一个热爱的工作，更把它当成一个美好的约定，等着未来某个时刻去怀念、追忆。

（2020 年 6 月 28 日）

亮皎皎，徐徐照

　　秋光如此迷人，气温仿佛仲春时节，"凄然似秋，暖然似春"。明晃晃的暖阳照在墨绿未褪的树叶上，倏然一片叶子落下来，在空中缓缓旋舞。"让她跳完她的舞，让她跳完她的舞，现实太狭窄了，让她在芭蕾舞中做完尘世的梦。"望着窗外的这一幕，不知为何想起了庄子和叶芝。

　　视线从窗外转向书桌，难得享受一个安心自在的上午。翻着微信朋友圈，看到复旦陈文彬老师刚刚发了一条带照片的状态，我脑子"嗡"了一下，好像有个人在提问：还记得她是谁吗？她现在怎样了？我愣愣地，逐字读着陈老师说的话，读了三四遍后，突然意识到这条状态在传达怎样的信息，赶紧在微信里问："陈老师，您刚发的状态是什么意思……"我继续往下翻朋友圈，又见到博导邹老师和其他同学发的黑白照片。我翻着读着，眼泪直流。一会儿，陈老师在微信里回复："她病逝了。"

　　泪光中想起许多往日时光，在那段旧时光里，有司佳老师，有同窗好友，有青春的归途，有梦想的启航。但最让我记忆犹新的，是我们初逢和倾谈的画面。

记得 2009 年 9 月初，在复旦北区体育馆报到时，汪丽红老师对我说："你们的辅导员还没到，我现在暂时替你们保管材料。过段时间你就要转正了，到时你们辅导员会召开支部会议的。"当时我们历史系 2009 级博士班大约 26 个人，参加完开学典礼，见过了导师，我们一直在想这位辅导员是谁呢？大约在 9 月中旬左右，我们终于见到传说中的司佳老师。其实，我已不记得第一次见到她时是什么场景了，现在查阅复旦学号邮箱，看到一条关于 9 月 22 日下午在光华楼西主楼 1901 召开系领导见面会的通知，也许就是在那时，司老师在别人的介绍和我们的掌声中缓缓站起身微笑点头？我只记得当时大家第一次看到她时应该有一种"从天而降"的感觉。她留着半长的头发，穿着淡雅的简装，大大的眼睛忽闪忽闪，吹拂起春风十里的明亮笑意，若隐若现的酒窝在清丽和知性之上又添了些许的俏皮。这一切都提醒着我们，这是一位深游于学术、岁月、异国却未被"皴染"的女博士。9 月 23 日，我们收到她的第一封邮件："大家好！我是司佳，09 级博士生班的辅导员。很高兴今天能够见到大家。新生开学事务比较繁多，感谢大家的配合。现有两件事情通知大家……本周四晚我将走访一下寝室。女生寝室 7 点至 8 点左右，男生寝室 8 点至 9 点左右。"

翻开我在复旦读博的日记本，2009 年 9 月 24 日写道："从书店回来后，在宿舍楼旁遇见皇甫秋实骑车迎面而来，遂打了个招呼，她叫住了我，说 9:00 左右司佳老师会来男生宿舍了解情况，男生要把三卡三表一证填好。正忙着填表填卡，皇甫打电话说已到了。司佳老师在宿舍的客厅里与我们交谈了有一个多小时。"读着这段日记，我已经不记得"三卡三表一证"为何物了，也想不起司老师与我们交谈的详细内容，不禁感慨"当时只道是寻常"的事情被如此疏略地一笔带过。但我依然记得她与我们交谈的画面。记忆中，我把7楼的柯伟明、舒铁和4楼的段志强、梁万斌、罗毅、林盼和对门的葛会鹏、康凯、刘铭都叫过来，与室友顾晓伟、严宇鸣、成富磊在宿舍客厅里会合。司老师先参观了下我们四个人的宿舍，逐个询问男生们的大致情况和研究方向，聊了下学术研究尤其是博士论文的撰写经验，介绍了近期班级要开展的一些工作和计划。大家欢声笑语一个多小时，男生开着彼此的玩笑，司老师大方地笑着。

在那三四个月的时间里，司老师不断给我们发着各种邮件，从一卡通办理、助学助管申请、博士生论坛、秋游计划、学术会议信息、国际交流到甲型 H1N1 流感疫苗、支部会议等，帮助我们度过在复旦的适应时期。记得 11 月 13 日在 1801 教室，司老师主持支部会议，班内党员和非党员同学几乎都参加了对我的转正评议，宋青红同学负责记录。司老师笑着说："修志，你的人缘不错啊！这么多同学都来了，而且大家对你印象都这么好。"她继续说："我和大家都知道你特别爱写东西，虽然现在你的文笔还比较稚嫩，但我希望你能一直这样纯粹地写下去。"

后来，司老师通知班级需要有两位心理联络员，宋青红得知我有过教育学、心理学的学习背景，便推荐我和李娟担任。司老师在邮件里说："两位，首先感谢你们为班级出力，心理问题现已经成为研究生管理工作的一个重要方面，希望你们平时多关心同学的思想动向，并能多跟我联系。"当时复旦很重视心理联络员，我们俩还常定期到叶耀珍楼接受培训，培训结束后领到了专门的结业证书。不久，我们班某位男生突然情绪大变，记得有天深夜，我们预感事态比较严重，我就赶紧给司老师打电话说明情况，司老师让我们做好安抚，次日一早，她就跟我联系了解具体情况，并约谈这位同学，及时稳定了这位同学的心神。

好像是因为这次事情，司老师跟我联系得渐渐多了起来。记得有次因为班级的一些事情去光华楼见她。走进她的办公室，我专门看了下她的书架。书架上大多是英文书，摆着一张她和周振鹤老师的灿烂合影。聊完班级事情，就开始闲聊起来，大约闲聊了一个半小时。她问："修志，你导师是邹振环老师吧？据说邹老师是邹逸麟先生的侄子，是吗？"其实我后来才知道她的硕导是周振鹤老师，算起来是我的师姑了。现在看来，那天上午的闲聊已经是一个静静的画面了，她的办公室在光华楼的阳面，秋光照进室内，窗外延伸着外滩连绵起伏的高楼，东方明珠电视塔清晰可见。我滔滔不绝地说着最近的读书感受，好奇地问起她在宾大读书的经历，她则回忆着一些往事，说起梅维恒、韩书瑞两位指导教授。她说："修志，其实我也是山东人，老家在临沂，但从小在上海长大，那已经是一个遥远的故乡了，很久没回去过了。我以前读书的时候，经常背着包去旅行，走来走去，漂来漂去，故乡的概念越来越薄，性子里反而变得随遇而安。"

11月22日已是小雪节气，我们班却在郑重其事地开展秋游，想想觉得有点好笑却很温暖。出发前，司老师说："同学三年，不如同行三天，所以这次秋游非常值得。"那天中午，司老师和我们先来到北区附近的"小天府"餐厅聚餐，而后从江湾镇乘轻轨到宜山路，换乘9号线来到七宝古镇。七宝古镇不是很大，却游人如织，大家很快就三三两两地消失在人海中了。转来转去，偶尔隔着一个陌生人的肩膀又看到了司老师寻觅同学们的眼睛；左顾右盼，偶然又瞥见司老师在请几位同学吃青团。印象中那是我们和司老师的唯一一次出行，我们也拍了和她的唯一一次合影，冬阳下，我们感觉她笑得最美。

凛冬时节，她在邮件里一边嘱咐我们一边追忆往昔："新来上海的学生也许不太适应，不过读书可能就是这样的——什么都俱全了，留给你精神思考的空间就小。我还记得我留学初到费城的那年冬天很冷，早晨可达零下十多度。一日早上醒来门口积雪及膝，一时竟不知如何踏入。现在回想也是蛮有意思的。"但她不仅是温和的，也是锐利的。记得同门林盼在开题之前，邹老师邀请几位老师点评，司老师一针见血地提出修改建议，令邹老师大为赞叹，也让我们深受启发。

博一对我来说是异常艰难的，因为我从武大文学院跨专业考入复旦历史系，只能笨鸟多飞，要付出足够的努力逼着自己从一个史学爱好者转变为一个专业研究者。那一年，在书海中，我觉得时光煎熬又飞逝，不知不觉窗外已是蝉鸣如瀑的夏日。读书之余，宿舍的几位同学常走到光华楼前的草坪上一边吹风，一边遥望夕阳中的草木和云霞。就在一个黄昏，全班在校外的红辣椒餐厅请司老师吃饭，因为她要赴日本访学了，这意味着她不再是我们的辅导员了。虽然我们听到一些故事，但那匆匆一年的陪伴，对我们而言是异常珍贵的。

接替司老师的辅导员是陈雁老师，带我们从博二到博三两年，后来是马建标老师带我们到博四毕业。在这四年里，我们最常回忆的是三位老师支持或陪同我们穿越春夏秋冬的四次旅行，春天是在苏州城，夏天是在杭州、绍兴，秋天是在崇明岛，冬天则是与司老师一起在七宝镇。等到司老师从日本归来后，我们很少再见到她，偶尔可能会在校园里见到她依然春风般的笑脸。记得2012年6月，复旦举办"中华书局与中国近现代文化"国际学术研讨会，我参与了具体的会务工作，晚餐时跟司老师坐在一起。司老师问我："修志，都博三啦？"我说："马上博四了。"闲谈一小会儿，她参与到与其他老师的讨论中了，只听她幸福地说："龙宝宝，我今年都能赶得上。"

就这样，四年复旦生活随着2013年夏天几位同窗把我送上一辆出租车而结束了。当绿皮车缓缓驶出上海南站，我从未想到，此生永远不会再见到一些人了。

记得2018年年初，司老师在微信朋友圈转发了一篇我写的随笔，并加上一段评论，大意是：想起我当时带过的这些同学，根本没让我担心，因为我相信他们将来肯定会做得比我要好。

"午梦千山，窗阴一箭。"看着灵堂里她仿佛回到"青春欢畅时辰"的黑白照片，以及皇甫秋实和段志强代表全班同学敬献的花圈，再次眼圈湿润。想起前段时间韩国师妹李惠源曾问我关于传教士人名翻译的问题，我在邮件里回复她说，你可以继续问下邹老师和司佳老师。前几天我把讣告发给惠源，惠源回复道："修志……谢谢你传给我司佳老师的事……我很吃惊，什么话都说不出来……那么年轻，那么漂亮，那么聪明的司佳老师……怎么会突然……"

高晞老师说，天上会有一颗叫司佳的星。司老师确诊后在病床上仍然在认真翻译校对著名历史学家汤因比的《中国纪行：从旧世界到新世界》，她在书末有一个简短的"译者致谢"，除了致谢家人、同事、学生和周振鹤、梅维恒两位老师外，还最后致谢了长海医院的医生，并说"无论如何，这是一段虽然艰险却有着特别意义的时光"。当时光进入倒计时，我们的司老师在校对之余会想些什么呢，牵挂着张老师和心爱的女儿，回想着曾经如汤因比般跨越东西方的旅行？上海人民出版社认为："司佳教授投入极大的心血，贡献了她的学术智慧，使得这部近百年前写成的作品首次与中文读者见面。"汤因比在此书中写了数首诗歌，司佳老师翻译为中文，其中一首短诗据说是她最喜欢最得意的作品：

启明星,亮皎皎 / 清光但请徐徐照 / 直待吾辈心头喜事了。

写完这篇追忆已是深夜，我望着窗外夜空中的星，问自己：作为一个史学研究者，你真的在记忆和现实的交错中还原了一个真实的史学前辈了吗？其实我不敢保证自己的追忆不存在失序、断片、错讹，虽然我也翻阅了许多邮件、日记和相关材料。有人说思想史有重复性、回忆性与修复性三种模式，但若回归到个体的心灵史中，其实我们对一个人追忆时的心态，有时比追忆内容更为重要。毕竟如钱穆先生所言："其实死后无知。在死者自己，或许并不知他自己之死。则每一人心里，在其生前，其实是只有生，没有死，但在其他人心里，则知他死了。换言之，也只是在活人心里知有死，因而为他悲哀，吊祭他，纪念他，还好像他没有死般，岂不他依然仍活在其他人心里。"

现实的她变成了黑白照片，但我们记忆中的她，永远是鲜活的、彩色的，她的目光与我们在复旦奋斗的青春同在。就像一首歌："每一寸目光交错成无言片段，在心底里还有今生无解的忧伤，只因相遇匆忙将那时光随青春流放，看城外水色山光都已被你笑忘……"

（2020 年 10 月 19 日）

山中的共同体

从蔚山船舶与海洋学院往西走,出西门后,沿着山坡缓缓向前,石砾满地,一片萧索,我有点怀疑:上面真的有咖啡馆吗?

渐渐看到几排铁皮房,一个小屋像一节绿皮车厢被人藏在学校的荒山半腰,赵老师说就是这里了。

哦,这就是弥生咖啡。走进小屋,空调冷气袭来,似乎进入一个列车,不知要驶向什么地方。对着窗外的群山云朵坐下,点了一杯美式。老板静静地冲着咖啡,屋内缓缓放着一些关于故乡、远方、爱情、时光的慢歌。刚刚好。

翻着习明读书会三大册厚厚的读书报告集锦,我深受震撼。没想到赵老师的读书会已经做得如此细致和纯熟,堪称精致,很有章法,特别是他带着同学们在文本细读和逻辑梳理上下了很大功夫,每学期研读一个领域的一本名著,以点带面,共同讨论,通识思考。为何叫"习明读书会"?赵老师解释:习明,源于德语 Seminar,意为大学教师带领学生所做的专题研讨会;汉语取义"习以更新，明以见地"，志在通过学习，更新经验，拓宽视野，培养心智清明的学人。他说，习明会更有壮阔之心，意欲创造一种联合的生活方式，实现鲲化鹏飞的人生。

翻开读书报告集扉页，一段他撰写的古雅文字映入眼帘：

> 习明者，习以更新，明以见地。
> 澄知识之澜缕，化四海之清风。
> 上云天际八卦阴阳，下袭互动意识合流。
> 生生不息，不腐不陋。熙熙攘攘，不独不孤。
> 明个己之狭隘，动群力以奋发。
> 应世界之多彩，现吾光于云际。

他说："阅读思考本身是自寻苦楚。痛苦的发表准备过程、自我匮乏的意识投射都会把人带出日常生活的舒适区。然而，交流中的观点碰撞，化难解疑；互动中的智慧对流，别有洞天。联合的学习共同体，会给人带来少有的、深沉的幸福。读书，是为了培养清明的心智，更是为了脱离循环往复的欲望生活，进而走入到一种联合、理性的社会生活。"

我忍不住连连赞叹佩服，感慨赵老师的习明读书会就像这座咖啡馆一般养在深山人未识。翻开一页，学生在上面写道："教育通常做些什么？它把直直的水沟变成了蜿蜒而流的自由小溪。"

今年偶然认识了赵老师。我们靠一个共同的学生而连接起来，赵老师是她的本专业毕业论文指导教师，我是她的第二专业汉语言文学毕业论文指导教师。记得她刚入学教科院时，我负责讲授《汉字与书写艺术》，她常在课下提问，偶尔指出我讲课时的一些错误，那次我问她："你叫什么名字？"

"老师，我叫张蕴涵，字海容。"

"哇哦，你还有字？"

"对呀，老师，因为您问的是我的名字，不是姓名。"

"不错啊，名和字很有讲究嘛，'海纳百川，有容乃大'，正好解释何为'蕴涵'。"

后来我给这位学生开过一个汉语言文学专业的入门书单，赵老师看到后问她：谁开的这个书单？见面后，他问我是否知道他的大学好友冯立君，我说冯老师已经名满东亚，怎会不识？后来组织石榴花讲堂时，他几乎每场必听。我说起讲堂的理念是"打开一扇窗，照进一道光"，他说："打开一扇窗，能不能照进一道光，最起码学生看到了窗外的风景，会在内心留下一种印记。等到未来一番际遇之后，他仍能想起当初那个画面。"

听他这样讲着，我久久凝视着桌上的一张照片，那是一个男孩坐在麦田的栏杆上，望着夕阳照耀的远方。这个男孩在想什么呢？也许他在想，如果周遭世界满足不了他孤独的渴望，那么远方会不会有一些和他一样的人呢？

我不住翻着三册读书报告，一方面越来越佩服，另一方面也越来越困惑：如果说我们要让学生们爱上阅读，是选择为少数真正好学深思的同学搭建一个共同体呢，还是选择为更大范围的同学养成热爱读书的习惯？这样想时，好像又回到从开始到现在的一个困惑。当时我曾请教李士彪老师："李老师，当你发现课堂上有很多同学塞着耳机听你讲课时，你应该怎么办呢？"当时李老师说："只要有一个同学在认真听课，那你所有的努力都是值得的。"

交流起这个话题，忍不住感慨，我们的教育其实让许多孩子从小就自动关闭了那扇热爱阅读和好奇心的大门，从此学校和老师成为他心中一个很复杂的意象，导致社会弥漫着反智主义，很多人看似爱读书，却从未在内心深处爱上阅读。我们仍处在一个缺乏启蒙的时代，许多学生空背了那么多知识点和别人的观点，却从来不会怀疑这些是否合理，习染成性，习以为常。当然也有一些很好的学生，我对赵老师说起以前碰到的一个学生，最让我感动的是毕业聚餐那天，班内其他同学对她的一句评价："我太佩服你了，大学四年，你的打扮和穿戴几乎没有任何改变，仍然像刚入学那样朴素。"因为这个学生有强烈的理想主义，虽然毕业后到现在坎坷不断，漂泊在外，但我那次说："未来某一天，当你把自己追寻内心的故事讲给别人听时，可能许多人会动容，但你却会云淡风轻地一笑。"我常常想，如果说我们的教育仅仅教会了孩子通往好前程的几种路径，认为只有这几种生活才是体面的，那么我们的教育是失败的，我们的社会是溃败的。

我一直认为，真正的课堂，应该是老师领着学生们一起读书，先去理解经典，理解和反思经典中论述的展开过程和逻辑层次，即使一个学期只读了一本经典，但这种体验比他背了一年的知识点都更受用。有时我会吃惊地发现，许多研究生都不知道如何写书评，往往把书评写成了读后感。有时我也觉得很诧异，学校南区是文史哲三个学院所在地，却竟然没有一个书店或文化空间，各自常自设雷区，划地自限，彼此之间又缺乏交流，真是奇哉怪也。赵老师引用杜威的话说，民主社会就是要过一种"联合生活"，解放智慧和心灵，让它独立地为了自己的内心而起作用，但限于能力，个人仍须在一种共同体内实现"自我突围"。我想：一定程度上，教育者的任务是为学生实现自我启蒙和自我突围而营造一个共同体。

就这样聊着聊着，在音乐环绕之中，共鸣的话题越来越多，我向赵老师请教了一些陪伴孩子的心得，越来越感到要做的事情还有很多。这个小小咖啡馆氛围很好，即使我们有很长时间的沉默，彼此也不会觉得不自然。听着悠悠扬扬的歌声，看着远处山巅的白云换了好几拨，不觉咖啡早已喝完。

"山中何所有，岭上多白云。"时间差不多了，我怀着沉甸甸的心思离开了。

（2019 年 9 月 3 日）

突然锋利的回忆

黄昏时分，与德正老师握别后，我们跟随少峰老师的车从太平洋岛国研究中心出发，周览聊大校园。与十多年前的荒凉宽广相比，东校已郁郁葱葱，林木错落。驶上彩虹桥，一会儿就到了西校，突然锋利的回忆奔袭而来，就像五月天的那首歌："最怕空气突然安静，最怕朋友突然的关心，最怕回忆突然翻滚，绞痛着不平息……"

少峰老师一边开车，一边和坐在后面车辆的我开着语音通话，一起向同事们介绍起窗外的校园风景。"看，这个亭子，是修志当时写情诗的地方吧？其实大学的文化氛围就应该是这么积淀起来的。"

"哈哈，又开始诈我了！不过我曾独自在这个小山丘的亭子上熬了一通宵，为了能登高看流星雨，被蚊子咬得都是包，半夜里还跟保安玩儿起了捉迷藏。"

看到湖边的体育场，想起自己常低头走路，陷入沉思时拐角撞到正在此处接吻的情侣，而某年我们在这里举行万人手语表演

《感恩的心》，据说《大众日报》的记者这样报道：聊大学生表演完后，饥饿难耐，纷纷翻越操场栅栏去吃晚饭。

路过栖凤林，深秋暮色更浓了，也是那年秋日的黄昏，曾与同学一起在这里改文章，讨论刘禹锡的诗："山明水净夜来霜，数树深红出浅黄。"我还记得她看到我写出这句诗行时会心一笑的神情。看到五四广场旁的紫藤公寓，我想起自己还在宿舍窗户上贴上"松雨轩"三个字，大学中虽遇到许多人，可舍友八人朝夕相处的日常却构成了最稳定的记忆。大一那年，我在一篇文章中写道："也许十年之后的我们似流云飘烟般纵横天涯，但天各一方的我们仍然会在梦中依稀记起那个小小的天地。真挚的笑靥，灿烂的笑语，还有四周静默的墙壁，这是哪儿啊？如云蒸霞蔚般醉人美丽，又如高天行云般横行无迹，为什么它在我梦中老是挥之不去呢？松雨轩？似曾相识啊，它在哪儿啊？那些可爱的人还好么？而岁月只做了一个苍凉而美丽的手势，任凭记忆在脑海中翻腾激越了。"

澡堂附近的理发店闯入视野，想起第一次来这里理发，看见电视上放着《十年》MV，只觉得歌者陈奕迅在人潮推搡中哭丧着脸却唱着不难听的歌："如果对于明天没有要求，牵牵手就像旅游，成千上万个门口，总有一个人要先走。怀抱既然不能逗留，何不在离开的时候，一边享受，一边泪流。"如今十八年过去了，歌词都是未来的预言，自己已成曲中的角色。

晚饭时，增洪老师聊起与烟台的缘分。随着"吱嘎"门响，我和他紧紧拥抱在一起，见我不愿松开，他有些不好意思地说："嗨嗨，修志，差不多了。"瞬间回到2004年，我们和班主任陈老师第一次相遇的时候，他在军训操场上唱了一首《冰雨》，我们和他一起追着大巴哭着辞别教官刘民，当夜他在 11 号楼给我们三个班开班会，肿着眼睛说"人是有血气的"；2005 年，他在科学会堂再次唱起刘德华的歌《谢谢你的爱》，"不要问我，一生曾经爱过多少人"；2006 年，我们获得全校辩论赛总冠军，他请我们喝酒唱歌到通宵；2007 年，香港回归十周年，他喝酒送别我们即将分赴武汉、长沙、深圳。我们是他带的第一批学生，那时他刚刚大学毕业，而我们刚刚走进大学，我们互相参与了彼此的青春。时隔十八年后，我说："陈老师，自从您走进来后，我的目光一直落在您身上，您身上凝结了我许许多多的大学记忆。"我们并非缠绵回忆迷恋过去，而是喜欢在他人和故地中回望当初的自己和成长的轨迹。纵然时光如此无情，我们却依然满怀深情。

次日，与文学院卢军等老师交流会谈，我说："聊大文学院是我大学期间向往的文学殿堂，青春时期是殿堂，此后就永远是殿堂。"那时我听过刘广涛老师讲现当代文学、邢梅萍老师讲现代汉语、宁登国老师讲古代文学，后来我读研、任教都在其他高校中文系，应该也是受到这里的影响。作为校园文学研究会的第一批学生会员，我认识了很多九歌文学社、寂寞百合网的同学。我跟着杨茂良带领的宣传部同仁报道各种校园活动，读过黄书坤以"八月未央"笔名写的关于深秋的诗歌，看过李杰在网吧里写的各种杂文，见过张型锋侃侃谈起他的创作心得，望着尹逊美在跳蚤市场买走我批注多年的《史记》，领教过周亚芹带领的文学院辩论队和王立君带领的教科院辩论队多次切磋琢磨。无以为报，我赠上鲁大文学院主办的《贝壳》《石榴花》来一场跨越鲁东、鲁西和岁月的青春对话。

因为行程紧张，我还是在会议间隙忍不住溜到对面的教科院看看。舍友解玉鹏拍摄的青兰台没了，变成了停车场，陈老师说学院装修了两遍，太新了，但我觉得比我们那时更有读书氛围了。穿过走廊，一群当时的我们正在墙上的小黑板练习粉笔字，还好上心理学课的多媒体教室还有旧时模样，第一排似乎还坐着那年冬天听我演讲的一群好友。凭记忆找到 04 级 3 班的那间教室，想起班里的生日晚会和每次岁末游园节的活动，似乎十多年前的自己早就想到了未来的自己在隔着一扇门侧耳倾听，这是一场心灵史的约定。

北门街道的一排熬通宵打 CS 的网吧、滨崎步画像、粥味轩早就没了，但几位挚友纵酒的晋国面府还在。那时我们热爱一切，鄙夷一切，但在那个疯狂的醉酒之夜后的仅仅十年中，有人已经远去，有人还是莫逆，有人已经早逝……

是的，突然锋利的回忆，刮起那些风风火火、火光烈烈、杀气腾腾、五光十色、泪眼蒙眬的岁月。他年若有时间，应该写一部故事，致敬一代人的青春。

"黄修志，请你解释下格式塔心理学派的特点。"李义安老师说道。

我站起来，环顾四周，教科院的多媒体教室里，空无一人。

（2022 年 11 月 1 日）

千里快哉风

青岛观海记

朋友竹君突然问我："暑假打算去干什么啊？"我沉吟半晌，答道："年少的时候总是渴望去漂泊一段时间，去看一看外面的世界。"竹君咯咯地笑："那你想去哪儿？"

我说道："真的想去青岛看一看大海！"

竹君乐了，她拍着手笑道："我家就在青岛，暑假过来玩儿吧！一定让你看个够！"

我喜不自胜，欣然允诺了。

大海，这个不知道在我内心深处埋藏了多长时间的字眼突然间又冒了出来。对于大海，我有着无限的向往和憧憬。小的时候，我觉得大海是童话故事和神话传说里最美的地方，那里有美丽的公主，英俊的王子，有巫婆，有精灵，有海盗，有英雄，孙悟空还是从海边仙山中一颗石头里蹦出来的呢。儿时的我总是喜欢想这些稀奇古怪的东西，如今觉得自己稚气未脱，还有着小孩般的幻想，想必那时候的大海已经回荡着童年的涛声。

　　而今少年轻狂，也总想着到更广阔的世界去闯一闯。醉吟了不少唐诗宋词，读倦了别人书中所绘的海天一色，我一直想亲自去看一看大海。我想，当我站在属于自己的一方沙滩上时，眼前的大海会给我一种怎样辽阔的感觉？

　　其实，正如我前面所说，真的想去体验一种漂泊。有的时候，我会羡慕那些快意游天下的侠客们，在金庸笔下，他们纵横千里，豪歌向前，马蹄声声挥洒着一路的飘逸和不羁。我也常会梦见自己成了一名侠客，背着一柄倚天之剑，胯下一匹黑色的骏马，在茫茫草原大漠上尽情驰骋，逍遥漂泊一生，甚至希望自己书剑飘零，孤舟万里，去到山水之间追寻天籁之美，这是何等痛快，何等酣畅淋漓！

　　而大海所给予我的不仅仅是这些，它更广阔的胸怀使我心向往之。曾经有一段抑郁的日子让我身心疲惫，当时内心的那片大海给了我很大的生存勇气，它简直就是我抓住的一根救命稻草，使我在黑暗中不断寻求着光亮挣扎前行！现在我也开始摆脱那段梦魇，此刻我就这样想，那时候的我也许是因为心被锁住了，自己把自己封闭了起来，看不到外面更广袤的世界，所以才会产生了那么多的阴霾。"走出紧闭的四合院，便是万紫千红的春天！"因此我的心需要漂泊，需要到大海上去漂泊。我想，人大概只有在大海上才能真正体验到风浪和艰难，宗悫说"愿乘风破万里浪"，我也有同样的渴望和勇气，更希望大海能进一步充实和宽广我的胸怀。

　　这是我心中的大海，临行前的赘语，权且算是篇序吧。

沧海一瞥

从我的家乡东平到青岛，一多半的路都是山地。旅途不是很顺利，我一路颠簸，耽搁的时间也比较长。坐在车窗前，在我眼前匆匆而过的都是绵延不绝的群山，在蒙蒙细雨的滋润下，山色更显得空蒙，倒是别有一番景致。

第二天早晨，竹君如约到车站接我，她笑盈盈地说："到了青岛，你想到哪个景点我都可以带你去，说吧，现在想到哪儿？"我说："我倒不怎么在乎其他的景点，我只要大海！"

两个人坐着公交车左拐右弯，我一路都在注意着前方。在转过一簇葱茏的草木之后，视野一下子开阔了起来，有一种很大很大的感觉，就像是当初李白离开荆门来到楚地时的那种感觉，"山随平野尽，江入大荒流"，天地随之开阔，我的瞳孔也在扩张。我好不容易才转过神来，接着便兴奋地叫了起来，竹君在旁边笑呵呵地冲我点头。

终于见到大海了！

一片很大很大的水域！我从未见过有这么多的水聚集在一起，像是一块巨大广袤的蓝宝石平铺在地球的洼陷处，此刻显得如此的宽阔宁静。远处有几点白帆，在海与天勾勒的线条上漂移浮动着，海鸥在海平面上飞来飞去，似乎是在觅食，颇有点莱蒙托夫的情调。附近虽然有很多的人群在嬉戏弄潮，但我感觉他们并不怎么吸引我，只有整个的大海让我兴奋不已。

这就是大海！我都不知道说什么好，竹君把我领到海边，我张开双臂，似乎真的想去拥抱整个大海。当时感觉脑中的一句唐诗宋词都想不起来，所幸前人所绘的画面没有走进我的大海。我兴奋得满脸通红，竹君在一旁笑呵呵地望着我，她问我见到大海什么感觉，我找不到合适的词，只是不断大声地冲她喊道："大，大，很大……"

兴奋了好久的心还是很难平静下来。我问竹君："你喜不喜欢大海？"竹君笑着说："当然了，大海是我的故乡啊。"我想了想，是啊，大海就是我们的故乡，是自然的故乡，也是心灵的故乡。自然中的人类也是从大海中走过来的，大海包容万物，孕育了地球的万千生命，是生灵万物的摇篮。我们历经坎坷，心灵难免有所羁绊，而面对大海则可以消除心中的不快和郁闷，且大海曾埋藏着我们童年时纯真的梦想。想到这里，我对竹君说："梭罗他说：'只有享受广阔地平线的人才是世界上最快乐的人。'其实我觉得地平线和海平面都是一样的，它们都同属于大自然，你我都这么亲近大自然，必将是世界上最快乐的人。"

我们来到一片幽静的海边，那里游人稀少，只有几只海鸥在海面上低掠着。我凝神望着远处的海平线，突然问竹君："你说海的那一边会是什么呀？"竹君故作狡黠地说："是美国呀。"我低头笑了，没再说什么，我总想去探寻更遥远未知的世界，但我在心里依然在问，海的那一边会有什么呢？

过了一会儿，竹君指了指远方说："看，起风了，涨潮了。"我放眼望去，果然有风浪了，原来平静的海平面已开始波澜起伏了。竹君说："其实大海平静了也不怎么好，如果没有风浪就显不出它的气势来，'无风三尺浪'嘛！"我也笑答道："就是啊，大海也是有感情的嘛！它如果没有风浪就会失去它的雄浑，就我们而言，人生没有坎坷也会失去它存在的意义的。"我们当时是在一个比较高的石岗上看着大海，我对竹君说："咱们下去看看，我想去抚摸一下大海。"

从石崖上下去并不容易，地势比较陡，并且下面乱石嶙峋，杂草丛生。竹君在前面欢快地跳跃着，如一团白云在我眼前飘动着，海风一吹，她身子有些晃，我忙伸过手去，两个人相互扶携着，总算来到海边。

我蹲在一块大石头上面，潮水一过来，我伸手摸了摸，海水很清凉，潮水一退一进，让人很舒心，就像是家中的小狗舔着我的手掌心，这时我感到在与大海拥吻，想起了顾城的诗："爱我吧，海。"

此时的大海如母亲一般，笑眯眯地窥视着我们的内心。

云水襟怀

看了这么久的大海，竹君还是问我："你现在是什么感觉？"我朗声答道："大，还是大！"竹君笑了起来。我转过头来，问竹君："你觉得什么才是大？"竹君一本正经地说："海纳百川，有容乃大！"我拍了一下手掌，很赞成地点点头。

大海是广阔的，开放的，谦卑的，宽容的，慷慨的，具有一种云水襟怀。在海中，它可以收容所有的生物，将自己作为它们的栖息地，也可以将空中的一切云蒸霞蔚都揽入自己的怀抱。在海边，它可以接受陆地上任何一支江河的投奔，不管是清水还是污水，它都敞开自己博大的胸怀来迎接一切的来客，最终也使自己变得更为博大和宽广。正是这种谦卑和宽容才造就了大海的广阔和深邃。

孔子论水，他说水有十德，当时读起来很是费解，而现在面对大海，至圣先师的话语变得如此的真切。孟子云："故观于海者难为水，游于圣人之门者难为言。观水有术，必观其澜。日月有明，容光必照焉。流水之为物也，不盈科不行；君子之志于道也，不成章不达。"说得真是精彩！其实海毕竟还是水，水多了便成了海。老庄哲学对水也很钟情，老子他说"天下莫柔弱于水，而攻坚敌者莫若于水"，我也相信水是一种外柔内刚的流体，在外面它中和着周围的不平和棱角，在内心却保持着心灵的高贵与坚韧。庄子在《秋水》中对海水阐述得也很透彻，他告诫我们要以一种宽广的心胸，谦卑的态度来对待人，接纳人。这些都是一种博大的云水襟怀。

"往事越千年，魏武挥鞭，东临碣石有遗篇"，我觉得诗人在面对"大雨落幽燕"的滔天白浪时，他想到的不仅仅是曹操的《观沧海》，更想到应该是他们二人所共有的那种天容海涵的心胸和春风大雅的云水襟怀。"日月之行，若出其中；星汉灿烂，若出其里"，想一想，这是何等的心胸和气量！

云水襟怀体现的是一种做人的境界。只有那些胸怀坦荡、虚怀若谷的人才能更好地完善和充实自己，引领自己向更高的人生峰顶奋进。

云水襟怀体现的更是一种做事的心态。青山之稳重造就绿水之酣畅，潭水之宁静造就闲云之空悠，得意处是平和的坚守，失意处是淡然的执著。海水有涨有落，有进有退，人生有失有得，有张有弛，这才显示出生命的弹性和张力。

泰戈尔云："当我们最为谦卑的时候便是我们最为伟大的时候。"这或许也是他从大海中得到的启示吧。

宇宙人生

望见大海，我不知道自己为什么有这么多的感慨。我意味深长地对竹君说："看见大海，我想到了两个人。"竹君歪着头问："哪两个人啊？"我说："海明威和海子。"竹君一听，愣了半晌，接着呵呵地笑了起来："怎么会想起了他俩？"

我说："很有意思吧？我也觉得挺奇怪的，我现在就想，他们两个人的名字中都有一个'海'字，并且他们讲过关于大海的故事。海明威写了《老人与海》，他还说：'一个人可以被打败，但不可以被打倒！'而海子也曾为自己描绘了一个迷人的梦境，'面朝大海，春暖花开'。"

竹君若有所思地说："可是他们俩到最后都没有善终，都自杀了，我觉得诗人的寿命都不是很长。"

我望着远处的海平线，继续说道："我觉得自己对他们两个人的感情是不同的，对海明威是一种敬仰，而对海子则是一种同情。"

竹君眨了眨眼睛，她说："那你倒是说来听听。"

我说："我觉得海明威已经支撑了很久了，他坚持了那么长时间，最后拿起猎枪自杀，他的毅力已经相当惊人。他受的苦难实在是太多了，无论是身体上的种种恶疾还是心灵上的痛苦挣扎，从这个意义上讲，海明威没有被人打败，也没有被自己打倒。至于海子，我真的很同情他。海子的梦实在是太美了，太远了，甚至有些幻了，但在当时的中国，海子本身就是一个悲剧，他的梦与现实差得实在是太远了。"

竹君想了想，问道："那你觉得诗人都是追梦至死的人吗？"

我摇了摇头，说道："我也不知道，也许是吧。诗人都是有梦的，他们也许都是为了心中的梦而活，梦一旦破碎，要么殉梦，要么隐遁山林，从闲云野鹤的日子中继续寻梦。屈原是个大诗人，也是个政治家，他的死不仅是为了诗人的梦，也为了一个坚定的政治抱负。李白携诗酒剑三友，他的长安梦也没有实现，据说最后乘船饮酒，大醉之后，望着他诗中的明月，携剑入水，连死都是一首诗。"

竹君笑问道："那你想不想做个诗人？"

我笑道："我真不想做诗人，但是我觉得每个人都要有一点诗人的气魄和心扉。现实的林林总总我们不可避免，因此我们要务实，但是如果我们整天做一台忙忙碌碌的机器，一具没有灵魂的空壳，那岂不是太可悲了？人都是要有所梦想的，有自己内心独立的信念和原则，但是在面对外部世界时又要有一种与人共处的方式，我们毕竟还是要生存的嘛！所以我一直提倡我们能做一个外圆内方的人，一个现实的理想主义者，诗意地栖居着。"

我环顾四周，除了前方波光浩淼的大海外，到处都是丰茂的树木，石壁上还有不少修长的竹子。我突然想起了一部伊斯特伍德的电影，其名为《百万宝贝》。它讲述了一个饱经沧桑的拳击教练训练一个女拳击手的过程，最后女拳击手因为意外而终身仰卧在床，再也无法回到她以前的舞台上了，可以说她的梦完全破灭了。但这个拳击教练不断地激励着她，但是到了最后，他也不忍心于她在身体和心灵上所承受的双重挣扎，只好让她从容安详地死去。

我对竹君说："最后那个拳击教练，他隐居了起来，不过他不是像梭罗那样隐居在湖畔，他到了安静的地方，一个有树有海的地方。"

"有树有海？你看，这儿不是有树有海么？"竹君诡秘一笑，"可别大声嚷，可能他就在我们身旁。"

我会心地笑着，心想，可能吧，也许还不止他一个人。

"诗人对宇宙人生，须入乎其内，又须出乎其外。"我不是诗人，但是我却想像他们一样丢下一首诗，丢在茫茫海天之间，任凭阑干拍遍。

"我将复活"

远处几声汽笛打断了我的思绪，我循声望去，只见茫茫大海上点缀着几艘银白色的军舰，在蓝天碧海的映衬下更显得雄壮威武。

竹君指了指远方的港湾说："那就是我们青岛的海军基地了，以前是很封锁的，现在也开放了，而且游人如织。"

我忽然间涌起一种豪情，我对竹君说："竹君，如果将来有一天，这片美丽的海域要起战火，你说会怎么样？"

竹君盯着我看了一会儿，似乎又想起了另外一件事，她说："我记得在我们军训的时候，有一个海军军官给我们作报告。当我们问他，将来要是为了祖国统一，青岛要面临战火，我们该怎么办，当时那位年轻的海军军官拍了拍自己的坚实的胸脯，很坚定地说：'不用怕，有我们在！'"

竹君感慨地说道："当时我们就很感动，就感觉到人民的子弟兵终究还是祖国的好战士，正是因为有了他们，我们青岛的老百姓才能如此安宁幸福地过日子。"

我也深有感触，我也回忆说："也曾经有一位陆军军官很深情地对我们说：'我真的很希望在自己的有生之年，能够穿着这身军装到台湾岛上去走一趟。'我就想啊，现在咱中国越来越强了，连战士也开始恢复到汉唐将士那种'不破楼兰誓不还'的壮志豪情了。其实我觉得这也是一种民族的责任。"

竹君点点头，她继续说道："余秋雨先生在《千年一叹》中写，希腊巴特农神庙的主管人曾立下这样的誓言：'我希望有一天，世界上所有属于巴特农神庙的文物都能够回来，如果我死了还没有达成这个愿望，那么我还会复活！'"

我听着心潮起伏，说道："敦煌学院的樊锦诗院长也说过类似的话。我想无论东西方是如何如何地不同，民族责任这块重石始终是压在每一个人心中的。"

从海水第一浴场走来，一路竹影绵绵，松柏不断，竹君轻轻吟唱着一支美丽的歌谣和我一块走着。我听得出来，竹君所唱的是闻一多先生的《七子之歌之澳门》，其声曼妙，其音清扬。我听到佳处，不禁又吟起另外一篇《七子之歌之威海卫》来：

> 再让我看守着中华最古的海 / 这边岸上原有圣人的丘陵在 / 母亲啊，莫忘了我是你防海的健将 / 我有一座刘公岛做我的盾牌 / 快救我回来呀，时期已经到了 / 我背后葬的尽是圣人的遗骸！

我喃喃地念道："圣人的遗骸，圣人的遗骸，咱山东是孔孟的故乡，也是中华文明的发源地之一，更是整个中华民族的精神脊梁。想想看，如果敌人都把我们祖先的遗骸都抢走了，那么我们民族的精神脊梁也就弯了，整个民族的力量又从何而来呢？"

"所以"，我望着这片美丽广饶的海面，激动地说道："青岛任重道远！"

我们继续往前走，当我们走到一个大广场时，我看见广场里有一个北京奥运会倒计时牌已在建设之中，我很欣然，心中又荡起许多的回忆和豪情。

"青岛的口号就是'携手北京，扬帆青岛'。作为 2008 年奥运会北京唯一的伙伴城市，青岛还在飞速地发展着。"竹君望着倒计时牌，神采飞扬地说。

我抬头望了望广场中心的那个巨型屏幕，大屏幕上正飞快流转着青岛的美景及各种建设画面，这时一则精致的广告跃入了我的眼帘：山之稳重，海之广阔，以山海之气熔铸崂山啤酒。我高兴地对竹君说："我特别欣赏你们的这则广告，我觉得它不仅代表你们青岛人的性格，也更应该代表所有炎黄子孙的脾性。"

竹君呵呵地笑了起来："好啊，既然说到了酒，那我这做东道主的一定让你喝个痛快！"

酒逢知己

竹君说附近有一家很不错的中餐馆，倚在窗前，可以对着蓝天碧海、绿树红瓦畅饮一番。我高兴地想，那是再好不过了。

在去的路上，我看到了不少松树，还有竹子，郁郁葱葱地覆盖在路的两旁，"旧山松竹老，阻归程"。看到松树，我感到了一种亲切，我乐呵呵地对竹君说："知道吗？松树可是我的本命树啊！"竹君睁大眼睛："为什么？"

"我在初二时给自己起了一个号，叫'渊松'，为此还以此为主题写了一首稚嫩的七言绝句。我一直很喜欢松树的品性，而且我的书房又叫松雨轩。"我低低地吟着一首清淡的小诗："松下问童子，言师采药去。只在此山中，云深不知处。"

竹君的眼睛一亮："贾岛的《寻隐者不遇》？"

我点点头："可惜呀，贾岛这个寒苦诗人没有在松山中遇到那位隐者知己，我想如果遇到了，他们定会在松下痛饮一番的。"

竹君点的都是青岛很有特色的海鲜，几番觥筹交错之后，两个人神驰万里，天海地川、风物人情、古今故事、岁月往事尽在言谈之中。

我微有醉意，很有感慨地说道："有的时候我感觉到自己一点都不孤独，就算是周围所有的人都不理解我，都不认可我的所作所为，我也不会觉得自己委屈。我常常到书中寻找知己，到大自然中去寻找知己：在书中，古人是我的知己，可能来者也会把我当成他们的知己；在大自然中，我会仰望繁星密布的苍穹，这时候，星星、月亮还有云霞，它们也是我的知己。现在看到了大海，我又感觉到大海也是我的知己了。"

竹君微笑着说："对啊，我不是说了吗？大海是故乡，也是好朋友，我心情郁闷的时候也经常去看大海，海给了我们很多很多的东西。"

我沉思了很久，我想我说的不孤独其实就是一种孤独，我只是从书中和大自然中逃避孤独罢了。汪国真说："从书中走来我好像成了哲人，从大自然中走来我好像又成了孩子。"我也有同样的感觉。但我觉得孤独其实挺好的，甚至是必要的，人光有梦想是不够的，如果没有孤独，就没有那份耐心和定力，也无法忍受住前方的诱惑和寂寞，也就不会使自己的梦想成真。我想这样的孤独并不是你心灵上的孤独，而是你拼搏过程中感到的无助罢了。生活中存在知己将是你一生的幸福，"知我者，二三子"，有两三个甚至只有一个知己也能给你心灵上莫大的安慰。

我望了望窗外的大海，吞吐天地，涛声依旧不断，似乎在想向我们诉说着什么。这时竹君举起酒杯说："来，为朋友，为知己，为大海，干一杯！"我满饮一杯，满心的舒心和畅快。

饭后，我已有些微醺，竹君瞧了瞧酒杯，似乎有些遗憾地说："我们喝的酒并不怎么多呀。"我笑着说:"酒多不多不重要,只要话多就行了!"

喝酒喝的其实是一种情感,是一种心情,是一种意境。"两人对酌山花开,一杯一杯复一杯。我醉欲眠君且去,明朝有意抱琴来",这喝的是知己相逢的喜悦;"浊酒一杯家万里,燕然未勒归无计",这喝的是边塞将士忠君报国的豪情壮志;"彩袖殷勤捧玉钟,当年拼却醉颜红",这喝的是闺中阁人的浓浓相思;"三杯吐然诺,五岳倒为轻",这喝的是对朋友的侠肝义胆和义薄云天;"百年多病独登台,潦倒新停浊酒杯",这喝的是对身世浮沉不定的愤慨和无奈……

杯中酒,汝前来!

沧海濯足

午后的夏风同样令人沉醉,我们又驱车来到另一片海域。这又是一番不同的风光,它比刚才的大海更广阔、更壮美。滔天的白浪从遥远的地平线上奔啸而来,海水翻腾,雪浪乱飞,整个大地仿佛都随之颤抖。但海浪又似乎是强弩之末,到了海滩又归于平静,像一匹刚烈的野马来到主人面前,一下子变得如此温顺。

我们临风站在沙滩上,展开双臂,海风习习,衣带猎猎,仿佛有一种御风而飞、羽化登仙的感觉,同时又有一种冲天的豪情。

竹君笑嘻嘻地说:"真可惜,你没有穿凉鞋,可我现在要去踏海了,你不要羡慕我,也不要嫉妒我哦。"接着她便脱下凉鞋,像一个奔向母亲的孩子欢快地向大海跑去。

看着她玩得这么开心，我实在是羡慕至极，索性脱下鞋袜，也跟着竹君无所顾忌地投入到大海的怀抱。

沧海濯足又是另一种不同的心情。我们像两个撒娇的孩子，尽情地嬉戏耍闹，而大海则笑吟吟地为我们送来一排又一排的浪花和贝壳，我们似乎又恢复到了童年时候的烂漫和欢快。

童年的时候我曾做过一个蓝色的梦。我穿越茂密的大森林，在大森林中与小鸟对歌，与松鼠嬉闹，然后躺在落满树叶的松软泥土上，静静地聆听鸟的鸣叫，溪的欢腾。当走到大森林的尽头时，我将看见一望无尽的大海，它闪着蔚蓝色的光芒，涛声随森林风声不断起伏，我忘乎所以，仿佛到了心中的故乡，我会在洒满金色阳光的海滩上尽情地与海鸥追逐……

我和竹君坐在沙滩上，我笑着说道："'沧浪之水清兮，可以濯我缨。'"竹君应对道："'沧浪之水浊兮，可以濯我足。'"这时我看见附近有一块礁石，很想站在上面，于是趟着水向前走，但是还没有走到，就觉得脚下一滑，差点儿摔倒，没想到下面竟有一条潜在的海沟。

竹君说："别看大海现在挺温柔的，但是它一旦发起脾气来，真是可怕得要命。有时大海也是会骗人的，看起来四平八稳，其实不一定在什么地方偷偷给你设下陷阱，让你不得翻身，很多人都上了大海的当。"

我默然不语，脑中突然蹦出了一个奇怪的问题：在水中死的人和在火中死的人哪个更多？我想应该是在水中死的人更多一些。因为水是温存的，人更亲近它，也更疏忽它，在水中人的戒心很小甚至根本没有。

午后的光线有些黯淡，望极远处，仍然朦胧一片。竹君望着远方说："如果今天的光线再亮一些，我们在这里就能看见石老人了。"

我突然间来了很大的兴致："石老人？"

"是啊，"竹君顾盼生辉，"关于石老人，还有一个美丽的传说呢。"

我接着问："什么美丽的传说？"

竹君笑而不答心自闲，那神情好像是让我自己去猜想。

我低头一笑，我觉得这石老人应该和望夫石差不多吧！

可能是一个慈爱的父亲，在等待心爱的儿子出海一天后，内心焦急，站在海边苦苦等待，就这样经过几千年的沧海横流，他便化了一座石头。也有另一种可能，一个渔夫，因为生病没有去捕鱼，于是为了生计，他的妻子便冒险出海了，渔夫便日夜站在海边，守望着妻子平安归来，经过岁月沧桑的变迁，他最后变成了一块石头，不过那应该不叫"石老人"，而叫"望妻石"了。

如果千年后的人们稍加琢磨，还真会生出个疑问来：这到底是石老人、望夫石还是望妻石？想到此处，我笑了，其实名字倒不重要，最重要的是人们怀念他们的这种至情至义，至善至美。人是伟大的动物，人有真情，人的这种真情不受千山万水的地理阻隔，更不受沧海桑田的岁月冲刷，正如石老人和望夫石一般，他们脚下的土地不知经历了几千年的变化，但是他们还是目光不移，依然坚定地望着远方。

胸中山水

归来路上，我仍然意犹未尽，竹君有些惋惜地说："今天的天气不是很好，如果阳光明媚，那大海就更美了。"

我微笑着对这位知心朋友说："这倒不要紧，桐城姚鼐雪中登泰山，李健吾先生雨中登泰山，他们都没有赶上好天气，但是他们都写出了很有情调的文章。所以呢，自然中的山水还是要经过心胸的折射才能体现出美来的，胸中山水才是大文章啊！"

"阳春召我以烟霞，大块假我以文章。"云雾缭绕、阴阳割晓的景色本身就透着一种飘逸；壁立千仞、峰峦如聚的山峰也腾起一股浩然之气；江河奔腾不息、大川逝者如斯给了我们对宇宙人生的诸多感慨；水包容万物、清澈见底也暗示着对人性的启迪。这是山水的性格，也是给我们的智慧。智者往往会将山水之气氤氲于胸，充塞于心，所以他们才活得更为洒脱，更为奋起。

中国古人有十分浓郁的山水情结，他们喜欢将自己埋在山水清音之中，峨冠博带，陶然忘机，但不管是在江湖还是在庙堂，他们都已把那方田园，那方山水藏在自己的胸中了。无论是谢公屐还是太白路，山水清音如驼铃一般穿梭在魏晋风骨和唐宋风流中。"长风万里送秋雁，对此可以酣高楼"，太白胸中有大山水，所以有大慷慨；"我见青山多妩媚，料青山见我应如是"，稼轩胸中有青山绿水，心中自然豪兴徜徉。

而面对大海，谁不会有着一种心神俱阔、思接千载的豪迈和胸怀？在东坡笔下，大江东去的不仅仅是千古兴亡、百年悲笑的悠悠古事，而更有精骛八极、心游万仞的坦荡胸怀。大海教会我们要用宽广的心胸来面对一切的人和事，掌握内心的力量去寻求人生的突破和超越，让沧海之气荡漾我们人生的几十春秋。

"登山则情满于山，观海则意溢于海。"竹君把我送到车站，她笑着对我说："写了文章后一定要留给我一份啊，一路顺风！"我望着她那闪亮如水的双眸，想了想这一天的行程，不禁心存感念。

车徐徐地开了，我透过车窗，望见竹君那白色的身影逐渐变小，变淡。

归来途中，又见群山，我心漂泊又归来。与来时不同，云破处已露出些许阳光，映照在湿翠的山石上，此时的群山如同泼墨的山水画一样更显几分意境。我坐在车窗前，两手托着下巴，对着远处的群山，会心地笑着，此中有真意，问谁领会得来？

观止矣。

（2005 年 7 月 23 日）

复旦考博记

　　背着一个鼓鼓的包，拖着一个大箱子，到东湖新村去坐564路公交车，路上遇见了一位博士师兄，师兄见我如此行状很是诧异，问我何所之，我言下江南。坐在车上，我回望着渐渐远去的珞珈山，心里有种说不出来的感觉。战江南，这是根据我的战略部署最终来临的时刻，"今古河山无定据"，为此我磨剑霍霍，伺机雄飞。兵法云："激水之疾，至于漂石者，势也。"此次顺江而下，背拥荆襄之固，东借大江之便，左掌王濬船，右握陶侃剑，杀气腾腾直奔东吴江南。

　　刚在武昌火车站坐上火车，鹿姐便打来电话问是否已经出发，其他同学也发来短信询问，似乎所有的朋友都对我信心百倍，这让我觉得很温暖。入夜时分，我翻到手机上的日历，上面显示：2009年3月5日，周四，惊蛰。惊蛰？真是出行的好日子！惊蛰之季，大地回春，"众蛰各潜骇，草木纵横舒"，在秋冬之季长期酝酿和积蓄力量的虫子开始突破土壤，重返人间。惊蛰之前，《易》之龙尚在九三阶段，"九三，君子终日乾乾，夕惕若厉，无咎"，惊蛰之后，《易》

之龙已处九四阶段，"九四，或跃在渊，无咎"。先秦行军，必先卜筮吉凶，按今日之兆，卦象委实不错。想着这些自我安慰的精神胜利法，我真不知道自己是过于紧张还是过于自信。

坐在火车上确实很郁闷，身旁的几个人大都昏昏欲睡，我却精神好得没法比喻，闲来无事，便拿出书来看。没想到我在火车上看书的状态极佳，三个小时便把内藤虎次郎《中国史学史》及一本文献学书边读边背了一遍，这种状态不禁让我想起一段往事。今年过年回家时，在火车上看到旁边一个同学的桌子上放着凯鲁亚克的《在路上》，因为朋友推荐这本书很久了，所以就借来一读。一翻开便刹不住手了，眼睛就像迪安的车一样在书页上飞驰，不到四个小时便将此书很畅快地读完了。这里没有所谓的光荣与梦想，却有不断开启永无结束的出发和呼啸，生活在某一时空，内心彷徨，灵魂忧伤，连绵不断的远行或许能让各种新奇的风景和遭遇冲淡我们念兹在兹追求美好生活的痛楚。生活之帆渐行渐远，远行也需要一种执着和大胆。书中最后说：

> 在美国太阳下了山，我坐在河边破旧的码头上，望着新泽西上空的长天，心里琢磨那片一直绵延到西海岸的广袤的原始土地，那条没完没了的路，一切怀有梦想的人们。我知道这时候的衣阿华州允许孩子哭喊的地方，一定有孩子在哭喊，我知道今夜可以看到许多星星，你知不知道熊星座就是上帝？今夜金星一定低垂，在祝福大地的黑夜完全降临之前，把它的闪闪光点撒落在草原上，使所有的河流变得暗淡，笼罩了山峰，掩盖了海岸，除了衰老以外，谁都不知道谁的遭遇。

　　这时候我想起了迪安·莫里亚蒂，我甚至想起了我们永远没有找到的老迪安·莫里亚蒂，我真想迪安·莫里亚蒂。

　　凯鲁亚克并非要学伊壁鸠鲁，在不断的出发与哭喊中，他也试图从这种孤冷中寻找温暖与幸福，我这样想着，随后眼皮上下打架，迷糊糊靠在窗前睡着了。

　　醒来时，已进入松江了，窗外起初阴阴的，过了不大会儿，阳光开始照耀四方，窗外"池塘生春草"，灰瓦房屋疏落地分散在树下水畔，渐有些江南的光景了。再过半个小时就到上海南站了，我精神一振，赶紧收拾好东西，准备下车迎接我的上海十日。

辅导班

　　3月6日早晨7点钟，我又一次来到上海，壮发短信说不能来接我了，蒋琪正在来南站的路上，因为我的辩友许翠和朋友也过来了，他俩是专门过来询问考研复试的事情，壮正领着他俩找房子。我心里微微一笑：好大的上海啊，在这里我人脉广大，光本科时的同学至少有10个在沪读研，其中有班里的兄弟姐妹、师兄、师姐、师弟、师妹，还有在此工作的同学，几个老师在华师读博，爸爸、叔叔、舅舅也在普陀区工作。"天时不如地利，地利不如人和"。

　　我在南站北广场上等着蒋琪，蒋琪过来后帮我拖着箱子，他说好重，难不成你带了一箱子书过来啊，我说没办法，初试和复试一块儿进行，这些书还是舍弃了许多之后才装上的。上海师大离南站很近，步行大约半小时的路程，我提议走着回去，这样两个人可以多聊聊。蒋琪是我在大学时比较敬重的同学，他是心理学班的，在同学当中算是喜欢读书的，曾手书一墨贴于床边："青春可战死，不喜亦不惧。"我偶然看到后觉得此友可交，他去年和舍友壮一起考入上海师大心理系。

进了壮的宿舍后，我开始联系考博英语冲刺班，对方说 7 号和 8 号两天在杨浦区嫩江路的上海金融学院图书馆多媒体报告厅上课，到时可直接交 450 元领证上课，我听后便开始放心睡觉。睡了有一个小时后，我被京城华子姐的电话惊醒了，华子姐问了下我的情况后便开始以她那特有的飞快语速和我聊了接近 20 分钟。原来，华子姐最近在《中国教育报》实习，刚进去没三天，《中国教育报》就已开始重用她了，今天便让她在晚上去采访一个著名作曲家。她说紧张激动得不行，想找个人聊天平静一下。挂上电话后，我睡意全无，真为她感到高兴，华子姐是常人少有的思想独立和雷厉风行，遥想当年在辩论赛的讨论会上常闻她快语连珠，思路清晰且不乏惊世之语。

晚上壮在附近的餐馆请许翠及其朋友、蒋琪、我，还有上师、华师的两位同学一起吃饭。因为大伙儿全是聊大教科院出来的，所以气氛比较热烈，回忆了很多院里掌故。时光飞逝，美好的大学生活转眼成为记忆，这让大家都唏嘘不已。

冲刺班的安排很紧凑，从上午 8 点半一直到晚上 8 点半，中间也就是各留一个小时的吃饭时间。我早上 6 点起床，在餐厅吃完早饭后便在校门口坐公交车到南站去坐 3 号线地铁，45 分钟后在赤峰站下车，转乘 942 去嫩江路，半小时后抵达上课地点，基本上是从上海最南边跑到了最北边。第一天我几乎是踩着钟点过去的，报告厅里已经人满为患，由于天气晴好，阳光灿烂，当时一进门，众人眼镜片所反射的光芒齐刷刷向我射来，煞是壮观！我好不容易才找到了一个座位，前后左右都是叔叔阿姨，夹在他们中间，我像一个小学生一样埋头阅读刚发的讲义。

上午是查老师讲词汇，个子不高，浓重的浙江口音，他首先用一个小时的时间哀叹复旦考博英语之艰涩之变态。他说 vocabulary 15 分得 7 分就已经很不吃亏了，reading 40 分得 20 分算是 God bless you，close 10 分能得 3 分是 average，5 分以上专八水平，translation 的译文全是 academy，write 部分虽然要求不少于 250 words，但实际上，低于 500 words 的文章是受阅卷老师鄙视的。大家听后一片哗然，虽然我知道复旦英语全国最难，但他说成这样岂不让我们感到巨 frustrated。上一次来上海见导师，导师说他去年两个专业的博士一个都没招到，因为没有一个人英语能过 50，他说能过 50 属于大功告成，60 分以上出类拔萃，70 分以上骇人听闻。查老师说，谁掌握住 reading 这个吃分大户谁就基本能过线了，但是，reading 的很多问题完全是在跟你玩儿智力游戏和脑筋急转弯，辅导老师将 reading 做一遍，跟所谓的标准答案一核对，发现有很多分歧，于是有些老师就问出题人怎么回事，出题人很干脆地说：没有为什么，读卡器上的答案就是这样。查老师说的这些问题应该都是事实，下午讲翻译的谷老师又将这些是非说了一遍，他说，从此之后，我们老师再也不敢问出题人了，因为你问得越多，死得越快。

将大坏形势通报完毕后，查老师开始讲题，正如他所讲，复旦的 vocabulary 确实是变态，明显地欺负人，令人愤愤！做了一遍后，很多人全军覆没，而给出的答案匪夷所思，不过你一查词典，不得不屈服，复旦的某些题能考到英语世界的旮旯角里去。查老师第一天上午讲词汇，第二天上午讲阅读。复旦的阅读大都很长，而且很多都是叙事性的散文，让你摸不着头脑，好不容易碰上个简单易懂的文章，以为是个 surprise，但后面的问题多会让你 very crazy，阅读中也会考一些词汇，但多数是美国俚语，需要你纵览全文加上深明情节才能了解其意义。没有办法，阅读是吃分大户，每题便两分，但阅读是最不能恶补的，关键还是看你平时的阅读水平。

下午由一个姓谷的老先生讲作文，晚上他又讲了讲翻译，我觉得谷老师长得有些古板，但大量 80 后甚至 90 后的词汇从老头儿口中一泻千里，其风趣幽默令我们刮目。他照例用一个多小时的时间对复旦英语展开谩骂，然后开始在黑板上抄写几套作文模板，我们也马不停蹄地在本子上抄。事实证明，所谓的作文模板实际上充当一个 placebo 的作用，我在考托福和后来的考博英语中，虽然模板也背了，但基本上都没怎么用上，全靠个人发挥了。我前面一个南京大学的老师认为，close 是复旦中最难的，我说 close 虽然很难，但无非只有 10 个空而已，而 translation 的译文看上去就让人发怵，而且很长，是最煎熬人的。谷老师说：一般出题人会从一本英文原典中抽出一段来，出题人先自个儿翻译成蹩脚的汉语，然后再让考生翻译成英语，所以我们只要能达到"信"和"达"就行，不要求"雅"，即准确通顺即可，只要将句式掌握了，相关词汇应该尽量简单，不要求有多么高级，另外，阅卷老师们都知道前面的题太难，所以在批改 translation 时会手下留情，所以 20 分的 translation 得个 14 分应该不难。

第二天晚上，雍老师讲 close 部分，他主要领着大家做题，真惊了，传说中的 close 果然名不虚传，一个句子长得要命，有时理解上都成问题，更何况要将一块砖填到万里长城里面去。其实，close 部分考的是句法，如果你对句子结构分析得清楚，那么题目就好做了。

两天的辅导班很快就结束了，实话说，除了加深了复旦英语甲天下的印象和我们的挫败感之外，辅导班的老师没怎么给我们送来光明和温暖。由于时间紧张，休息不够，餐厅里的食物也很差劲，我基本上都会在下午的课上睡上一个小时。从杨浦区回徐汇区路程很远，第一天晚上我回到上师时基本上快 10 点半了，我左边的一个老师对我说，可以在附近坐 1 号线地铁到人民公园转乘 3 号线到南站。夜色来临的上海，更加喧闹，形形色色的灯光让人眼晕，我坐在呼啸的地铁上望着外面的钢铁森林，望着来去匆匆的人群洪流，心中不禁想起小时的一首歌："美丽的西双版纳，留不住我的爸爸，上海那么大，有没有我的家？"

水瓶座

9 号早晨，闹钟还没响我就醒了，看了看表，已经 7 点了，真想多睡会儿，可是想了想已经坚持了几个月了，不要在决战时刻消磨了斗志。吃完早饭后上网看了看复旦招生网页，看到考场分布表已经出来了，历史学院被安排在 3209，今年考历史文献学的总共 5

个人，我对着电脑出了一会儿神儿，压力倍增。中午和壮一起在餐厅吃完饭后，我就背着包去复旦见 W 君。

W 君，是我在校内网上搜到的，眼看着临近考试了，而我还没有弄到复旦研究生的通史笔记，同学建议可以在校内网上搜索一下历史系的同学，于是就认识了 W 君。来到上海的第一天晚上，我给 W 君打电话向她说明了下情况，她很理解很宽和地说可以帮我找找，辅导班结束的那天晚上，她说已经找到，我们就约好下午三点在复旦文科图书馆见面。

今天天气非常晴朗，我步行来到南站，在路上，大学同学庄玮发来短信说："自从你来了后，上海就天晴了，我对你有信心！"我不禁莞尔。从南站到复旦，先坐地铁再转公交，大约一个小时的路程，由于中途耽搁，我到达文图时已是姗姗来迟。我在文图门前等着，听见手机铃声响起，这时我看见一姑娘正站在台阶上望着我。

这姑娘便是 W 君了。她拿出讲义来，我大略翻了下，感觉内容是 Pan 师姐已给了我的。W 君为尽地主之谊，决心领着我到复旦校园逛逛，她在旁边买了两杯奶茶，两人边走边喝边聊。W 君说自己攻读法国史，我听后立马崇敬得耳朵竖立，心想此人的法语及拉丁语肯定很拽，但隔行如隔山，当我问及她的毕业论文时，她说要研究斯塔尔夫人，我听了半天如坠云里雾里，虽说是在讲法国大革命，而我却觉得身陷布罗代尔纷繁复杂的地中海世界，顿时对 W 君肃然起敬。然而，但凡热爱法兰西的人们总会有许多感性的共同语言，因为，法兰西的文学和思想光芒势不可挡。从光华楼前面洒满午后阳光的绿茵广场走到雅致的相辉堂前，我和 W 君一路谈论着法兰西，谈论着罗曼·罗兰和普鲁斯特，我已经很长时间没碰到这么醉心于英法文学的人了。她笑着说学古代史的人总那么一副文质彬彬的模样，我说发起脾气来可不得了。接着，两人便开始开心地相互吹捧。她说，学古代史的人真是博学，你说的那个叫王宁的老师我都不知道；我说，学世界史的人更是博学，你说的那个叫斯塔尔的夫人我也不知道。她笑弯了腰：那我们扯平喽！

出了复旦校门，W君问我：你是什么星座？我愣了下，说：我是去年才知道自己是啥星座，同学告诉我，我是水瓶座。W君说：真是老土。我问：水瓶座有什么特点？你是什么星座呢？W君笑眯眯地说：水瓶座性格比较古怪且很有才华，我呢，是双鱼座。我听后一脸茫然：为什么今年有那么多的人问我啥星座呢？这个星座究竟有啥学问呢？真是知也无涯啊，我被时代抛弃了吧。

让我印象深刻的是W君的幽默及言行中所透露出来的可爱的孩童气。我说："我们被武大'发配'到了三环。"

"三环在哪儿？武汉有三环吗？"

"不是，是一个很差劲的学生公寓，在东湖旁边。"

"啊？风景真好！好地方啊！"

"可是，湖边有很多饭馆……"我解释道。

"啊？还有吃的！"我还没说完，W君眼睛一亮，尖叫了起来。

我登时就笑了，继续说："那些饭馆会把油水倒进东湖，弄得湖水油光光的，很脏。"

"哦，这样啊。"W君眼睛黯淡了下去。

日渐西暮，我急着要去银行一趟，于是匆匆告别了W君。在车上，大学好友子正发了一条短信说他的考研英语挂了，我望着窗外发呆了好久。唉，真是"文章憎命达"，子正，谦谦博雅君子，与我性情最为相契，当年在大三那段如风似水的飘忽岁月中，我常会和子正一起喝酒倾谈。记得一个冬夜，我在湖边静静等着他来聊天，一个夏日，我曾陪他去阳谷参拜海会寺，他陪我去游览教堂，我们钢锐的气象中往往藏着深深的忧伤，这使得我更加珍惜二三知己。如今，他在问鼎社科院的路上折戟沉沙，我真为他感到惋惜，记得跟一朴兄相约复旦，而一朴兄也在英语上折翅，不过总归是进入到江南学术共同体之中了。我为我的朋友而心疼，也不由得为自己而担忧。

晚上 8 点左右带着一丝忧烦回到上师，在路过棕榈环绕的一排红砖瓦舍旁时，渐渐听到了一阵琴声，很安静的钢琴声，我不由得驻足聆听。琴声很缓，很静，很美，有点类似久石让的曲调，徐徐在心田荡漾，忽而音弦急促转高，但音律依旧雅静非常，似乎又有点拉赫玛尼诺夫的感觉。我开始想象里面是怎样的一个人在朴素的黑键白键上荡起双桨。好久没听过钢琴了，今晚听到后心里安然了很多，让我莫名地想起了聂鲁达。我在月光下听了许久，后来轻轻踱步走开，对房中那个弹琴的人心存着一丝暖暖的感激。

回到宿舍把包放下后，自己一人来到操场上散步，今夜月明星稀，一轮明月照彻长空和大地。"请君看皎洁，知有淡然心"，然而，我的心里却还有一丝的不平静。我想起了我这几个月以来的生活，"晓战随金鼓，宵眠抱玉鞍"，这次是我高考以来真心实意地去为了一个目标而疯狂。我对一同学说：如今，我们已经远远望见那个梦想了，而你发现，现在什么都不缺，只剩下我们的努力了，这时候，我们应该奋起，为了跨进这个门槛勇敢迈出去！几个月以来，我每天不到 6 点就爬起来去读英语，从上午 8 点一直到晚上 10 点都躲在图书馆，为了提高英语，我几乎读完了从 2008 年 10 月份到 2009 年 2 月份所有的 21st Century 和 China Daily，将俞敏洪的红宝书背了 5 遍，又将各名校考博真题做了一遍，实在学不进去时就看英语电影。此次考博又是跨专业，我从未受过历史学的训练，然而，怀着对历史的高贵梦想和浓厚兴趣，我背完了四个版本的中国通史教材，疯狂地在图书馆和外文书库借阅相关论著，包括英文版汉学研究著作。中间去长沙考过一次托福，我曾为出国忙活了好几天，当时常梦见在北美大学校园里研究古往今来的人类社会，但是没过几天，我最终觉得当前形势严峻，事情麻烦，主要还是先将考博这场攻坚战打下来再说。于是给威斯康辛的睿姐写信说了下我的决定，睿姐回信说很支持我的决定，她说："人生关键的时候不多，有时要学会准确地把握和选择。你有一颗美丽而高远的心，故终有一天会飞得很高很高，这点我坚信不疑。为了让高飞的梦早日实现，今天坚实的足迹就尤为重要。"这让我非常感动和振奋。

福克纳说："人不仅要生存下去，而且更要出众。"然而，为了出类拔萃或与众不同，如果我们迷失了自己，那么这场胜利将毫无意义。想到这些，我不由得停下了脚步，举头凝望那一轮明月。

探　亲

坐在去探望父亲的上海地铁上，我依然记得三四岁时，父亲握着我的手教我写字的画面。一直很遗憾没有为父亲写点东西，现在望着窗外一闪而过的绿树白花和高楼大厦，记忆的岛屿慢慢在我的脑海里浮现，关于父亲，从何说起呢？

父亲兄弟六人，他排行老五，生在苦难的 60 年代，童年时饱受饥馑煎熬。为了给家人多留口饭吃，大伯和二伯十几岁时就北上闯关东，从此定居于吉林，每隔十几年才返回故乡一次，我们这一代人很难想象父辈的童年有着怎样的欢乐和辛酸。听祖母说，父亲小时候热爱学习，背书特别快，但也热爱打架，经常跟村里的孩子打滚干仗。由于兄弟众多，所以祖母每到秋天就要忙着做棉袄棉裤，而其他衣服又不够，所以父亲一到冬天就会穿成这样的行头：头上一个旧毡帽，身上除了一身黑棉袄黑棉裤，里面什么都没有，甚至连袜子都没有，直接光着脚跐拉着个棉鞋。祖母说，那时你大大一到冬天上学时，小孩子直接把棉裤一扎，把棉袄一裹，把书本用油纸一包，夹在胳膊底下就冲进大雪里去了。我经常想象父亲的这个形象，也常常问父亲，父亲总是微微一笑。

父亲在入伍前，已开始显露典型的山东大汉形象，魁梧健壮，从小就爽朗忠厚的性格一直保留在村里很多老人的记忆中。父亲在年轻时很爱读书，这一点我深信不疑，从小我就崇拜父亲的阅读量，我上中学时，父亲就向我推荐高尔基和毛泽东诗词，想想现在我对俄罗斯文学和古典诗词的热爱应该能溯源至此吧。后来上高中时，我曾偶然问父亲关于《红与黑》，父亲说司汤达的这本书他读过，感觉不好，心理描写太多，不适合我这个年龄读。父亲常常很自豪地回忆说，他是整个公社被选中入伍的三个人之一。父亲练就了一手好字，他的钢笔字至今让我自叹不如，我见过父亲在军营里写的日记本，现在看来还觉得文思通畅。

父亲与母亲相遇后，在四川的一个军营里举行了婚礼。母亲心灵手巧，针线功夫特别好，在我记忆中，我们兄妹三人小时从来没有买过衣服，都是母亲亲手缝制的，别人家的孩子看见了都很羡慕。然而父亲母亲为了这个家受了难以言说的苦，当年他俩成家立业时，祖母只给了一张床，父亲先后借了一万多块钱，后来村里又贷给三千，母亲回忆说，当时父亲一接过钱，她就哭了，因为这又是一笔债。从我记事开始一直到四岁，我们一直寄居在常年出门在外的邻居的房屋里，那时父亲母亲为了养活这个家，开过餐馆，办过油坊，磨过豆腐，卖过鸡仔，贩过苹果，种过西瓜，还承包过一片黄瓜园，那时我很不懂事，还经常领着小伙伴爬进我家黄瓜园偷黄瓜吃。我四岁那年，家里终于盖好了新房，外祖父亲手在院子里栽上几棵杨树和香椿，十几年过去了，这些树已经枝繁叶茂，亭亭如盖了。然而，由于负债过多，从我上小学一直到初三，家里的境况一直不好，父亲在家里忙着种西瓜，母亲外出收破烂，等到西瓜熟了，他们就在外面奔波卖西瓜，所以我们兄妹的小学时光都是相依度过的。

后来在我上初中时，男人们在家已很难挣钱，父亲便从此踏上了打工者的行列，他先后在天津、青岛、哈尔滨、济南打工，在我上高中时又来到上海。为减少支出，他甚至把近二十年的烟瘾都戒了。母亲也起早贪黑地骑着洋车子驮着个大篓收破烂，常常一天就能跑到外县。在外奔波，不可避免地要遇到一些事故，在我印象中，母亲因车祸骨折住院，父亲在打工时胳膊和腿也都因伤动过手术。

然而，父亲母亲所受的苦远远不止这些，十几年后，我才知道，其实在我之前还有两个男孩，但不幸都夭折了，这是父亲母亲心里永远的伤痛。

尽管生存艰难，但父亲从未放松过对我的教育，他每次回来都会检查我的功课。记得小学功课很多，有次我写到9点多实在太困了就放下笔上床睡了，半夜我迷迷糊糊地被父亲叫醒，他发现我还有几道数学题没做，我很不愿意起来，但怕父亲训斥，还是含着泪把作业做完。我小时候很喜欢看书，经常到大哥哥大姐姐那里借书，有时捧着他们的课本也能看上半天，后来开始看很多课外书，母亲怕耽误我的功课，一直反对我看课外书，而父亲却坚决支持我多看些书。在我上中学时，父亲每次回家过年都会给我买一两本书。小学毕业后，父亲把我送到全县最严的一个初中，隔家很远，我在那里寄宿苦学了三年。里面几乎是军事化的封闭管理，伙食很不好，刚开始我常想家，父亲知道后有点生气，他对我说："男孩子在外求学，想什么家？人家毛泽东、邓小平，十几岁时就出去闯天下，一走就再没见过爹娘，最终还不是干成了大事！"

在我们村庄，家家都不是很富裕，学校催促交学费，一些同学在田间地头等着父母给他们学费，甚至有的同学没读完小学就辍学了。当时，读书无用论甚嚣尘上，因为大多数乡亲认为，读书是很难出人头地的。然而，父亲母亲从来不会在我们的学业上缺斤少两，他们宁可早起多受点苦，也不愿意让我们在学校里难堪。在初三的冬天里，我花七块钱买了一本《西游记》原著，回来后，祖母责备我："你买这书干嘛？你大大现在整天起早去卖白菜，有时忙活一天都挣不来七块钱。"父亲当晚回来后，翻了翻，很高兴地说："修志竟然都能看这么古文的书了！"高一时，我实在忍不住花二十二块钱买了一本《古文观止》，母亲有点生气，而父亲却很欣慰，激励我多读多背，这本书一直陪伴我到今天。我明白，他之所以这么支持我，这么严格要求我，一方面是因为他在我的成长中看到了他年轻时的某些热情，另一方面，他也不想让儿子重蹈自己的命运。

高考结束后，我很想进军校，忙活了好几天，正等待着分数下来后去临沂体检，但分数很不理想，无奈只好进了一所地方院校。那天夜晚，我暗自神伤，父亲却红光满面，拿出酒来说要庆祝一下，因为毕竟他的儿子是全村第一个本科生，他安慰我说："这才到哪里呀，你要为自己的远大抱负而努力！"

我望着车窗外的风景，回忆着这些往事，泪水在脸上悄然滑落。坐了一个半小时的车从徐汇区赶到普陀区，等我下车后，父亲已经等我半个小时了。父亲是骑车从工作地点赶到车站的，我推着车子跟父亲一起去他工作的地方。父亲先问了问我在上师吃饭和休息怎么样，我说都很好，就等着几天后的考试了。父亲明显地老了，我那个魁梧的父亲已经开始有点驼背了，双鬓也开始有点斑白。都快五十的人了，还为了整个家庭干装卸的重活，虽然挣钱不少，但工作太过繁重，没有定时，只要货物过来，就算是半夜下雨也要起来装卸，更何况他这样一个半百年龄。有一年春节，叔叔说父亲拼命干活，有次被机器压住了手，肿块隆起了整个手面，我回家后捧着父亲的手哭了好半天。

我跟着父亲走了一刻钟来到父亲工作的地方，这里是上海的郊区，安徽、四川、河南、山东的很多农民工都在此干活，父亲他们的工作是把从东北运过来的大米装到运往上海市区甚至江南诸镇的卡车上。在这里，破砖烂瓦到处都是，大量写着"拆"的瓦屋在这个曾经很古典很诗意的杏花春雨江南中摇摇欲坠。城市，像一只龇牙咧嘴的巨大野兽，极其贪婪地觊觎着越来越远的土地。几年前父亲他们完全是靠肩膀去扛 180 斤的麻袋，现在米袋全换成标准袋了，而且增加了一些机动小车，所以比起以前轻松了许多，然而工作量仍然很大。看着叔叔、舅舅还有几位大叔在米袋垛子和卡车间忙个不停，我很难想象，中国第一大城市的吃喝却很大程度上依靠着他们没日没夜地装卸。父亲挨个儿地向他的同事介绍我，我挨个儿向他们问好，父亲在一旁看着我微笑。

　　来到父亲休息的地方，这有点类似我大学时的宿舍，但光线不是很好，不过外面有个小房间供他们围着一张桌子吃饭或打牌，还有一个大电视，父亲每天晚上都会看新闻联播和一些时事节目。我给父亲倒了杯水，父亲从抽屉里拿出一沓钱递给我，说："上海高消费，多吃点好的，走时别忘了好好请你的大学同学和朋友吃顿饭。"我问了问父亲的身体状况，和父亲聊着，我对他说："爸，如果这次考上了，我来上海，你就必须离开才行。"父亲笑了笑，说："人做什么都有个奔头，我回家去难道还要闲着啊？"我说："等我来了上海，我绝对不会再要你一分钱，而且我会找些工作尽量挣钱。"父亲郑重起来："先把自己的学业做好，再谈其他的事情。"

　　在父亲宿舍待了一个小时，因为一会儿父亲还有活，我起身去跟叔叔、舅舅告别。父亲送我来到车站，我提醒父亲千万不要喝酒，要多注意喝水和休息。父亲点点头，目送着我上了车。

我在车上看到越来越多涌入这个城市的人们，他们都是为了生存而在这里艰难地行走。我的父亲，一个曾经喜好人文的战士，一个典型的山东大汉，也加入了这支大军，我相信，他此刻的心情肯定比他人更快乐，因为他有一个爱读书的儿子，有一个温暖的家。我，一个来自华北乡村的学生，一个心高气傲的山东娃，似乎在重复着古老中国的科举梦，然而，我相信，我的梦不仅仅在于此。我相信，这个中国也不会总是重复这些沉重的音调。

剑拔弩张

> 山中何所有，岭上多白云。
> 只可自怡悦，不堪持赠君。

昨晚做了一个很安静的梦，衣发飘飘的陶弘景坐在山崖上，抱膝望云，对站在他身后的我念了一遍他新作的这首诗。醒来时，那片明灭不定的烟云连同道人的身影早已不见。我揉了揉惺忪的眼皮，闹钟依旧在响，才晃过神儿来，今天已经是 3 月 11 号了，我来到上海后竟一直还没看书，而真正能复习的时间也就是今明两天了。我赶紧起床，趿拉着拖鞋来到盥洗室，洗脸的时候，看着水从龙头里哗哗流出，想起了昨晚的梦，想起了陶老头儿的白云，突然想到了一个人：狄仁杰。《新唐书·狄仁杰传》云："仁杰登太行山，反顾，见白云孤飞，谓左右曰：'吾亲舍其下。'瞻怅久之，云移乃得去。"

陶老头儿看云是在看宇宙自然，更见其飘逸之风，而狄公千古一代英豪，看云是在牵挂父母，可见其仁孝之节。我想：等打完这场仗，我也要安心地去看看白云。

我6点半来到餐厅，餐厅里照旧只有我一人在吃饭，我心想，可惜了上师这么好的餐饭，这么个钟点了，我在路上竟没遇到半个人，而我在武大三环，6点多去餐厅时，餐桌上已有很多吃完饭留下的餐具，很多人已经在去学校的路上了，每次我都觉得挺惭愧的。

我背着书包来到琴房后面的一个绿叶长廊上，此处挨着湖水，微风从湖面拂到脸上，真是舒服，我便开始大声朗读英语。8点左右，我起身打算去文科大楼阅览室学习，刚一进去，就要我刷卡，我说我忘带了，管理人员又让我报一下学号，弄得我很囧，我只好说我是外校的，想到阅览室翻下资料，管理人员脸色陡变，直接走过来把我轰出门外。无奈之下，我去旁边的外院找自习室，可是每个都差不多坐了几分钟后就发现此处有课，一连换了五个教室，弄得我哭笑不得，这里的学生踩着钟点来上课。除了外院，我发现旁边有个小树林，树林里倒有两个石桌空着，暖暖的阳光照着，于是大喜，就来到一个石桌旁开始学习。

按照考试标准时间做了下2008年的全国各高校考博英语真题，对照了下答案，死伤累累，也就是勉强能够及格。吃完午饭后直接去一个教学大楼找了间空教室，从我中午进去一直到晚上10点我回去，竟再没有另一个人进去过，而且第二天一整天亦是如此，真让我感到惊讶。这两天时间迅速把中国通史和西学东渐的相关书目过了一遍，第一天晚上又跑到上师西门复印了一叠关于 New Cultural

History 的论文，蜻蜓点水般扫了一遍。11 日和 12 日都下着小雨，但并不影响心情，两天的临阵磨枪挺在状态。

我对壮说："你们宿舍简直过着一种蟑螂般的生活，可真让我见识了。"这是一个个性张扬的年代，似乎每个人都在自命不凡，每个人都在标榜自我，可实际上，他们中的很多人精神极其贫瘠，灵魂极其虚弱，整日浑浑噩噩地生活，根本不知自己有多大的本事，不知自己有多大的气度。一代歌后布加乔娃曾说："看到有人生活得缺少才气我就生气！"多媒体时代引领着越来越多的有志青年走向堕落，我一次戏称一同学长着一张电脑脸，同学说：知道古人为什么学问做得好吗？那是因为古代没有电，更没有电脑。我见到一些人除了在网上放几声炮外，照旧吃喝拉撒睡，如同我的大学同桌回忆说："大学中遇见了一群有抱负而没有行动的人。"我真不知道他们是怎样理解生活的，在我看来，生活是一场艰苦的战斗，若要坚实地存在于自己的生命之中，若要对抗死亡和腐朽，就必须持续不断地坚忍、战斗、创造！契诃夫说："闲散的生活是不纯洁的。"我觉得闲散还倒没什么，而严重的是没有任何方向感且迷失自我的生活，这真是生命中的大不幸！唉，不说了，或许我是五十步笑百步。

晚上坐在电脑旁，又将北大及台湾各大学历史系的历年考博真题浏览一遍，留意了一下陌生的名词解释，一直看到凌晨 2 点。躺在床上，心里盘算着：明天 13 日去复旦旁找个地方住，后天正式展开春闱大战。此时我剑拔弩张，枕戈待旦，等待这个决战江南的时刻。

春闱大战

3月13日，恰好嵌在惊蛰与春分的中间位置。早上7点左右吃完早饭后就赶紧收拾东西，装了鼓鼓一包，坐上公交车直奔南站去坐3号线。正值上班高峰，所以在拥挤的车厢里站了一路，可能是包里面装得太多，我背在肩上，听得"嘣"的一声，拉链滑落下来，包里的东西全洒了出来，我赶紧在众人脚边寻找东西，很是狼狈。在大柏树站坐上去复旦的公交车后，外面哗啦啦下起了大雨，真是开战时刻风云突变啊，幸好我随身带着伞。9点左右，我打着伞来到复旦校门口，给Liu君发了个短信问她在哪儿，接着手机显示发送失败，我以为是欠费停机了，马上向正门口走去，没走几步，就看见她在卿云馆旁等着我。

Liu君是鹿姐介绍给我的一位同学，出身令人艳羡的武大国学班，后来被保送到裘锡圭先生主导下的复旦出土文献与古文字中心攻读研究生，我上次来复旦时在她的引导下到中心聆听了德国陶安先生的讲座，如愿以偿见到裘先生。她的读研生活远比我的要紧张充实，上次她对我谈论她在复旦的学习生活，我听后有些沮丧，很羡慕人家这种富有质感的生活，回想我的研一，除了多看了些闲书，实在没做多少事情，古籍所的老师为了让我们能安心读古籍，从来不会让我们做什么事，而我却把那么多宝贵的课余时间拿去消磨了。

我撑着伞跟在Liu君后面，风挺大，吹得伞摇摇晃晃的，我们只得一路低着头向前走。Liu君帮我联系好了一个房子，在复旦东边一个叫建新小区的地方，305弄15栋，房东是复旦计算机系的一个老师，价格便宜，房间又好，有热水器、木地板、弹簧床、写字台，整洁又安静，且可观窗外幽幽春雨，这样我就可以直接在房间里看书，不用再跑到复旦找自习室去了。我很感激 Liu 君，跟 Liu 君一起吃完午饭，她说了些鼓励的话，我们就在雨中挥手告别了。

下午在房间睡了两个小时，整理了下书桌，把最后的明清史翻了一遍后，就到附近一家餐馆吃了盘饺子。按照 Liu 君提示的方向，晚上我来到附近的沃尔玛买了些早餐及文具，从沃尔玛的另一个门出来后走进了五角场购物广场，熙熙攘攘，品物流行，顿时相信了 W 君所说的"上海这个地方买东西特方便"。可是这个烧钱的繁华之地实在太大，我来回转了好久才走了出来。回到房间后，听着窗外的风雨声，静下心来看了看作文模板和翻译例题，10 点左右洗了个舒服的热水澡后就躺下了。或许是从没睡过弹簧床的缘故，或许是突然犯了史湘云的择席之病，也或许是因为想到明天的考试过于兴奋，我大约到了凌晨 2 点多才昏昏入眠。

3 月 14 日，决战时刻终于来临。早晨很早就醒了，我扫了下俞敏洪词汇，早饭后，端坐在书桌旁默默平静了几分钟，接着就怀着很兴奋及一丝紧张的心情走出门外。雨过天晴，天气非常好，万里长空澄澈湛蓝之极，阳光照耀着这个明亮的人间，清新的空气中夹杂着一丝清冷，完全可以用英语中的"crisp"来形容。尤其是进了复旦东门，朝阳将雄伟的光华楼照得闪亮，宽阔的草坪更加青翠，远处的红砖瓦房在树木掩映之下亦显雅致，真是天朗气清，春和景明。来到第三教学楼前，已有很多人在楼前翘首以待，有人一边站着一边狂翻着讲义或课本，有人则和几个同学欢快地谈笑风生，有人则静静低着头看着地面，还有人在焦急地走来走去，不断地看着手表。芸芸众相，不同心情，颇有举子在进贡院之前的各色情景。

8点15分，我们开始依次进入考场，我在所报考专业中的考号最前，故坐在了前面一个靠窗的位置，阳光洒在桌面上很温暖。我回头瞧了瞧，发现缺考的人接近三分之一。8点30分，铃声一响，马上发英语卷子，我飞快扫了一眼作文，原来是个看图作文，心里略一定心，开始飞快做题。因为没有手表，我只能尽可能快地去答题。Vocabulary的选项依旧让人头痛，好几个题目的四个选项中的单词没有一个见过，只能全凭感觉了。语法和短语的题目感觉还比较顺手，还有几个考察美国俚语的，幸好我都知道是什么意思，剩下的就是些基本词汇了。做完Vocabulary后，总体感觉还不算太晕菜，先在心里小小喝了个彩，接着就赶紧攻坚最大碉堡——阅读。第一篇文章讲的好像是关于massive media的，叽叽歪歪地不知道说的是啥，凭感觉答完；第二篇讲的是作者长期在他脾气火暴的老爸成长下的悲惨故事，故事简单，但后面的题目玩儿的全是脑筋急转弯，让人抓狂；第三篇说的是一个女人抱怨她的丈夫不会体贴她，且缺乏情调和男子气概，啰啰嗦嗦唠叨个没完；而后面的题目有两个考察了文中的美国俚语，我只得根据文意来判断；最后一篇，作者说自己住的环境，还说了下自己岳父一家子，好像还扯上一个城堡，说一些人靠结婚骗钱，杀人放火，把死人的牙齿掰出来卖钱等一堆乱七八糟的破事儿，看了两遍才大体明白点意思，不过后面几个题也挺绕。

接下来就是传说中巨难无比的close了，说的是全世界的肥胖问题，感觉做得还可以。扫了一眼翻译，顿时一阵冷汗，讲的是欧洲劳动者在新教运动后发生的变化及意义，还提到了马克斯·韦伯（Max Weber）的理论，幸亏我知道韦伯的英文名，我真怀疑这段译文是从汤普森《英国工人阶级的形成》里挖出来的。没时间发呆，箭在弦上，我还是以最快速度将全文翻译完，感觉除了极个别的专业术语如清教（Puritanism）、苦行主义（Asceticism）不会外，其他翻得还凑合，我觉得坐在我前面那个学世界史的考生应该答得很爽。最后一个碉堡是一篇读图作文，画的是一个老头儿上了公交车后没人让座，一男一女还对他说了一些讽刺的话。因为没有草稿纸，所以只能先在心里构思，我想了两分钟，写下一个题目"Who Save Our Public Morality"后，开始刷刷地用自以为漂亮的斜体英文写。先把图画具体描述了一遍，接着阐发春秋大义，讲讲为什么会出现这种现象，这种现象会产生哪些影响，再提出应该怎么处理这些问题的方法和措施，最后结合中华礼仪文化、和谐社会要求及上海世博会宗旨"城市，让生活更美好"（Better City, Better Life）进行煽情鼓动。作文的感觉非常好，一路文不加点，写完后大略数了下，竟然有大约 700 words。于是长舒一口气，仔细检查了两遍后没一会儿，监考老师说还有 15 分钟，请大家掌握好时间，听到后，我大大得意了一番，又仔细检查了答题卡等。

走在复旦的校园上，心情超爽，心想，这次英语大多还是考到了我平常所复习到的东西，感觉若发挥正常的话，希望蛮大。越想感觉越开心，一路都想笑，毕竟，我感觉，最大的障碍应该是迈过去了吧。在附近吃了盘回锅肉盖浇饭后，赶紧回到房间去睡午觉，可是却兴奋得睡不着。

下午两点半，中国古代史开战。我像一个小学生一样端坐在考位上静静等着老师发试题袋时，一个很年轻的监考老师走到了我的旁边，看了看我的身份证，看了我一眼，很惊讶地问我："你怎么是87年的呀？"我轻声说："哦，我跳过级的。"然后，那老师说："聪明！"他很兴奋地回到讲台上，对一位女老师嘀咕了一会儿，然后示意了下我。接着，这位女老师又来到我的身边，看了看我的证件，问："你真是87年的？你几岁上的学？"周围同学听到了，一片哗然，我略一低头，轻声说："我跳过级。"那老师接着也蹦出俩字："天才！"

拆开试题袋，我看了一眼，发现竟然没有名词解释，这让我有点失望。通史出了10道论述题，基本上是从秦朝到清朝各个阶段一道，要求从这10道题中任选4道论述，每题25分。我先选了两道四平八稳的题目：宋代官僚体制的特点及对后世的影响；清代人口压力与社会危机的关系。然后选了两道能发挥自己水平并估计多数人不选的题目：有学者认为唐代长安城既是封建高度集权的中心和象征，又是东西方文明交汇的中心，试申论之；有学者认为明思宗（崇祯）承担了一个并非亡国之君的亡国命运，试分析之。四道题答得很畅快，尤其是唐代和明代的那两道，顿时感觉王夫之、赵翼附身一般，思路是从来没有过的清晰，大量的原典引语从笔下流出，写完这一点感觉那一点也行，越写越想写，最后写满纸后，食指顶端的肉都被压扁了。写完后，我一边慢慢欣赏着我的书法，一边细想着论述中的逻辑思路是否妥帖。

提前交卷出了考场，我怀着明快喜悦的心情在复旦校园里转了一圈，当时天色渐黑，华灯初上，月满春空，复旦显得更加典雅安宁，光华楼在远处静默地矗立着。回到房间后，开始狂背西学东渐的两本书，到了 10 点左右，又将一叠文献学的讲义翻了一遍，重点看了看目录学、版本学，最后在床上默背了下《汉书·艺文志》目类和《四库全书》目类。

可能是觉得前两门做得挺潇洒，当晚兴奋了好久才睡着。第二天早晨起来后，在附近买了个煎饼果子，喝了杯豆浆，美美吃了一顿早饭。早早来到考场前，在一个小假山旁坐下休息。许多人都在眼睛不眨地看课本翻笔记，只有我坐在石头上玩儿，傻啦吧唧地东张西望。最后的这门专业课是历史文献学，名字虽然和古典文献学差不多，但因为报考导师是做西学东渐的，所以主要考察的是西学东渐的相关文献。打开试题袋一看，共分为两类题：名词解释和论述题。名词解释依次是：和刻本、理校、《无极天主正教真传实录》、汤若望、土山湾印书馆等，前几道答得还行，最后一道不知道是啥，不想胡编，直接空出来。论述题好像共三个大题。第一题是：请列举明末清初西方传教士的三部地理学著作，并选其中一部分析其内容、特点及影响。我分别列举了艾儒略的《职方外纪》、南怀仁的《坤舆图说》及蒋友仁的《地球图说》，选择《职方外纪》重点论述，我读过谢方的《职方外纪校释》，感觉语言写得很好，特别喜欢艾儒略在书中开头的一句话："地既圆形，则无处非中，所谓东西南北之分，不过就人所居立名，初无定准。"答题时也把这句话写上去了。第二道题是分析下《遐迩贯珍》及其主要文献内容。这道题答得不是很好，我把《遐迩贯珍》（China Monthly）的创立和意义答得很详细，但对其文献内容只尽量写了些模糊的话。最后一道题是讲一下《西学书目表》的内容结构及其影响。我只知道《西学书目表》是梁启超编的一本西方译书目录，但对其内容结构并不了解，没办法，我只好凭星点印象和相关理论胡吹一通，竟然吹了两页多，我对《西学书目表》的结构尽量模糊化和笼统化，说了些大而无当的话，重点抓住它的意义神侃个不停。

初试结束了，虽然最后一门历史文献学做得有些遗憾，但我总体感觉还不赖。中午吃了一顿番茄炒蛋盖浇饭后，回房间喝了些水，定了定神儿，迈着轻快的步伐来到光华楼，乘电梯来到19楼历史系，在1904审查完证件后，查看了下历史文献学和明清史的面试地点，原来是在中间的报告厅。光华楼果然豪华，光厕所就能达到三星级宾馆的标准，还有设置小巧的纯净水水管从墙中伸出来，教授都是一人一间办公室，且都是刷卡开门。我看着四周墙上的学者画像，周谷城、顾颉刚、周予同、姚名达、谭其骧、杨宽、方豪、陈守实、邓广铭、蔡尚思等等，一个个夺人眼球。据我所知，复旦把裘锡圭、葛兆光从北大、清华挖来后，顿使复旦人文增色几分。这里地处元代松江府的上海县，正宗的江南，艾尔曼提出的"江南学术共同体"似乎在这里更有其现实价值，在我看来，复旦大学、南京大学、浙江大学，分别称雄于沪宁杭，呈现出标准的江南三角形，三者完全可以各自率领本地区的其他学校，一起重振江南人文渊薮。

邹老师带两个专业的博士生，分别是历史文献学和明清史。我上次过来见他，被他问得落荒而逃，由此我在复习过程中始终警醒自己功力尚浅，需要加倍努力，当时考完托福后，还剩下三个月的复习时间，我下定决心：一定要将这三个月变成半年时间！我对他的一个初步印象是不苟言笑。据说他对学生既关心又异常严厉，更引人瞩目的是，他的身高却高达 1 米 9，我想：我若考上后肯定会终生仰视他，而且他如此海拔，居高临下，训起我来更有气势。

过来面试的几乎都是考邹老师的考生，共 7 个人，有的是邹老师的亲学生，有的是考了两年依旧在考邹老师的人，还有的是像我这样慕名而来的内陆大学的学生，大家交流了一番，都在为英语的不可预测而担忧。过了会儿，邹老师过来了，他对我们点了点头后就进报告厅了。已经一点多了，我们在外面静静等着老师过来叫我们。几分钟后，邹老师叫我们进去，报告厅被设置成一个会议厅的样子，参与面试的共 6 个老师，除了邹老师和做方志学的巴老师外，其他我都不认识。邹老师主要宣布了下奖学金的设置，接着他说："按考号一个个面试吧，那么首先从黄修志同学开始。"其他同学接着出去，我坐在众位老师的对面，邹老师主持面试，他说：你先介绍下自己，然后说下自己的毕业论文及博士研究计划，时间不超过 5 分钟。我尽量简洁地说完后，邹老师说：首先，先问你个私人问题，你为什么是 87 年的呢？我笑了，解释了下，其他老师都对着我微笑点头。随后，正式的提问开始了，邹老师问的最多，我总体上回答得还凑合，虽然有几个浮皮潦草，自己也不满意，但并不是很糟，其中一个女老师问了问关于我博士研究计划中的某一个问题，我马上意识到她就是张海英老师。最后，一个坐在最左边的老师问了问文献学的几个问题，我答得比较流畅。20 分钟很快在我的兴奋热情及面红耳赤中过去了，邹老师向我点点头，说结束了，让我出去叫下一位同学。

　　最后等到所有的同学都面试完毕后，邹老师对我们说：表现得都挺不错，关键还是看你们英语怎么样了，50分的线，就算你专业课和面试再优秀，考个49分我们也没办法要，回去耐心等你们的成绩吧！这时，邹老师的两位女博士轻步走来，其他同学都给两位师姐打招呼，原来其中一位就是潘师姐，潘师姐看见我，马上问：你是？我说，师姐，我是黄修志。潘笑着问：感觉怎么样啊？英语做得如何？我说：感觉正常发挥吧，英语深不可测，它是兵行险招，我们疲于应付。

　　下了光华楼后，我与师姐及诸位战友告别。回到房间后，收拾好东西，整理了下房间，准备退房。我最后一次回望了这个房间，轻轻关上了房门。

　　未来会怎么样呢？

（2009 年 4 月 4 日）

南京游记

奥古斯丁说:"世界是一本书,而不旅行的人只读了其中的一页!"看到朋友在埃及金字塔和伊斯坦布尔的蔚蓝海水前喜滋滋的照片,我忍不住羡慕,若能在有限的时光中旅行到尽可能多的地方,看尽那些山川之美和往来古今,让旅行成为一种生活,该是何其惬意而安静的妙事。

栖霞寺

上午,我坐在复旦窗明几净的资料室里看书,硕导陈老师给我发来短信说,他正和武大文院老师们在上海看世博,看完世博后他想去南京瞻仰佛顶舍利,问我是否愿意跟他同行云云。我听后大喜,很高兴地接受了邀请。

夏至清晨,走出校园,贪婪地呼吸着上海市区的空气。8点左右,我和陈、阮、戴、任四位老师在火车站见了面,陈老师还是一脸宽和,其他三位老师我是第一次认识,阮老师是做方言研究的,戴老师做晚明文学，最近对楚史挺有兴趣，而任老师的打扮很像《奋斗》里的夏琳，五个人一起说说笑笑走进上海驶向南京的动车。

陈老师很早就皈依佛门，懂梵文，是我所见过的最虔诚宽和的佛信徒，在武汉读书时，他最关心我的作息时间，嘱咐我要多注意休息，每次来到陈师家中，他常对我讲起佛家大义，送我佛经让我读。记得常常和他一起走在珞珈山环山路上，绿树葱葱，山风拂面，他一边跟我闲聊，一边小心翼翼地看着脚下，生怕踩到蚂蚁。临毕业前，陈师让我组织同学们到他的新家去喝茶聊天，那天晚上，陈老师拿出吉他，弹出各种古今中外的曲子，婉转高亢，琴音流美，着实让我们大吃一惊！我第一次知道吉他也能弹出古琴的声音，在我马上就要离开陈老师时，我第一次知道他年轻时候曾是那么的绚烂和惊艳。之后过了没几天，我毕业离开武汉，临走之前，送给他一本小册子，回到山东，收到一封邮件：

修志：

现在大概你正在火车上。本该送你一下，但因事情繁杂，只好罢了。况且人生本如此，因缘际会，聚散离合。此中有真意，悟得便得，不需挂怀。

读你文集，深感欣慰。你是一个有志向、有才华、有品格、有人文精神的青年。同时也难免忧虑。若5年、10年后还是这种格调，吃的饭可谓浪费了。希你警醒。要有大担当，大格局，大境界。现在你的文章是：满纸烟霞，锦绣华光。文人气息，凡夫气象。

印光大师给张汝钊的八封回信，宜多玩味。

2009年6月29日　　陈

动车飞驰，载着天地远行之客。我看着陈老师在跟其他三位老师讨论佛法，心中在想：这一年我有没有勇猛精进一些？有没有在向"大担当，大格局，大境界"努力？

两个半小时后，我们到达南京，坐上南栖线，一个小时后到达栖霞寺。栖霞寺千年古刹，筑于佳木葱茏的栖霞山上，始建于南齐永明年间，为江南三论宗的祖庭。进门之后陈老师请了几把香，我们各自点燃，默默发愿之后插在香炉上。

栖霞寺果然庄严，其间佛像殿宇，草木气象，自是得意忘言。我们见佛即拜，陈老师告诉我们，待会儿见到佛顶舍利后，要发愿，最好是发菩提心。进入正殿后，看到人头攒动，人群前三米处安放着两只盒子，我眼力尚好，看到一只盒子里放着释迦牟尼的头骨舍利，呈不规则的长方形，但光滑如玉，色泽发暗，另一只放着感应舍利，形如琉璃球，大小不一。佛顶骨在很早以前就有文献记载，北魏杨衒之《洛阳伽蓝记》、唐代道宣《续高僧传》、道世《法苑珠林》等都有记载，而佛顶骨传到中国的明确记载始于唐代。我们所看到的佛顶骨是今年 6 月 12 日在南京大报恩寺阿育王塔中出土的，现贡放在栖霞寺中供世人瞻仰。

佛祖的头骨舍利就在面前，这令所有人都激动不已，纷纷跪拜。我闭眼双掌合并，向佛祖发愿：愿我能理解佛法中的伟大真意，愿我能勇猛精进，拥有光明心、安宁心、清凉心，愿世人也皆拥有此心，回归本性，不要在习性中沉沦在罪恶中堕落，愿这星球晨光中飘满花香，生生不息。发愿之后，向佛祖磕了十几个头，心中忽然有种说不出的欢喜，只觉有种猛然冰冷的感觉让我毛发直立，睁开眼睛，顿觉明亮。我起身后，看到陈老师还在恭敬地跪拜不已，任老师双眉紧锁，口中默默有词。看完舍利后，戴老师说陈老师磕了八十一个头，我敬佩不已。佛教不是宗教，无神无仙，我们跪拜佛祖是对他的尊重和敬仰，佛、菩萨都是修行到不同境界的人，就像跪拜孔庙里的先师、先贤一样，所以我们是在跪拜老师，而非跪拜偶像，只不过后人将之世俗化、仪式化了。

我们来到舍利塔前，此塔乃南唐所建，通身石制结构，现在虽然风雨侵蚀多有损坏，但仍可见其庄严深美。我们合掌围着它走了三圈，心中默默念佛，当时骄阳照耀，心中忽有触动。之后我们又继续往山上爬，看到了石洞佛像，来到一片山半腰的平地上，顿觉绿意扑眼，清凉无比。

在寺院中吃完一顿可口的斋饭之后，五人就坐上了回火车站的车，任老师说最喜欢像这样三五人兴致勃勃地一起旅行。来到车站，四位老师要回武汉，而我想在南京多待一天逛逛，临别之时，陈老师握住我的手，语重心长地说：修志啊，这个世界还是很危险的，你要多多把握好自己，多看佛经，多让自己保持清静。

南大淘书

我坐地铁来到珠江路，下地铁后，感到南京的空气比上海要干净多了。同学接到我后，领着我穿过南大校园去南师。南大和南师的校园风景真不错，不少古建筑，树木比复旦要多多了，且整个校园比较安静，不像复旦光秃秃的，路上热闹得像赶集一样。

路过南大的雅楚书店和潇湘书店，发现里面不少低价好书，这个想买那个也想买，但我一直控制着。一年来我对买书异常严厉，在武大待了两年，买了200多本书，毕业搬书时痛恨非常，很多书也没读，我也见过一些疯狂的"买书家"同学，他们买书就是为了"败家"。于是来到复旦后，每次看到喜欢的书我就先自问一下：这本书图书馆有没有？隔壁宿舍有没有？我最近几年做不做这方面的研究？是否值得查阅或读两遍以上？所以这一年我基本上没买过什么书，因为一般都是在图书馆学习，大都能在阅览室里就地看书。前段时间参观一个书展，看到刘咸炘的一套书，只打四折，我忍住了没买，后来书展结束了，我就后悔纠结了半天，重新修正了以前的想法，书该买的还是要买，若一直忍着不买，岂不变成了贪财？想到这些，我在雅楚书店慎重买下了《明别集版本志》《清代禁书总述》，另加一本《经传释词》，是江苏古籍"高邮王氏四种"之一，据家刻本印刷，后有王引之行状年谱，另附索引，版式颇存古意，闲来欣赏下段王之美。

与同学在饭馆吃饭喝酒，闲聊了大学时光，现在大家都各奔东西，上学工作，结婚生子，想来不禁唏嘘。

南师的夜晚真安静，灯光昏黄得恰到好处，看到一些山坡转弯的树木岩石，让我忍不住想起了珞珈山。回到旅馆后，看完一场世界杯，空调开到秋天的温度，正好安睡。

南京春秋

南京，这应该是中国人的历史文化记忆中仅次于长安的一个城市，但与长安相比，南京的魅力在于它的悲伤和阴柔气。如果把长安比作父亲，那么南京就是母亲。多少年代，父亲阵亡之后，一些孩子们总是回到母亲的身边；多少年代，母亲一直眺望着北方，希望父亲能够复活，"不见南师久，谩说北群空"；又有多少年代，异族一直觊觎着母亲的容貌，以至在母亲身上划下不可抹去的伤痕。

很久以前，楚国人将此地经营为金陵，后来秦始皇听说东南有天子气，大怒，掘山挖河，由此便有了秣陵和秦淮河。晋人吴勃在《吴录》中记载："刘备曾使诸葛亮至京，因睹秣陵山阜，叹曰：'钟山龙盘，石头虎踞，此帝王之宅。'"的确，很少能在世界上找出这样一个城市，它既有平原，又有高山，还有深水，然而这座帝王之宅往往成就一个时代的绚烂和繁华，却成就不了这个时代的伟大和光荣。李清照"春归秣陵树，人老建康城"常让人读到伤心处，近人刘斯奋的《白门柳》说的岂止是南明伤心史，简直是千百年来居于末世的英雄士子的命运写照。南京似乎总让英雄迟暮气短，孙权立足建康经营江东，何等英雄，然正如顾祖禹所说"孙氏东不得广陵，西不得合肥，故终吴之世，不能与魏人相遇于中原"。祖逖、桓温、刘裕曾兵出建康，一度收复长安洛阳，然终未席卷中原，古来多少幸而成，多少不幸而败，令人嗟叹。辛弃疾来到建康赏心亭，远眺楚天景色，写下两首词，"虎踞龙蟠何处是？只有兴亡满目""可惜流年，忧愁风雨，树犹如此！倩何人，唤取红巾翠袖，揾英雄泪"。其间之无奈与悲壮，使得南京在这里似乎成为英雄末路的象征。

英雄出身草莽，起事可以不择地，然立本却必须择地。太史公说"自古起事于东南，而成功于西北"，南京在历史上往往是一个起事之地，但难以作为立本之地。南京难以作为立本之地，原因很多，单就战略形势而论，要想稳住南京，首先必须分兵稳住淮水和长江上中游，即徐州、淮南和益州、荆襄等地，淮水不保则与中原无缓冲之地，上游不保则下游岌岌可危。晋军由上中下游分六路攻取孙吴，隋军分兵攻取长江灭掉陈朝，蒙古军攻打襄阳和淮南灭掉南宋，解放军在进入大别山和淮海战役后，国民政府失去了荆州、徐州、蚌埠等地，由此南京便是瓮中之鳖，天下大势已然明了。这也是为什么魏蜀吴三国一心争夺荆州的原因，因为荆州实乃夺取天下的锁钥重镇。前人曾言："欲固东南者，必争江汉；欲规中原者，必得淮泗。有江汉而无淮泗，国必弱；有淮泗而无江汉之上游，国必危。"归根到底，南方实乃一长江水系，只要上中游二三重镇可得，则南方可定，而使一南京担当起保障长江水系的重责，其不难乎？

同理，若想以南京为根据地收复中原，也要占据住淮水和上游。占据淮水，方可进军中原和山东，占据上游，便可由荆襄直取甘陇，进而东西合力北上以图幽燕，则天下可定。朱元璋正是以南京为根据地，灭掉陈友谅，稳固了上中游，掌控了长江水系，使得南京无后顾之忧；灭掉张士诚，得到淮南和徐州，使得中原之路畅通。统一南方后，朱元璋准备北伐，征求诸将意见，常遇春主张率军长驱直入直捣大都，而朱元璋审时度势，他说：

> 元建都百年，城守必固。若悬师深入，不能即破，顿于坚城之下，馈饷不继，援兵四集，进不得战，退无所据，非我利也。吾欲先取山东，撤其屏蔽；旋师河南，断其羽翼；拔潼关而守之，据其户枢。天下形势，入我掌握，然后进兵

元都，则彼势孤援绝，不战可克。既克其都，走行云中、九原，
以及关陇，可席卷而下矣。

此论实乃兵家卓识，每次读来，激赏不已。然而朱棣攻占南京后，
觉南京非大明久立之地，便开始为后世经营北京。

钟山风雨

清晨，从另一个城市中醒来。

南京千年古都，景点实在太多，而我则想去钟山。钟山埋葬着
南京的三位创建者，孙权、朱元璋、孙中山。

中山陵气势恢宏，简洁大方但又不失威严雄伟，整座山陵呈警
钟形状，警醒国人自强不息。爬上中山陵高高的台阶，瞻仰完中山
先生的塑像和石棺，我们站在中山陵最高处俯瞰，群山拱翠，万木
交阴，真个好山川好形势！千百年来，战守攻取不断，王朝兴亡变迁，
但江山依旧，万古不变。正因此种有限与无限之争，常常让我觉得
悲喜交加。襄阳有座岘山，里面有座泰山羊祜的堕泪碑，《晋书·羊
祜传》记载：

> 祜乐山水，每风景，必造岘山，置酒言咏，终日不倦。
> 尝慨然叹息，顾谓从事中郎邹湛等曰："自有宇宙，便有此山。
> 由来贤达胜士，登此远望，如我与卿者多矣！皆湮灭无闻，
> 使人悲伤。如百岁后有知，魂魄犹应登此也。"湛曰："公德冠
> 四海，道嗣前哲，令闻令望，必与此山俱传。至若湛辈，乃

当如公言耳。

我曾反复阅读这个故事，觉得写尽了登高怀古的伤怀。唐代孟浩然与朋友一起登岘山时，发思古之幽情，想起此事，写过一首诗："人事有代谢，往来成古今。江山留胜迹，我辈复登临。水落鱼梁浅，天寒梦泽深。羊公碑尚在，读罢泪沾襟。"

从中山陵下来，坐上景区游览车，几分钟便来到西边的明孝陵景区，先参观了明孝陵博物馆，多叙述太祖创业过程，另外陈放了不少明孝陵文物。

进入明孝陵后，首先看到朱棣为其父所撰写的神功圣德碑，气势雄伟，令人叹为观止。接着来到神道石刻，神道笔直延伸，两旁依次排列着狮子、獬豸、骆驼、象、麒麟、马共六种石兽，每种2对，共12对24件，每种两跪两立，夹道迎侍，每种石兽都有其寓意。神道石刻后便是翁仲神道，立武将、文臣各2对，共8尊，虽然屡经战火，但仍然能感受到大明将军的风姿。进入文武方门后，远远看到康熙帝手书"治隆唐宋"闪耀在碑殿中。之后我们登上方城，此城坚固雄伟，登城远望，可望梅花山，山上便是孙权及其夫人所葬之墓。下了方城便是太祖及马皇后的寝宫了，我们花了好久才登上宝顶，在此远望前山后山，松涛阵阵，鸟鸣啁啾，让人禁不住手舞足蹈。

太祖起身最为微贱，创业艰难，削平群雄后，苦心孤诣，在九边为后世子孙建起了坚固的防御体系，《明史·地理志》称赞："皆分统卫所关堡，环列兵戎。纲维布置，可谓深且固矣。"太祖在位三十一年，亦是一代雄主，功过是非，非我凡夫俗子所能道，其所创制度一直为后世明清皇帝所沿袭。太祖起身佃农，深知民间疾苦，立祖训，其根本在于不与民争利，这造就了明代的强盛。而明代的强盛丝毫不输于汉唐，有明一代，从来没有一位公主远嫁异域，宣宗以前，越南一直是大明疆土，根据域外文献的记载，十五十六世纪，库页岛上一直有明朝的驻军。

告别太祖之后，在钟山山路上走了走，空气清新得要命，实在不想离开，更何况还有那么多的地方我还没有去，鸡鸣寺、毗卢寺、灵谷寺、玄武湖、燕子矶、秦淮河、牛首山、夫子庙、阅江楼、天妃宫、清凉山、石头城、乌衣巷、朝天宫、桃叶渡、长干里……看着地图上密密麻麻的景点，真是遗憾啊。

南京，留个遗憾给我吧，这样我才会再来。

（2010 年 6 月 25 日）

北京流水记

2010 年 8 月 24 日 晴

上午收拾行李。下午从浦东兼职回来后洗了个热水澡，晚上 8 点半赶往火车站。站在 3 号线上举目远望，一轮雪白的明月圆得晶莹剔透，照彻大地，宛如一枚美玉镶嵌在夜空中，我这才想起今天是中元节。

到达火车站后，正赶上提前一小时检票。我拿着无座票进入车厢后，瞅着这人满为患的阵势，实在不想在一天的劳累之后再站上十几个小时，听说付上 30 元就可以到餐车休息一晚，我就挤到餐车附近的那个车厢，准备火车一开就进去睡一晚上。

距离火车开动还有半个小时，我站在人群中耐心等待着。一会儿工夫，一个金发碧眼的欧美姑娘走到我旁边坐下，对着周围的中国人嘿嘿笑着。她把背包扔在行李架上，我觉得很容易滑落下来，就示意她把包放好。她扶了扶鼻梁上的大眼镜，这才发现问题所在。过了一会儿，她看着上面的行李发呆，来回张望，但又不知该怎么表达，焦虑得只能反复重复"这个""那个""谢谢"等几个中文词汇，周围的人对她也是一脸茫然，我猜出她的意思，问她是不是想取出枕头，等到深夜就抱着枕头睡。她正焦急得一筹莫展，忽然听见有人用英语道出了她的心思，大喜过望，使劲地冲我点头笑，大有长夜漫漫中的汪洋小舟忽见灯塔的神情。

　　Marlee 是一位来自美国的犹太姑娘，现于北大历史系做一年的交流研究生，刚到中国两个月，此次来上海一是拜访朋友，二是参观一个"犹太人在上海"的 museum。她不好意思地用生硬的中文慢慢说道："我刚到来中国，我的中文很不好，嗯，很不好。"她听说我也是学历史的，就很高兴地拿出她最近读的书让我看，一起交流了许多话题。不知不觉中，火车早已开动，与 Marlee 聊了近两个小时后，她问："你要一直站着吗？"我这才意识到了问题的严重性。互相交换了联系方式后，我告别 Marlee，匆匆向餐车挤去，不出所料，等我到达餐车门口时，已经没有位置了。我一阵沮丧，站在黑压压的人群中，只能背水一战坚持到北京。过了一会儿，Marlee 发来短信问我找到位置没有，我说要站十二个小时了，她说真替我感到难受，要是她绝对受不了，我说这还不是最坏的，我曾经从武汉站到济南，再从济南半站不站地来到青岛，20 多个小时几乎毫无立锥之地。那真是一段痛苦的记忆，一辆超爆的慢车，若要计算人数，不按人头，要按双脚的底面积，又累又困，只想要一个睡的地方，管它是鸭绒床还是泥淖地，总算尝到了刑审中剥夺睡眠的滋味。

　　2010 年 8 月 25 日　晴

天似抽丝一般，终于亮了。车窗外，一排排杨树呼呼而过，北京，远远地走来。我站着眯瞪着眼，困得几次差点倒在人群中。小薇同学发来短信，伤心地说："今敏去世了！"我心内一惊，这么了不起的导演，只有47岁就去世了，实在可惜。他在死前写了一封长长的遗书，说自己仍然牵挂着新作《造梦机器》，我又不禁感叹这个人面对死亡的安然与从容，遗书的最后说："读完这么长文字的各位，我要感谢你们。怀着对世界上一切美好的感激，我就此落笔。那么，我就先走一步了。"

11点半抵达北京火车站，出站后乘2号线地铁来到宣武门，转乘4号线至西苑。表弟早已在地铁站口等候，我穿着牛仔裤，背着旅行包，戴着棒球帽，走到表弟面前他才认出是我。我们打的来到颐和园东口一个深深的巷子里面，扔下旅行包就找了个餐馆喝酒吃饭，酒喝得有点猛，回到房间后就沉沉睡下了。

一觉醒来早已过了5点，我大叫爽约了，赶紧奔赴北大。一年之后，我在北大西门与豪哥再次见面。夕阳的余晖照在豪哥的脸膛上，他在人群中傻笑着远远地冲我招手，一股莫名的温暖劲儿让我一眼就感受到了他的气场。他一点都没有变，从服装到神情还是那位豪哥，然而，引用《了不起的盖茨比》中的一句话，"到了后来我才发现他是一个好人"，后来的几天，我衷心地觉得豪哥真是一个好人，不是"泛爱众，烂好人"的"好人"，而是"好人一生平安"的"好人"。

豪哥先将我领到他的宿舍，畅春新园1号楼111寝室，我终于明白为什么没见到豪嫂。然而进了房间后发现一位美女坐在豪哥的书桌旁款款上网，看着有点眼熟，原来这就是小金鱼说的那位闺蜜好友，卢烈红老师的博士生袁卫华同学，豪哥戏称"鸢尾花"，她来北京参加一个语言学的暑期班。豪哥请我和鸢尾花在艺园吃了一顿丰盛的晚餐，我们嘻嘻笑笑地聊了许多武大旧事。饭后，三人来到博雅堂、野草、汉学等书店，我看到了许多低价的好书，但实在不想再背着那么多书回上海，所以就暂时没买。在书店里，我不断流鼻涕打喷嚏，鸢尾花同学说我应该是感冒了，递给我一包纸巾，回到宿舍后，豪哥给了我几个药片。在豪哥电脑上回了几个留言和邮件后，已是10点多，我告辞回去，豪哥正好同路去洗澡，他送我到门口。

回到表弟那里，下楼洗了个澡后，吃了个药片，便躺下睡着了。北京的夜晚与上海迥异，幽凉清爽，半夜我竟然冻醒了，盖上被子舒舒服服睡到天亮。

2010年8月26日 晴

我来的这几天，恰巧表弟很忙。早上醒来表弟已去上班，我下楼走进巷子，喝一碗豆腐脑，就着咸菜大嚼油条，真是爽！久违的北方早餐让我想起了在聊城读大学的时光。

昨晚豪哥说最好办个本科证，这样去景点能半价，问我有没有带证件照，我说没有，豪哥就用手机在宿舍白墙旁给我照了张照片，然后施展他的精湛手艺，PS得像模像样。今天一早我打印好照片，到北大东门联系了几个办证的，或许他们觉得不值得跑来一趟办一张证件，办证之事就此胎死腹中。

　　我在北大图书馆里坐着等豪哥借书出来，豪哥领我到未名湖畔转了一圈，秀气的博雅塔挺拔在远处，当年田晓菲正因这个画面而爱上了这个大学，多少人魂牵梦绕，想想谁能不爱。可是需要澄清的是，未名湖和博雅塔原是燕大而非北大的领地，归为北大是建国院系调整之后的事情。接着我们慢慢走向西门，远远看到一座碑，我凑上前去，原来是西南联大纪念碑，由冯友兰撰文、闻一多篆额、罗庸书丹。碑文令人振奋，谈及西南联大具有四种纪念意义，第一是与抗战相始终，第二是三校合作无间，第三是推动自由民主，第四最掷地有声，"南渡之人，未有能北返者"，在晋、宋、明南渡后，"吾人为第四次之南渡，乃能于不十年间，收恢复之全功，庾信不哀江南，杜甫喜收蓟北"。

　　北大食堂的饭菜真是便宜，比复旦差不多便宜一半，而且更适合我这个山东人的口味。我用豪哥的卡买了一荤一素外加两个大馒头，三块五，吃得特饱。饭后，豪哥和我一起坐公交车来到颐和园。太阳高照，气温转升，但丝毫不影响爬越万寿山的兴致，我们站在石峰上临望佛香阁，最后下山沿着昆明湖边走边聊，且逛且坐，观赏着模仿江南园林的景致。昆明湖边，杨柳依依，凉风习习，若能峨冠博带，定是衣带猎猎，衣袂飘飘，宛然神仙写韵人。微风荡漾着湖水，远处一只游船传来一阵岁月的合唱："月亮在白莲花般的云朵里穿行，晚风吹来一阵阵快乐的歌声，我们坐在高高的谷堆旁边，听妈妈讲那过去的事情……"我遮眼远望，船上坐满了一群中年人，他们欢笑着，歌唱着，青春的容颜又回到了他们的脸上。围着昆明湖走完一圈后，向西望去，我不禁感叹颐和园的借景之美，它西倚西山日月，北靠万寿松柏，洁白的十七孔桥将碧玉般的昆明湖装点得更加雅致，殿阁宏美，林道幽邃，既有皇家气派，又添山林野趣。

出了颐和园，豪哥因事先走，我在西苑地铁站坐到西四，在西四下车后搭乘电车 103 来到灯市口。下车后我踱来踱去等待睿姐，傻乎乎的竟然没有朝对面看。睿姐哭笑不得地打来电话说她就在马路对面，我这才发现商务印书馆就在眼前。

从威斯康辛回来后，睿姐便在商务印书馆实习。睿姐请我在附近的王府井大快朵颐，两人开心地聊着趣事，她劝我还是要心怀更高远的目标，迈向更开阔的天地中。我又一次受到了她的鼓舞，畅想之中，顿感心中明亮欢欣。饭后，睿姐哼着欢快的歌儿领着我在王府井大街逛啊逛，王府井的大街真是宽阔啊，比南京路更显得大气稳重些。见到不少老字号商店，中国照相馆啊，瑞蚨祥啊等等。

晚上回到豪哥宿舍，闲谈一阵后回到表弟那里，想着明天的游玩儿，安心入睡。

2010 年 8 月 27 日 晴

五点半醒来，我吃完早饭就坐地铁来到了天安门。作为一个深受集体主义和革命传统教育的 80 后，我从小对这里有种特别的情感，父亲作为一名军人，也常怀疆场之思，所以尽管上大学后知道了越来越多的事情，对当今形势也是忧心忡忡，但我还是时常洋溢在一种家国情怀中。虽然天安门越来越作为一个政治符号供人解读，我却觉得居今之世、志古之道有其真正涵义。今年上半年对圣贤书渐有感触，第一次觉得读圣贤书不是一句空话，圣贤所教，千叮万嘱，无非就是教我们怎样做好一个中国人，如此而已。"中国人"是强调华夷之辨，即认清文明与野蛮的界限，"做好"是严分君子小人之辨，即坚守信念，秉持内心。

闲话少叙，话说黄为之同学不远千里独闯京华，游至天安门前，心生欢喜与悲伤不提。穿越地下通道，从天安门正门而入紫禁城，渐觉宫室壮丽，楼阁峥嵘，加之蓝天白云，黄瓦红墙，让人心生时空交错之感。我不想跟着大队伍只沿着中轴线逛，想着偌大紫禁城，定有神物沉睡百年等待着我。我一边看着故宫地图，一边七拐八拐左冲右撞，走过了武英殿，越过了黑瓦的文渊阁，走啊走，向东走进了钟表馆，里面陈列着各种千姿百态的钟表，有古老而巨大的滴水钟，也有许多巧夺天工的西洋自鸣钟。

从钟表馆中出来，走到皇极殿旁，我顿时感到一种莫名的眩晕，眼前"石鼓馆"三个大字将我所有的神经都吸了过去。我激动地走进石鼓馆，发现竟然没有一位游客，阒静得只有一个管理员在里面踱来踱去。我轻轻走进去，十只黑色的大石鼓孤独而整齐地排列在一起，庄严肃穆的气氛让我只听见自己的鼻息和心跳。左边是历代的石鼓歌，第一个便是我背得滚瓜烂熟的韩退之的《石鼓歌》，而后是韦应物、苏东坡等后人的石鼓歌。右边是对每只石鼓的释文。

大约两千多年前，秦国人将石鼓创作出来，一千年之后的贞观年间，有人在京畿附近的荒郊野地里发现了它们，整整十只，非常完整，从此它们就被抬进了凤翔县孔庙。韩退之听说后，过去观看，建议朝廷好好保护，"荐诸太庙比郜鼎，光价岂止百倍过"，怎奈"中朝大官老于事，讵肯感激徒婥婗"，他抚摸着石鼓哭啊哭，"嗟余好古生苦晚，对此涕泪双滂沱"，他哀叹孔子周游列国未到秦国，所以没有发现这石鼓，他隐隐地预感到石鼓还会继续历经更多的坎坷命运。五代十国，中原板荡，战乱频仍，石鼓不知所终，赵宋扫平中原后，石鼓又重回凤翔学府，苏东坡路过此地，大有继承韩公遗志的风采，也写了篇石鼓歌。徽宗道君皇帝即位后，下令将石鼓迁入开封，将石鼓文字浇上黄金，移入皇宫大内供自己摩挲观赏。靖康之变后，金人觉得此物奇异，便将石鼓运往中都（今北京），但只把黄金刮走，而十只石鼓则被抛到荒郊野地里了。元朝一统后，著名学者虞集在淤泥草地里重新发现了这石鼓，他将石鼓陈列在北京国子监的门前，置铁栏保护，由此平安度过了此后的六百年春秋。明清时期，朝鲜、越南和琉球的使臣前往北京朝贡，总不忘前去国子监瞻仰石鼓。抗战前，为避免毁于战火或被日人掳走，民国政府将石鼓运到四川避难，抗战胜利后，石鼓迁往南京，国共大决战后，蒋氏欲将石鼓迁藏台湾，无奈太重，只好放弃，1950 年，石鼓迁往北京，藏于故宫之中，摆放在了我的面前。我们不得不惊叹石鼓的幸运，惊叹中国的幸运，惊叹我们的幸运。

明人有一部《帝京景物略》，写的是北京城的各种名胜古迹，此书开篇即是《太学石鼓》，为什么？我想此书作者明白，只有一件东西可以抵得上北京城三千多年的历史，那就是石鼓，中华文明的精魂全凝结于石鼓之上。想到此处，我不禁感叹自己不虚此行，见到了神州赤县最珍贵的圣物。

我再次蹲下身子瞻仰石鼓，心中在问：石鼓，你若有灵，告诉我，千年之后，你又在哪儿？石鼓沉默不语，只有窗外喧嚣拥塞的人声充斥于耳。我依依不舍地走出石鼓馆，回头望了石鼓一眼，有点恍惚，冥冥中感受到了它的微笑。

金庸说："若要研究中国古代社会，就必须了解皇宫和妓院。"这话有意思。韦小宝稀里糊涂地来到皇宫之后，他感叹这院子比扬州丽春院大多了，姑娘也比丽春院里的姐姐漂亮，虽然好笑，但不能不说皇宫和妓院确实有着相似之处。可不是么？整个皇宫就是一个超级大妓院，供一个男人享乐，供一群贵族察言观色尔虞我诈，而妓院就是一个迷你版的皇宫，供一群男人享乐，供一群人献媚取宠勾心斗角。韦小宝从小生活在妓院中，看惯了世态炎凉，看透了世道人心，所以他在皇宫左右逢源，玩儿得逍遥。然而，无论怎么说，皇宫毕竟是一个王朝和国家的地标和中心，在仪式和政治上需要一种权力意志的凝结物。大汉初定，刘邦怒斥萧何所造宫殿太过壮丽，萧何说："天下方未定，故可因遂就宫室。且夫天子四海为家，非壮丽无以重威，且无令后世有以加也。"此说甚是。皇宫所确定的不仅仅是威严，也是秩序。王朝统治时期，最优秀的士子从广大乡村来到京城进行会试殿试，巍峨的皇宫明显让他们顿生敬畏之心，不敢造次，成为王朝大厦中稳固的基石。明代朝鲜使臣来到北京，看到紫禁城的宏伟壮丽，震撼不已，心服口服地接受中原王朝的领导。

我穿越珍宝馆，绕过珍妃井，在长长高高的城墙下面踽踽独行。就是这城墙，树立起皇家的威严，也隔断了皇家与百姓家的交流，时间一久，君王也渐渐听不到百姓的呼声，致使城墙修了再倒，倒了再修。我再次踏上中轴线，来到太和殿和乾清宫，望着宝座发呆：宝座上不光坐过明清二十四位皇帝，还坐过李自成和八国联军的统帅，前者是内忧的结果，后者是外患的耻辱。

可幸我脚力甚健，一路兴致勃勃从南向北穿越故宫，中午十二点半左右，出了神武门，我长长舒了口气，心想下次再来仔细寻觅故宫魅影。向东行走几分钟，来到老北京炸酱面馆，吃了一顿劲道的炸酱面。休憩片刻后，我一路向东走，路过中国美术馆，它模仿莫高窟建造，真是漂亮，就买了门票进去参观。看了两层的艺术品就下来了，其中罗中立的绘画和雕塑让人印象深刻，有种苦难的张力。还有一种叫"地书"的软件，开发者意欲发明一种中英文世界的人们都能识别的一种文字符号。

出来美术馆，坐公交来到天坛公园，认真参观完祈年殿后就浮光掠影走了一遍。在天坛公园出口看到一个神奇老头儿，应该是个民间老艺人，在地上用水随意写出剪纸似的字，流畅美观，叹为观止。

游完天坛才三点多，本想再去北海公园一趟，无奈腿脚已乏，只好坐地铁回北大，"北海西山都可恋，我来只为读奇书"。在地铁里面，一位弹着吉他的小伙子唱着深情而沙哑的情歌慢慢穿梭在人群之中，虽然声音已经疲惫，然而眼睛却跳跃着星光。

在北大东门下车后，豪哥在对面马路背着包耐心等着我。他带我去附近的打折书店去了一趟，两人一起翻阅了一些书，我又看到许多廉价好书，但最后只买了本《殊域周咨录》回去了。傍晚，豪哥带我在北大校内的康博思吃了晚饭。饭后，豪哥径自回宿舍，我又到汉学等书店转了转，买了三本书。八点，在北大西南门等待Marlee，Marlee换了身行头，摘下了眼镜，将头发扎了起来，清丽动人，我差点没认出来，她带了女伴Mary，一位黑人姑娘。我请她俩在附近的咖啡馆里喝咖啡，三人边喝边聊。聊天时，我努力地想英文词汇，偶尔她俩能听懂我的趣谈，尚能哈哈大笑一阵，但是交流障碍还是比较大。我忽然想到余光中的一句话："如果你的女友改名为玛丽，你怎能送她一首《菩萨蛮》？"心中暗笑。出来咖啡馆，我与二位告别，不知何时再能在这颗星球上相见。

2010 年 8 月 28 日 晴

本来打算今天一早去八达岭，但醒来时已十点多了，心想以后有机会再去长城吧。乘地铁来到五道口，恍惚间我不知道这是北京还是上海，中国所谓的城市化已抹平了城市的差异性。十二点，看到了小薇同学。小薇同学请我吃完一顿饭后，邀我到附近的清华逛逛。走在清华的林荫大道上，我们谈起了博尔赫斯，记得离开武汉时，小薇同学赠给我一本《博尔赫斯小说集》，我认真看完，非常精彩，喜欢上了他那种将梦幻与现实融为一体的写作风格。博尔赫斯自由穿梭于各种文明之中，像一只老猫嗅闻着命运的真正轨迹，他在《通天塔图书馆》中说："我像图书馆里所有的人一样，年轻时也浪迹四方，寻找一本书，也许是目录的总目录。"在他看来，宇宙和人生都是一座迷宫，然而他更害怕一种直指内心的真实，他自己说过这么一句话："我对上帝和天使的顽固祈求之一，就是保佑我不要梦见镜子。"镜子，各个民族都有关于它的恐怖故事，因为人总是无法认识自己，在自以为永恒的欲望中沉沦，而镜子却会让人直面自己的苍老和无助。不是人照镜子，而是镜子照人，从这一点上来讲，人们潜意识认为镜子比自己要深邃要强势得多，这时，镜子成了审判者。镜中的那个人，到底是谁？

在通往荷塘的路上，我隐约看到一座碑，心里料定是它。《海宁王静安先生纪念碑》矗立在阴阴夏木之下，我抚摸着石碑，感慨良多。荷塘曲曲折折，坐在湖边看繁盛荷花，果然别有一番风韵。踏进清华园的湖心岛，一群快乐的孩子在周围吱哇吱哇地疯跑叫唤；登上亭子，远眺附近景色，心中爽亮，得意忘言。

走出清华西门，我与小薇同学匆匆告别，各自被人流吞没。大黄打来电话说刚从北戴河回来，让我去他那里吃饭，我说你好好休息，明天我们还能再聚聚。走进北大东门，看到豪哥迈着矫健的步伐过来找我，与他一起吃完晚饭后回到宿舍，豪哥发短信给万老师，说小黄准备路谒万老师。坐了会儿，鸢尾花打来电话说，万老师等已吃完饭赶往大讲堂观赏《天鹅湖》，我和豪哥赶紧赶往北大西门，与鸢尾花会合，加快脚步去见万老师。适逢郭锡良先生八十寿辰，各地语言学学者汇聚北大祝寿开会。在大讲堂门前，人头攒动，我见到了万老师和睿姐，笑聊了一会儿。豪哥真是好心到家了，杨逢彬老师专门给了他一张票让他去观赏芭蕾，这时一位同学正好赶过来，豪哥主动让出了自己的票。回去的路上，我有点生气地说豪哥太过好心，他傻呵呵地光笑。

2010 年 8 月 29 日 晴

上午收拾完行李后，大黄打来电话说在北大东门见面。我赶往北大东门，远远望见大黄挎着单反相机信步走来，他在商务印书馆工作一年，瘦了不少。我们围着未名湖转了一圈，大黄给我在湖边拍了几张照，依然不改贫嘴搞笑的本事，惹得我跟在他后面一路哈哈大笑。

豪哥发来短信说在畅春园宾馆等着我们。我们走到北大西门，睿姐像兔子一样猛地跳到了我们面前。我们在三楼等待，上来一位师弟和师妹，他们都在北大古文献读研，接着小柳师姐和万老师也过来了。中午十二点左右，聚宴开始。小柳师姐从法国带来一瓶葡萄酒，我给诸位斟好，大家一起举杯庆祝欢聚。万老师说没想到会有这么多同学聚在一起，真是不容易。大家聊啊聊，聊起珞珈山的时光，聊起读书的甘苦，聊起这一年的压力，聊着聊着，那位师妹竟然抽泣起来了，个中滋味，想是大家都会有些的，众人赶忙劝慰。

宴毕，我们一起到北大合影留念。师弟师妹及小柳师姐有事先闪了，睿姐、豪哥、大黄和我陪着万老师在北大校园里逛，大黄拿着单反不断拍出新的花样儿。我送睿姐到北大东门地铁站后返回未名湖，坐在湖畔的一个石头上等着他仨，微风拂动柳条，波光粼粼照在我的脸上。

四人来到豪哥宿舍共同观阅豪哥的藏书，现在豪哥俨然有坐拥百城的架势，基本的文献学书都被他收入囊中，我想有空也得置办些必备书了，否则我的学问会越来越赶不上豪哥了。五点左右，我们来到蔚秀园里面的宾馆，豪哥上去找人，我到万老师房间里聊天。聊了一刻钟就与万老师和大黄分别，走到北大西门，我跟豪哥说就此道别吧，豪哥说那我走了，我刚走一会儿，心里异样，猛然回头跑到豪哥跟前，跟豪哥说了几句保重的话。

看着豪哥的背影，我回头找言男。言男吃着甜筒龙行虎步地走了过来，身后跟着一个姑娘，言男说这是他的一位女性朋友，陆姑娘，也是聊大毕业，在附近工作，正好一起吃饭。言男比以前还要壮实，整个肩膀是平的，上半身全是健硕的肌肉，他少年时一直在武校修炼，任侠自在，看着他的身板，我怀疑他能一拳捶死牛。言男是很本色的一个人，笑容灿烂，看起来像个大男孩，实际上心里明白很多事儿。我与言男、家刚已三年未见，不巧家刚已离京回家，能在北京见到言男，感到异常亲切，言男请客在附近吃火锅，我这几天一直跟着朋友哥们儿混吃混喝。大家笑谈了聊大同学的一些故事，朝花夕拾，时光悠悠，往日岁月，又上心头。

饭后，三人一起到南边的中关村图书大厦逛了逛，逛完出来，已是晚上八点半，陆姑娘有些乏了，就先行回去。言男随手买了两听啤酒，我们在北大校园里边走边喝边聊，走到未名湖畔，便坐在一个大石头上趁着湖光月色聊天。几年过去了，我们也慢慢改变，有时挺怀念那时的痴傻和疯狂，许多事情随着时光慢慢变淡，只有真诚的朋友还在相互关怀，"君子以友辅仁"，这是句贴心话。

九点半左右，我与言男走出北大，言男感到胃有点不舒服，两人便一路寻找茅房，找到后，言男脚踏黄河两岸，壮志凌云般地开始轰炸，考虑到今晚我就要坐火车回上海，时间紧迫，言男笑着说："修志，你先回去吧，我还要多待一会儿。"就这样，我与言男在北京的一个茅房里告别。

表弟骑着电动车带我来到圆明园地铁站，我嘱咐他少喝酒，常给家里打电话。坐地铁一个小时左右来到了火车站，刚一进站，我就开始莫名其妙地思念起北京来了，有种小时候离家去外地上学的心情。我知道，这个城市有一些人，有一些事……还好当时我提前让豪哥订好了票，有座，不过这辆车忒慢，走走停停，二十个小时后，第二天晚上八点，我回到了瓢泼大雨中的上海。

（2010 年 9 月 3 日）

燕行日记

苏辙有云："太史公行天下，周览四海名山大川，与燕赵间豪俊交游，故其文疏荡，颇有奇气。"此等气象，何其宏哉！余虽不敏，然心向已久。夫读书者，启乎心智，明乎道德，发乎功业也，盖得之于心，行之于身，纯为己之学也欤。然孔孟周游，立心立命，朱王颠沛，学功有鸣，是故豪杰非必为圣人，然圣人必乃真豪杰。且夫圣人尚重游学，况千载而下，交通之便如驭六龙而游苍梧，我辈小子宜飞驰天地，晓民生之艰，观风教之殊，壮游山川河岳，遍览通都大邑，岂能长困书斋，蠹书屠纸乎？

辛卯冬至，余之燕京，其故有三。躬逢北师世界史论坛，主讲之，寄望以文会友，交游天下之士，切磋琢磨，见贤思齐，观人之长而察余之短，一也；幽燕者，近古皇气云蒸霞蔚之地也，其山川之险胜，古迹之丛生，豪杰之荟萃，人文之渊薮，令余飘然慕想，二也；家父从戎五载，曾于三十年前由川入京，饱览幽燕之胜，今年谈及此事，小子慕之，然尚有一二疑惑，故借机重访故道，愿继其志而述其事也。

公元二〇一一年十二月廿一日，周三，微雨。晚，由上海站乘硬座车，幸甚。去夏八月，亦由沪进京，然站立十五时，苦矣。倚窗读董桥《记得》，其文雅静，与巢湖好友发短信聊侃南北京沪之别，沉沉入睡。

廿二日，周四，晴。今日冬至，出北京站，乘地铁至北大东门，甫进燕园，清寒扑面而来，天高日朗，枝秃雀鸣，一如山东老家之景，欢喜。冬之北大，亦为可观，黉宇峥嵘，院系俨然，器宇轩昂，草木幽冷，盖天下读书种子魂牵梦绕之地也，真真羡煞我也！

至畅春新园，豪哥正结语开题报告，余读之，摘出二三可商之处，服其严整。谈及复旦师姐博士论文论翁方纲及谢启昆处，建议豪哥添入参考书目，豪哥拒之，其曰未见其书不置其目，余叹服其谨慎之心，今之学者，当如是也。瞻望豪哥藏书，坐拥百城，磊磊大观，基本古籍一应俱全，豪哥示看多部治学要籍，余愧之。近年读书虽不敢稍懈，然未免失之猎奇求趣，盖读书大义，至为简洁，应于"读常见书，做本分人"八字中涵泳之。

午，与豪哥于畅春园餐厅食饺子，北大餐厅味美价廉，复旦莫与之京，叹。饭后，陪豪哥打印开题，遇豆瓣名人敦如，董洪利先生之博士生也，研攻仪礼丧服之制。于古文献中心前稍等片刻，豪哥陪余至颐和园东口下榻。转至采薇阁淘书，未及览毕，学弟吕嚎已至畅春新园，遂与二人赴北大北门一川菜馆吃饭笑谈。饭菜甚美，酸菜鱼堪脍之极，余吞米三大碗，他二人仅各吃一碗，余腹部鼓胀，难以直身，大窘。饭后，至博雅堂、野草书店，购书几种。

廿三日，周五，晴。晨五点半，乘地铁至西单吃早餐，油条咸菜小米粥，最喜此物。至天安门，游正阳门，即大前门也。谒毛主席纪念堂，入国家博物馆，宏伟深深，雄广壮丽，国宝珍奇，目不暇接，玉石横陈，卷画流溢，仅古代中国一馆即费三时左右，拍摄庶矣，至唐朝展品，已费电大半。观半坡遗物、商鼎周簋、甲骨简帛、虢季白盘、广汉三星、秦砖汉瓦、熹平石经、南北陶俑、昭陵六骏等等，果然中华文武气象，旌壮人心。

出国家博物馆，已然午时，买一冰糖葫芦，信步南池子北池子，惊见缎库胡同、南池子招待所及皇史宬，忆及三十年前父亲曾寓于斯，感慨系之，泪涌。进左右胡同走街串巷，见睿亲王多尔衮所建普渡寺，于此松竹丛中眺望故宫角楼，美极。此处四合院保留完整，一道护城河则为鸿沟，墙里墙外，河东河西，严判皇家白丁之分野。河东即南池子北池子也，寻常巷陌，灰瓦白墙，可见京师百姓之居。出南池子，至东华门，正修葺之中。东华门者，紫禁城东门也，清季国史馆置焉，蒋、王《东华录》成焉。出北池子，于一炸酱面馆吃面，昨岁游紫禁城，由神武门出，亦至此处吃面。至神武门，望景山及北海。景山又名煤山、万岁山，甲申之年，思宗庄烈帝自缢殉社稷之处。欲登山凭吊，然下午须谒国子监及孔庙，留取遗憾，下次再图逛游景山北海。

一北京司机呼余攀谈，劝余逛八大胡同、琉璃厂及纪晓岚故居，熟稔燕京掌故，攀谈甚久，亦雅谈之士也。琉璃厂及纪尚书故居，余甚慕之，然今日行程已作筹算，待日后再访游之。乘124路车至安定门，进成贤街，松柏茂盛，游人少焉，所谓岁寒、桃李之象。整衣而入孔庙，见元明清进士题名碑，名字磨灭不可胜记，盖七百余载人文菁华萃集于斯，诚大观也。余穿游其中，摩挲盘桓，无限感慨，时松风阵阵，鸟鸣啁啾，见元儒许衡手植古槐，白鸽翻飞。大成门旁为乾隆仿制石鼓，真石鼓置于紫禁城石鼓馆内，去岁余曾访之，语在《北京流水记》。入大成殿，见四大配享及东西十二哲，殿墙四周高悬清帝御题匾额。遥想二〇〇七年夏月，余之曲阜孔庙朝圣，郁郁文哉，北京孔庙虽难匹之，然地处京师，加之皇家襄助，亦有圣贤大气。尤是光绪年间，孔祭升为太牢大祀，建筑规制与紫禁城等同，生民以来，未有之也，盖陵夷危亡之时，欲以光大孔教以凝人心图保社稷。明清两季，朝鲜、安南、琉球遣使皇华，赴京朝贡，多慕游至此，燕行文献甚多记载。殿内置游人留言本，翻览几页，多"保佑我儿考上北大本科""保佑我儿顺利出国"等语，极可笑也。太史公曰"虽不能至，心向往之"，是也，余书孟子语"观于海者难为水"于其上。国子监乃古之太学也，建于元季，首任祭酒为许衡，与孔庙连为一体，两者夹道之内陈列十三经刻碑，乃乾隆命和珅、刘墉、蒋衡制之，所谓乾隆石经者也。又见琉璃牌坊、辟雍、彝伦堂、敬一亭，穆穆有上古庠序之风。

出国子监，进对面一书店泛览，多为儒学及今人论著，然亦杂陈佛道书籍，余惑之。西行，街旁皆算命卜卦取名之肆，子不语怪力乱神，奚翅如此不经之事？至成贤街尽头，见雍和宫，始悟之。雍和宫乃雍正潜邸，崇奉喇嘛，雍、乾二帝屡加修整，实乃皇家寺院，足见有清笼控蒙藏之苦心也。寺内安详肃穆，梵铃随风而响，善男信女点香膜拜，香云缭绕，余亦礼拜之。夫佛陀乃人间师者，修行功夫足让吾辈服膺，是故佛陀与孔子皆为圣贤，神道设教而天下服，可为后世法。荀卿云"君子以为文,小人以为神",此乃贤者识其大者,良有以也。余尝至武昌宝通寺、汉阳归元寺、金陵栖霞寺及姑苏寒山寺,虽金铜气派难比雍和宫,然禅意佛气则胜之有余。寺内偶有藏僧,藏语交谈,然亦多京油子,嬉笑怒骂与俗人无异,粗鄙浇离,此真释家弟子耶?髡民而已。

出雍和宫,北行至地坛,日影渐斜,冷风拂面。地坛阒静孤寂,游人绝少,余至皇祇室及方泽坛,四周寥廓,白草萧索,暮帝四垂,渐露天地玄黄之本色。去岁余游天坛公园,煌煌大观,气象迥异。盖天行健,天者政道之所寄,祭天当用极尊之礼;然地势坤,大地负载万物,万物育焉。古语道"天何言哉",然天尚有雷鸣闪电天籁之声,而地主阴,未尝出语惊人,则地又何言哉?夫忍辱必能负重,吾辈当则天而又式地也。

晚,回豪哥宿舍,遇复旦同学姜兄,其乃中文系黄霖先生之博士生也,近寓北大搜集材料。又识王耐刚兄,未及深谈,已度其学问倍于我。杨博士者,豪哥室友也,浙江诸暨人,精研段氏说文及语言学,温和敦厚,余亦喜之。

廿四日,周六,晴。晨八点至北京师范大学第七届世界史研究生论坛。主持人于开幕式曰"盛况空前",东西南北中及澳、新凡三十多所高校五十余人与会。余乃主论坛四位报告人之一,其他三位自台湾政治大学、北大、北师大而来。报告毕,东北师大一博士评议之,外交学院一博士提问之,余立于听众中细述该问题五百余年之变迁,竟回答十分钟之久,啰嗦费时,所幸主持人及在座老师并未厌烦打断。

午间，大学同学郭博士携其男友赵博士宴请午餐，郭于北师攻读心理学博士，赵于中国科学院攻读计算机博士。谈及大学岁月及读博甘苦，莫不慨叹。

下午，至复旦杨师兄分论坛听讲，少顷，与杨师兄、马兄、韩兄逛北师。北师乃京城文史第二重镇，新会陈援庵先生乃斯校建国后首任祭酒，其高足启功先生亦为斯校元老。启功题词随处可见，书法清朗，笔锋豪健，称鸣天下。

晚，北师历史系设宴于友谊餐厅。众人开怀共饮，天南海北之士咸集于此，识得不少朋友。尤喜者，山东老乡频见迭出，众人问余何方人氏，答曰山东东平，未料竟有数位亦出自海岱之乡。一友诧余普通话无山东味儿，余述及去岁在东营大街，一东北司机亦说我言谈绝异山东方言，正述及胜利四小，西北大学一姑娘惊言其小学恰毕业于胜利四小，余惊叹良久，天涯如此咫尺，齐鲁何其熙熙。

今日平安夜，会复旦谢师妹大婚于首都大饭店，余因论坛紧凑，分身无术，未能观瞻，憾哉。愿其凤凰于飞，举案齐眉。晚，与杨师兄、马兄回北大，带杨师兄于我附近住下不题。

廿五日，周日，晴。今日评议三篇论文，平心而论，北师论文虽多，然良莠不齐，更甚者，错字连篇，句意不通。午，闭幕式，评选十篇优秀论文，余再次获奖，梅雪芹师亲手颁奖。欢送宴毕，余与杨师兄、马兄至北师北侧一墨香书店，余又淘书几本。马兄欲请我复旦二人吃饭，然已与豪哥、黄薇约定，难承盛情。

晚，豪哥设宴于蓝旗营。豪哥狂点四五荤菜，三人猛吃不尽。此餐馆装点优雅，灯火黄亮，乐曲静美，半山所谓"昏昏灯火话平生"

者，正此氛围也。然三人欢笑之中流露淡淡沉默与感伤，饭后，三人走入附近豆瓣书店览书，余又淘得几本而归。本想再逛万圣书园，怎奈时辰已晚。二人送黄薇进入地铁后，归途之中，豪哥提及吃饭时一细节，余亦心有戚戚焉，猛觉豪哥非乃余所想之谨讷也，顿感其有兄长之风。

廿六日，周一，晴。晨五点，旅行社派车载余至大剧院南侧天安门西侧，余往观升国旗仪式，见中日国旗迎风飘扬，或曰今日适会东瀛首相野田佳彦访华，故此处戒严。

观毕，乘大巴前往八达岭长城。导游乃一北京大姊，甚为健谈，于北京掌故无所不知，吐字铿锵，京味十足，余喜不自禁，屡次鼓掌。至八达岭，余登居庸关，关城书曰"天下第一雄关"。一二烽火台处，游人甚夥，攀至第四烽火台，腿酸目眩，气喘吁吁，游人大减。随后台阶渐陡，余每爬十几级，须倚墙饮水，休息俄顷，方能前行。至七八烽火台，游人绝少，仅见二三。余放眼四周，不觉已临绝顶之巅，燕山军都尽在掌眸之中，苍峰叠盖，山茂鸟鸣，燕京八景之一"居庸叠翠"，诚不虚也。此关占尽地利，山川形势如龙蟠虎踞，控扼蓟辽，兵家必争，真雄关也。临近居庸关高处烽火台，仅见一北欧男子和一乡村大伯，余汗如雨下，然得意洋洋不能自禁。下城之时，脱下外套，仅着一衬衫，日朗风轻，如策马快行于春日山林之中，痛快酣畅之至。

下午至十三陵，游览其外景，未进其中，怅恨。又至玉器厂及果脯厂，无聊之至，忽悠之技一如苏州所见。最后至明皇宫，仅为人工仿造明朝二十四历史场景，乏善可陈，无甚可观之处。

还至北大已是六点左右，与豪哥乘车至北京理工大学，大黄及嫂子宴请之。余负笈珞珈之时，曾观大黄所拍兰大故事视频《梦里梦外》，嫂子即为女主角也，戏中嫂子与大黄有一美丽之邂逅，然未有下文。三年之后，两人重逢于京，执手相看，竟是旧戏之续集，终成眷属，梦里为虚，梦外成真，非梦也。盖人生情缘，如梦如露，全在乎青山歌酒，怜取眼前也。餐桌言笑之间，温情脉脉，大秀恩爱，妒杀旁侧两博士也。

廿七日，周二，阴。晨，至畅春园马兄宿舍相谈，马乃昆明人氏，本科求学于南开，读研转至北大。余观其形貌，疑为回人，明季三宝郑和原名马和，亦为昆明回人，未敢深问。见其书架，庞杂不齐，多有泰西诸语书，又夹陈《博尔赫斯全集》、现代小说、青春散文及不少盗版影碟，余笑指其曰文艺青年，盖观人书架，可见其心也。其室友本科求学于复旦，闻余导师之名，口称歆慕敬畏。

午，至表弟住处，见弟媳及表侄，表侄已近三岁，顽淘可爱。饭后，四人翻墙入圆明园闲逛，园子甚广，然满目萧瑟，四野荒凉，尽是昔日外夷兵燹之烬余。夫王朝往往兴于天道民心，然传至后王，重利轻民，醉文弛武，奢兴土木，聚敛珍宝，不思在德不在鼎之训，而后空叹"风景不殊，举目有山河之异"，不亦悲乎？殷鉴不远，然余恐历史者，人心也，虽经千古而不变，后之来者，难免重蹈其辙，已有之事，后必再有，叹叹！时北风凛冽，福海冰冻三尺，游人滑冰其上，或径直行至湖心岛，乃雍正批谕晏如之处，可乐也。

傍晚，表弟驱车载余至表哥表嫂住处，谈及近期光景，哀叹生民之艰。晚，四人共进晚餐，与表哥饮酒数杯。

廿八日，周三，晴。近几日皆是五点左右起床，今日不然，八点方起，收拾行李，退房。午，宴请豪哥，敬谢其盛情也。未时，豪哥开题，与余话别。余行至未名湖畔，兀坐石上，冥思凝虑，发呆良久，帮数对男女拍摄亲昵照片。未几，围湖而行，渐至中文系、哲学系、历史系，三者俱四合院形制，入窥其中，大树扶疏，藤萝满墙，余忆上周梦见博士毕业又高考至北大哲学系，读书四载。余于燕园盘桓许久，恋恋不忍离去，倏忽之际，忆英伦诗人霍斯曼一诗，其曰：

> 来自远方／来自黄昏和清晨／来自十二重高天的好风轻扬／飘来生命气息的吹拂／吹在我身上／快／趁生命气息逗留／盘桓未去／拉住我的手／快告诉我你的心声／告诉我，我便能回答你／说我如何能够助你／在我向那十二风彼方行进／踏上无尽旅途的前夕。

后又至汉学书店观书，申时，终乘地铁至北京站返沪。火车甫发，接汉城朋友自哈尔滨致电，拜贺新年。凝望窗外夜色，思燕京未见之友，又念及一年将尽，本命年匆匆流逝，怅然若失，一时恍惚，满心惆怅。午夜，不堪车厢人群粗恶，昏昏入睡，仅闻车轨隆隆，如岁月之叹，不知今夕何夕。

（2011 年 12 月 30 日）

北渡记

　　怒浪滔滔，沧海浩浩，轮船从烟台港驶入中洋后，挣脱陆地束缚，狂似飞马掠海，踏起身后万排雪浪，利如长剑劈波，激起倚天银河。伴着嗖嗖之声，狂野湿润的海风从太平洋深处吹来，吹在白色船舷上绕成曲线回声，呼呼呼，呜呜呜，仿佛苍鹰盘旋嘶鸣良久，回响在蔚蓝天海间。第一次在大海上航行，自然激动，帆船在淡蓝色的云雾中闪耀着白光，终于来到莱蒙托夫的梦境。

　　"再让我看守着中华最古的海，这边岸上原有圣人的丘陵在"，在甲板上凝望大海，突然想到闻一多的这首《七子之歌·威海卫》，转念想起一百二十年前的这片海，心绪暗沉，回到船舱休息。

　　六个小时后，"渤海金珠"号靠泊在大连湾，港口的免费班车载着船客来到大连火车站附近。渤海早过了，天空仍然氤氲着沉沉海雾，清爽的咸腥气吹开惺忪的睡眼。还有四个小时才上火车，所以自己就在附近溜达半晌，大连确实能与青岛媲美，处处洋溢着海都气息。

　　暮色降临后，进入大连火车站，候车厅出奇整洁，在北方火车站中实属少见。闲来无事进入站内书店翻阅书刊，在最新一期《国家人文历史》上读到好友撰写的吴昌硕，想起在上海漫步时也曾有此经历，天涯人间中的温暖书写，始终未曾远去。登上火车后才后悔忘记带一本书，坐在硬座上翻来覆去把一份《参考消息》读了四五遍，但仍然打发不了无聊困乏。火车渐渐开动，列车广播员报读一路所经站点，金州、普兰店、瓦房店、熊岳城、盖州、海城、鞍山、沈阳、四平、公主岭，一个个亲切字眼从读书记忆中被唤醒，脑海闪烁着从明清到现代几百年来的战争厮杀，既有异族屠杀，又有兄弟阋墙。窗外灯火通明，秋夜沉醉，读史令人愁，已有的事，后必再有，谁又能保证这万家灯火不会再变成铺天战火呢？

　　昏昏沉沉，半梦半醒，次日早晨五点左右，我从长春火车站出来，打车前往东北师大紫荆花酒店。出租车沿着笔直宽阔的人民大街向北行驶，天气凉暗，树木茂密，我满身疲倦，半躺在车座上，微睁双眼，一边望着匆匆而过的长春街景，一边听着车载电台播放着高明骏的歌："年轻的心，为将来的日子写下一句对白；年轻的你，为无尽的生命叹一声喝彩；年轻的心，为美好的岁月谱出一曲乐章；年轻的你，为无尽的青春喊一声欢呼……"岁月不居，年岁如翻书一样快，我也离年轻越来越远。

　　此次会议是第二届"东亚秩序与近代中国"国际学术研讨会，第一届由社科院近史所承办，是首次在亚洲探讨朝贡问题和东亚秩序问题。自费正清于上世纪六十年代在费城和洛杉矶召开东亚的国际秩序和中国的世界秩序两次会议后，此后再无专会讨论。东北师大承办本届会议，挥洒大手笔，邀请三十多名学者参会研讨两天，邀请全国六十多名经导师推荐的博硕研究生参加东亚史学研习营学习十天，他们亦在校史馆大报告厅聆听国际会议，来自全国各地一百多人的往返路费执行硬卧标准全部报销，学者入住四星级酒店，研究生入住三星级酒店，三餐亦由东北师大负责。在会议开幕式中，《抗日战争研究》主编感叹东北师大的魄力令社科院望尘莫及。

在紫荆花酒店安顿好后，我走进绿柳深深的文昌路，老葛打电话给我："小志，你在哪儿呢，我咋没看见你呢？哦哦哦，看见你了！"老葛是我在复旦读博的同窗挚友，跟随金寿福老师钻研埃及学，现又回到母校东北师大攻读博士后，阔别一年后，我们终于重逢了。

东北师大的校园有两种颜色最为鲜明，一个是建筑的红，一个是地表的绿，绿树红屋刺激成怡红快绿的舒爽。我们来到一片荷莲满布的湖塘，晨风吹来，荷叶如水波一样频频向我们点头，我问："这里可曾有你的故事和回忆？"老葛笑而否之。早餐后，老葛领我来到东北师大历史文化学院，一到门口，就看到"中国世界古代史研究之父"林志纯先生的塑像静静伫立在松柏绿荫之中。在复旦时，我就曾在晓伟书房读到林先生的《日知文集》，其贯通埃及、亚述、两河、希腊、罗马、东周、印度的视野和学养让人叹为观止。昔者王静安先生尝正告天下曰："学无新旧也，无中西也，无有用无用也。凡立此名者，均不学之徒，即学焉而未尝知学者也。"林先生正是抱有此等学术境界之人，原为国内公认的秦汉魏晋南北朝史专家，后在东北师大致力于世界古代史研究，勤恳钻研五十余年，培养出大批西方古典学、埃及学、亚述学、赫梯学的博士和硕士。今天我们所听说的世界上古史的诸多知名学者，大多为林门桃李。

刚与老葛在院门口拍完照，郑老师走了过来，老葛介绍了下我，郑老师握手说："去年咱们联系过好几次。"我说："对这儿神游已久，但很遗憾去年与此擦肩而过。"老葛带我参观了世界古典文明研究所的资料室，经过几代学者的努力，这里充盈着国内储藏最全的世界上古各种文明的资料文献，有些文明已经死去，有些文明仍在挣扎，也有些文明一直残存绵延在当今世界和每个人的生命中，我驻足徘徊良久，虽然不懂上面的楔形文字和圣书文字，但却心存敬畏。古典文明研究所的小报告室小巧而舒服，上午的阳光穿窗而入，照在我和老葛的身上。老葛说，许多外国老师常来这里给他们上课，也一起在这里搞个读书会，批判一下各自的论文。据称，每年皆有不少外国学者来历史学院求职，今年又有四位外国学者来此任教。

用完午餐后，我走出紫荆花，穿过自由大路，信步来到学人书店。原本不觉得此书店有何过人之处，但进去之后，我盘桓其中两个多小时。此书店空间广大，共有三层，仅就我所关心的书籍而言，首层为文学类，次层为社科类，三层为古籍类，每层布置亦较雅致，各色字画、工艺品掩映于书卷之中，古籍层还有一咖啡厅，厅内坐满读者，青丝银发皆静心阅读，颇有庄敬之象。

　　下午稍作休息后，读着各位学者的参会论文，越读越惶恐，越读越自卑，参加此次会议的人，要么是学界德高望重的前辈，要么是名声在外的专家，而只有我是一个无名小卒，东夷土鳖，论文也不啻咿呀作语，相形见绌。然而一个人总要经历惊奇、震撼、困惑、焦虑之后方可知道深浅高厚，也更能见贤思齐，反求诸己。

　　夜当时，风正举，老葛在仁风阁宴请我和王明兵博士。王博士乃韩东育老师之博士，甘肃酒泉人，他负笈东京归国转机上海之时，我曾与他有过一面之缘，今番刚从越南归来。这是一个美好的夜晚，仿佛多年前曾做过的旧梦，当时梦见我在台北的一家酒馆与故人倾谈，馆中有墨绿长裙吟歌者，有斑白头发拨琴者，如今虽不在东南宝岛，却在东北长春实现，恰似岁月馈赠的一抹甜香与温柔。仁风阁乃朝鲜在长春开办的国营酒馆，馆内构造采用朝鲜时代的建筑方式，服务人员亦着各样朝鲜时代服装，个个清丽脱俗，笑语嫣然，让人忍不住多凝望几眼。每组客人各一小阁，餐桌坐席也循古制，四壁影印《训民正音》。仁风阁环境雅致，佳肴饮誉，所以挤满了排队等候的人们。等候期间，一位清秀静美的朝鲜姑娘登上中央高台，唱了几首悦耳的中文歌曲和朝语歌曲，旁边一位姑娘在钢琴旁款款弹琴伴奏，歌声、琴声、华衣、秀容，斯情斯景令人动容。饭菜上来后，一尝便知名不虚传，狗肉香滑，打糕酥软，加之冰川啤酒助兴，仨人聊得更加畅快。我问了王博士许多关于越南的历史和现实，王博士和老葛向我说起东北师大历史学院的韬光养晦和发展壮大，让我更加感受到她的气象之大。这让我感到：一个人同样需要有"下一盘大棋"的坚忍，雄才大略且韬光养晦,在"人不知而不愠"的孤独中勤奋勇猛,步步为营,必有出山腾渊百兽震惶的时刻。回去路上,我欣赏着长春的华灯夜景,老葛问:感觉长春这个城市怎么样? 我说:树真多,算是北方城市中森林覆盖率最高的,我喜欢树,所以感觉很舒坦。王明兵说:实际上长春的东北亚色彩还是很浓的,日本人、朝鲜人、俄罗斯人、韩国人都比较多。

两天的会议很快就结束了,非常感谢这次会议让我学到了这么多,也让我认识了很多一直敬仰的前辈,与他们交谈实在是一种思想和精神上的享受。我跟滨下武志先生在酒店里聊起了阿柯、烟台到大连的海底隧道,他满头白发,本以为是一个不怒自威的日本学者,却一副慈祥从容的神情;我跟汪晖老师在饭桌上提起了西藏问题,向他敬酒感谢他的作品对我的滋养和启发,如我敬仰的许多学者一样,他也老了;我跟韩东育老师在茶歇期间谈起了葛兆光、史地所,韩老师是历史学院和本次会议的灵魂人物,作为黑住真的得意门生,他的作品和口才同样出彩,思维清晰而敏锐,表达精准而巧妙,暗藏机锋,令人难忘;我跟台湾的张启雄老师在午餐时偶遇,向他请教了匈奴"收继婚"的风俗,使我想起影响到后来历史的许多案例,他说话字斟句酌,思考严密。

在欢迎宴上,我向刁书仁老师敬酒,他看了看我胸牌上的名字说:"你的博士论文,我给了你一个高分!"我愣了一下,马上意识到刁老师是我博士论文的盲审专家之一,立即将杯中的白酒干了。更让我感到高兴的是,认识了两位山东的老师。一位是山大的陈尚胜老师,乃国内中外关系史研究的老前辈,是我博士论文的明审专家之一，恰巧又是我那一组发言的主持人，他很儒雅，思维缜密，我们谈起了朝鲜、壬辰倭乱、丙子胡乱、孙卫国、朱莉丽，再次让我受益匪浅。另外一位是山师大的李云泉老师，我演讲完毕后，李老师笑盈盈递给我一张名片，我受宠若惊："李老师，我很早之前就读您的《朝贡制度史论》，上面贴满了书签，写满了批注。"他说："哦，那本书已经修订了，过段时间给你寄过一本过去。"欢送宴上他又坐在我身边，与他喝了好几杯，听他讲了许多年轻时的往事，很喜欢他孩童般的率真与好玩儿，他的一撇胡子真帅。同样，与越南学者丁进孝博士交流也是一种愉悦，在最后的酒宴上，他说："特别希望以后我们还能在越南一起开会，讨论东亚问题，真的，希望有一天。"我站起来与他碰杯，说："早晚有一天。"

　　因本次会议不光有老师的研讨，还有六十多名来自各地导师推荐的博硕研究生前来聆听，所以两天时间也重逢或认识了一些朋友，如孙卫国的博士张光宇、陈尚胜老师的博士姜博、刁书仁老师的博士张澍等等。一位高高瘦瘦的男生走过来，说他即将跟着孙老师读博，问我是否认识复旦的胡一菲，我疑惑半晌："是胡耀飞？"他说是的，我低头望了一眼他胸牌上的名字——"解祥伟"，顿时想起一年前胡耀飞曾写邮件向我推荐此人，可惜工作一年一直没有与这位同学联系，没想到竟能在此认识。

　　第一天会议结束后，晚上与老葛在街道上边走边聊，又到吉大稍逛。回到酒店后，两人彻夜倾谈，谈起许多事情，谈起复旦往事和那些同学。他说起今年四月份回复旦时，看见自己的破烂自行车仍然摆放在楼下原来的位置，"我看到小志阳台上有衣服在晾着，晓伟阳台的门窗仍然半开着，虽然离开一年了，但一切似乎从来没有改变过"。我说："记得有次咱仨在复旦后面的大街上吃着烧烤喝着啤酒，当时天气凉了，路上穿梭着急匆匆的车流，我们仿佛上海的过客，喝着酒，心头各有自己的压力和忧愁。"没谈多久，晓伟从清华打来电话，三人又在电话里聊了一会儿。

两天的会议转眼就要结束，中国史学会会长张海鹏先生通报了国际历史学科大会将于明年在济南举行的消息。韩东育老师致闭幕词和欢送辞说："在本次会议上，有一些星座级的老前辈在守望着我们，同时我们也看到年轻的才俊英气逼人，所以我们有信心看到东亚史的研究后继有人，希望本次会议能成为一种作为事件的会议留存于历史中。"刘晓东老师说："会议虽然结束了，但大家还有另外一个重要的任务没有完成，那就是，希望大家豪爽地喝酒！"所以那天，许多人都喝得尽兴。

在欢送宴上与各位老师喝完之后，我约老葛、张光宇、张澍三个东北人来到东师南边的烧烤街，请他们再大喝一场。光宇兄是去年我在复旦韩国学会议上认识的，黑龙江双鸭山人，一副绿林般的豪杰心肠，说起东师乃东北文脉所在，此次会议乃帝国序列。张澍是经老葛介绍才认识，比我想象的要淳朴、年轻、认真、安静得多，微笑中泛着稚气未脱的气息，好羡慕他。那晚，我们又喝了很多，饮至半酣，又给西安的罗毅打了电话，我邀请他和老葛、晓伟参加我在十月份的婚礼。

次日早上，我和老葛狂吐不止，张澍把我送到长春火车站。中午抵达大连后，我身体仍然不适，在附近德克士餐厅寻一僻静之处，要了一杯热奶茶，听着屋内回响着《夜空中最亮的星》，望着窗外发呆良久。下午两点半在大连湾登上"渤海宝珠"号，在卧舱内伴着海水摇荡沉沉睡去。晚上醒来，披上外套迎着海风从船舱出来，在甲板上俯视着乌漆如深渊的汪洋，猛一抬头，便看到了北斗星，极其明亮，何其夺目，如此迷人！

二十多年来，多少老歌如烟云一般飘散在风中雨中，一些少年如朝露一样消失在光中水中，纵然世事如棋，人生如墨，但所有的挣扎与坚挺都是指向内心的那片宁静之海和明亮之星。一切都是谎言，一切都是心声，一切都在老去，一切都在生长，一切都是孤独的，一切都是值得的，一切都是苦水泛滥，一切都是泪光闪耀，不管一切会怎么样，我们的征途是心灵中的星空与沧海，向着无尽的苦难和孤独挺进，战斗在黎明前，永不退却。

（2014 年 8 月 31 日）

南辕记

十一月的季风，自北国的万仞高空一路南翔，越过海洋，吹来冷香的气息，吹醒晨光中的海滨小城。我站在火车站高台上，回望身后蓝色的海平面，裹紧大衣，跟随稀疏的人群走进 K1184 列车。拿出一本日本学者的《三国志的世界》，读了前几页便入了迷，提笔批注，伴着列车哐哐的声音，不知不觉批读到深夜，已读完大半，头脑昏沉，文字乱飞，难以入眠，索性让思绪如这匹列车奔马驰骋无羁，这样一来，反倒迷迷糊糊睡着了。

列车提前二十分钟到达上海南站，出站后，坐上地铁 3 号线，仿佛昨天刚刚乘坐过一样熟悉。记得博一时，每周都来南站附近的上海师大兼职，这条线路再熟悉不过了。地铁 3 号线虽称地铁，实际上却在高楼大厦的丛林半空中飞驰着，望着窗外迅速闪过的风景，不禁感叹，刚离开上海一年半，好多地方竟有些陌生了，如宜山路边的大厦、华师旁的环球港、虹口附近的楼群，它们是何时冒出来的呢？在上海，空间和时间都是奢侈品，这里容不得你怀旧，因为每个人都在往前赶，风景每时每刻都在变。路过宝山路时，望见远处黄浦江畔最高的上海中心大厦，忍不住想：追赶别人，谈不上高贵，追赶昨天的自己，才更有意义，一年多前，我离开这里，一年多后，我又来到这里，不知又告别了几分昨天的自己？

从赤峰路打车来到复旦新闻学院内的复宣酒店，房间布置得十分雅致整洁，比八月份在长春紫荆花饭店的环境还要好。拉开窗帘，阳光大好，雄伟的光华楼和苍翠的校园顷刻跃入视野，在11楼的复宣酒店欣赏复旦校园，加上重返母校的激动，着实异常惬意。

洗个舒爽的热水澡，休息片刻后，我来到光华楼，乘电梯至28楼，敲了敲段王爷办公室的门。段王爷是我读博时班内最有学问的一位同学，毕业后留在复旦文史研究院，做学问对大多数人来说是一件不好玩儿的事，但段王对我们来说却是一个很好玩儿的人，他很会把学问转化为幽默风趣的话，我常常想起在北区公寓骑车时望见他在花草堆满的阳台上光着胖胖的上身对着我呵呵大笑的样子。推开门后，段王从两个书架间站起来，唇上新留的一抹浓黑的胡子随着一如既往的笑声颤动着，我哈哈大笑："越来越有王爷老爷的风范了！"段王与白若思老师共用一间办公室，我仔细扫视书架上的一排排书籍，大多与宋明理学和思想史相关。聊了一会儿，一个俊朗瘦高的俄罗斯小伙子走进来，原来他就是圣彼得堡的白若思，握手交谈几句，其实我在聊大时就听过他老师李福清先生的报告。我对段王说先去研究院资料室看看，段王便领我来到 29 楼资料室。

　　文史研究院资料室主要收藏日本、韩国、欧美的原版资料，这些资料原则上不许出楼，我读博时在这个资料室待的时间很长，记得当时张佳老师当管理员时，见我抄写史料颇为费劲，很慷慨地破例让我带出楼外复印不少。我在资料室里盘桓良久，又见到一些新增资料，赶紧抄写下来。正翻阅史料，张佳老师特意来到资料室看我，拉了一些家常，感觉甚是亲切。张佳老师是我崇拜的师兄，他当年以文科状元的身份考入北大，再入清华，后入复旦，在中国香港和美国也有访学经历，博士论文被评为全国优博。当时我聆听他论文答辩时，答辩委员会阵容相当强大，皆是来自北京、上海、南京、香港以及新加坡的著名教授。也许因为我们都是山东人，也许因为我们俩性情相契，读博时我常向他请教，视之为榜样。段王说，我觉得你俩不像山东人，都很安静很敦厚。我说："温柔敦厚，诗教也"。张佳师兄说：对，我们这样的性格才是典型的山东人，因为从小受到的家庭教育就是这样，讲究谦虚克制。会议期间，张师兄又送给我一本他的新书《新天下之化：明初礼俗改革研究》，葛兆光老师在序言里难掩对他谦虚朴实风格的高度赞赏。

　　在文史研究院资料室看完书后，我步行来到南区文科图书馆四楼研究生教师阅览室，抄了一些新书书目和研究所需资料，这个阅览室主要收藏各种文史书籍及大部头的工具书。我挨个书架检视，看着满屋的研究生和老师静心阅读，好是羡慕怀念，当年我也曾如他们一样镇日浸泡此中。

　　转眼已到中午，秋云和永生也恰在图书馆，秋云提议请我去桃屋吃日本料理。永生骑车载着秋云领路，一路浪漫背影向我炫耀着复旦爱情故事，我骑着秋云的自行车在同学们的滚滚车流中紧随其后，仿佛又回到读博时光。路旁的水杉绿意葱葱地在眼前疾闪而过，路过光华楼草坪，阳光照在身上很是舒服，多想像从前一样，在温暖的午后躺在这片草坪上看书晒太阳，可惜再也没有这样的闲情岁月了，我已经是个异乡人。在桃屋吃日本料理别具一番情致，水果清甜，点心美极，与秋云、永生聊得很开心。秋云是漳州姑娘，永生是邹平小伙，两人自华中师大便是神仙眷侣，至复旦读研后成为我的师妹师弟，今年八月两人新婚燕尔后又双双读博，目测以后学界又要多一对学术伉俪。

　　午饭后，我来到历史系看望导师邹老师，感觉他白发又多了一丛，书籍又多了几架。聊完工作一年来的情况，邹老师劝告我，要为今后的路多多努力，不要坐失良机。临走前，邹老师把最新整理出版的一部《危言三种》赠给我。刚从光华楼下来，偶然一瞥，竟看见余伟师兄在讲座海报前低头摆弄手机，我拍了拍他的肩膀，他回头一愣，我问，师兄你干嘛呢？他说：我正在做一件惊天动地的大事！我忙问啥事，这时他又顾左右而言他了。余伟是当年我们宿舍的常客，平心而论，是一个很有才气的哲学研究者。走出光华楼后，我想：惊天动地的大事？他不会要炸光华楼吧？

　　走在初冬的光华大道上，一边呼吸着记忆中的气味，一边欣赏着路边金黄的银杏树，想起两年前那个雨后的下午，满目的银杏叶子飘扬坠落成满地的金黄，层层叠叠如众多心灵的模样，宇鸣拿着相机拍个不断，我也曾在风和日丽的午后摘下一片，送给华师的姑娘，夹在书本中留作纪念的馨香。走过非洲街，基本变化不大，思园的栅栏拆了，两只花猫在暖阳下眯着眼看着我，我认出其中一只，毕业时我们还给它拍照，把它和那只白头翁 Milk 一起采入毕业纪念册中。我给会鹏打电话，会鹏说："今年春天回校时，我还在宿舍楼下看到那辆破烂的自行车，你现在去看看，它还在不在？"此刻的北区公寓一片静寂，我左顾右盼，瞻前顾后，似乎能从每一个角落都能看见往昔走过的身影。来到 106 号楼旁，看见我的房间阳台上照样晾着灰不溜秋的衣服，晓伟的房门仍然紧闭，真想喊一声：晓伟！伟哥！顾教授！没准儿晓伟就会叼着烟推门走出来。再朝高处喊一声：Brandon Roy！阿柯！罗毅会像顾维钧一样风度翩翩朝我们挥手，阿柯可能咬着牙签下来找我们斗地主。然而，晓伟在清华，罗毅在西安，阿柯在广州，会鹏在东北，一切都不会出现，正如我找了好久也没找到会鹏那辆破烂的自行车一样，无论我们是否如那辆自行车一样破烂，久别之后重游故地，总会有种被遗弃的失落感。我就带着这种淡淡的失落感从北区走到北门的新文艺书局，再回头走到相辉堂，一直走到黄昏时分。

夜晚是相聚的时刻，是重逢的良辰。因为我的到来，段王邀请留沪工作的同窗一起在利邸吃饭，当年我们也多次在此处举行班级聚餐，再次来到这里，店内布置得更有风韵。段王、我还有青红齐夸左敏还是那么漂亮，皮肤还是那么好，眼睛还是那么亮，左敏半羞着说哪有哪有啊。宇鸣一进来，我就大喊："阿太！"他做出夸张的表情："小志！"两人瞬间拥抱在一起。我对阿太说："晚上别回去了，跟我一起睡吧，我房间的床够大！"大家哈哈笑了一阵子。左敏说下周就去新疆喀什讲学，让我突然想起许多次未能践行的西域旅行计划，段王说下月去东京大学访学，我们正聊着一些各自最近的研究和教学情况，斯睿突然出现在门口大叫："同志们，我来晚啦！"入座后一边发名片一边说："出书一定联系我呀！"斯睿是一颗炸弹，投到任何一个角落都能绽放欢乐的火花。果然，正在大家回忆诸多往事比如苏杭的旅行、崇明岛的宿醉之时，斯睿按捺不住，向我们爆了一个超级大猛料，令我们瞠目结舌大开眼界匪夷所思触目惊心。此猛料一出，各种八卦借着酒兴纷至沓来前仆后继，当年读博时的好几个同学顿时躺枪阵亡。饭后，阿太说直接回静安，本想和他再说些话，望着他的背影，我很可惜没跟他好好告别，因为一别之后，不知何时再能相见。段王说今天聊了很多糗事，我说，哪儿啊，以后都是学林佳话。青红打车顺道载我回去，她仍然笑个不停：没想到今晚能听到那么多有趣的八卦。

次日，会议开始。2007年12月，第一届"从周边看中国"国际学术研讨会在复旦大学文史研究院成立当年举行，时隔七年之后的今天，第二届"从周边看中国"国际学术研讨会再次举行。我有幸参与朝鲜通信使两部文献的点校整理和解题工作，受邀参加本次会议，在发表报告演讲之前，我说："首先非常感谢文史研究院为我提供一次宝贵的重返母校的机会，其次希望在座的各位前辈、各位老师对我不成熟的观点多多批评，多多指教。"是的，参与本次会议，感觉诚惶诚恐，韩国和日本学界皆派出此领域的顶尖学者，如渡边浩、夫马进、大木康、米谷均、关周一、崔溶澈、河宇凤、韩文钟、咸泳大、郑恩主等，多来自东京大学、京都大学、法政大学、早稻田大学、宫崎大学、首尔大学、韩国学中央研究院、高丽大学、全北大学等，文史研究院的老师也个个都是我敬重的精英，香港城市大学则有李孝悌先生。所以，在此种压力下，我深感需要向各位老师请教和学习的很多很多。

杨志刚老师主持开幕式，葛兆光老师简要说明此次会议的缘起，介绍了我们整理的五册《朝鲜通信使文献选编》的出版经过和学术价值，会后我翻阅样书最前面葛老师所写的长序，激动地发现他引用了我写的一篇论文。夫马进老师是研究朝鲜使臣的翘楚，在致辞中对目前学界研究的细节化表示担心，他也认为通信使文献有利于我们理解东亚的国际构造。崔溶澈老师是韩国文史学界的权威，用韩文翻译了《红楼梦》前80回，他在致辞中说得很动情，他说我们以历史经验增进三国间的相互理解，虽然我们在讨论往事，实际上却在关怀当今和未来。整个研讨会共分五场，每场有三位老师报告，全部进行中、韩、日三种语言的同声传译，报告人每说一段本国语，翻译人员马上翻译成其他两种语言，我想其目的也是在历史和现实中充分尊重三国学者的自主性。

我那一组由大木康老师主持，分别由朱莉丽老师、我和张佳老师报告，我笑着对张佳老师说："感觉咱仨有一个共同点，都是山东人。"张佳一想，会心一笑。还真是，朱老师是济南人，张老师是高密人，而我是东平人，如果即墨的李孝悌老师主持本组的话，那就更好玩儿了。两天的会议安排得很密集，但每组报告完毕后，都引起了热烈的讨论，许多老师因为时间有限都来不及提问，所以只好在茶歇、饭间问答。第一天会议结束后，复旦大学出版社出资在五星级的皇冠酒店举行欢迎宴，按朝鲜使臣的说法，应当是"下马宴"。席间与许多老师请益良多，葛老师问我在烟台的工作情况怎么样，我向他敬酒，由衷感谢多年以来他对我的影响。河宇凤老师的书，我拜读已久，没想到今天竟能有幸得见。一位老师递给我一张名片，我看到"郑墡谟"三个字，马上站起来对他说我以前读过您的宋史论文，接着把那篇论文的题目和主题背给他听，他大为高兴，两人交谈甚欢。来自蔚山大学的鲁成焕老师用生硬的汉语对我说："蔚山大学，鲁东大学。"我马上意识到，两个学校是合作办学的，鲁大下面就有一个蔚山船舶与海洋学院，我说您的名字跟山东很有缘，鲁是山东简称，成是孔子美誉，成焕也是化用孔子原话，"巍巍乎其有成功也，焕乎其有文章"。一位年轻的韩国女学者，叫具智贤，没想到已是教授，我开玩笑对她说："千颂伊，敬你一杯！"因为在韩语中，"具智贤"的发音跟"全智贤"是一样的，她笑着问："哦？你很喜欢她吗？"咸泳大老师不会说汉语，但能用汉文在本子上与我笔谈，笔谈太慢时，我们就用英语交流，无形之中，我隐隐感觉到中美力量在东亚的角逐通过如此简单的交流展现出来。大木康、渡边浩、崔溶澈、夫马进几位老师都很平易诚挚，闲谈当中有种可爱老头的感觉，这大概就是"学问深时意气平"吧。

饭后，小雨微洒，步行回至复旦东门，感觉时间尚早，遂买一张电影优惠券，独自来到五角场万达影院，准备观看诺兰的《星际穿越》，但此片太火，十点之前的票全部售空，十点二十的IMAX票也仅剩五六张，我赶紧买下。离电影开始还有一个多小时，我便在五角场闲逛一会儿，给晓伟打了个电话，向他嘚瑟我马上要看诺兰的新电影了，实际上我只是想告诉他：我很怀念以前在他房间和他、会鹏一起看诺兰的时光。在上海书城逛游一圈后，排队进入影厅。

这是一个容纳近五百人的影厅，IMAX影幕如一个巨大瀑布悬挂在前方，坐在前排只能仰视，我只好跟很多人一起坐在后面的台阶过道上观看。不得不说，这是一部伟大的电影，星球的悲伤，未来的希望，人心的孤独，亲情的远近，尽在其中。"不要温和地走进那个良夜，白昼将尽，暮年仍应燃烧咆哮，怒斥吧，怒斥光的消逝"，狄兰·托马斯的诗使整部电影更有底蕴、意境、苍凉感和深邃感。最欣赏其中的两句话，海瑟薇问起男主角为何不把离开地球的目的告诉女儿以求得女儿原谅，男主角说："当你做了父母之后，最重要的，那就是要保证让你的孩子感到安全，所以不能跟一个十岁孩子说世界末日到了……我们就是孩子们以后的回忆了，有了孩子，你就是孩子未来的幽灵。"看到这句话之后，心里不禁感到说不出的伤心，其实我们现在所面临的星球已经残破不堪，未来的地球会发生什么，谁都不知道，但照今天的发展，只会越来越坏，尘暴肆虐吞噬家园，人口激增引发生存危机，为抢夺资源和空间，空前的战争是不可避免的。让无辜的孩子去经受这些痛苦，不是太自私残忍么？是谁造成了这一切，谁是破坏大自然的凶手？谁制造了雾霾？谁污染了河水？正是今天亿万个你我，对精致生活的迷恋，对科技产品的追捧，懒惰成灾，欲壑难填，无时无刻不在掠夺地球。

两天的会议结束后，我没有参加"上马宴"，韩国师妹李惠源携丈夫相勋和八个月大的儿子请我在邯郸路旁的长白山吃饭。其实，惠源算得上是一位前辈，因为她是在获得延世大学的神学博士后又来复旦跟随邹老师读博的，当年在香港中文留学时曾参加张国荣的演唱会，与之握手并要到了对方的签名，让周围的哥哥迷们羡慕不已。她和相勋是在延世认识的，如今喜得贵子，两人都喜上眉梢，点了一桌子菜招待我。我问相勋博士论文做什么题目，他说在研究流亡在外的基督教徒，惠源怕我没听懂她丈夫的汉语，跟我解释说："就是指在国外定居的犹太人啊，或者说是基督教徒在国外的后代。"我马上明白了，说："哦，原来如此，中国人有两种称呼，一种叫华侨，一种叫华裔，比如你惠源，就是华裔喽！这个小家伙也是华裔啦！"惠源腼腆地笑了，因为她的祖籍是烟台。孩子真可爱，明亮的眼睛滴溜溜转，好奇地看着我和他父母之间的交谈。

最后一天，本想参加复旦安排的锦溪旅行，但总觉得对复旦生活依依不舍，所以放弃了锦溪之行，用了一整天的时间逛复旦的各种书店。在复旦旧书店待了好长时间，此书店专卖旧书，共两层，品种繁多，艳情小说亦充斥其中。在众多杂乱书籍中淘一心仪之书，不啻抱得美人归的喜悦，但我没想到在复旦旧书店收获巨大，花了不到八十块钱淘到马识途《夜谭十记》、约翰·托兰

《战争之神》、阿德勒《自卑与超越》、张乐天《告别理想：人民公
社制度研究》、中国大百科全书《中国历代军事史分册》、辞海《中
国古代史分册》、梁实秋雅舍小品全集等书，版本精良，许多皆是
初版或足本。我喜滋滋地又走进古月、博师，但没想到古月书店
的老板颇懂行情，我很惊喜看到一些市面上不再流通的书籍，但
一翻定价，只得叹气释手。找了好久才找到鹿鸣书店，原来它已
搬到正大体育馆对面，书店前面种着一圈疏朗的翠竹，古意盎然。
进入其中，顿时爱上了鹿鸣书店，它的藏书空间比原来扩大了一
倍，而且布置了不少类似咖啡馆的桌椅，供读者品饮阅读，书香、
茶香、咖啡香，余香绕梁。鹿鸣书店在上海颇有声望，许多国外
的学者一来复旦必问鹿鸣书店在哪里。我在里面逡巡良久，一边
翻书一边听着旁边的欧美小伙跟一位姑娘争论古代经学史的若干
问题，转身来到另一书架，竟碰见姚大力老师。鹿鸣书店的价格
确实贵，不过对爱书之人来说，书之爱不可以银两计，最后我还
是买了一本韩国儒学的书，留作纪念。

走出鹿鸣书店，日已西下，晚上收拾完行李后，秋云和永生
把我送上出租车。乘地铁来到上海南站坐上回烟台的火车后，倒
头便睡。次日起床，又用了半天时间把《三国志的世界》读完。
读完后，瞅见下铺的一位老人正在看语言文字学方面的论文，一
问原来是山大威海分校的邵文利老师，他是和我在同一天坐同一
次车在同一车厢前往上海开会的，又在同一天坐同一次车在同一
车厢返回烟台，不同的是，他是去交大开会，而我是去复旦开会。
我跟邵老师聊起我在武大所认识的一些语言文字学方面的老师，

对他说:"邵老师,一会儿到烟台就天黑了,您若不方便回威海的话,可以去我家住一晚,我家在开发区黄海小区。"这时,旁边的一位大姐用宁波话叫了起来:"小伙子,我也住在黄海小区!"

（2014 年 11 月 21 日）

东飞记

　　漫天皆白，飞雪凌厉如千万鸣镝，呼呼射向蓬莱机场。延迟了两个多小时，飞机最终在暴雪中倔强展翅，向东面的大海和天空飞去。战退玉龙三百万后，飞机穿过厚厚云层，翔至平流层，稳若静水之舟，朗日高照，云海低垂，颇似几年前自己所写《剑龙》般的梦境。

　　一个半小时后，飞机穿过下午的冬阳，在釜山金海机场落地，办理完入境手续后，刚走出门口，我就看到相九微笑着朝我挥臂。

　　"多长时间没见了？"

　　"也不算长啊，快三年了吧！"他挠着越发稀薄的头发哈哈说道。

　　"还不长？三年前，我们都还是学生，现在，你我都结婚生孩子了！"我边说边把手机上的时间调快一小时。走出机场，路过普光禅院和一个闹市，刚要过一个路口，一位漂亮的女司机朝我们摆手，示意让我们先过。我环望四周："真干净啊！大街小巷都这么干净！"

"韩国到处都这么干净！"他打开双龙 SUV 车门。在车中坐稳后，相九等着左边路上的车全部通过后，缓缓开动，向釜山市区驶去。釜山位于韩国东南沿海，乃第二大城市和第一大港口，自古以来就是东亚海洋与陆地交流的桥梁，与日本对马岛隔海相望，古代朝鲜使臣即从釜山扬帆赴日。

汽车一路在音乐中奔驰，我一边与相九闲谈起曾经的复旦往事，一边观赏着城市风景。明亮宽阔的江水绕山而流，鳞次栉比的楼宇爬满了山坡，落日斜晖缓缓抚摸着道路，城市的影子越来越长。到达釜山市中心，已是傍晚，相九由于对此处不甚熟悉，驾车七拐八扭费了几番周折，打了几通电话确认后，把我送到一栋灯火通明的公寓前。我把来韩前买的一条中南海 5 毫克烟递给他，他乐滋滋地笑着。等了一会儿后，一位娴静浅笑的姑娘，曹闽雅，从西边走过来，她和相九聊了几句后，领着我办理入住手续。房间简洁大方，家具很多，不像酒店，更像是一室的公寓宿舍。我推开门后就直接走进去放行李，闽雅在门口有点着急，我疑惑半响，她边说"shoes，shoes"边脱下自己的鞋子作示范。我有些不好意思，赶紧脱鞋。

随后，在闽雅的指引下，相九驾车带着我们前往附近的东亚大学，一路上发现几家旧书店，我来了兴趣，用英语问闽雅这里的旧书店怎么样，闽雅颇有些自豪地说这些旧书店在整个釜山都是很有名的。几分钟后，我们来到东亚大学石堂学术院，闽雅领着我们来到一个房间，各种书籍资料纵横排列，乍以为是一个资料室，细看却是一个多人的办公室，每人的办公桌都被一排排书架围得密不透风。我快速扫了一眼闽雅办公桌旁的两排书架，多是朝鲜时代性理学家的影印古本文集，猜测她应该是做儒学研究的。刚刚坐定，一位庄重的女教授端着两杯茶走了进来，相九跟她聊了几句后告诉我：这位是孙淑景老师，研究文物学的，她明天会点评你论文。孙老师问我有没有看到她给我写的评论，我说没有，她稍有些失望地喃喃说了几句。

过了一会儿，一位大约五旬的高瘦教授，金宰贤，领着我们走出大楼，此时已是灯光璀璨的夜晚，经过两个路口，我们走进一个叫永义楼的中华料理店。学术院院长辛太甲老师已在那里等着，辛老师白发苍苍，但精神矍铄，身材修长，儒雅俊朗，他的汉语出奇的好，我说：您年轻时肯定是个帅小伙！他呵呵笑了起来。等了一会儿，又有几个老师陆续进来坐下，一位老师坐在我旁边，拍了拍我的肩膀，他笑着自报家门："李京珉。"原来他就是京珉，两个多月来，他代表学术院一直用电邮与我联系交流，同时他也翻译了我提交的一万多字的论文，明天还要全程担任我的同声翻译。说实话，这些标榜中华料理的菜基本上是韩式的中餐，我怎么吃也吃不出中餐的味道，不过每种菜中都添加了小海鲜，倒显得鲜味扑鼻，或许是腹中饥饿，顾不得细细品味了。只有一大盘糖醋大虾着实美味，厨师事先把虾皮剥落，用糖醋里脊的做法烹制大虾，又滑又脆，鲜嫩酥香，我一连吃了好几个，也给相九和京珉夹了几个。一旁从济州岛来的韩国老师则一边喝着清酒，一边聊着元朝对济州岛的统治。

饭后，相九开车回了大邱，京珉送我来到公寓，在房间聊了一会儿，临走前给了我孙淑景老师的评论翻译稿。京珉是北京师范大学的博士，研究中唐诗僧，别看年龄不大，家中已有四位千金，我猛夸他真是好福气。京珉走后，我连夜研读孙老师对我论文的评论和提问，她一连提出了八个问题，有论有问，从思路到概念都有涉及，同时也指出了我以前没有认识到的一些错误。坦率言之，参加过那么多会议，第一次碰到有人提出了高水平的问题，这八个问题几乎可以是博士论文答辩级别的。我越看越兴奋，写了三四页回应，写完后已是零点。看着电视中韩国悼念金泳三的新闻，昏昏睡着了。

次日一早，拉开窗帘，晨光笼罩釜山，空气中透着冷香。金宰贤老师开车把我们带到一家早餐店，喝一碗热气腾腾的韭菜海蛎汤，吃着晶莹的米饭，品尝着叫不上名来的炖鱼和各色泡菜。饭后，我们步行至东亚大学，两栋教学楼下面是一座红砖楼，乃当年南韩政府的办公楼，阳光映射得很漂亮，旁边是东亚大学的博物馆，在韩国颇有名气。东亚大学富民校区没有那么多的校舍，主体是这两栋高楼，但内部的装饰都很有艺术气息，形色匆匆的学生，安静舒适的阅览室，笑语声声的咖啡屋，每一个人都温暖客气地点头微笑着。

来到会场，学术院和人文学院的师生正在布置，会场是一个大型的阶梯报告厅。领到会议论文集，很惊讶韩国的会议论文集印刷得这么精致，许多国内出版社出的书可能都不能与之相比。11 月 27 日十点半左右，"东亚地区的知识信息交流与流通"国际学术会议在国际馆多友厅开幕，辛太甲院长致开幕词，他说："忘记历史的民族还会重复做同样的事情，一个人也是这样，尽管这已经是我们第十次主办这样的国际大会，但还是有许多准备上的不足，希望大家谅解。这次大会我们除了邀请到知名的本国学者外，还邀请到来自中国、日本、俄罗斯三国的学者各一名。中国的学者叫黄修志，昨天他赶来时因大雪延误了飞机，所以很辛苦。我觉得很有意思，在韩文中，'修志'的写法是一个韩国很红的明星……"

辛院长讲完后，一位气质优雅的女教授走上前台发言，坐在我身旁的京珉颇敬畏地告诉我："她就是人文学院的朴银卿院长，学术和行政能力很强，是女丈夫。"我点点头："看得出来，很高冷的美女院长。"她讲完后，中国历史学会的一位负责人，很像韩剧中典型的老太太，又说了一番贺词。上午的报告主要围绕济州岛展开，一个从考古学的角度阐述耽罗（济州岛）的历史，一个探讨二战时期日军在济州岛的军事要塞。报告开始前，一位年轻的老师走过来，用很流利的汉语跟我打招呼，他是南京大学张宪文老师的博士，如今已是教授，下午担任我那一组报告的主持人。报告结束后，正起身去吃午饭，一位头发灰白的教授在门口递给我一张名片，我看后马上与之握手，原来他就是朴现圭教授，他一脸笑意："我看到你今天的报告中还引用了我的一篇论文，你在里面的基本观点我都同意，只是有一个细节还是有问题的……"我们在餐厅里边吃边聊，他真是个乐天派，说话都笑哈哈的，我觉得他长得一点都不像韩国人，更像是一个好玩儿的中国老头儿，我把我的印象告诉他，他听后笑得越发得意："是吗，可能是我这几年经常去中国的原因吧，你们学校的胶东文化研究院我也去过的，今晚我还要去北京。"

下午，一位韩国学者讲完东亚的海带贸易后，朴老师发表一篇关于倭乱明将吴惟忠的历史书写的报告，接下来便是我。此时相九已从大邱赶来，坐在前面微笑着看我。我鞠躬致意，拿起话筒说："很高兴在这个晴空万里的好天气里，来到这个美丽整洁、彬彬有礼的城市，让我倍感愉快和敬意。首先要感谢石堂学术院的盛情邀请和招待，其次要感谢李京珉老师的全程翻译，感谢我在复旦的同班同学，来自启明大学的李相九老师的全程陪伴，他们俩都是真诚的好人。最后还要感谢前面的朴现圭老师对我研究的启发，我所报告的题目便是接着他的研究往下讲……"

我讲完报告后，又用了十多分钟时间集中回答了孙淑景老师提出的一系列问题。茶歇之中，我和相九、京珉一边喝着咖啡一边在靠窗的位置闲聊。相九很兴奋地说："我觉得你今天的报告是这次会议最精彩的一篇，这次会议的主题只有在你报告里才显得最有意义！"我哈哈笑了起来，相九敛色道："我是认真的，实事求是，中国人很少有兴趣听你讲这个，但韩国人听这个题目，他们就会很感兴趣，因为你研究的这个题目很少有韩国人了解，却又那么有意思。"正聊着，朴银卿院长走过来，递给我名片，边说边让京珉翻译，她说："我一定要记住你的名字，你讲得确实很深入很有意思，关键是后面的回应也很让人信服……"她是研究佛教美术的，我向她介绍了下国内关于佛教美术研究的一些学者，她说，我期待着你也能写一篇研究佛教方面的文章，到时我们再邀请你来。聊了有十多分钟，她鞠躬转身离去，京珉冲我吐吐舌头。

过了会儿，中国史学研究会的两个老前辈也各自走过来与我交谈，开口便是汉语，他们希望我能在韩国期刊上发表此文，让更多的韩国人了解。相九笑着说："看吧，你这是得到了教授级别的最高待遇，在韩国，很少有人愿意主动跟中国老师交谈的。我建议你能用韩文发表，这样就会有更多人看到，我刚才看了看李京珉的翻译稿，他翻译得很好，里面你引用的汉文诗歌，他都翻译得很贴切，不愧是研究唐诗的博士。"京珉说："下一场报告没意思，走吧，我带你到旁边的博物馆去看看！"适逢博物馆正在举办世界面具展览，我们正好进去参观，里面的文物虽不算多，但种类齐全，从新石器到近代都有，很完整地保存了朝鲜王朝大妃的衣冠家具，面具来自五大洲，形态各异，令人遐想万千。

逛完博物馆后，我们又回到会场，听完俄罗斯学者的报告，会议随即结束。曹闽雅领着孙淑景老师过来找我，孙老师递给我一个礼物，她说："我们的朴银卿院长听说您昨天延误了飞机，昨天我们也没有安排人去接您，她觉得您很辛苦，也感到抱歉。她听说您刚刚有了一个小孩，特意为你的孩子选了一个礼物，这是在韩国特别流行的折纸，希望您的小孩长大一点会喜欢上折纸。"我受宠若惊，让孙老师转达谢意，也感谢她提出的那些问题，启发我了很多，也指出了我的一些错误。趁晚宴还没开始，孙老师又和我聊了很多，我觉得她的思路很开阔，考古学、人类学、民俗学，包括欧美汉学的研究，她都有涉猎。或许是视野受限，以前看一些韩国学者的论文，总觉得写得偏于描述，今天当面一聊天，感觉韩国学者还是很严实的。

晚宴开始，所有人席地而坐，俄罗斯学者带来了伏特加，每人斟上一杯。生蚝蘸酱味道很好，韩国学者还特意点了生牛肉拌饭，京珉让我吃点生牛肉，我说这样不卫生吧，怕有寄生虫。京珉说韩国食品很安全，我们从不担心这个。相九突然问我："你还记得在复旦中文系的一位韩国姑娘吧？"我想了想，猛然灵光一闪："哦，记得，首尔大学那个，以前跟她一起上过几次课，最后一次见到她，应该是五年前吧，她对我说要回国治病，当时我问她得了什么病，她看着我沉默了一会儿，说'用中文讲，叫癌症……'"相九说："我也听说了，现在会不会……"

酒过三巡，辛太甲老师举杯致辞，接下来，俄罗斯学者也举杯致辞，这让我很是惭愧，全场人只有我的韩语那么烂，所以全程露怯不敢说，连人家俄罗斯人说韩语都那么溜。我对京珉说："一会儿我也说几句吧！请你帮我翻译。"我举起酒杯说："这是我第一次来韩国，感到很舒心，感谢各位前辈。一千年前，我们黄氏的祖先黄庭坚有这么一句诗，'桃李春风一杯酒，江湖夜雨十年灯'，希望各位前辈能像这杯酒、这盏灯一般滋润我，照耀我。祝愿大家的健康天长地久，祝愿大家的幸福花好月圆！"说完后，那位日本学者也站了起来，举杯致意。辛太甲老师招手把我叫过去，笑指坐在身旁的朴银卿老师说："你认识她吧！她很厉害的，告诉你一个秘密，她四十多岁还没结婚呢。"我翘起大拇指，对朴老师说："完美主义者！"

　　八点多，我准备离场，曹闽雅笑意盈盈地递给我一个信封，说这是今天我作报告的发表费。她和孙老师送我到楼下，我向两位鞠躬致谢，真诚希望两位能来山东做客。回到公寓后，我拿出一盒山货送给京珉，握手言别。相九开车带我东拐西绕，一下子迷了路，看着相九满头大汗不知所措的着急样，我哈哈大笑起来，他说："这下你可好了，把整个釜山夜景看遍了，我却急死了。"折腾了一个多小时，我们才离开了繁华的釜山市区，向大邱进发。韩国的城市大多位于群山之中，我们在连绵群山之间的高速公路上以一百四十迈的车速疾驰，我说你开得太快了，相九说："没事没事，韩国人都这么开，哈哈，我很好奇他们给了你多少发表费。"我打开信封，数了数，得意地说："有十二张申师任堂，几张世宗大王，好多李珥李滉！"相九惊叫起来："天呐，那算起来有六十多万韩元呢！"

　　穿过众多隧道，越过几条大河，车窗外是高高的明月和灯如繁星的城市，"若有天我不爱勇往，能否坚持走完这一场，踏遍万水千山总有一地故乡，城市慷慨亮整夜光，如同少年不惧岁月长"。我望着外面发呆，车内播着相九最喜欢的中文歌，有蔡琴的《被遗忘的时光》和林忆莲的《至少还有你》。相九看着我若有所思，问道："这一天感觉怎么样？"

　　"很有收获，不虚此行。"

　　"哦，我是说感觉韩国怎么样？"

　　"很舒适，到处都很整洁，不是因为打扫得仔细和频繁，而是每个人都自觉地保持。人人礼让，永远都是车让人，刚才咱在釜山迷路时，路上那么多的车，几乎都听不到鸣笛声。每个人也很客气，懂得尊重他人，尊重长者和前辈，整体上有种'从心所欲不逾矩'的感觉。国内几乎样样都是反的，每次我上课时都会看到那么多的塑料袋和饮料瓶，在公交车站等车时都能被公交车上的大妈隔窗所扔饮料瓶砸到脑袋，过人行横道得倍加小心，因为汽车随时都有可能带着好狗不挡道的气势鸣笛冲来，常常看到奔驰宝马车拐弯时扔出卫生纸和塑料瓶。有次坐公交去火车站，刚走几站，司机和乘客打起来了，把一车人扔在路上不走了，为了赶时间，我只好又打车走的。"我很惊讶自己一口气说了那么多。

"哈哈，我们很早之前几乎也是这样"，相九笑了起来，"应该会越来越好的吧！我作为一个韩国人，其实很愿意看到中国越来越好！因为我是研究中国的嘛！中国强大了，我们就会被重视。"

"记得在上海时，你常自诩是一个真正的马克思主义者"，我半开玩笑地说。

"嗯，是的，现在也没有改变，我在上课时就跟学生宣扬我是一个真正的马克思主义者。因为我觉得真正的马克思主义是不会进行思想控制的。比如我可以在课上说我们的总统真是糟糕透了，我就是一个社会主义者，别人不会觉得有什么，因为人人都可以表达自己的想法。但你在上课时你可以说类似的话吗？"

"如果说了，别说相关部门会找你谈话，个别学生都很有可能会告发你，最近国内就发生过这种事。体制中的阴霾毒害了社会的文化和人们的心灵，造成人们心中根深蒂固的阴霾，也造成人与人之间的冷漠。教育也是这样，你眼见着社会带着孩子做各种蠢事，但你一心想让孩子不做这种蠢事，就会让孩子失去自信，因为每个孩子都处在群体之中，无法摆脱评价标准的枷锁。"我长叹一声，"不说了，但愿如你所说，越来越好！"

在服务区停留片刻，韩国高速公路上的服务区简直是个吃喝玩乐的娱乐中心，不少韩国父母一到周末就开车带着孩子到高速公路服务区吃喝购物。现在虽然是半夜了，但餐厅里仍是人头攒动。子夜时分，我们到达相九的家乡、韩国第三大城市——大邱。在小区停车后，相九从车内拿出几个空瓶子，抓耳挠腮地找了好久才找到垃圾桶。嫂子春风满面地打开门，用汉语跟我打着招呼，我放下行李，拿出一大包哈密红枣和一盒山货送给她，我问："遇炯呢？"嫂子说："睡啦！"我递给她一个红包："这是给遇炯的哦！"相九正在书房吸烟，我抱着一套五册的《朝鲜汉文通信文献选编》走进书房，把他吓了一跳。

"送给你的，两个意义；其一，这是我参与整理的，复旦大学出版社出的，纪念咱们的复旦时光；其二，这套书讲的是朝鲜使臣从釜山出发到日本的故事，纪念这次不虚此行的釜山会议。"

坐在沙发上正和相九聊着，遇炯揉着惺忪的睡眼走了出来，大半夜看到一个陌生的外国大叔在自己家里，登时吓哭了。嫂子赶紧抱起小家伙哄着去睡觉了。电视里正在播放韩国7万民众游行示威要求朴槿惠下台的新闻，这时门铃一响，原来是嫂子叫的炸鸡到了。三人席地而坐，喝着啤酒，吃着炸鸡，闲聊着家常，我主要是请教韩国育儿方面的一些事情。

"我老婆漂亮吧？"相九笑嘻嘻地问。

"Gorgeous！"

相九摸了摸脑袋，"我英语不好，你可以讲中文嘛，她可是中文系毕业的呀！"

次日一早醒来后，相九正和嫂子在厨房里忙活，一会儿工夫，丰盛的早餐端了上来，刚吃了几口，相九就问："我老婆做的饭怎么样？"

"Delicious！"

"又来啦！"相九佯怒道。

我和嫂子呵呵地一个劲儿笑。遇炯在一旁看着我，拿着皮球不断试探我，我若即若离地与他说话，反复几次，最后小家伙终于让我抱了起来。

告别嫂子和遇炯后，相九开车带我去启明大学——传说中韩国最漂亮的大学，经过大邱市区，我看到高灵和安东的路牌，兴奋地对相九说："呐，申叔舟和郑梦周的故乡耶！我研究过他们两人。"

"可惜你下午就要回国了，否则我直接开车带你去首尔、庆州还有你说的这两个地方去玩玩儿的"，相九不无遗憾地说。

在开往山顶的车上，我们把整个校园走马观花逛了一遍，因为没怎么见过韩国大学，所以也不敢断定启明大学是否韩国最美，但确实很漂亮，韩美合璧的那种漂亮，古代书院和哈佛校园的完美结合，相九说李敏镐在这里拍过好多影视剧。

"明年有什么心愿？"相九站在一座酷似哈佛的楼前问我。

"学好韩语吧，希望一年之后，我能用韩语跟你交谈。"

　　"好啊，你可以来我们学校学，启明大学是美国指定的美国学生学韩语的大学，哎，前面那座教学楼就是孔子学院。其实从这里去首尔也很方便的。"

　　从启明大学出来后，我们驶入高速，奔向釜山金浦机场。一个半小时后，我和相九在机场拥抱而别。办完登机手续，我到乐天免税店提取之前给家人订购的礼物，在候机厅小坐一会儿，东航的飞机翩翩而来。

　　碧空如洗，机翼闪着光晕，飞机如鹤，轻松跃入云端之上，滑翔了一个半圈，向西边的故乡天际飞翔而去。

（2014 年 11 月 21 日）

江户访学记

《三国志·魏志·倭人传》云："从郡至倭，循海岸水行。"沿着徐市（福）的路线，从蓬莱飞至仁川，由仁川换乘至东瀛。在朋友晓艺的陪伴下，我从成田机场穿过密林般的东京都，终于到达早稻田大学，晓艺问："你累了吧？"

"不累，到达目的地，是放下心了，幸亏有你。"

晓艺赠我一本精美厚实的书，来自首尔藏书阁。她说起这本书的环流历程：她从首尔带到温哥华，在横滨学习时，又托朋友带几本书回来，朋友却误将此书带来，现在晓艺就要离开日本了，这本书又来到我的手中。这是两次跨越太平洋的故事。我对她说："这本书很珍贵，里面有不少可供我论著出版的插图，我为你保藏着，你随时过来取。"两人一起逛了早大附近的几个旧书店，聊了许多，虽是初次见面，友谊的味道却如面前这碗乌冬面一样清香。淡淡的告别，在幡旗飘飘的街头。回望晓艺转身进入地铁的背影，想起她孤身海外求学的十年故事，默默祝福这位美好的朋友。

傍晚来到早大国际部会议室，大家聚集一堂，见到了来自全球范围的其他十九位同学，个个应该都是所在高校的翘楚。主持人致欢迎辞："我们收到了来自全球接近 200 份申请，最后只选了 20 位学员，所以你们非常幸运！"哈佛燕京学社主任安德鲁·戈登教授提起今年刚在上海举办了哈佛燕京学社创办 90 周年庆典，因为上海正是中美联合公报的签署地，哈佛大学阿米蒂奇教授、不列颠哥伦比亚大学卜正民教授也一一赶到。这三位教授的书对我影响都很大。我对卜老师说："我读的第一本海外汉学著作就是您的《纵乐的困惑》，《明代的社会与国家》的写作模式对我博士论文的写法则有直接启发。"他笑着说最近又在谋划一本长时段视野下中国和世界的书。大家吃着晚饭，笑着，聊着，原来我们有那么多共同的师友。哦，您的老师是欧立德、姜拎亚、王元周……您认识卜永坚、马光……总是这样，似曾相识的情景再次出现。无论有多少不一样，无论在星球的哪一个角落，我总是一次又一次感到自己与这世界的差距。这种差距，会让自己对内心忧叹不已，同时又把它视为生活中的珍贵日常，绵绵不息。

早稻田与哈佛燕京学社研修项目 "New Approaches in Asia-Pacific Historical and Contemporary Studies" 第一天，中韩日泰印菲美的 20 名学员全部聚齐。今天是哈佛历史系主任阿米蒂奇的专场，讨论异常激烈。阿米蒂奇思路清畅，回答问题机敏睿智。合完影后，他看到我手里拿着一本他的书，马上说："啊，我来给你签名！"余晖之前，和二三小伙伴一起逛了两个博物馆、大偎重信庭院、真言宗观音寺、穴八幡宫、两个旧书店，我们的建筑师陈永明一路向我们普及着各色建筑的原理和意境。晚饭时戈登教授坐在我们身边，他望着我们，目光中透着宽厚温和，时而侃侃而谈，时而笑而不语，既追忆起年轻的往日时光，又对我们心生冀盼。

第二天。强劲的头脑风暴，从早吹到晚。昨天是阿米蒂奇教授讲作为复数的太平洋史，今天两位日本教授东荣一郎和 Masuda 教授分别讲授日美移民和冷战前夜。午饭和晚饭皆是便当工作餐，我们在会议室吃完继续讨论。间隙中与建筑师陈永明逛了会议室所在的三号馆，他不时惊叹这个教学楼在各个方面堪称教科书级别的建筑。这两天听港中文建筑系的他解说不少，才发现早稻田的建筑多是大师用心作品，顿觉内地大多高校一排排鸟笼似的建筑不堪入目。晚上讨论完毕后，与永明去中央图书馆研究书库一趟，狂拍了一百多张研究相关的书页，但只拍了五六本，打算过两天再专门找时间拍。走出图书馆，永明问："怎么这么大的风？难道是海风？"我说："就是海风啊，整个日本都在海风吹拂之中。"

第三天。今天是卜正民教授的专场，这位"海外明史研究第一人"、《哈佛中国史》的主编、我所读第一本海外汉学著作的作者，虽然在自我介绍中说，研究跨度从蒙元入主中国到日军侵占中国时期，但似乎对任何领域无所不知且深谙熟稔。从上午到下午，我们都在热烈地跟他对话。我问了三个问题，最后一个问题是让他自评自己与史景迁的差异。我献上自己最近的两篇明史论文和一本样书以致敬意，他说："啊，复旦，太多朋友……"他签名时，我站在一旁默默算了下他的年龄，天呐，竟然快七十岁了。

今天正式分组，我被莫名其妙分到了艺术组。既然我们是亚太研究培训项目，我怎么也应该归入国际关系组吧，可能按照欧美学科分类，文史哲类都归入 Art 吧。在聆听完李若虹老师的哈佛燕京宣讲会后，来自中日韩和印度的艺术组五人，先找了个地方讨论确定了共同的 key word，后面还要一起做个 group presentation。

晚饭后，和港中文两位小伙伴王惠、陈永明乘地铁来到六本木之丘，登上 52 层展望台，瞬间被东京的夜景震撼了，远处的东京铁塔也被淹没在江户城的星海灯洋中了，只有那中天一轮圆月逍遥仡立在宇宙之中，其他一切，唯颗粒耳。朋友发来一首歌："在东京铁塔第一次眺望，看灯火模仿坠落的星光。"然而，你在东京铁塔上眺望风景，有人在风景之中看铁塔。建筑师说这就是东京建筑的"粒子性"，我笑说终于"立马东京第一峰"了。

52 层的森美术馆正举办日本建筑展，听建筑师给我们一路讲着各种日本大师级建筑模型的东方意境。他说："日本建筑被视为国宝级的艺术，一直在用现代的材质与传统对话，与自然和大地对话，既保护了公共空间里的私密性，又延伸了心灵在都市中的想象力。东方的建筑特别注重一种舒展，很少强调高的概念。"我说："这几天下来，听你讲建筑，启发了我以后从建筑空间的视角研究古代政治和外交的想法。"

第四天。今天是滨下武志先生的专场，他昨天专程从广州赶来。前两次见他时，是在东北长春和西南昆明。作为日本顶尖历史学家，他对前近代以来东亚贸易在亚洲史和全球史中的脉络解读，震撼了国际学界，足以与欧美顶尖学者相颉颃。卜正民和顾琳两位教授也早早前来聆听滨下先生的报告并加入我们的讨论，其影响力可见一斑。虽然读过他所有中文译本，但今天从他那里又知新不少，其对历史细节的记忆力和对宏观脉络的把握度，令我再次惊叹服膺。

下午上半部分讨论结束后，与晓艺一起拜访另一位顶尖学者李成市老师，学习院大学的植田君也赶来看我，令我很是惊喜。自从前年在夏威夷挥别后，我和两位再次相逢。在大偎讲堂一侧的咖啡馆坐下，李老师匆匆赶到。记忆越过檀香山和烟台，目光停留在东京的此时此刻，我们第三次见面。借助李老师学生陈蕾同学的流畅翻译，李老师似乎很惊讶我来到早大，我给他看了看研修项目的日程表，他说从来没见过这么密集和有压力的日程表。虽然只谈了半个多小时，却感觉谈了许多主题。时间到了，我又要去研修班参加讨论了。对着可亲可敬的师友鞠躬说再见，李老师说期待下次见。走出咖啡馆，我没有回头，因为我深信，我们肯定会在另一个时空再次遇见。

晚饭后，来到图书馆连拍两个多小时，拍了七百多页，直到手机没电。望着仿佛网罗一切的图书馆，我突然有种强烈的挫败感。东瀛书海茫茫，令人歆羡忧伤。

第五天。康州大学女教授讲课，很像科幻片中的科学家。下午讨论完后，与燕园小伙伴李玉蓉一起坐公交访问东京大学，她是我在这个研修班认识的第一位同学，记得当时第一天报到，我和她同时坐在第一排挨着，互相用英语打招呼，自报姓名。几天来，她表现出的聪明睿智令我钦佩不已。盘桓于东大饱经沧桑的砖石楼栋中，令人怀疑身在希腊罗马的环形石拱建筑，而荡漾着清幽树影的湖水又令人徜徉在东方园林中。日暮时分，神奈川大学张子平老师邀我和玉蓉来到上野共进晚餐，一起吃了很多刺身，聊了许多话题。子平老师滔滔不绝地说起不少闻所未闻的观点，一时令我和玉蓉咋舌惊叹。告别子平老师后，乘地铁的归途中，我和玉蓉闲聊起一些轻快的话题，但忧思却在夜色中随风扬起，"草色烟光残照里，无言谁会凭栏意"。

第六天。持续作战一整天。上智学者讲吴哥，明州教授摇滚范。支着眼皮笑呵呵，终于熬到夜九点，说说笑笑回宿舍。看到校门喵星人，酣睡在窗无忧虑，人不如猫奈若何。

第七天。著名经济史家杉原薰讲完课后，艺术组五人讨论明天晚上要一起发表的 group presentation，最后将主题定为 transpacific material culture。一起讨论完善了每个人的 topic，假设了几个 question，大家高高兴兴地回家。

虽然我们来自中日韩印，但相谈甚欢，一起合作产生了不少idea。本间美纪同学说起她的中文名字，我说："您的名字很有寓意呀，大体意思是：现在会成为美好的回忆或纪念。"Emily 说起2012 或 2013 年左右在复旦参加过文史研究院的暑期班。哦，是吗？我一边走出早大校门，一边回忆着那时的状态。我说：今天是 7月 2 日，五年前的今天，是我毕业离开复旦的日子……

风吹来，掠过双睫，飘向大偎讲堂的钟楼。过几天，我们也会离开这个校园，这个虽然短暂停留却带来友善压力、激励勇敢成长、留下美好回忆的校园。

第八天。威斯康星大学麦迪逊分校的露易丝·扬格教授和我们一起讨论了帝国主义，转眼间，十位教授的授课已经全部结束。接下来就是我们中、日、韩、越、泰、菲、印、新、美二十位学员的 group presentation 和 individual presentation 了。从初次相识到欢声笑语，从压力山大到身轻如燕，八天的魔鬼训练，让我们收获良多，就连东京的天际，今天也随心情变得湛蓝如洗，风轻云淡。

下午讨论结束后，独自逛了早大附近几个旧书店。在虹书店买了两本关于琉球的书，一本日本各地古书店分布地图。又发现几个旧书店，书堆得吓人，小心翼翼在里面挪动着，生怕碰到哪本，轰然巨响，被埋在里面。看中一本特别有用的工具书和几本研究用书，怎奈囊中羞涩，期待过两天再来时依然还在。明天上午打算和小伙伴去神保町古书街去晃悠下。

晚饭后，四个小组分别发表各自团队的报告。我们艺术组第一个出场，事先我们讨论修改过几次，今晚发表前我们又跑到楼梯里演练了一番。所以当发表结束后，我们由衷地相视一笑，Thank Hyo, Miki, Mita and Emily.

第九天。清早，与建筑师赴神保町古书街。我惊叹此处的古书店鳞次栉比，令人目不暇接。时间有限，只能走马观花，快速浏览。然而，此处旧书种类虽多，却价格不菲，相比之下，早稻田附近的旧书店，书价还是很实在的。看到田中健夫编的《日本对外关系大辞典》，每个词条做得极为专业，每条后面都附上相关经典研究文献，且有不少地图。爱不释手大半天，怎奈售价两万三千日元，只好放弃。山本书店有不少好书，看中《高丽官僚制度研究》和日韩关系史论著，标价也贵。总不能空手而归吧，最终买了本朝鲜时代的大开本铜版纸照片画册。离开神保町后，在地铁上纠结着那没有到手的书，发现其实只有一个问题：太穷！回去后又去早大附近的旧书店把前几天看中的三本书淘了回来。

下午的研修内容是参观大名鼎鼎的东洋文库。我们交上手机，穿上脚套，跟着文库人员看了十几件特藏品，包括甲骨文、永乐大典等。穿行在各库之中，看到插架千轴的东亚古书，中国各代文集典章、各省县的地方志和韩国各类文献，皆是古代版本，密密麻麻地排列在高大的书架上。心中无限感慨，却不知从何说起，只有一声长叹。莫瑞森藏室很是壮观，书影幽幽，书香沉沉，光影交叠，仿佛回到中世纪。

参观完东洋文库后，穿过草树交翠的庭园，哈佛燕京和早稻田为我们举办晚宴。文库长斯波义信先生也光临现场，上个月他刚和宇文所安获得唐奖。灯光照耀着酒杯、脸庞，夏风吹荡着庭园绿树，每个人说起各自的感动和感谢，其实我们还不到真正离别的时候，但内心已经为离别酝酿好了心绪。建筑师指着对面的一幅照片说："看那匹马，我总觉得马的眼神很忧郁。"我们转头望去，那匹马正低头凝望着我们，我点点头，心想：是的，有时候，忧郁才是一种真正的坚强和高贵。

一行人从东洋文库乘公交回早大。仲夏的江户，满街都是风，满眼都是灯，满耳都是笑。看到车内的到站指示灯，我问小伙伴张祎："这个丁目是什么意思呢？"

"就是街道的意思。"

"哦，记得一首歌叫《再见二丁目》？"

"嗯嗯！杨千嬅。林夕，他超厉害！"

那是二十多年前，林夕在东京等待朋友黄耀明，可黄耀明因事未能前来，林夕在"有客不来过夜半，闲敲棋子落灯花"的心情中，写下了这首歌词："原来过得很快乐，只我一人未发觉。如能忘掉渴望，岁月长，衣裳薄。无论于什么角落，不假设你或会在旁，我也可畅游异国，放心吃喝。"

第十天。今天是全体学员的个人 presentation，从上午酣战到下午。发表完演讲后，身心俱疲的我们走下楼，挥手说再见。其实，对一些人来说，这就是在星球上的永别了。但我们却不怎么伤感，也许是这十天的魔鬼训练把我们已经搞得身心俱疲，终于回归正常人的生活。很想回去好好睡一觉，但我还是又逛旧书店到晚上，淘了八本白菜价的书。回到宿舍后，怎么捯饬也没把书全部放到一个行李箱里，唉，自个儿给自个儿找罪受。离别早稻田之际，谨将自己逛过的早稻田旧书店罗列下，供小伙伴们参考：成文堂、Books Renaissance、江原书店、虹书店、本、渥美书店、安藤书店、五十岚书店、平野书店、三乐书房、大观堂书店、照文堂书店、饭岛书店、古书现世、さとし书店、三幸书房、二朗书房。重点推荐：虹书店、江原书店、渥美书店、二朗书房、三幸书房。

感谢近两周的江户生活，祝愿各位亚太小伙伴和师友一切安好，期待"早晚复相逢"的那一天。

（2018 年 6 月 24 日至 7 月 6 日）

关西游学记

七月时节，燕子翩飞，轻掠京都。我与姜娜老师带着十三名学生从青岛飞至大阪，开启一场探秘关西三城的游学之旅。

清早由大阪乘车至京都，沿着祇园大街往前走。再过三天，这条街就进入祇园祭的最高潮，京都一部分町会请出町内华丽的"山"与"鉾"（彩车、花伞）巡游，姜老师说咱们来得恰逢其时。果然，八坂神社已为祇园祭做好精心准备，只待7月17日，彼时的京都，车水马龙纷纷避开这条街，只为了那一天的绚烂绽放和惊艳盛装。

会回忆的风

京都，旧称平安京，自8世纪到19世纪，一直是日本首都。在7世纪的白村江之战中，日本海军被唐朝水师彻底击溃，此战奠定一千年的东亚秩序。大化改新后的日本，不断派遣留学生到

长安洛阳，8世纪末，日本仿照长安建造平安京，桓武天皇正式
迁都于此，将右京称为"长安"，左京称为"洛阳"。9世纪末，
菅原道真被指派为遣唐使，但菅原道真鉴于当时唐朝已然日暮途
穷，拒绝了遣唐使任务，此后日本再未派出遣唐使。不久，唐朝
灭亡。

"老师，这个八坂神社是做什么的？"

"我们知道京都是个盆地，经常出现水灾和瘟疫，这个神社和
祇园祭就跟驱赶瘟疫有关，比如我们知道菅原道真，日本的学问
之神，最后也跟这个有关……"

菅原道真？姜老师讲完后，我笑着说："菅原道真，你说的学
问之神，我刚才查了下，竟然是日本四大怨灵之首，可见日本的
咒怨文化，多么源远流长呀！"

沿着曲曲折折的斜坡，一路走到音羽山麓的清水寺。今天的
值日代表徐柳同学，提前做好了功课，给大家讲着清水寺的来历：
"嗯，它是日本最古老的寺院，主要供奉千手观音……"

"这个寺院是唐僧的徒弟建的"，我补充道。

"哦，是孙悟空吗？"徐柳同学一脸惊讶。

"啊，天呐……是慈恩大师……唐僧，嗯，唐玄奘取经回来后，
组织东亚各国的僧人一起来翻译佛经，有新罗的，也有日本的，
堪称东亚翻译史和佛学史的盛事，其中来自日本的就有慈恩大师。
所以这个清水寺也有玄奘的影子，当然很明显是仿唐建筑。"

"哈哈哈，老师，我跟你开玩笑，看你一脸认真的。太好玩儿
了！"

清水寺附近是高台寺，姜老师说这就是丰臣秀吉的正室北政所出家之地。

北政所？这就是传说中的宁宁？我突然觉得丰臣秀吉、北政所相遇的故事，和拿破仑、约瑟芬的相遇似乎有一拼。姜老师说，其实秀吉的侧室，浅井茶茶，她和两个妹妹也很传奇，一个嫁给了著名大名，一个嫁给了二代将军德川秀忠，堪称日本版"宋氏三姐妹"。

从清水寺往下走，看着鳞次栉比的小店，许多都是几百年的老店，一株花草，一片砖瓦，似乎都隐藏着一个千年的故事。前段时间俯瞰东京时，朋友说起东京的建筑具有"粒子性"，那么京都的建筑又是什么特性呢？我觉得可能是"褶皱性"。想起日本学者说京都人会说最近的一次战争，不会说二战，而是15世纪室町时代的应仁之乱。相比北京、南京、东京，京都似乎一直享受着几百年的静好闲适，我发着感慨："终于明白，为什么苏枕书在京都待了几年就能写出好几本书来了。"

"是啊，遗迹太多了，处处都是故事。"

坂本龙马的遗迹到了，我谈起他最后被刺杀的那个画面。姜老师说："其实咱们的英雄比日本多得去了，可我们缺乏挖掘。"确实，史学家和文学家都有责任。我们本是英雄史诗和传记文学的国度，但自史圣司马迁作古后，能成一家之言的史家，如鲁迅所言，真的成为"绝唱"，哪还有更壮美的英雄叙事？然而，日本人和美国人懂得司马迁的价值：日本著名历史小说家福田定一，改名为"司马辽太郎"，意为"远不及司马迁之太郎"；美国历史学会会长乔纳森·斯宾塞，改名为"史景迁"，意为在史学上景仰司马迁。

"我有一个理想，就是想以后通过一些更通俗的书写，做古人的千秋知己，但愿我能让下一代的孩子更多地认识古人，那些草莽中的英雄，那些未被发现的人们，就像韩愈说的，'发潜德之幽光'。"我大言不惭地说。

也许是上午暴走京都，小伙伴们已走得脚乏，昏昏沉沉地在穿梭群山的列车上睡着了。从京都返回大阪城，梦中燃起一个时代的烈烈烽火，那是安土桃山时代的群雄战争。桶狭间会战后，织田信长宣布"天下布武"，于1568年率军进入京都。1582年，即将统一天下的织田信长，在京都本能寺，被部下明智光秀围攻而自杀。同年，信长另一位部下羽柴秀吉，在山崎会战中击败明智光秀，成为大阪城的主人，继续推进信长的统一事业。1583年，秀吉又在贱岳之战中击败柴田胜家，以加藤清正为代表的"贱岳七条枪"成为秀吉的得力猛将，此战是秀吉一生中最重要的战役，秀吉大势已定，被天皇赐姓丰臣。统一全国后，为了稳住国内秩序，分封更多海外土地给各地大名，1592年，丰臣秀吉开始侵略朝鲜，妄图征服大陆。此战几乎灭亡朝鲜，明朝抗日援朝七年，直到1598年秀吉病死，日军回撤。1600年，关原合战，德川家康的东军与石田三成的西军展开决战，家康胜出，从此安土桃山时代结束，日本进入德川江户时代。读史渐多，越来越发现世间哪有英雄，哪有伟人，一切都是历史拿捏的棋子。

走进被称为天下坚城的大阪古城，看着秀吉与千利休建造的黄金茶室，登上秀吉与家康所建矗立云霄的天守阁，俯瞰高楼林立的城市。突然想起之前俯瞰东京夜景的那个晚上，朋友发来的一首歌，歌里说："在东京铁塔，第一次眺望，看灯火模仿，坠落的星光……"此刻，我想：如果让我写一首类似《会呼吸的痛》的歌，歌名可能是《会回忆的风》，应该会写什么呢？

"在大阪古城，再一次眺望，看远山怀抱，古老的日光……"

换乘几站地铁来到大阪驿，珊珊同学问："老师，咱们还要坐地铁吗？"

"不是，之前几趟是电车和地铁，咱们现在要坐火车去神户。"

夕阳渐落，列车告别大阪，告别秀吉，告别赖山春水，告别从 7 世纪到 19 世纪的想象，向近代世界中的神户港，疾驰而去。

你我终相遇

观海，晨为最。

风，从濑户内海睁开双眼。她刚在汪洋深处梳洗完，回眸莞尔，就看见了我们。

我们穿过神户南京町中华街，是一群背着书囊吉他，顶着雨伞云朵的少年，欢笑飞驰着，从烟台山来到神户港，从那片湛蓝湛蓝的海，到这片瓦蓝瓦蓝的海。远望海的那一边，风已扑进臂弯脖颈，散发着大陆和半岛的气息。

坐在岸边，看它舔舐着陆地，聊天，谈书。身旁的白帆走远了，面前的海鸟潜水了，身后的东瀛姑娘们开始跳舞了，真好，阳光就是灯光，大海就是黑板，这就是理想中的海边课堂。这个叫 Oriental Hotel 的临海酒店，应该怎么翻译呢？黄老师有个想法，叫"欧润"，因为这里是近代日本开埠的口岸，欧风浸润，外形又像欧形。海港上渐渐热闹起来，人们似乎在准备着什么。走进人群，穿过灯塔，竟然发现了神户的海祭。他们穿着古代的衣裳，念念有词说着保佑渔民的咒语。还记得烟台的天妃宫吗？海神的声音，余音绕梁，几千年不绝，环绕在整个西太平洋。

几百年前，朝鲜的使团在釜山下海，也要祈祷一番，穿过波涛，路过对马、博多，最终在这个港口上岸，船舱变成马鞍和轿子，一路走到大阪、京都和江户。日本的人们，围观着这些异国的冠裳，感觉他们就像神仙一样。

然而，要说异国，这些朝鲜人并非异人，毕竟他们带来了中华的消息和好看的书籍。真正的异人，是在那些黑船闯入海面之后，欧美建起一所所光怪陆离的使馆。但北野异人馆，并未完全占领那片山岭，尚有一座菅原道真的天满神社雄踞其后。九世纪的大唐开始悲歌，菅原道真不再前往留学，人们说他的诗文，已经超过了白居易，其实这是一个象征，日本的想法是，学习唐朝那么多年，差不多完成了学业，可以静悄悄地毕业。轻轻走进这座神社，捏一下小牛的耳朵。如何定位他相当于中华的谁？祈祷考试成功的木牌，祈祷驱邪的神符，提示着我，也许他在日本充当了孔子和屈原的结合体，既是读书人的学问之神，又因谗言去世而造就了驱邪典礼。

伏天是东亚的驱邪季，行走在骄阳似火的大街和天桥，走进兵库县美术馆。兵库，伊藤博文在明治元年的执政地，一幅幅作品，提示着这座美术馆的近代记忆。回到站台，拿着车票，想起那首歌，"我听见风来自地铁和人海，我排着队拿着爱的号码牌"。西神到了，和三位少年共进晚餐。你说，我的二十多年，过得毫不平坦，曾经丢弃内心，歪歪斜斜，看到瘦弱父亲向我走来，猛然振作，直到现在。她说，马丁·布伯的我你理论好浪漫，我要用全部生命与你相遇。

我说，相遇中的你，其实是未来的自己，理想的自己，淡静如水，现在，不是一个线段，只是一个沟通过去和未来的点，也就是说，现在是不存在的，时刻在消失，我们一直生活在过去，又永远生活在未来。相谈甚欢，约定今晚在异国的海岸，看一场世界杯的总决赛。

风，把故国月亮削成了银钩，回眸笑看我们一眼，打了个哈欠，在濑户内海闭上睡眼。

这一支长箭

射艺，午为最。

弓道馆内，少年白衣黑裳，敛容立定，屏气凝神，再次抽出一支白羽长箭，不疾不徐，挽开一张长弓。此时，身、心、弓、箭合四为一，拉满之际，没有丝毫犹豫，弓弦随即发力，"嗖"，长箭直中靶心。激赏之余，回望少年，淡静庄肃，鞠躬退场。这一支长箭，穿过28米的骄阳天气，射中了靶心，也击中了观者之心。

清早，和姜老师带着学生们赶往神户外国语大学。在国际部小坐后，来到秦兆雄老师的教室。秦老师缓缓打开书卷，温文尔雅地对日本学生说："很高兴今天我们的课上迎来了一群客人，他们是中国山东省烟台市鲁东大学文学院的 15 名师生，今天，我们不读《论语》了，我想跟大家商量一下，咱们和中国同学们一起交流，怎么样？"日本学生们欢呼起来。何其巧妙，日本学生和中国学生的人数是一样的，且正好面对面坐成整整两排。看着他们青春的脸庞，洋溢着明亮的笑靥和惊奇的神情，个个开心地聊着，相互加着微信，我们仨高兴地感叹嗟呀，两国青年之交流，对破解误解和隔阂，何其重要。我说，我们这次带他们来访学交流，就是希望能给他们一个视野，更好地看待自己和世界。

秦老师办公室的两面墙，皆是充栋书架，光顾着看着密密麻麻的书，听见姜老师说，黄老师，看窗外。窗外明亮朗润起来，只见群山拱翠，万木交阴，满眼夏绿。午餐后，跟着秦老师来到图书馆，关西大学毕业的西村老师领着我们参观。中国各省市县的古今地方志、明清实录档案朱批奏折、中韩各色文集、大藏经等一应俱全，中国的各种杂志期刊学报已经更新到 2018 年 5 月，可以电子控制的移动书架宛如科幻片场景。我默默看着，深深受到了刺激。如果这样的场景发生在东大、京大、早稻田，我毫不意外，让我更受刺激的是，这只是在神户外国语大学的图书馆，就可以做到国内许多重点大学做不到的事情。日本对我们如此了解，我们绝大多数人却还停留在非理性的情绪中，就连学术界还把日本近一个世纪前的满铁调查资料视为宝贝。

顶着烈日，秦老师领着我们又参观了弓道馆、棒球场、体育馆，他说：日本的尚武精神一直保持至今，你看我们只是一个小学校，但体育设施在校园面积中的比重却很大。他指着对面一座低矮不起眼的建筑说，看，那就是我们的行政楼。

回望弓道馆的那个少年，我想，自己也曾挽弓射箭，小有所得，却无这般古风。秦老师望着我，说：《论语》里的那句话你肯定知道啦，"君子无所争，必也射乎！揖让而升，下而饮"，其实射箭表现出的礼仪和风度才是最重要的。我点点头，其实这种射箭礼仪，已经融入到他们日常的道德实践和内心的道德秩序中了。这一支长箭射出的弓弦之声，久久激荡在我心中。新干线，也如这支长箭，载着我的思索，穿过三个城市的热风暑气，转瞬抵达京都。

一场花火相逢

宵山，夜为最。

出了四条站，人潮席卷热浪而来，我有些发愣：宵山，难道不是晚上去爬山吗？姜老师笑弯了腰："你还说同学们不做功课准备？"哦，原来，宵山意为：夜晚时分，人山人海。走过摩肩擦踵的小吃大街，逡巡在一条条万人空巷、和服如织的巷子里，各町的"山""鉾"彩车花灯将夜晚照得恍如白昼，各显神通，只待明天七月十七祇园祭的盛大巡游。东瀛乐器嘶啦啦响起，孩童咿呀呀唱着歌谣，姜老师说：他们在唱，这是圣德太子的护身符，路过的人们，请你们拿一个吧。

穿过一条条街巷，看完一个个彩车，忽然想起大学时候的游园节，那时每到一年最后一天，各个学院装点一番，在大厅和各教室表演各种节目和游戏，卖一些小吃和用品，变着法儿让全校师生前来观看。我们约着朋友，踏着积雪，游遍各个学院，从西校区走到东校区，犹如过年的气氛。以为每个大学都会有这种跨年活动，读研之后才发现这是我的大学的独好风景。此刻，走在各种肤色汹涌前行的京都河原町大街，蓦然想起十多年前的画面，这人群中是否也有多年未见的人们？星球上人来人往，命里是否注定有这一场花火相逢？

祇园，夏为最。

京都夏季是灾害病疫的高发时期，祇园祭，就是祈祷安康的祭典，已在日本延续了一千多年，七月十七日是八坂神社发动各神巡游驱灾的最高潮。当年佛在祇园精舍说法，今朝我们看各种神灵出动，观者如堵，仿佛在江岸看百舸争流，千帆相竞。打头阵的"长刀鉾"彩车上，高坐的白面稚子，一身彩装，缓缓拔剑，一下斩断注连绳，人群爆发欢呼掌声，于是，彩车队伍开始徐徐依次巡游。高高的松木彩车，似孙大圣的巨大冠冕，环佩叮当，在繁华都市中前行。

仿佛一场梦，这梦中的满天云朵，一千多年前就曾来过，一千多年后依然执着。看，"白乐天山"走来了，他也成了日本的神，穿着唐代衣冠，端坐在车上，虽然他最爱的是江南，但似乎已经习惯于被供奉在这异国。我望着他的身影，是啊，他有三首《忆江南》，后两首结尾好像一问一答，"何日更重游？""早晚复相逢。"

岚山，四时皆最。

通往岚山的列车呼啸进站，扬起一阵凉风，突然感觉像海风。岚山，这可是岚山呀！光看一个"岚"字，就觉得无限诗意，既像一顶丝带飘飘的帽子，又如山风吹来快哉凉意。老师，看这山色！对，山色，用得好，岚，就是一种山色。

清澈的桂川，滋润着苍翠的嵯峨野，渡月桥上伫望，山岭，流水，青瓦，白白嫩嫩，郁郁葱葱，美不胜收。虽说岚山胜景在于两时，秋天赏枫，春日赏樱，但我觉得，夏时赏竹，冬季赏松，也应该是很有意思的事情。路过临济宗天龙寺，走进竹林小径，便是走进一个清幽世界。碧玉丛林在绚烂日光中，像绿色的火苗蔓延燃烧天地，顿时让人忘却汗流浃背，只顾着到处拍照，留下这一内心美好安宁时刻。

其实，岚山，不只是风景，也是内心的希冀。曾经，二十出头的周恩来在日本求学，雨中登岚山之时，他说："雨中二次游岚山，两岸苍松，夹着几株樱。到尽处突见一山高，流出泉水绿如许，绕石照人。潇潇雨，雾蒙浓；一线阳光穿云出，愈见姣妍。人间的万象真理，愈求愈模糊；模糊中偶然见着一点光明，真愈觉姣妍。"念及此，我对学生们说，二十出头，多好的年龄啊，恰如你们，好好努力呀！这一幕，是否又似曾相识？难道又是那种感觉，每到一个异乡，就觉倒像是梦里见过一般，而无尽的旅途，就是把梦变成现实的过程。毕竟，现实，就是实现。

千寻，好久不见

"大家知道为什么京都这么热吗？看，京都三面环山，基本就是一个盆地，水灾多，暑气多，所以病疫也多。瞧，那座山上，有一个'大'字，那就是下个月五山送火的大文字。"在京都外国语大学的露台上，村山老师指着远处天际的群山说。

细细眺望辨认，还真是，山腰上果然有个"大"字，怎么着也得有个一百多米大小。到时人们点燃松木柴叶，祈愿送走疫病，让熊熊"大"字篝火照彻京都的夜空，京都居民抬头就可望见这幅巨大的汉字火焰。

我们来到教室听村山老师的课，他先讲日本的传统艺能，后讲日本人的异界观念。他说，在日本人看来，另一个世界是与现实相平行的世界，不像天国地狱之说有上下之分，那么，那个世界在哪儿，是如何与这个世界隔开的，又如何与这个世界连接起来？为了解答这个疑问，他说：下面我为大家放一个短片。教室里的灯暗了下来，幕布上开始出现吉卜力工作室的标志，音乐渐渐响起……这，这是？

千寻，好久不见。前几天刚在神户的夜晚，与三位小伙伴谈起成长的话题，无意说起这部电影，我说看得遍数最多的宫崎骏作品，一个是《千与千寻》(《千と千尋の神隐し》)，另一个是《听到涛声》(《海がきこえる》)。不想此时再度温故，但能否知新呢？

故事伴着音乐徐徐展开，千寻一家开着车在山林中迷了路，进入一条幽深的隧道，来到另一个不同的世界，千寻作为一个孩子，本能地对这个突如其来的世界有些抵触，但贪吃的父母毫无顾虑，双双吃成了肥猪。千寻走在桥上，惊异地看到火车在下面穿行，夜晚来临，百鬼纷纷现形晃悠，千寻吓得来到河边，只见灯火通明的客船从远处载来更多的鬼神。这时，村山老师停止播放，他用这个片段解释刚才的提问，在日本人的观念中，这个世界和那个世界是被山与河区隔开的，自然而然，连接两个世界的媒介，一个是隧道，一个就是桥。

村山老师很是热情，总想着让我们在几个小时内体验更多的内容。午饭后，他带着我们来到京外国际文化资料馆，请馆内的三位老师与我们一起探讨了古村落和乡村文化的保护问题。随后，我们又跟着他来到图书馆，馆长亲自陪着我们挨个参观资料室、阅览室、研修室和外语学习室。

告别京外，乘公交前往京都大学，我对几位同学说：京大，全球顶尖学府，是我当初的理想，西田几多郎、内藤湖南执教的地方，"京都学派"的诞生地，以前我专门写过一篇关于京都学派和内藤湖南的论文。从京外到京大，并不近便，我们在车上聊着天，细心观察的学生问：老师，为何这里的公交车，停车时都会向路边歪斜一下？姜老师说：是为了便于老弱病残上车。

我想，在关东和关西也算待了二十天了，发现人家对残疾人的关怀简直无微不至，我们呢，残疾人在社会中的真正地位，可以用"悲惨"二字来形容吗？当然，也许我了解得还不够深，还停留在表面，但为什么比起现实中的我们，古书上说的，夜不闭户，路不拾遗，人家就是做得比我们好呢？和同学们这几天提着行李，来回穿梭关东三个城市，轻轨、地铁、新干线，各种肤色的人们来来往往，从来没发现有任何安检。

正想着，车停在了桥上，朝窗外望去，只见一条 Y 字形的河，在烈日下静静流逝着。这个 Y 字形，这片河流两岸的风景，像嵌在车窗上的一幅水彩画，好像在哪里见过呢？

"鸭川，这就是鸭川！"我突地想了起来。

鸭川到了，京大也就不远了。在百万遍站下车后，与同学们一起买了几瓶水，看着百度地图，寻找京大正门。正准备拐弯过马路，瞥见对面的三层小楼白墙上，镌刻着"春琴堂书店"。

"春琴堂！谷崎润一郎！知道谷崎润一郎吧？"我问同学们，同学们摇摇头，我说："和川端康成是一个等级的，可以看他的《细雪》《春琴抄》《阴翳礼赞》，非常唯美。这个春琴堂书店，与他和《细雪》有紧密关系，苏枕书在书里也说过。"

大家兴致勃勃地准备登楼，不想春琴堂书店不久前已经关闭了。关闭？是搬迁了，还是倒闭了？我问姜老师。姜老师摇摇头，说一楼的人也不知道。

在京大校园里徘徊良久，在文学部文学研究科和史学研究科转悠一阵，想起一位江西师大的朋友，曾在京大师从夫马进先生读博，想必负笈京大的岁月，也给他带来无尽的心灵财富。

学生一边逛着，一边提到此处与湖南大学的建筑有些像。我说：湖南大学，我去过两次，当初也曾是我的理想。学生笑了：当时去湖大时，感觉好学校真多。我说：好学校是很多，你这么认真和努力，总有一款适合你。

出了京大的小门，沿着曲折整洁的巷子往坡上爬，吉田神社的松木似一顶绿伞，笼罩在山头。本来以为还有些距离，但领着大家走着走着，巷子一转，如峰回路转，朋友书店，京都最知名的人文旧书店，就映现在眼前。

"看，朋友书店，神田喜一郎的题词，内藤湖南的学生。"我对同学们说。

朋友书店主要经营东洋史书籍，一半是大陆内地的书，从中华书局、上海古籍到北大、复旦出版社，一应俱全，另一半是日本学者的书。看到几本与自己研究相关的新书，翻到其中相关页，拿起手机拍个不停，我顾虑地望了一眼店内的工作人员，她冲我笑了笑，接着低下头整理旧书。双眼就像扫描仪，把两面墙的书架全部看完，看到山川出版社的一套世界史和日本史丛书，皆是大家之作，心下大喜，三下五除二，加上一本朝鲜思想史，十三本，9000日元拿下，另外获赠朋友书店最新购入、出版图书目录和主办期刊目录。

心情大好，一路下山轻盈，经过同志社大学，乘上地铁返回京都驿。我给姜老师一边炫耀着，一边说："其实这些书不厚，但我喜欢看，因为只有名家，才能写出这么深入浅出且高度概括历史大势的书。"

"确实如此，"姜老师想起了什么，"其实朋友书店的朋友，在日语中，应该叫'友达'。"

吃着荞麦面，我细细品味这句话。所以，书店并没有用"友达"，而是选择了东亚汉字文化圈共用的"朋友"，如此，才会遇见更多的志同道合之士，碰见更多的安适舒心之事。朋友，即便阔别多年以后，仍能像初见一样重逢，即便第一次邂逅相遇，也能像阔别多年一样，都会轻轻道上一句：千里寻你，好久不见。

（2018 年 7 月 13 – 18 日）

临沂观习记

　　2021年6月1日，我开启工作以来第三次检查教育实习工作，看望鲁大在外地进行教育实习的公费师范生。前两次分别是去莱州、新泰，这次则须走访临沂6个县共20多个学校，覆盖幼儿园、小学、中学。实话说，当时我主动向学院报名担任实习带队教师，本来是想作为班主任能在烟台、威海看望下我们班汉文本1801的同学们，但没想到那天，一群来自学校各院系的公费师范生突然加我微信，汉文师1801班的几位同学开心地告诉我："老师，我们太幸运啦！您担任我们实习的带队老师。"我一脸茫然，好像我是最后一个知道自己被分到临沂的人。我很想让教务处帮着再协调一下，但后来转念一想：总要有人去远处，也许这就是冥冥中的安排吧，我还没去过临沂，也许那片山水在召唤我。

　　下午从烟台乘高铁至临沂北站，抵站后取到"神州租车"一辆，驾感良好，一路通畅，跨过汶河、沂河，想起夫子曾在这两条河流上都有慨叹。晚八点到达沂南开发区实验学校，校门阔大，见到名昊、天恩、冰冰三位实习同学。名昊走出校门，开口第一句："老师，我想死你了！"我不禁想起两年前在 109 教室与汉文师 1801 的同学们一起学习《中国古代文学 2》的时光，那么多明朗的笑靥，如在昨日。

该校是一所九年义务教育的新校，涵盖小学和初一初二，暂无初三。进入灯火通明的教学楼后，初中正在组织地理等科目的考试，在办公室与三位同学聊天，冰冰说正好去教室上课，本想去听一会儿课，但在教室里没见到她。来到地理研究中心（教研室），没想到冰冰正在抹眼泪，桌上是几张被揉烂的试卷，原来都是调皮学生的恶作剧，可见平时受屈不少，我们劝慰一阵。从男生宿舍出来后，天恩说起一位学长认识我，原来是外国语学院的刘亚伦同学，他已经考取北语的研究生。现在临沂白天气温 35℃，但今晚凉风习习，许是沂河上飘来的古风。名昊说："这里的孩子不容易，真想领着他们见识下大学到底什么样子，要是我能买到《石榴花》发给他们传阅就好了。"我笑呵呵拿出几本："这不准备好了？"一个小时后，我告别三位同学，开车前往沂南县城住下。

一

"安琪！"我背着包拉着行李箱朝外挥手，高兴之余又有些伤感：也许真是老了。要不是安琪联系我，我还不知道她竟然就在沂南县城。她是 2012 级汉语言文学专业的本科生，算是我教的第一批学生吧。记得一个新年，安琪写了一张印有星空的贺年卡，说我是在大学里对她影响最大的老师，而星空代表了对我的印象。虽然已工作五年，但她比大学时还显得精神。请我吃早餐时，她说起我在六年前曾去莱州金城中学看望正在实习的她们，我才骤然想起那些画面。第一次检查实习和第三次检查实习，就在这样的时空中连接在一起。我说前几天跟几位老师吃饭，席间来了一位"90后"的年轻教师，小伙儿精神抖擞，耿直率真，堪称小鲜肉，这位老师端起白酒先主动打了一圈，其实我的内心都被浅浅地刺痛了：曾经的我也曾是这般豪气。

告别安琪后，开车赶往依汶镇。依汶，依临汶河，果然，跨过汶河时，瞥见碧波清流在葱葱草木中荡荡前行，别有一番浩气。到达朱家里庄中学，外国语学院的代娇同学在门口接我，一看神态就知道是位认真沉静的同学。该校只有她一个实习老师，两位校长在接待室里交口称赞。出校门后，代娇同学诚挚表达了在实习中面对不读书的孩子时的各种纠结和焦虑，想听下我的建议。我说："教师的一辈子是信念和现实不断抗争的一辈子，我们在内心深处不愿意放弃任何一位学生，但不要执念于尽善尽美，尽心尽力记就好了。曾经，我想，即便多年以后有一两个学生还记得此时用心的我就行了，现在，我想即便没有任何一个学生记得，只要未来的自己记得此时的自己就行了。"

从依汶镇开车前往费县，看到不少大棚，渐渐进入沂蒙山，山路虽然弯弯折折，但夏天的葱翠群山景致甚好，令人心旷神怡。途经孟良崮，穿过蒙阴县，红色文化的主题牌越来越多，跨过蒙河大桥后，进入费县。

春梅、樱凡带我走进抗大中学，该校可追溯到抗大一分校，大青山突围和《沂蒙山小调》与该校甚有渊源。该校有五名鲁大实习生，另外三位是玉慧、邸婷、爱哲。与校长专门商榷半个多小时，把一位同学遇到的难题顺利解决，开心。在食堂吃完午餐后，春梅送我一本该校的校史《铭记抗大》(中共党史出版社 2012 年版)。我说起汉文师 1801 的一些同学，她感慨："老师您是唯一一个教过我们班后能记住所有同学名字的老师。"《沂蒙山小调》响起，学生们如人潮汹涌般走过抗大广场。

越过北石沟浚河大桥，一个小时后到达朱田镇两个幼儿园，见到教师教育学院的彩玉和陈琛，不知为什么，两位同学像极了以前的两位学生。我拿出一张照片，彩玉惊呼不已。两位园长对两位同学赞不绝口，可惜时间有限，只能匆匆离开。

又是一个小时车程，穿越诸多村庄和田野，麦子熟了。翻过几座险峻的山路，赶到马庄中学，见到物理学院的文娟、启明、庆国。得知庆国正给初中生上生物课，遂进入教室后面听课，启明说起这里有些孩子说宁愿端盘子也不愿读书。我好为人师的毛病又犯了，忍不住在大课间跟孩子们作了一番即兴演讲，"未来，等大家长大了，所有的体力劳动都由机器人来干了，当你的同学在月球上建设家园，在火星勘探土地，那么你们仰望星空时，你们在哪儿，在干什么呢？"不知为什么说出这些，科幻片看多了。

从费县进入兰陵县，公路被大车轧得坑坑洼洼，颠簸不停，沿途不少卖大蒜的货车。来到兰陵二中，宋扬和李寒带我来到教学楼，我带给她俩160份关于高中生课外阅读状况的调查问卷。意外的是，校领导和几位级部主任已在会议室等候，搞得很郑重。几位老师盛赞两位同学在平时教学和全校公开课上的优异表现，看得出这绝不是客气话，让我也很受触动。我对这两位同学比较熟悉，当年我第一次教古代文学课程就是教他们班，在操场上望着欢笑打闹的同学们，我说："对你们印象深刻，不是因为我记性好，而是因为你们很优秀，因为那时我们都在一起努力变得更好。"看着天色渐晚，我临时改变了晚上再去匆匆走访另外一所学校的计划，吃完该校招待的晚餐后，又在礼堂为该校高一和高二的八个班作了一场讲座，晚上九点多在兰陵县城住下。

二

细雨如溪，涓涓涟涟，汨汨于清晨的兰陵上空，夏木阴阴，车窗外的河流和街道氤氲着古老而又清新的气息。驱车来到一片幽静的垂柳深处，渐渐看到几栋教学楼的白墙明窗，所谓"闲门向山路，深柳读书堂"，此之谓也。帅气的再龙、忠锟把我带入兰陵九中的校园，张倩上完英语课也赶了过来。

来到再龙常常上课的音乐教室，他拿起麦克风说："老师，我是学音乐的，今天您来了，我唱一首歌献给您。"惊喜来得太突然，和忠锟、张倩坐在后排欣赏再龙深情演唱了一首《红旗飘飘》，就像看一场微型演唱会。也许是我自作多情，最后那句"年轻的心不会衰老"格外悦耳。曲终，鼓掌。该校硬件设施很完善,幼儿园、小学、初中都在一个校园里，在走廊里参观了初中和小学的几个教室，我说："看小学生听课的样子真可爱！"

"对，他们纯真，眼里有光。"

"我想起《山海情》里的白校长在拉手风琴教孩子们唱《冲天在哪里》，里面也有位实习生，最终被白校长的精神打动，选择了留在那所小学。"

"老师，其实我虽然音乐课少，但还是想尽力用音乐带给他们快乐。"

"很好啊，若用一个不恰当的比喻，多像肖申克在监狱里为大家播放女音乐家圣洁歌声的那个画面。"

不知不觉听见欢快的下课铃声了，不知谁说了声："看，女生们都在对谁犯花痴呢？"

果然，几位初中女生围在教室窗边笑嘻嘻望向我们，见我们看她们，花儿一般的脸庞马上映红，羞涩走开。我们都笑着看再龙，再龙不好意思地扭过脸去。

转眼来到兰陵八中，见到英语专业的赵洋同学，与校长聊了半小时。走访的这几个县城中，兰陵县城最繁华，各学校的硬件环境也最好，无论幼儿园、小学还是中学。校长说县政府提出"发展兰陵教育就是发展兰陵经济"的口号，确实，从幼儿园到中学的每个学校才是经济和社会发展的造血细胞。走出校门，赵同学说起这里的学生都挺复杂且不容易，不少是父母离婚、去世、在外务工不管不问的，所以一个班里也就是有少数几个同学认真学习。我说，这不是教育的问题，也不是父母的问题，是社会结构和政府服务的问题，中国的教育现实就是这样，山东已经是很不错的了，想起我们要眼睁睁看着这么多孩子忍受着原生家庭的创伤记忆而长成一个个成年人和父母的样子，有时既心疼又害怕。

"班里至少有几个让你想起来就欣慰的孩子吧？"

"有！很珍惜。"

"那就行，值了！"

话虽如此，但在回去的路上，望着越来越厚的雨帘，我还是忍不住想：难道那些作为社会主力的不读书的大多数孩子，就真的只能让我们一声叹息后无可奈何吗？毕竟他们在未来要为我们贡献出大多数的成年人和孩子。

雨还在下，兰陵六小的孩子们鱼贯而出，体育学院的刘馨带我来到餐厅吃饭，她说老家是蒙阴的，我说从沂南穿越沂蒙山时曾路过宝方。到办公室检查了下她的教育实习报告，兴致勃勃翻阅了部编版小学体育教材，我还是第一次看到体育教科书。

中午一点左右赶到兰陵第三幼儿园，张悦同学带我参观了这所有些富丽堂皇的幼儿园，此园规模很大，一个年级有十几个班。与一位园长聊完后，我们参观了新楼，见到孩子们正像一排排小花猫一样睡午觉，我们便轻轻走开了。

"我看你头像还是在烟台开发区金沙滩照的呢，就在我家旁边。"

"是啊，老师，我看你昨天去费县抗大中学了，我就是那里毕业的，家就在那里住。"

"是吗？对了，送你的这本杂志可以好好看看，有空可以写书评影评,《石榴花》欢迎来稿。"

雨有点大了,从兰陵开上京沪高速,一路飞驰,车轮卷起水雾,有些仙气。跨过沂河大桥,抵达古国郯城。郯城历史可追溯至夏商时代,看到"凤凰归昌"的雕塑,此处是夷文化的重要发祥地,对山东和江苏的文化都有影响,郯子也被列入二十四孝。来到归昌乡,艳芳和言升领我参观了郯城五中,与三位校长聊完后,正准备离开,没想到雨顿时大了起来,只好先在屋檐下稍等。我说:"推荐你们俩读一本关于郯城的书,不厚,很有意思,一位美国学者写的发生在郯城的一桩情杀案,《王氏之死》。你们知道吗?康熙年间,郯城发生了中国历史上最大的一次地震,比唐山大地震还猛烈。"

言升说:"哦,我想起来了,这里的一位老师跟我讲过,附近有个地震断裂带,现在还有呢。"

半个小时后,开车驶入一条农家胡同,儿歌越来越响,郯城实验幼儿园到了。我站在接孩子的老人和父母中间,冲永琦使劲挥手。与园领导聊完后,走出幼儿园,跟永琦聊了聊她三个月来的一些体悟和最近忧虑的事情。平平淡淡的聊天,安安静静的空气,雨已经晴了,周围的蔬菜和民居里的大树开始鲜亮起来,感觉就像走在故乡的街道上。

三

快到临沭一中时,遇到不少收割机奔向麦田。算了算日子,明天就是高考了，学生们也迎来了麦收时节。与昨天连绵小雨不同，今天可谓响晴，万里无云，尤其是在临沭一中的绿树校园中，凉风吹着，艳阳照着，更觉盛夏光年中，我们就像宫崎骏《听到涛声》中的风景画。王敏和婷婷两位实习同学一直笑个不停，看来已经很自在于现在的实习生活。我把120份调查问卷交给两位，期待能把临沭最高学府的学子心声反馈到烟台。此时全县正在该校召开高考考务会，而高一高二的学生已经在教室里开始"躺平"了，因为下午就要放假好几天。该校已把实验中学并入，全校共七八千人口，校园很大，各种楼宇都很庞大完善，相当于一个大学的分校了。由于最近临沂出现多起学生溺水事故，所以我走访的各县各学校，从幼儿园到高中都在开展防溺水教育。

从临沭一中到北城实验中学，道路规划和左右风景基本与城市没什么区别，等红灯期间看到一个叫"牧歌"的地方，很好奇里面藏着什么葱茏写意。海洲把我领进校园，顿觉该校生机勃勃，好像做过专门的园林规划，从幼儿园到初中层次分明而又环环相扣，孩子们的活动空间都很大。正好赶上小学生做操，我们在一旁观赏，先跳广播体操，再跳轻快的啦啦操。我说："小学生真可爱，不仅只是因为长得可爱，主要是小学生的心里有无限的可能性，也没有感受到家庭或社会对他们的伤害，也正因此，所以纯真，所以可爱。初中生就不同了。"

吃着海洲买来的西瓜，望着窗外的万达，我问："平时周末也去看个电影吗？"他说和他一起实习的还有来自齐鲁师院和临沂大学的两位女生和一位男生，但基本上都是他自己去看电影。我说：

"你看，这就是策略不对，应该针对性地邀请其中一位。"他不好意思地笑了，好像我猜中了他的心事。临走时，他说："老师，一路顺风！"我笑着说："祝你成功！"

把车停在青云中学门口，看到路旁一片狗尾草盛开得像家乡的花猫花狗摇摆着尾巴耳朵一样惹人喜爱。我对昱君同学说："你变了不少嘛！""是啊老师，进入职场跟学生还是不一样的。"昱君同学也是汉文师1801的同学，其实对她的印象有两个，一是教他们古代文学时，她总是目不转睛地听得那么认真；二是两年前的考试周，我在监考，她答完题，我在考场里把她和一些同学（史称"十二金刚"）叫到324教研室，带着"吾辈定则定矣"的傻气创立了《石榴花》。昱君说还有位聊大历史学院的小施老师也在这里和她一起实习，也认识了年轻帅气的小史老师。在办公室里说起我熟悉的几位聊大历史文化与旅游学院的老师们，也说起十几年前的那些朋友，他们现在都成为某个领域的翘楚，比如在清华读博后研究《尚书》的杨老师、留学利物浦在上师研究中世纪和文艺复兴的李老师等。当年真是风风火火、热气腾腾的岁月，可以跟人吹一辈子了，说起来就像是假的，就像是别人的故事。中午，青云中学几位领导宴请我和两位实习同学，以茶代酒，聊得高兴。

感激在匆匆路过人间的旅途中，尚有逗留的片刻让我们怅叹和沉默，并在晚风中追忆这些人、那些事的脑海光影中，慢慢想起心灵挣扎和奔跑的轨迹，从而明白自己并非那么不快乐，还有往昔可以怀念，还有未来可以敬候。

昔日接受我指导毕业论文的学生徐蔓，已在临沭成长为年轻的骨干教师，我依稀还记得第一次指导其读书和毕业论文的场景。她是当年《贝壳》杂志的学生主编，说起另外两位主编和社长璐瑶、方凯的现状，我问今天的话题是要探讨写作青年的前途命运问题吗？静静听着她在乡村中学两年的几多过往和心路，我为自己的学生感到心疼，为新时代仍然有那么多困苦的孩子感到心疼。城镇化的机器开动后，留下一片外表光鲜、内部实实废墟的乡村，最终将所有的伤害都暴击到乡村儿童的内心深处。每个问题学生背后就是一个支离破碎的家庭，每个支离破碎的家庭也多会导致一个问题学生。教育者若不直面这些苦难，又何必读书呢？

"老师，你开始工作时对工作也有规划吗？"徐蔓开车载着我穿越夜色，忽然问。

"其实没有，工作八年来，也有不少多么痛的领悟，现在的规划是，作为读书、写书、教书的一个人，对待工作就是做好这三本书吧。我这人挺拧巴，经常跟自己较劲。有时在做一些事时，就会想到未来的我在看着自己，想到这里，我就觉得还是遵从内心的某些信念吧，慢条斯理地继续下去，除死无大事，没什么大不了。"刚说完，我就自己脸上一热，话虽如此，真是这样做了吗？其实好多事都没做好，身为父亲，最重要的事也没做好。

一路马不停蹄，提前完成检查实习任务，按照农村包围城市的战略，将临沂市区四周的大部分县走访完，明天赶赴临沂北站回烟台。

四

许是为了弥补三天多屡次跨越沂河却未能观赏沂河的缺憾，晨曦初露，返回临沂市区时，百度地图的路线是跨过临工大桥后在沂河岸边奔驰一个小时。一直以为古代大河只有江、河、淮、济，没想到沂河宽阔处颇有入海气象，两岸楼厦林立，明波漾漾不息。从沂南、蒙阴、费县、兰陵、郯城、临沭跋山涉水，几渡沂、沭，形成一个农村包围城市的圆形轨迹，最终沿着沂河进入罗庄、兰山两区。

受九雪一家之邀，在赶往临沂北站的中途在北城新区短暂停留，喝完一碗别具风味的糁汤，聊起鲁大的那些师友。记得 2013 年刚入职时，我在学院教务办工作，几乎每天都与九雪等各班的学习委员打交道。根据我工作八年的观察，学习委员应该是班里很特殊的角色，大多心智坚稳、细心认真，处理的班内日常事务应该是班委中最繁琐的，若从社会学研究的角度考虑，都可以写一本《山东高校班级的学习委员》了。

"老师，记得我们班的路亚琦吗？"

"记得，也听慧洁说过。那年在香港时，慧洁天天提你，说要来看你。你有空也可以带着你家小糖果去威海找她呀。"

九雪夫婿小巩开着车围着五洲湖外围转了转，介绍沂河、祊河与柳青河交汇成一个鱼头，于是政府又挖了一个五洲湖，形成了鱼眼，因此，从天空俯瞰北城新区，很像一条游在沂河柔波里的鱼。

路过祊河的路牌，我问这个字念什么，小巩说念 bēng，我说这个字有个示字旁，应该跟祭祀有关，由此可以推测这里在很古的时候就是文化昌盛之地。昨天小徐说沂河是临沂人民的母亲河，我觉得不仅如此，沂河也是中国读书人的梦想河。

那天，孔子对几个学生说：告诉我，你们的梦想什么？子路等人谈完后，曾子的爸爸曾点刚弹完聊天的 BGM，他说：俺的梦想是，春暖花开的暮春时节，穿上轻快带风的衣裳，和师友大大小小一帮人，在沂河里畅快地洗洗澡，在舞雩台舒服地吹吹风，痛快玩儿完一天后，大家一起唱着歌高高兴兴回家。说完，孔子说：爽！俺也一样！

是的，俺也一样。

来到神州租车还车点，把陪伴我五天的"马儿"拴上。小巩九雪把我送到临沂北站。再见了，同学们。大山大河大临沂，好风好月好风光。

（2021 年 6 月 1-5 日）

光阴书卷里

那些远去的英雄

神话英雄

神话中的英雄是我们儿时梦中的身影，这挥之不去的童年记忆永远流转在我们一生的灵魂中；而英雄的神话更有着史诗般的雄魄，一点浩然气便有着千里快哉风的强劲。

希腊神话中，普罗米修斯盗取火种给人类带来光明和温暖，最终被宙斯锁在高加索山上，但他历经折磨仍不低头，这是一种彻骨的坚韧。基督旧约中，英雄摩西为了拯救漂泊的以色列人，万里奔波，一生跋涉，带领着他们去寻找自己的家园，这是一种无悔的追求。东方传说中，美猴王不甘于平庸，于一块平淡无奇的石头中喷发出一股齐天大圣的力量，跨越五百年的孤独，历尽磨难与诱惑去追寻行者生命的终极，这是一种永恒的信念。

庄子云："日出而作，日入而息，逍遥于天地之间而心意自得，吾何以天下为哉？"这是一个属于英雄的宇宙。当星云遮住了这苍茫的大地，英雄拔剑而起，挺身独斗，以气吞长鲸、不可一世之概进行着抗争。也许他们最后会趋于落寞，但他们却绝不会孤独，因为在繁星密布的苍穹下面，满含深情的眼睛热泪盈眶。

我们翻越世界，从爱琴海越过撒哈拉，一直抵达古长安，英雄的气息溢满了一路的激情与豪迈。他们给予我们的不仅仅是那神思万里的想象，更重要的是那内心深处的恒久激励。纵千年已过，《天问》已对，《天对》已正，但英雄的气息依然弥漫于恢恢天地间，万古不朽，始终矗立在广袤的精神家园中，永不泯灭。

壮士的脚步

易水河畔的那个灵魂，永远在历史的河流中游弋着。荆轲悲歌一曲，辞别燕丹后便上路了。他紧紧握住怀里的匕首，热血在壮士的体内奔腾。桨橹"欸乃"声声，似乎在为壮士叹息着。"飞盖入秦庭"后等待他的将是什么？荆轲不知道，他也不想知道，前面的道路是凶是险，壮士的脚步永远不会迟缓。

一曲"小重山"，将军梦醒三更，独自绕阶而行。望着这眼前的秀丽江山和故乡的那轮朦胧秋月，回想少年时光和兵戎岁月，征尘满衣，家国何在？他叹息一声，怎奈门外空空，只有寒蛩鸣叫，"知音少，弦断有谁听"？一个不朽的失眠者！

历史无声地向前奔流着，叹息着，欢唱着，英雄击水三千，力挽着时代的狂澜。屈原口吟"长太息以掩涕兮，哀民生之多艰"，霍去病朗答"匈奴未灭，何以家为"，文天祥呼啸"天地有正气，杂然赋流形。下则为河岳，上则为日星……"这些豪情壮语鸣于天地之间，不绝于耳，又如太史文章，凌云健笔，雄深雅致。

千年的大浪淘沙之后，古老国度的精神彼岸依稀可见英雄的足迹。我们不曾想过英雄所要经历的风雨，我们也不曾想过英雄所要承受的内心折磨，而我们所知道的则是，一个英雄的孤独书写了一个时代和一代心灵的雄浑和豪迈。

侠客行

这是一个诗化的江湖。英雄手持三尺长剑，爱及八荒，纵横快意游天下。长歌对酒，舞剑纵情，但胸中块垒岂能消平？而侠之大者，于道于义，红尘污浊，依然亭亭玉立；国有危难，必当义不容辞。剑客于豪迈中见潇洒，刀客于悲壮中见飘逸。剑在手从心所欲，情义于胸惺惺相惜。英雄气短，儿女情长之时是为情；孤身千里救襄阳，一曲"笑傲江湖"断肝肠是为义。就算待到孤身枯坐，隐遁山林，不问世事纷争，他们也已把心看作一潭波澜不惊的湖水，死也如佛拈花微笑，圆融安详。

江湖艰辛，冷暖自知。抚慰英雄疲惫心灵和苍凉灵魂者，必是友人或爱人。但古龙用刀写友情，金庸却用剑写爱情。在古龙的刀下，"抽刀断水水更流，举杯消愁愁更愁"。人物的爱情常被友情所纠缠，于是他的刀快刀斩乱麻，他为了友情宁可不要爱情，只留下风铃中的刀声，"朱弦已为佳人绝，青眼聊因美酒横"。他曾说："多年的朋友，患难与共，到后来一定会有爱——绝不是同性恋那种爱，而是一种互相了解、永恒不渝的爱。多年的情人，结成夫妻，到后来一定会有友情———一种互相信任、互相依赖、至死不离的友情……可是，假如在这两者之间我只能选择一样，我宁可选择朋友。"

在金庸的剑下，"满堂花醉三千客，一剑霜寒十四州"。有情人在他的剑下终成眷属，令人心动。《笑傲江湖》最后八个字是任盈盈"嫣然一笑，娇柔无限"；《倚天屠龙记》结尾中张无忌对赵敏说"从今而后，我天天给你画眉"；《神雕侠侣》的主旨，其实就是金庸引用元好问的那首词"问世间情为何物，直教人生死相许"。其实，并非古龙擅写友情，金庸擅写爱情，而是两位作者将各自不同的现实命运投射到各自作品中。作家的每一部作品，都是在写自己的人生。

问天下谁是英雄？哲人淡淡地说："在没有英雄的年代，我只想做一个人。"英雄都是为了爱而活，有于国于民的大爱，亦有于亲于朋的深爱，有坦荡的爱，有深沉的爱，只要爱在人间世，又有谁在乎是否英雄呢？

（2005 年 5 月）

人间的况味

　　记得曾在一个朋友那里看到这么句话，"The world torn by change"，当时颇有感触，我试着用文艺味儿来翻译它，"被流年所撕裂的人间"。一位高中同学看了我的博客，说这里的文字太感性，感情太细腻，我笑着说，只是喜欢体察自己的内心波动罢了。"你是文艺青年"，别人常对我说。"不，我其实是学术青年，文艺只是容易被别人识别出来的表象而已"，我常回应道。我一直希望自己的心境能随着年龄增长和读书精进而有所提升，尽可能去掉感性的成分，突出一种刚毅与平和。

　　去曲阜是很久以来的一个打算了，这次终于遂了心愿，路上，我心里想，老人家佑护了中国人几千年，现在我过去参拜，也希望他能继续照耀我以武大国学为起点的读研之路。当然，曲阜之行不光是要去拜谒一下孔老人家，还想去看看那个分别八年多的同学。和同学共读五年，曾经两个人是用课本挡着老师一起偷偷看安徒生童话长大的，现在我还记得那本安徒生童话是叶君健原文翻译的插图本，当时很多字还都不认识，不过两个人总是很喜欢，翻来覆去地百读不厌。安徒生童话是我生命中第一本珍爱之书，它和以后我又接触的泰戈尔的诗歌、宫崎骏的动画一样，给了我很多的纯真和谦卑，让我永远体会到爱，可能会落寞，但不会孤独。

　　汽车颠簸，望着窗外的麦田，想着阔别这么多年的好友，我心里一直在想着同学是否变化，过年时高中同学聚会，变化真是大。当然，我明白，为了梦想也好，为了生存也好，大家的变化总归是好的，都长大了，都要直面现实和责任了。为此，我还刻意用文言文写了一封见面信送给同学：

　　　　草木凋盛，岁月流急，河汉滔滔，斗车乍复南驰，而今已八年有余矣。怀想同窗五载，门前青草，梦里依稀。余自与君浮云一别，悄然已至冠岁，前日乘兴步过孟庄旧学，满目荒芜，衰草斜阳，余潸然而叹。当年廿卅同学群兴竞发，欢笑相悦，惜哉今日絮飘天涯，壮影难觅。自别以来，余浮身沧浪而问学清浊，舟车平帆而越山河，幸之至哉！然书卷碑牍，实多心史，余求之愈笃，益感江山寥廓如许，人生凄清如斯，斜光复照，花落随水，夫人所当歌而哭者，讵否于是之谓邪？昔者稼轩有感曰："甚矣吾衰矣！怅平生，交游零落，只今余几？"余尝有东坡之怀，半夜访友，醉饮斗酒于松竹山林，酣至恸哭流涕，奈何人间苍茫萧落，惟余二三子矣，然此亦当幸当惜者也。余泛红楼，终未得时而洞，茶闲烟绿而棋罢指凉，憾矣。而繁花满枝，素心明月，心平已矣，是

> 故天地春秋，学者所当笃之，信者所当寄之，知者所当惜之，笃静勿为浮哗，明锐勿为迂阔，则天下何有于我哉！勉之。

我不能不说这次朝圣之行给了自己重新认识心灵的契机。同学的变化让我振奋和高兴，她让我认识到人总归是要做一个鲜活真实的人，一种和谐，一种自然，倾听一些，谦卑一些，真诚一些。

来到孔庙，我逢碑必诵，逢典必说，两人走过奎文阁后，一行白色的大鸟从蓝天白云中悠然飞过，有一只落在一棵枯木上，枯木旁边的是几株碧森的柏树，从下面仰望，还能看见飞檐所割断的蓝天白云。在孔府，我们怔怔看着"五柏抱槐"发呆，据说原来只有一棵柏树，后来被雷电劈成五半，一颗槐树种子正好又在它们中间长了起来，到了现在已是郁郁葱葱特别高了。六棵树紧紧抱在一起，竟然愈加茂盛，和则共生，同则不继，原来很多东西都是可以共融在一起的。在孔林，拜过老人家祖儿孙三人后，我们又在林子的高草中找到孔尚任的墓碑，斑驳残缺，伴着斜阳衰草，不知古今。

在子贡庐墓处，我跟同学谈到了幸福。一个朋友曾经告诉我关于幸福的事，他说，幸福应该是 blessness，而非 happiness，这个观点我也看过。我这样认为，从词根上说，happy 是一种心情上的愉悦，比如来到圣地，心里真 happy，这是一时的高兴和快乐，而 bless 是一种近乎宗教的祈祷和关心，人间的生老病死及各种苦难很多，如果我们能够平和安然地去做自己安心的事情，时常去祝愿父母、亲人、爱人他们的平安，那么幸福（blessness）就是一种悠远的心境，而非一种心情。

说到这里，我想了很多。以前也承认自己年少轻狂，无论是写文章还是说话，都会带出一股痴傻的狂劲来，看不起一些人，瞧不起一些事，受若干朋友的影响也很大，可现在我觉得有自己的变化了。

我觉得在面对世界时，现在最注重的一个字眼是同情（empathy），这也是自己一向追求的一种关怀。当年福克纳在接受诺贝尔文学奖时说："人类是不朽的，这不是因为万物中仅他拥有发言权，而是因为他有一个灵魂，一种有同情心，牺牲精神和忍耐力的精神，诗人、作家的责任即书写这种精神。他们有权力升华人类的心灵，使人类回忆起过去曾经使他无比光荣的东西——勇气、荣誉、希望、自尊、同情、怜悯和牺牲，从而帮助人类生存下去。诗人的声音不应该仅仅成为人类历史的记录，更应该成为人类存在与胜利的支柱和栋梁。"我觉得内心的平和与坚实是在谦卑的草地上生长起来的，首先他要认为天地生人，都会有他们自身存在的价值，每个人都有自己的优点，而毛病缺点也只是其优点的延长线，重要的不是先批判，而是先理解，先以此态度建立起一种平等对话的态度。但我们有这么一种态度是否就足够？不，在理解和宽容的基础上，我们还要坚守内心的坚韧，这样才能让我们做一个真实、鲜活的自己，寻到属于自己独一无二的原心和支点。

同学说建筑的美无论再精致，总还是雕镂的，自然的美却永远是自由的，我也向往这种自由的风景，那么关于自由，又如何去想呢？在《勇敢的心》中，华莱士的父亲对他说"孩子，要有一颗自由的心，需要用勇敢去追求"，直到后来华莱士被押上断头台还向天空狂吼"freedom！"自由的心是希望让自己的内心平和安静，若现实破坏这种自由，唯有战斗！所以我一直认为古往今来所有的书卷碑牍，实为心史，物质也好，精神也好，个体生命的幸福和自由才是最主要的。

由此我想到了学问。牟宗三先生曾说"学问和生命的意味"，那么这种意味是什么？我认为学问被融入到生命中去，不是简单地装进脑袋里，学问能使生命具有一种融会贯通的生活艺术，而世之大者，最主要的是生命和生活，而非学问。如果达到了这样的境界，"学问深时意气平"，即使读书很多，但不会让人觉得你那么头角峥嵘，只觉得你是一个做事贴切、心态平和之人，而于己而言，又能不失自己的原心，在人间的况味中体认生命、生活、得失与命运，这样也就真正实现了这种意味。

（2007 年 5 月）

江海逐客苏子瞻

　　曹丕说："盖文章，经国之大业，不朽之盛事。年寿有时而尽，荣乐止乎其身，二者必至之常期，未若文章之无穷。"文章之大，囊括万物，而尤以文学最为彬彬称盛，而文学之盛，不仅表现优美文句，也展现世道人心。从一定程度上来说，每个时代都可用一二文章英雄的人生和作品来作注脚。战国是屈子时代，秦汉是两司马时代，魏晋南北朝是曹植、陶潜时代，唐朝为李杜时代，北宋乃苏东坡时代，南宋即陆游、辛弃疾时代，元代是关汉卿时代，明清为曹雪芹时代，民国迄今仍应为鲁迅时代。他们集中代表了中国历史和文化之河的每一次浪涌和奔腾，"至今千里赖通波"，且愈在下游愈加交融，成就中国人不同的审美和思维。

　　齐梁浮靡诗风步入唐朝后峰回路转，"山随平野尽，江入大荒流"。唐诗舞台群星灿烂、白衣苍狗、风驰电掣。唐朝的衰败倒塌促成了宋诗的登场，宋诗是唐诗的继续发展，"然气象不逮矣"。但是，国家不幸诗家幸，物不平则鸣，诗穷而后工，辽宋夏金时期的纷繁矛盾刺激了宋朝士人拥有更复杂多样的感情，逐渐走向庭院深处与方塘灯卷，由此格律较为宽松的宋词逐渐能成为抒发这种感情的最畅达的新体裁。其实，宋词的视野比唐诗更宽广和辽阔，"塞下秋来风景异，衡阳雁去无留意""醉里挑灯看剑，梦回吹角连营"，写的是边塞；"重湖叠巘清嘉，有三秋桂子，十里荷花""叠嶂西驰，万马回旋，众山欲东"，讲的是山水；"茅檐低小，溪上青青草""簌簌衣巾落枣花，村南村北响缫车，牛衣古柳卖黄瓜"，绘的是乡村……在宋词这个强大的造山运动中，苏东坡和辛弃疾绝对是无可争议的两大高峰。

据说苏子瞻取"东坡"一号时来源于白居易的《东坡种花二首》，南宋人说："本朝士大夫多慕乐天，东坡尤甚。"东坡可谓"千古全才"，宋文、宋诗、宋词经过东坡的酝酿冶炼都在他的手中达到顶峰和极致，苏黄米蔡，书法冠绝宋首，绘画也在宋代画坛中别具风格，其内外空间的广阔让人惊叹，也意味着其生命意识中的悲剧性愈浓，东坡的内心不知经历了多少风吹雨打。

曾经也是"老夫聊发少年狂"，他像李白一样出川后，虽说与兄弟苏辙一举金榜题名，但此后的人生路充满了沟沟坎坎，但为人坦坦荡荡，身在翰林，忧在国民。他一再被贬，"君门深九重，坟墓在万里"，经历北宋仁宗、英宗、神宗、哲宗、徽宗五朝，几度宦海浮沉，一生奔走八荒，黄州、密州、徐州、湖州、登州、杭州、颍州、扬州、定州、惠州、儋州，晚年被发落到海南，最后在北归途中，客死在常州。他在离开海南岛时还能洒脱说上一句"九死南荒我不恨，兹游奇绝冠平生"。苏东坡是一个能把儒佛道三家精髓共融其中的天才，他认为三家思想本是相通相济的。居庙堂之高，他具有纵横家的气势，其儒家济世的理想人格也更为突出，处江湖之远，无论失意或落魄，佛道两家的出世思想又都能给他以精神安慰，使他既能入乎其内，又能出乎其外，同时也显现出他的旷达来。"人生到处知何似，应似飞鸿踏雪泥""谁道人生无再少，门前流水尚能西，休将白发唱黄鸡""荷尽已无擎雨盖，菊残犹有傲霜枝"。

有次在黄州，苏东坡和几个朋友出外郊游，突然下起雨来了，他把雨具全部摘掉，爽快地淋了一场大雨，"莫听穿林打叶声，何妨吟啸且徐行。竹杖芒鞋轻胜马，谁怕？一蓑烟雨任平生。料峭春风吹酒醒，微冷，山头斜照却相迎。回首向来萧瑟处，归去，也无风雨也无晴"。这段心情，像极了陶渊明的"归去来兮"。

苏东坡的一生是中国文人最典型最鲜明的一个表现，深远地影响了后来之人，其旷达的生存方式已成为后代文人效仿的典范。他作品中体现的人生态度很纯粹地表达了中国文化的精髓，恰当地彰显了中国文化的价值，胡寅在评论其作品时说"使人登高望远，举首高歌，而逸怀浩气，超然乎尘垢之外"。苏东坡有一次观看了吴道子的画后题写道"出新意于法度之中，寄妙理于豪放之外"，寥寥一行，虽然是品画之语，但也足以印证苏东坡的人生态度了。

苏东坡几次遭冤狱谗言迫害，颠沛流离，黄州的逆境却也激发了他强烈的创作欲，像《念奴娇·赤壁怀古》《临江仙·夜归临皋》《黄州寒食诗》及前后《赤壁赋》等都是他在黄州所写的具有火山喷发力的作品。在内在空间的挣扎中，苏东坡寄情于自然山水和乡村田园，写下不少淳朴的乡土田园诗词，在这一点上，他似乎多少受到陶潜的一些影响，"长恨此身非我有，何时忘却营营？夜阑风静縠纹平。小舟从此逝，江海寄馀生"。但苏东坡只是苏东坡，一方面他也会像庄子、李白那样慨叹"浮生若梦"；但另一方面，苏东坡作为一个儒生士大夫，孔孟、韩愈的坚韧又深深影响着他，坚定的儒家理想也决不会使他完全纵情山水，隐遁山林，终老林泉。

余秋雨说苏东坡是中国文化的一个通行证，确实，我们的生活处处都很苏东坡。我喜欢他在黄州快哉亭中赠给友人的那首词："落日绣帘卷，亭下水连空。知君为我新作，窗户湿青红。长记平山堂上，欹枕江南烟雨，渺渺没孤鸿。认得醉翁语，山色有无中。一千顷，都镜净，倒碧峰。忽然浪起掀舞，一叶白头翁。堪笑兰台公子，未解庄生天籁，刚道有雌雄。一点浩然气，千里快哉风。"

喜欢苏东坡，喜欢他在《古文观止》中的所有文章。历代文人称道韩昌黎的文章，曾国藩誉之为"天下雄奇第一"，毛润之对此也是津津乐道，然而韩昌黎的文章固然雄奇，却少了苏东坡的沉练坚卓。苏东坡文章中的气势和深沉隐藏得更深，其见解的精到更是让人推崇，没有艰辛的人生遭遇和深厚的学问功底是写不出来眼光锐利、器识高明的好文的，像《策略》《策别》《策断》《留侯论》《晁错论》《平王论》等。他的学问，他的字，他的诗，他的词，无论是对待人生，还是对待爱情、友情、亲情、百姓、自然，都能体现中国文化的价值。喜欢苏东坡，是一种对其人品、文品的仰视，我认为他和李白一样是不可学的，李白不可学是因为他是"天才"，东坡不可学是因为他是"造才"。他和李白是老乡，"川人在川，磨成老犍，川人出川，动地惊天"。

苏东坡几十年中几多灾难和沉浮，但他始终坚信生命的坚拔，他认为，人生在世，坚忍二字。这种人生态度突出反映在他的几篇人物评论上，他在《晁错论》上写道"古之立大事者，不惟有超世之才，亦必有坚忍不拔之志"；在《贾谊论》中评述道"夫君子之所取者远，则必有所待；所就者大，则必有所忍"；在《留侯论》中说"古之所谓豪杰之士，必有过人之节，人情有所不能忍者。匹夫见辱，拔剑而起，挺身而斗，此不足为勇也；天下有大勇者，卒然临之不惊，无故加之而不怒，此其所挟持者大，而其志者远也"。

林语堂在《苏东坡传》向西方人介绍他时这样评价道："苏轼是一个无可救药的乐天派、一个伟大的人道主义者、一个百姓的朋友、一个大文豪、大书法家、创新的画家、造酒试验家、一个工程师、一个憎恨清教徒主义的人、一位瑜伽修行者佛教徒、巨儒政治家、一个皇帝的秘书、酒仙、厚道的法官、一位在政治上专唱反调的人、一个月夜徘徊者、一个诗人、一个小丑。"

这说明人生是广阔的、深邃的、悠远的，审美性、创造性、自由性，当为生命所维系的三个元素。审美性是为关怀，也许是如同罗素所说的"对人类苦难不可遏制的同情"；创造性是为新生，也许是像罗曼·罗兰所讲"创造就是为了消灭死亡"；自由性是为幸福，生命个体的全部追求就在于自由和幸福。无论何时何地，我们最终是为了获取内心的平和与安静，苏东坡用一生的生活和作品很好地为我们诠释了这一点。

（2007 年 7 月）

风雨夜，西游梦

因近日聊城天气闷热煞人，昨晚回到房间，遂将门窗大开，让松雨轩透透气。读书至半夜子时，正神思于昌黎君之云龙杂说，忽有大风狂卷而入，桌上纸片顿时飘然而舞，遂大喜而呼："快哉此风！"少顷暴雨立至，窗外电光闪闪，雷声隆隆，索性将灯灭了，把音乐关上，躺在床上静静看着这自然的壮丽景观和瑰奇声音。门窗被风吹得咚咚作响，夜神在窥视叩响我的房门，雷电不时把屋内屋外照得如白昼一般，地上的太极图也闪耀出异常的光亮。因有风雷助威，雨也愈发猛烈，向松雨轩奔袭而来，冲打在窗户上如交战中响彻云空的密集鼓点，咚咚咚，我心里的战鼓也开始振奋！看着雷电如白龙一般在长空纵横驰骋，令风使雨，嘶鸣咆哮，忽而又化为一把长剑，飞腾而至云端深处，红电白光，把夜空黑云劈破斩断！

终于迎来了一场风雨！听着风雨在窗外呼啸奔腾，望着雷电在夜空拔剑而起，挺身独斗，心中忽然涌起一种激动莫名的感觉。

细数了二十年中所经历的所有风雨夜晚，感慨良久，竟然想起了二十年中的那几本书，久久不能平静，异哉！又想起了山下的他，不知道在五百年的风雨雷电中，当他举目仰望这样的夜空时，心里会在想些什么呢？

20世纪末是我沉醉于《西游记》的时代，但进入21世纪后，当童话神话中的纯真梦想和不可一世遭遇成长和孤独时，我大惊失色，骤然伤痛，齐天大圣先后与《约翰·克里斯朵夫》《红楼梦》打了两场不同的遭遇战，皆是铩羽而归，伤痕累累。前些日子还和朋友谈论这几本书的高低，并生牵硬扯地做了以下划分：小学为《安徒生童话》时期，中学为《西游记》时期，大学则为《约翰·克里斯朵夫》《红楼梦》时期。

可现在却觉得有些可笑了，虽然它们在我的不同阶段都曾占据着重要位置，但我相信这二十年就是生命的"轴心期"，而它们就是在这个轴心期最重要的原典。我一向欣赏雅斯贝尔斯的这句话："直至今日，人类一直靠轴心期所产生、思考和创造的一切而生存。每一次新的飞跃都回顾这一时期，并被它重燃火焰。轴心期潜力的苏醒和对轴心期潜力的回忆，或曰复兴，总是提供了精神动力。"虽然他说的是人类的历史，但也应同样适应于人生吧。不知为何，现在我隐隐然感觉到《西游记》在我的轴心期中充当了一个不可替代的角色，斗战胜佛的修心之旅带给我更多关于平静和战斗的启示。

历来《西游记》被人认为是儒佛道合一的心学著作，基本上涵盖了中国的思想文化，早期的批评家指出，"魔由心生，亦以心摄"是它的思想主旨，说得很是中肯。但若从这个意义上来说，我认为《西游记》整部书的线索不是取经，而是孙悟空的修心，或曰孙悟空的成长，一部西游记讲的就是心灵成长的故事。西游记第一回标题就说"灵根育孕源流出 心性修持大道生"，这便奠定了该书的主旨。

在西游记中，孙悟空有众多的名号，总结一下，依次是：石猴、美猴王、孙悟空、弼马温、齐天大圣、孙行者、斗战胜佛，这个顺序形象地代表了孙悟空的修心和成长的过程。

石猴风化而生，在水帘洞面前崭露头角，成功入主水帘洞，自称"美猴王"，书中附诗道"内观不识因无相，外合明知作有形。历代人人皆属此，称王称圣任纵横"，暗含了孙悟空的未来修心之路。待美猴王翻越大海，来到菩提祖师的道山面前，见到了"灵台方寸山，斜月三星洞"十个大字，其实"灵台方寸""斜月三星"正是"心"字。当菩提祖师得知猴王为天地所生，"暗喜"，给猴王起名为"孙悟空"，这个名字意味深长，这时书中附诗曰"鸿蒙初辟原无姓，打破顽空须悟空"，菩提祖师深意在此。但孙悟空当时并未领会恩师真意，回到花果山称王称霸，尽情挥洒自己可怕的力量，天庭以"弼马温"的官职来进行安抚，但孙悟空发现实际上天庭根本瞧不起自己，内心受到极大的侮辱。十万天兵天将被孙悟空打得一败涂地，天庭无奈再进行招安，满足了他的愿望，册封其为"齐天大圣"，"官封弼马心何足，名注齐天意未宁"。"齐天大圣"反映了孙悟空当时那种自由反抗和不可一世的气概。等到个人英雄主义遭遇社会集体力量的反扑后，孙悟空被压在五行山下，"五行山下定心猿"。而这五百年正是孙悟空"悟空"的时候，五百年的风霜雷电和铁丸铜汁给了他更多的孤独和思考，这五百年正是他修心最关键的一步。而在这五百年中，孙悟空到底进行了怎样的内心挣扎和自我醒悟，《西游记》并没有写。但无论怎样，从孙悟空出山后的"行"的细致观察来看，我们可以得知孙悟空在这五百年中的痛苦没有白白忍受。

唐僧将之解脱出来，给孙悟空取名为"行者"，隐含了取经路实际上是一个修心的过程，既"悟"且"行"，这便是知行合一。其实在取经路上，孙悟空才是真正的大智者，当遇到艰难险阻和妖魔鬼怪时，唐僧问孙悟空"几时方到灵山"，悟空说道"只要你见性志诚，念念回首处，即是灵山"，顿使唐僧悟到"原来千经万典，也只是修心"。在第三十二回中，当唐僧面临高山而心生怯意时，孙悟空说道："你记得那乌巢和尚的《心经》云'心无挂碍，无挂碍，方无恐怖，远离颠倒梦想'之言？但只是扫除心上垢，洗净耳边尘。不受苦中苦，难为人上人。"由此观之，孙悟空的悟性显然已比唐僧高出更多。也正是因为明心见性之后，孙悟空才能像一个真正的行者和战士般去坚忍不拔勇猛直前地战斗。

等到"九九数完魔灭尽"，孙行者被如来册封为"斗战胜佛"，这是对孙悟空修心成果的最终肯定。斗、战、胜、佛，四个字也极能概括孙悟空的整个经历，真正的战斗却是与自己的战斗，与内心的战斗，魔由心生，待到自己战胜了内心，战胜了心魔，便明性成佛，达到圆融境界。罗曼·罗兰说："我称为英雄的，并非以思想或强力称雄的人，而只是靠心灵伟大的人。"在他看来，真正的英雄是属于痛苦和孤独的人，真正的伟大是自我同内心的抗争，孙悟空和克里斯朵夫正是这样的英雄，这也是"齐天大圣"与"斗战胜佛"的真正区别所在。

西游记最后一回有这么一首诗："一体真如转落尘，合和四相复修身。五行论色空还寂，百怪虚名总莫论。"当时读时总觉费解，现在融合自己的理解再加上穿凿，暂时定名为"一人三我"。

我所说的"一人"是指整部书上写的只有一个人，取经路上也只是一个人，一行合为一人，而孙、唐、猪、沙都是一个人在思维和心性上的五种形象化和人格化的反映。孙悟空是天地所生，浑然天成，他要经历一次修心，还要增加其他四种不同意识和悟性的左右考验，故曰"一体真如转落尘，合和四相复修身"。可以看出，妖魔鬼怪是内在的诱惑，千山万水也只是外在困难，若五人团结一致，纯乎一心，心魔就会被战胜。在五人当中，孙悟空的境界最高，他火眼金睛，对事情的真相很是明了，但问题就在于，五个人在闯关时总有异议，尤其是唐僧、猪八戒的内心多有波动，这实际上是一个人在面对困难时产生的不同想法和顾虑。所以，五人实为一人。

佛家有"三界"之说，即欲界、色界、无色界，欲界指包含财、色、名、食、睡五欲的地方，色界位于欲界之上，为离欲的众生所居的地方，而无色界则又在色界之上，为无形色众生所居的地方，三界统合为一个大世界。《西游记》反复提及三界实质上是人的内心的不同境界。弗洛伊德将人格分为"本我""自我""超我"，本我指人的本能的原始的欲望和冲动，超我是人的理想，代表一个人的独立而完善的人格境界，而自我则是个人觉醒的部分，是联结本我和超我之间的桥梁，其存在目的就是为了调整这两者之间的比例，力图产生一个完善的人的过程。所以从一定程度上说，"三我"是三界的人格反映，代表了孙悟空人格成长的过程。石猴从出世到身压五行山这一过程属于欲界和"本我"的阶段，孙悟空不断地表现自己的力量，蔑视反抗一切阻挡他的东西。从孙悟空出山到抵达灵山，这就是属于色界和"自我"的过程，孙悟空必须通过自我的觉醒和不断的战斗到达灵山取得真经，而孙悟空被封为"斗战胜佛"便是达到无色界和"超我"的时刻。

我觉得《西游记》是民族想象力的顶峰，中国的神话支离破碎，到现在还没有被完全整理成一个系统，但《西游记》却至少为我们提供了一个较为完整的范式。

看着屋内的电光石火，听着风声雨声雷声，慢慢平静下去，真没想到竟然想了这么多，看了看表，已是凌晨3点多。听着外面的潇潇风雨，不久便觉得脑袋沉沉的，渐觉要进入梦乡，我喃喃念道："猴哥，等等我，一会儿见……"

（2007年7月）

守着窗儿

　　近来常一个人蜗居在宿舍里看书做功课，眼睛酸累了就向窗外走去，看看外面的天气如何。窗户，多少能让屋里的人感到一丝清新和惊异，想想啊，黑咕隆咚的一间屋子，大铁门沉重一叹便将人孤立起来，闭闷地让人的心灵也会觉得压抑慌乱，日子一长，不知道内心会落多少的灰尘，心如止水也会式微成心如死水了。犯罪的人若判监禁去到铁屋子里生活，空间如此促狭，难得见着几次阳光，黑暗的雕琢和惶恐的折磨带来了心理上的死寂，很难想象这样的刑罚怎会让人改过自新，假释后又该让他们如何重新面对生活，可见窗子对人是多么重要。在《肖申克的救赎》上，他就想在如此窒息的狱墙内凿一个窗子出来，建立了图书馆，让监狱里的人都能通过书籍来寻到可以印证自己的窗子，可是这个铁屋子虽有窗户，却是"万难摧毁"的，内心的自由强烈着呼唤着他。他用 20 年时间从厚厚的墙壁中又凿出了一个洞，或者说是一扇门，风雨交加的晚上，电闪雷鸣，终于解放的他仰天呼喊，泪流满面！那一刻的心情谁能了解呢？

几年前，朋友对我说，没有心灵遭遇和挣扎的人是难以体会到自由明亮的感觉的，常人都说阳光真好，但他们看到的阳光是不同的，甚至在晴朗的天气里，他们也忙碌得不会管自己头顶上的蓝天多么的蓝，星空多么美。我能品尝到这种感觉，不知道这样说是幸还是不幸，走过的落叶一年年垫成了厚厚的路，也愿意自己内心像一潭波澜不惊的湖水一样，但希望流水注我，我又能注江，不至于发臭变咸，能有这种清朗真是好。若开窗后，每一风景皆得我之平和欣异，我也真能达到铃木大拙的境界了。别人说何必哀伤，缺少成长，可"鱼出游从容"，有人自知鱼之乐，可你是他们吗？你能了解他们吗？只有了解方知同情，只有超越方知关怀。其实，我的窗外就是我的世界，我又何尝在乎过你投来的眼光呢？

窗外碧云冉冉，杨柳堆烟，站在楼台上远望，也是草色烟光，但这个望，望多了也会望极春愁，望出个明月楼高休独倚来，忍不住了呢，就会想打开门溜达一下，更或远行一番，去真正触摸那只有自己的心灵才可贴紧的山川之美。春天一到，杜丽娘也许是望见窗外几枝花开，"不到园林，怎知春色如许！"走出房门，偶然来到花园，也忍不住惊异一番："原来姹紫嫣红开遍，似这般都付与断井颓垣。良辰美景奈何天，赏心乐事谁家院……朝飞暮卷，云霞翠轩；雨丝风片，烟波画船——锦屏人忒看的这韶光贱！"青春，甜美和忧愁，在年轻的姑娘心里盛开了，戏词点点缀缀，如乱红飞过秋千，飞到墙外，也让墙外行人林姑娘听得呆了，她这又何尝不是想寻一扇窗或一扇门探头探脑窥几眼呢？

但有时窗外的风景和门外的风景却不怎么让人觉得一样赏心，窗外是梅花一枝开，挑动了你的心弦，但走出门外却是芳草碧连天，夕阳山外山，难怪钱钟书说："春天是该镶嵌在窗子里看的，好比画配了框子。"两年前我在聊大松雨轩读书，读得累了想看看窗外，翘首遐观，窗外却是整个沉默冷冰冰的实验大楼。毕业生卖书时，我在摊上买了几个画框贴在松雨轩的墙上，一张春天农家院落里的油画，满眼溪山；一张简约但让人心向往之的大海，海边还搁浅着一艘古船；还有一张挂在我的书桌旁，微风摇动的雪茸茸的蒲公英！它们真像是我的另三个窗户一般，一个人在房间会看啊看，做梦的时候还会像孩子一样梦见自己从这三个窗户里面走进去，进入到三个神秘花园，瞧啊瞧，逛呀逛，就是不愿意回来。

窗外的景色惹人心醉，忍不住就想去远行一番。我特别羡慕经常去出游的人，总觉得去过很多地方的人眼界也开阔，读李卓吾的时候我旁批道："读万卷书终为他人丘壑，行万里路方是自己文章。"所以苏子由也非常羡慕司马迁，"太史公行天下，周览四海名山大川，与燕、赵间豪俊交游，故其文疏荡，颇有奇气。"

在窗子里眺望楚天的景色，是别致而有意趣的。坐在珞珈山古籍所三楼的小教室里，清晨，邓老师讲完一课段注《说文解字》，课间休息，揉揉发酸的眼睛，向窗外的珞珈山顶望去。秋光如此温暖，深红浅黄的层林中隐出老图书馆的飞檐，飞鸟啁啾而过，清风吹着窗台上一缕白草，却不会显出萧瑟来。傍晚在图书馆楼层上翻书，来到窗前偶然看到远处的景致，平林漠漠，万鸟归栖，不知那里是太白还是静安在对自然私语。在于老师偌大的书房中像观景一般观书，虽然南窗是烟火市井，北窗却是东湖胜景。前几日晚上三人到万老师家去看书，温暖的笑声、翻书的声音能让这个书房生出遥远的感动来，无意瞥见老师书桌前窗外的一棵树，枝盛叶茂，不觉无言。昨天下午陪着同学去汉口，正值冷雨潇潇，轮渡过长江时，从船的窗子里望见了滚滚的浪涛和烟雨迷蒙的黄鹤楼，我对朋友说，如今我也是"出没烟波里"，而"烟波江上使人愁"了。

几个小时前，正披着大衣在宿舍看书时，珞珈同学发短信说："下雪了！"我跑到窗子旁一看，还真是，下雪了！当聊城故友说已经下雪时，我真羡慕，没想到今年这里也难得下了。雪还挺大，雪花在昏黄的路灯下面横飞，地面和树木已经开始着装了。等到明天一早醒来，窗外肯定是武昌难得一见的白茫一片。我对朋友说，要是有点小酒喝就好了。

在聊大松雨轩，每当窗外风雨肆虐的时候，躺在床上静静听着，会感到自己蜷缩的这个小屋真是温暖。在这样的风雪天，塞向墐户，想念独自在家的母亲，思念在沪打工的父亲，心里想着忙完作业赶紧回家。半夜有点睡不着，在键盘上敲完文字，关上电脑，望了望窗外，飞雪仍旧。打了个哈欠，去睡个好觉吧，不管窗外的风有多大，雪有多大，被窝里是暖和的。

（2008 年 1 月 13 日）

幸福和孤独

　　为了追寻幸福，人的一生注定要遇到很多人，碰到很多事。然而幸福是一种心灵上持久的满足、清透、欣慰、安宁，似乎最应在能坦然坚信并体悟将如何度过一生时才能得以评判，所以，我觉得，30岁以前莫谈自己幸福与否，因为时光在等待。幸福在人的一生中，一定与酸苦、忧愁、落寞相伴而来，如影随形，否则不会显示出幸福的珍贵和久远。

　　蒙田说："人生真正的幸福取决于心灵深处的宁静和平，取决于始终不渝的果敢自信。"人生会有很多艰难，内心也会有许多磨难，但人最可贵的就是拥有坚持和希望。但什么叫坚持，什么叫希望呢？我觉得没有坚持到最后一刻那就不叫坚持，没有把最后一丝希望打破那就还有希望！如果你还不是耄耋之年，就有机会一步步接近幸福。

　　幸福有时是对以往岁月的模糊总结，人在回忆中往往会过滤掉很多痛苦的东西，而美好的时光就像明火烛照的夜航船缓缓从记忆的河面上驶来。一个人坐在树下静静看着树叶飘落，也会想起那些跌落的时光和远去的人们，回首往事，是否应会觉得生活可爱？也应会欣慰地微笑吧。很多人在年轻时候不断询问自己和世界，幸福在哪里？迷茫的眼神仿佛表明他们已经与生活打了一辈子的战役，命运的枷锁似乎永远在锁铐着他们，苦不堪言。我曾经问过一对老人，你们幸福吗？他们说："我们好像从来没有考虑过幸福，一生都是这么搀扶过来了。老了，觉得一生虽然波折不断，但平平安安，现在想起来，年轻时也经常会怨天尤人，觉得自己命苦，但沟沟坎坎也都走过来了，不能说很幸福，但也能称得上知足吧。的确，人在回忆时经常这样感慨，'真不知道当初是怎样过来的'，这样感慨，就说明，毕竟已经走过来了。我们现在头发白了，很多事情也觉得平淡了，心里的起伏也安静平缓下来了，你这样一问，我们反而觉得自己幸福了。"老人的话让我眼睛湿润，这应当是一起吃苦的幸福吧。

一位大学同窗在一篇文章《写字的快乐》中写道："爱写字的人，通常想得多，观察得多，想得多的人容易不快乐。"然而，有人真的愿意永远好奇下去，思索下去，这种情况主要源于读书的好求甚解，还有的人呢，是太多的生活遭遇逼迫着他不断想下去。同样都是想得多，但我觉得以后就不一定不快乐。岁月能改变很多，书是人生在纸上的游走，是心灵在跟随目光一页页翻过，我们对书的认识也与年龄有关，年轻读书时易长乖气，所以"精神到处文章老，学问深时意气平"。我们对生活的认识往往都是暂时、一时的认识，时间的叠加和经历的积累可能会增加内心的创伤与烦忧，但也同时在冶炼和抚慰着疲惫的心灵。写字的人，读书的人，面对生活和人间时，眼眸总是忧虑的，但我相信他们的忧虑皆是源于他们的热爱，总有一种温暖植根于内心。高中时读过罗素的一句话，他说："生命是一条江，发源于远处，蜿蜒于大地。上游是青年时代，中游是中年时代，下游是老年时代。上游明净而婉转，中游狭窄而湍急，下游宽阔而平静。"

作为幸福的一个影子，孤独是一种可贵的心境和常态。孤独不仅仅是在独处的时候流淌，很多时候在热闹和狂欢中也在灵魂中弥漫。我敬重那些孤独的心灵，最灿烂的笑容应该属于那些经历了岁月磨难并与生活持久战斗的人，他们心中有悲伤苦痛，但时刻留有坚韧和勇敢，只要一息尚存，就会永远坚持下去。真正的人文并不是简单地告诉你，人是孤独的，更想告诉你，孤独是一种精粹的血气，是一种坚韧的力量，孤独可以帮助你感受内心的飞升！要善用自己的孤独迸发出超人的火光！我所知道的那些永不放弃或不甘平庸的人，都是那么善用孤独。江天的波浪可能也会让他们有种"客子光阴诗卷里，杏花消息雨声中"的慨叹，但他们心中毕竟还在秉持着一种东西，这种东西犹如夜晚中的光亮，不至于让他们寒心和迷失。真正的孤独，其实是内心的强大足以支撑自己的信念和行动，以至于他很少会倚仗他人或借助外物来为自己虚张声势、缓解焦虑，这就说明真正孤独的人，是一个真正独立的人，一个真正能确信并践行生活理念的人，自然也是一个能获得幸福的人。

我一直认为，只有了解方知同情，只有超越方知关怀。同情是给予别人的理解，这一点，我可能没有做到足够的同情，还不够了解；超越既给别人，也是给自己心灵的关怀。刚刚二十一岁的我，涉世未深，经历的事情不是很多，但我相信两点东西：一是人在成长，成长就会有痛苦，有痛苦才有升华；二是幸福是一种发自内心的安全感，虽然苦乐相随，但未来是那么有盼头。一年前，我曾对朋友说，追寻幸福就像凝望阿甘脚边的羽毛，从白云到城市，无论落地或者飘飞，都会有音乐响起。

我那么相信人不是一座完全的孤岛，想让自己和朋友都过得从容些，作为一个从一段幽暗岁月中走来的人，我觉得未来还可能要穿梭更多的丛林山峦，在这一路跋涉中，总有一束光与我们同在。

（2008 年 3 月 1 日）

电影让人爱上寂寞

从海上审视 20 世纪

夜晚，城市在宁静的港湾沉酣入睡。一直很静，安静得可以直透枯寂的内心，故事像月光下浅滩上的海水一样，静静地抚摩着这片不安分的陆地。那音乐，应该是属于大海的声音，在我的心田里荡漾，荡漾，荡漾到我最深处的渊谷……

《海上钢琴师》(The Legend of 1900) 故事发生在 1900 年的一艘轮船上，一名弃婴被水手发现，被起名为 1900。他从小就对音乐有天生的灵感，钢琴是他的生命，"我和我的音乐不能分离"。他的音乐，折射其心灵的高贵，他甚至可以穿透人的眼神洞察其灵魂。手指在 88 个黑键白键上拂过，他用钢琴把人的情感和世间的辛酸全都静静地弹出来，钢琴曲就是他内心的表达方式。30 多年来，他从未离开这艘船，从未踏上过陆地，终生与船相伴，与海相伴。他产生过上岸的想法，只有一次，因为一个朋友这样对他说："在陆地上听海，海的声音像呼唤，它告诉你，人生是重大的，听到了就知道怎么活。"但就在他即将下船时,他看见了城市,除了尽头什么都有,连绵不绝,他感觉在陆地上找不到世界的尽头。世界千变万化,船只载客两千,不光载人,还载梦想。他对着城市笑了笑,从容地回过头去,回到了他的船。最后,这艘船因年代久远,要废弃被炸掉了,他还是没有上岸,躲在船里,船里没有了钢琴,他用内心在歌唱,这是来自他心灵深处最坚强的音乐。他生于船,长于船,死于船。

音乐在船舱里流过,再坚韧的心房也会被穿透。我听过一些钢琴曲,以前看傅雷翻译的《约翰·克里斯朵夫》,我可以从钢琴曲中听到人生的战斗和狂野,看到贝多芬式的狮子面孔。听过克莱德曼和班德瑞的钢琴,那是天地间充满诗意的奏鸣曲,从蓝色天际到寂静山林,从幽谷深处到泉水海滩,就像普林什文的牧歌,让我们贴近大地的心灵。有一次在朋友那里静静地听她弹琴,纤纤素手在朴素的黑白键上悠然荡起双桨,宁静的琴声和灵魂的香味从心底开始流淌,两个人若有所思地凝神看着窗外,眼神也变得异乎柔和。

而这首海上的钢琴曲则不同,大海在月光下沉睡,心灵在安谧中得到安慰。在这个世界,自然的声音总是能让世俗的音调相形见绌。在故事当中,爵士乐祖师要挑战这位海上钢琴师1900,1900微笑着接受,但任何浮躁的狂响都敌不过沉寂纯净的音弦,那是属于海底心灵的真实流露,而单纯往往透着世间最凌厉的力量,什么都不能阻挡。

众所周知,20世纪是人类历史上最突变、惨烈的时代,充斥着革命、战争、工业化、城市化、后现代等主题，1900 作为一个人，出生于 20 世纪伊始，却与 20 世纪如此格格不入，不是他太特立独行，而是众生皆被时代裹挟。他是人类，却没有国籍，他始终在海上观察着来自不同国度、拥有不同信仰的芸芸众生，本身就带着超然的视角看待 20 世纪的人类文明和生死爱欲。因此，他的音乐，他的坚守，仿佛是在嘲笑讽刺这个世纪中所有自鸣得意的伟人与得过且过的凡夫。城市、高楼已然成为人类精神走入困境、逐渐异化的象征，大海、轮船成为纯粹音乐、遥远乡愁的最后栖息地，在无奈中四处漂流。片名 The Legend of 1900，其实是以钢琴家的视角来审视 20 世纪的人类心灵史。

这部影片，细腻的笔调中不乏色调的从容，欢快的钢琴曲却流露出对人生的悲悯。一切都在钢琴当中，都在音乐当中。语言是贫乏的，音乐才是最极致的，同时它也是人内心最高尚的艺术。静静聆听钢琴曲，聆听我们的内心，聆听整个的自然和宇宙，听着听着，或许我们就会明白：以往的时光，我们可能蹉跎许多，但今后的时光，我们又该如何真实地度过。

（2006 年 4 月）

两百多岁的爱情

我很欣赏朋友对 Bicentennial Man 最后的发问，"从一个机器人到一个真正的人，距离 200 年，从一个人，到一个真正的人，距离多远呢？"这似乎是在对成长心灵或安宁内心的无奈和嗟呀，影片或许在告诉我们，人应当有爱，爱才是人的一切。

机器人科幻在科幻片中人气很高，如 AI、Terminator、I Robot 等，机器人科幻往往难以绕过一个尴尬的问题，即机器人与人的共处问题，挑战着现存人类社会的基本伦理。机器人科幻之父为大名鼎鼎的阿西莫夫，他制定出的著名的"机器人三定律"在许多电影中都有提及，但在 Bicentennial Man 主要讨论的是机器人向人的过渡问题。这个问题及衍生问题触及到人类本质的命题，即人因何为人的问题。片名 Bicentennial Man 直译应为"两百岁人"，但通用的片名却为"变人"，即从非人类变化为人类，恰当概括出该片的核心意义。

安德鲁从被启动开始就显示出创造性、情绪性等独一无二的特点，他又通过对人类历史文化的学习，开始懂得争取自由平等的意义，后来又为了争取爱情而不断努力，直到获得死亡——机器与人类之间的终极差别。当安德鲁已白发苍苍，坚定地站在法庭上陈述自己时说，"我一直相信，我之所以是我，是有原因的"，这是本身对内心的追问，"我安排了自己的死亡，我宁愿身为人类而死，也不愿意身为机器而生"，生与死，瞬间已经决出人的终极所在。

人因何为人，实际上是从 W 向 H 的转变，即人应怎样活着的问题，而这个问题远远不是像禅宗顿悟继而心体明澈那样简单，从 W 到 H，人为了追寻其坚韧前进不息所支撑的勇敢心灵，又该独行多远呢？黑塞说："面对充满暴力和谎言的世界，我要向人的灵魂发出我作为诗人的呼吁，而我只能以我自己为例，描写我自己的存在与痛苦，从而希望得到志同道合者的理解，而被其他人蔑视。"同样，安德鲁与波夏的爱情也许被人蔑视，但对他们来说，一生永远的安宁却是再也满足不过了。

片中充满了浓郁的普鲁斯特式怀念，所爱的人慢慢老去、离开，而时光却一直流逝，对于安德鲁来说，时间对他没有任何意义，因为他是长生的，但他安排了自己的死亡，在他死的那一瞬间，法庭也宣布了他成为了人类。人类如树上的叶子，生生不息，死，在此赋予了人生重大价值。

片中一些镜头异常迷人。安德鲁获得自由后，一个人在海边建房子，他在海边散步，风雨晚上和一条流浪狗相伴。当他回忆往事时，仿佛看见以前的老主人在对他叹息"世事无常"，当他幡然白发走下法庭的时候流下泪水，望着波夏喃喃念道"毕竟我们努力过了"。当两人临终前握住手，安德鲁微笑去世，波夏轻声说"see you soon"，是的，"待会儿见"。追求死亡，无形中让死亡得以永生。

（2008 年 2 月）

重看《异度空间》

话说当年玄奘法师西行求法，路遇乌巢禅师，乌巢禅师说前方多妖魔鬼怪，便授之一经，十多年后，玄奘回到长安便把此经译为《心经》，我熟记于心，尤其喜欢这一句，"心无挂碍，无挂碍故，无有恐怖，远离颠倒梦想"。其实所有的妖魔鬼怪、生死名利、荣辱得失、怒恨忧愁，皆是因为心有"挂碍"，是因患得患失而产生的障碍。"心无挂碍"，便是佛家之"空"，便是红楼梦中戏台上鲁智深所唱的"赤条条来去无牵挂"，不是宝玉所理解的过于文人气的孤冷禅语，而是真正的清透与安宁，吉光片羽，或许很多人都无福消受，不过使我飘然向往。

《异度空间》说的同样是一种"挂碍"，这种"挂碍"更像弗洛伊德的"童年遭遇"，而且这种由早期伤痛而产生的"挂碍"不断在深度压力的社会生活中得到弥漫和加深。伴随着"挂碍"的长期压迫，人的脆弱性逐渐展露，如若自己无清醒而敏锐的自我心理觉察和分析能力，加之不懂得对自己进行调节，这种挂碍会逐渐像蔓草一样肆无忌惮地侵蚀人的内心，其力量足以摧垮一颗千锤百炼的雄心，使得安静的"心如止水"变为绝望的"心如死水"，继而放弃自我，放弃人生。一方面，这种毁灭心灵的"挂碍"酝酿萌芽于一个压抑、紧张的社会中，按照涂尔干的观点，自杀是由社会造成的；另一方面，这种"挂碍"在自己的不善调节和置之不理中得以蔓延坐大，层层累积，渐渐弥漫到越来越多的场景和事情上，最终来个猛然爆发。

所以，我们一定要注意自己的心理健康，然而我们民族存在一个偏见和恶习，大多数人都将心理问题"耻感化"，讳莫如深。一个心情不好的人需要自我调节，需要他人的关心，一个有心理问题的人如同一个感冒发烧的人一样，同样需要自我保养调节，需要他人的关心。

影片中有几个我特别欣赏的情节。张国荣扮演的医生在对林嘉欣扮演的病人进行心理治疗时，他无意识地提到自己的小学和殡仪馆的两个画面，林嘉欣在游泳池很高兴地要拥抱他，但张国荣却很紧张地抓住了她的手，这些都是特别值得琢磨的悬念，后来的剧情慢慢揭示了这些情节的意义。影片一开始极力铺陈林嘉欣的尖叫，实际上她不是最严重的患者，而心理医生张国荣才是最严重的。

由于少年时的一个悲剧，张国荣陷入长期的煎熬中。林嘉欣的病容易消除，是因为她的病是由于长期缺少关爱造成的，如果有人相信她、聆听她、关心她，她很快就会康复。而张国荣的病是一种从小扎于内心的罪恶感，始终找不到救赎之路。正如张国荣在影片中所说，要治好病，最关键的是不要自我逃避，但实际上他一直在逃避着，不敢直面自己的过去和内心。当经历一番痛彻而恐怖的挣扎和躲避后，张国荣最终还是回到初恋女友自杀的天台，他最终还是要面对当初一直逃避的问题。影片最后，张国荣最终彻悟并做出道德抉择，深情亲吻了血肉模糊的初恋女友的鬼魂，心灵再无"挂碍"，最终让昔日的爱彻底成为往事，顿时恐怖消失，鬼魂消失，迎面而来的便是林嘉欣温暖的拥抱。这不是恐怖片，而是一部很温馨的心理电影。

神学家讲：绝望乃最大之罪！而绝望往往来自逃避和无端的忙碌，看这冷漠无常的人间，来来往往的人们，多少人在逃避着，多少人在无端地忙碌着，他们内心的不安，灵魂的躁动，一直在销蚀着心中本有的梦想和安全感，遑论理解和关爱那些深陷抑郁与恐惧的人们，因为这些抑郁与恐惧，正是这个莫名的社会、种种不幸的家庭造成的。

（2009 年 5 月）

超越星球的梦想之旅

看到《阿凡达》将于 1 月 4 日在中国上映的消息时，我兴奋得从椅子上跳了起来，狂热怂恿三个同学一起去看。同学问我有何好看，我用着近乎演讲的口气说：因为这是"世界之王"詹姆森·卡梅隆的电影，这是《泰坦尼克号》《异形》的导演詹姆森·卡梅隆用 12 年时间拍的电影，很简单，就是因为它是詹姆森·卡梅隆的电影！第一次在 3D 影院看科幻电影，我们四个人戴着 3D 眼镜并排坐在一起，3D 果然震撼，立体图像，环绕声效，感觉身临其境一般。

潘多拉星球所在太阳系是离我们最近的太阳系，人类在那里发现了大量的高能源矿石，于是一场星际殖民战争爆发了。人类将人的 DNA（脱氧核糖核酸）和纳美人的身体合成一体，即"阿凡达"，然后把阿凡达作为卧底派往纳美人中，男主角杰克就是其中的一个"阿凡达"，影片讲的就是他帮助纳美人反抗人类殖民侵略。

电影叙事比较简单，且无新意，但这是一次梦想之旅，只会觉得梦想的美好与崇高，又怎会苛求叙事的奇异呢？一张张极富想象与灵气的画面展现在我们面前，那是纳美人骑着如凤凰一般绚烂的大鸟在浮在空中的哈莫利亚山上展翅翱翔，那是寂静的丛林中一只只昆虫在夜空划出绚丽的光芒与舞蹈，那是银光闪闪的古老的灵魂之树在召唤纳美人的心灵与爱心，那是你所从未见过的外星生物在向你微笑，看着这些画面从容闪过，配合着耳边庄严而悲悯的音乐，我和身边的朋友们都不禁"哇哦"一声轻轻欢呼。

梦想是附丽于爱的，若无崇高之爱、虔诚之心，便不是梦想，而是贪欲或邪念。当人类为了霸占潘多拉星球而屠杀纳美人时，少数的人加入纳美人抵抗人类侵略的队伍之中，他们"背叛"了人类，却皈依了人性。由此我们想，所谓文明，所谓野蛮，其中之分野到底应该如何界定？纳美人信奉自然和生态，相信万物皆有灵性，根根相连，在美丽的潘多拉星球，纳美人与其他生物相互呵护，用心沟通，共同谱写自然之歌。万千纳美人为了救一个善良的人类而团坐一起，将头发与大地连接在一起唱着圣歌共同祈祷，令人动容。是的，梦想不是凭空的，这样的场景我们曾经有过。那是人们在为一个共同梦想而祈祷的场景，那是佛教徒们聚在塔下虔心拜诵的时刻，何等的庄严与安宁，但不知何时，我们渐渐忘却本初的灵光。当人类的导弹将纳美人的古树毁掉时，纳美人泪眼相望，可曾想，这样的事情此刻在地球上曾经发生过，也正在发生着。

想起几年前我看詹姆森卡梅隆的《异形》四部曲，那种人在太空或外星的无助感至今让我不寒而栗。我猜想，在《异形》中，卡梅隆所批判的正是人类无限扩张所导致的文明坠落和自我反噬，而在《阿凡达》中，卡梅隆还是想寄托人类一些希望，他试图让人类在一切都还来得及时寻找人性原有的温情和爱心。博尔赫斯在《另一个人》中曾说："星球鳞片闪闪的躯体形成蜿蜒的宇宙之蛇"，这样的句子可以点缀《阿凡达》，但这不是外星的眼泪，这是地球的悲伤。

虽然片中的哈利路亚山有点模仿宫崎骏的痕迹，但我还是忍不住为影片的画面构思而赞叹，卡梅隆以天马行空的神思缔造了一个令人目瞪口呆的宇宙帝国及天国般的星球。影片利用特效将外星人的表情捉摸得如此细腻，甚至一个毛孔都不放过，两个外星人在树下互诉衷肠、热情接吻也如此真切和打动人心。卡梅隆率领一个金牌团队用了12年时间耗资5亿美元只为创作一部电影，一位语言学家用了4年时间为这部电影设计出了纳美人语言，这本身就是一个伟大梦想的实现。

影片结束，主题曲响起，我们摘下眼镜，相视而笑。那一刹那，超越星球的梦想之旅已经结束，而我有些心凉：原来我还在地球。走出影院，仰望头顶璀璨之星空，我忍不住感谢这部电影让我重温孩童年代，苏醒伟大梦想。夜风吹来，吹动着这颗星球和我们的梦想旋转不息。

（2010年1月）

将爱情进行到底

灯光渐渐暗了下去，电影一开始前五秒之内，歌声传来的一刹那，如从岁月深处奔涌而来的雷声："等你爱我，哪怕只有一次也就足够……"

每次路过东平大清河边的高中旧址，我总想将那三年的酸甜岁月写成一本书，或者以此构思一部小说。在那三年里，我疯狂阅读书籍，尝试写各种文章，订阅杂志，创办社团和报纸，聚集起全级 12 个班最优秀的同学，同时担任学习委员、宣传委员、语文课代表、英语课代表……激情与抑郁交织在一起，远比大学有质感得多。那一千多个日夜全部封藏在家中书柜的几大册日记里，记得去年暑假我翻出日记，稀里糊涂看到高一时期的一篇日记，内容大致如下：

> 上午历史课上，老师讲到《解放战争的胜利》一节，讲到人民解放军占领南京时，问谁会背诵《七律人民解放军占领南京》时，教室里鸦雀无声，我举手背诵完毕，老师点了点头。接着老师说，这时毛主席发出了"将革命进行到底"的号召，现在有一部电视剧的名字便借鉴了这一口号，谁知道？我举了举手，老师示意我说，我站起来，顿了顿，大声说："将爱情进行到底！"全班同学哄堂大笑，大部分人都以为我在搞恶作剧，老师笑着大声说：回答非常正确！

一进大学，为了克服抑郁症的阴影，我参与了多种学生社团，想让自己忙碌起来以便分散注意力。自从那时起，我便认识了一群终生难忘的人，发生的故事一如《将爱情进行到底》般热烈。后来，我毫不可惜地离开了大学，去了武汉，两年前，我又来到上海。然而多年以后的现在，我才隐隐感到，有些人注定是你大学时光的凝结，这两三个人甚至一个人就可以代表你的整个大学，而大学却是一生中最美好的时光。我们为何觉得大学美好而遗憾？

因为从进入大学开始，我们作为学生的身份顿时被解放了许多，这也正是姜文在《阳光灿烂的日子》将那个残酷岁月进行浪漫化的原因，因为在姜文来看，虽然那段时期在当时的别人及后来的我们来看残暴凶狠，但它却正是他们作为学生得到全面解放的时候，是一个可以尽情使用灿烂无匹的青春力量的年代，而如果一个人不能在青春中年少轻狂地肆意纵横一把，哪怕他将来再长寿再辉煌，也无法体会到生命的不朽和永恒。

进入史学专业后，我越来越感到自己在时间洪流中的位置清晰而又模糊，又渐渐染上了发掘往事的癖好，这种怀旧的情绪随着岁月愈发病入膏肓。大一时曾经与舍友共读过一本书《三年记忆，四年忘却》，那时便猜测着大学后各自的模样。如今时过境迁，岁月悄无声息地改变着，我们也在猜想着大学的续集到底会走向怎样的结局。当相爱多年的李宗盛和林忆莲合唱一首《当爱已成往事》，没想到一歌成谶，歌词开头道尽人生辛酸："往事不要再提，人生已多风雨……"

是的，将爱情进行到底的真正本质，是让我们将青春的心灵永远延续下去，不要忘记那些让自己热泪盈眶的少年意气和纯真情怀，即使前方风雨不断、世事凶猛。而那些我们曾经爱过的人，在岁月的沉淀中，貌似是割舍不断的记忆，其实已然成为我们自己热爱生命、挣扎求索的见证，我们想念一些人，其实不是怀念一段情愫，而是怀念当时的自己及与朋友相伴而行的成长岁月。真正的"爱情"，是纯真之爱，是灵魂之爱，是孤独之爱，是寂寞之爱，而真正的"成长"，绝不是适应了成人世界和社会世故的"成熟"，而是在滚滚红尘与流年风雨中越发坚韧地心怀这种真正的"爱情"。

　　灯光渐渐亮了起来，电影结束。我走出电影院，被吞没在上海人群洪流的夜色中，轻声对自己说："24 岁了，还要继续翻山越岭呢，生日快乐！"

（2011 年 2 月）

生命中的启蒙

夏天的一个雨夜，我坐在书桌旁，一边侧耳倾听窗外的风雨声，一边轻快翻阅一本随笔集，耳朵和鼻子所"闻"到的是许久未有的清凉明净，心里似乎也是烟波万顷，一片安静。然而，在匆匆翻完那本随笔集后，末页的一句话却让我的心凝重翻腾起来：What is man that you are mindful？（人算什么，你竟还顾念他？）这是《圣经》中的一个短句，却令人陷入许久未有的迷茫和思考中。

毕希纳云："每个人都是一个深渊，当人们往下看的时候，会觉得头晕目眩。"五年前，也许是在多望了一眼星空的一刹那，我在这个深渊里的蹦极就开始了。我在崖下翻腾，看见那条潜龙似乎也在水中跳跃，无数次和潜龙的对望虽使我身心疲惫，却让我逐渐体会到一种生命体验。我有时是生活在水墨画中的，登临送目，疏林淡如画，青山白水，空山新雨，我在汉唐墙壁上窥看园中唐诗宋词的枝枝蔓蔓，乘着一叶孤舟越过山峦溪流，冒着潇潇风雨爬上万里江山的玉簪螺髻。从窗外看风景，出门看世界，晚上做大梦，皆是过眼的溪山，厚重的五千年，它在永远地滋润我，我的生命也是属于它的。同时，面对这个充塞的世界，我心怀一些梦想、信念和诉求，坚信一切的努力都在于赢得自己的梦想。而人生亦是一场艰苦漫长的战斗，在恐惧和惊慌时，中国这种刚健平和的文化力量与西方那种勇敢悲壮的人文气息同时在抱慰着我。

真正的人文在激励人心，教会你"不忧亦不惧"，然而在一个人什么都不怕了的时候，等待他的又是什么？孤独。孤独从来不同于寂寞，孤独由一个人心灵力量的成长所致，也就是没有人能跟他强劲的心灵力量进行平等而相契的对话，而这种孤独是多么的伟大！它能发出多么惊世的力量！人类太贪婪，太懒惰，躲在欲望的泥淖中任自己腐朽沉沦，吃喝玩乐，自生自灭！在多少次对自己痛恨悔愧中，我努力挣扎，力图摆脱欲望杂念的重重困扰，而多次像泥土中爬行的可怜虫一般庸庸碌碌，消磨内心，虚耗时光。生命如此短促，就该让它丰盈饱满，充实而有光辉，让内心不断飞升，去赢得平和与安宁。回想过去的挣扎，难道我生命中的启蒙才刚刚开始？

欧洲的启蒙运动早已浮云几百年，启蒙到底是什么？一位老师推重两个人的观点，我也尤为欣赏。

康德说："启蒙就是人类脱离自我所招致的不成熟，不成熟就是不经别人的引导就不能运用自己的理智。如果不成熟的原因在于缺乏理智，而在于不经别人的引导就缺乏运用自己的理智的决心与勇气，那么这种不成熟就是自我招致的。Sapere aude!（dare

to know）要有勇气运用你自己的理智！这就是启蒙的座右铭。"
他所理解的启蒙可能就是"克己"与"慎独"，真正的自由不是率
性而为，而是能控制和掌握自己的欲望。康德所说的更趋向于一
种理性和自主性，然而这种理性和自主性又有多大的限制和范畴？
越是追求这种理性，也越会导致一种脱轨，如史华慈所说的"可
堕失性"，如果一个人在自身利益和个人视野上有所限制，加之意
志脆弱，这种理性和自主性能那么明澈安然地占据他的内心么？
他必须要在自身的价值上进行估定，求真向善，不断去经历更多
的艰险和远行，以求锻造坚韧不拔之志。从这个意义上说，启蒙
不是人生的某个阶段，却是全部的生命！我们整个生命都在不断
启蒙之中，根据西哲精神，启蒙实际上在为死亡做着准备，酝酿
着一种面对死亡的伟大心境。

与康德相比，门德尔松对启蒙的诠释另有一番视角。"教化是
由文化和启蒙组成的……教化、文化和启蒙是社会生活的修正，
是人们改进他们的社会状况的努力和勤奋。"他认为文化是一种实
践，而启蒙是一种理论，我认为与其这样说，不如说文化是一种
环境影响或习得，是"化"，而启蒙则是一种自我教育和省察，是
"教"。门德尔松始终关注着人的命运，"我一直假定，人的命运是
我们的一切努力和奋斗的尺度和目标，是我们的眼睛必须瞄准的
那个点——如果我们不想迷失方向的话。"他将人的命运划分为作
为人的命运、作为公民的命运，将启蒙划分为人的启蒙、公民的
启蒙，但这两种启蒙有时是有冲突的，"人的启蒙是对人的规定性
的认识，而公民的启蒙是与职业和等级相关的专业知识；前者实

际指的是文化，后者指的是科学。"另一方面，他将教化、文化、启蒙与命运紧密联系在一起："相较而论，启蒙似乎与理论问题的关系更加密切：按照他们对人的命运的重要性和影响，启蒙关系到（客观的）理性知识，关系到对人类生活进行理性反思的（主观的）能力。"

I was born，英文中是十足的被动态，我们被创造出来时很多东西都被决定了，这就是我们命运的一部分，而以后的命运也在等待着我们，为了这个命运，或者说为了一个梦想，我们需要的是更多有益的实践，更多文化的积淀，更多理性的反思，也许这就是贯穿着一生的 Enlightenment。

以前一个朋友常对我说要做一个"精神力量强大的人"，有次我对另一个朋友说到这件事，朋友问我，什么叫"精神力量强大"？我想了想，说："我认为就是能够比较纯粹地相信自己心里的东西，无论悲观或者乐观，都能以自己心里的东西去支撑充满无数未知的人生大厦，坚定地挺住！同时又能勇敢地去解剖自己，克己慎独，求真向善，不断让自己具有面对死亡时的坦定坚卓。"

我从哪儿来？我往何处去？我在此时此地是为了什么？是在等待，还是在离开？生命中的启蒙让我们更加清明安宁，不断勇猛精进。

（2008 年 8 月）

俄罗斯的眼泪

忧郁的时光！五彩缤纷！

我爱你临别的优美，

我爱你华丽的凋萎。

树林穿上金色衣裳，

树荫下风声阵阵，气息清新。

天空蒙着波浪状的雾霭，

罕见的阳光，最初的寒霜，

还有白发严冬的隐隐威吓。

——普希金《秋天》（1833）

　　秋天，多么美丽的秋天！没有欧阳子的悲伤，却伴着刘禹锡的光亮："山明水净夜来霜，数树深红出浅黄。"俄罗斯的秋天，拥有辽阔的森林和草原，广袤的白云和星辰，沉郁绵长的高山和长河，还有秋日过后的树林和小道，令人心驰神往。俄罗斯的秋天深藏在列维坦的油画中，从暮色苍茫的晚钟到金色秋天映照白云的小溪，俄罗斯的秋天永远充满着感性和深沉。俄罗斯的秋天深藏在托尔斯泰的作品中，苦难和战争后的每一条宁静河流抚慰着每一颗复活的心灵，俄罗斯的秋天始终酝酿着光辉和希望！俄罗斯秋天还深藏在这片土地的眼泪中，无边的森林摇动呼唤着心底最渴望的自由和爱情，俄罗斯的秋天总是流淌着热爱和悲伤。

我永远忘不了父亲对高尔基的挚爱，少年时我捧着厚厚的《高尔基全集》和《钢铁是怎样炼成的》，记住了那奇奇怪怪的名字，记住了那个勤奋读书的阿廖沙与不断抗争的保尔·柯察金，几次激动得掉下眼泪，这个苦难的俄罗斯，这些坚强的心灵！当保尔和谢廖沙在铁路上最后一次见面时，谢廖沙在暮色笼罩的人群中挥着帽子道别，似乎在说：兄弟，我们还会再见面的！当保尔负伤走到海的尽头时，似乎感到无路可走，一边看着大海一边回忆过去的时光和亲切的战友。高中时，我夜读托尔斯泰，这颗伟大的心灵永远在挖掘着人类心灵的挣扎和希望，生活，沉重而又那么让人期盼，每一次内心艰难的思索都在向着光明和安宁前进。大学中，我难以忘怀的是唱着牧歌的普利什文，他像一位大自然的诗人一般吟诵着大地的眼睛和自然的日历，以及让人心醉的林中雨滴，那是大自然最美丽的眼泪。从他那里我们可以发觉自己的本源，甚至永恒而生生不息的生命。

俄罗斯的眼泪，是我们这几代人永远忘却不了的回忆。我总有种感觉：俄罗斯文学是我们的青春，是我们的初恋和情人，那种单纯的热血中充满了凌厉与矫健，粗粝的诗句中洋溢着纯粹和真诚。每次读到俄罗斯的诗文，我总会想起十几岁时读书在家的一个情景：槐花盛开的午后，阳光温柔安逸，绿叶白花轻轻摇动，瞌睡中令人向往的是广袤无边的大地、美丽动人的喀秋莎、深沉勇敢的保尔、野马奔腾的葛利高里。我总觉得苏联早期的文学适合年轻人读，因为青春是自由的，奔放的，凌厉的，敢于否认一切并勇敢相信自己的力量；同时青春也是羞涩的，纯真的，热烈的，为了心爱的姑娘敢于大胆放弃所有。这是苦难中所追求的自由，是战火中所守护的爱情。瓦西里耶夫在《这里的黎明静悄悄》中所写的丽达那么爱恋着瓦斯科夫而他却从未察觉，而在单独执行任务的途中，丽达陷进泥潭，眼睛却还在仰望着青空，期盼着明天。托尔斯泰在《复活》中写到玛丝洛娃最终深情望着聂赫留朵夫，其实她发现他多么爱她，自己也多么爱他！可是正因为爱他，所以才不能让他跟自己在一起。"我爱你临别的优美，我爱你华丽的凋萎"，这是普希金的赞美，同样也是托尔斯泰的眼泪。

我很少发现有哪个国家的作家像俄罗斯作家对祖国有一种深沉悲壮的热爱，那种热爱不是爱上历史上的荣耀与现实中的富饶，而是真正爱上了她的贫穷和苦难，爱上了她的光明和阴暗。勃洛克在 1908 年无比深情地呼喊："俄罗斯，贫穷的俄罗斯，你的灰色的农舍，你的微风一样的歌——是我的爱的眼泪……是一种苦恼与眼泪，使大河有了大的声息。而你依旧是你——森林与原野，还有那块压到眉梢的头巾……"这种悠长的呼喊似乎是儿子在风中大声呼唤自己年迈的母亲一般，又仿佛是老柴的浓郁抒情音乐长久回荡在耳边。莱蒙托夫用"奇异的爱情"爱着自己的祖国，他尽情爱着"草原上凄清冷漠的沉静，随风晃动的无尽的森林"，爱着"野火冒起的炊烟，草原上过夜的大队车马，苍黄的田野中小山头上，那一对闪着微光的白桦"，其实，莱蒙托夫爱的就是在这片土地上的一切生活。俄罗斯有一半的眼泪都是来自于这片土地，几乎所有的俄罗斯人都在欢呼着果戈里所说的"鸟儿般的三驾马车"："俄罗斯，你究竟飞到哪里去？给一个答复吧。没有答复。只有车铃在发出美妙迷人的叮当声，只有被撕成碎片的空气在呼啸，汇成一阵狂风；大地上所有的一切都在旁边闪过，其他的民族和国家都侧目而视，退避在一边，给她让开道路。"俄罗斯，永远多情、永远年轻的俄罗斯，很多俄罗斯文艺作品都能唤起任何一个国家对自己故土的依恋和怀念。俄罗斯横亘万里，但大部分是冰雪覆盖的西伯利亚，俄罗斯产生了光辉灿烂的艺术，但它一直贫穷衰败，苦难不断，所以俄罗斯的眼泪是源于它"苦难的历程"。

这片土地的苦难源源不尽，心灵的苦难也在转侧翻腾。年轻的别林斯基以天才般的笔锋批判着俄国现实与文学，虽然英年早逝，却散发出不朽的光辉。普希金在无数的梦想和灰暗中煎熬，"严寒和太阳，多么美妙的日子"，那是心灵在抗拒苦难和恐惧中的战利品，格里戈里耶夫说："普希金就是我们的一切！"炽热欢腾的马雅可夫斯基写下了那么多让人心潮澎湃的诗歌，1930年他却开枪自杀，可知他内心也时常忍受着多么强烈的绝望。俄罗斯人在挖掘心灵的苦难和灵魂的深渊上，恐怕没有人比陀思妥耶夫斯基更深刻的了，别尔嘉耶夫评论道："他完成了关于人的伟大发现，以他为开端开始了人的内心史的新纪元……只有尼采和克尔凯郭尔与陀思妥耶夫斯基一起分享这个新纪元奠基者的荣耀。"陀思妥耶夫斯基在《罪与罚》中无比深透地将人类灵魂的丑恶、恐惧向我们一一揭发和袒露，其中，他在《群魔》中宣告："生活就是痛苦，生活就是恐惧，所以人是不幸的。如今一切全是痛苦和恐惧。如今人们之所以热爱生活，是因为他们喜欢痛苦和恐惧……上帝就是对死亡的恐惧所产生的疼痛。谁能战胜疼痛和恐惧，他自己就会成为上帝。"舍斯托夫说他是尼采哲学的奠基人，别尔嘉耶夫说："陀思妥耶夫斯基的创作是真正的思想盛宴。"

俄罗斯进入苏联后，人民遭受的苦难仍在继续，帕斯捷尔纳克晚年说："我已经老了，也许，很快就会死去，我再也不能放弃自由表达自己思想的机会了。"他所说的正是在五六十年代那个自由和光明被压迫和剥夺的年代，政治的专制导致一大批诗人和艺术家的死亡。"诗人是世界之光"，诗人是一个国家最纯粹最善良的心灵，"因为我曾用我的诗歌，唤起人们的善心，在这残酷的世纪，我歌颂过自由，并且还为那些倒下去的死者，祈求过怜悯同情"，没有什么比一个国家失去一位诗人再悲哀沉重的事情了。爱伦堡在《人·岁月·生活》中描述了一大批流浪者的灵魂，面对黑暗，他们在战斗，纵然生命被摧残，心灵却如山泉一样喷涌不止，"锋镝牢囚取次过，依然不废我弦歌"。这个世界太沉重，命运太残酷，压得我们难以承受，瓦西里·格罗斯在《生存与命运》中控诉了德国和苏联的集中营对人类的摧残，但他仍坚信一个真正的人在苦难面前仍会像人一样生，像人一样死。

俄罗斯的情歌如同伏特加一样欢快浓烈。普希金对安娜·凯恩表达爱意时写道："我记得那美妙的一瞬，在我的眼前出现了你，有如昙花一现的幻影，有如纯洁之美的精灵。"然而，这位伟大的诗人同后来的天才诗人叶赛宁一样殉情而死。布尔加科夫所写的玛格丽特的原型正是他的妻子叶莲娜·谢尔盖耶芙娜，当两人结婚之时，布尔加科夫说："我希望将来死在你的怀里。"在结婚八年后，布尔加科夫当真死在了叶莲娜的怀里。才气逼人的茨维塔耶娃对爱情甚至有着疯狂的占有欲："我要从所有的大地、所有的天空夺回你，因为森林是我的摇篮，坟墓是我的森林，因为我站在地上，仅仅依靠一只脚，因为我为你唱歌，唱得比谁都要好……"俄罗斯很多狂热的情诗是由茨维塔耶娃、阿赫玛托娃等众多女诗人创作出来的。相比其他诗人，莱蒙托夫的诗歌天马行空，总让人出乎意料而又禁不住赞叹："不是，我这样热爱着的并不是你，你美丽的容颜也打动不了我的心，我是在你身上爱着我往昔的痛苦，还有那我的早已消逝了的青春。"

俄罗斯更多的眼泪来自于对自由和爱情的渴望，两者的珍贵在于苦难的阻挡，自由不仅仅是人类天生拥有的权利，更是内心应该回归的宁静。爱情也不仅仅是男女恋情，更是对生活和命运的热爱。屠格涅夫描写他在森林里看天空的情景："你一动也不动，你眺望着：心中的欢喜、宁静和甘美，是言词所不能形容的。你眺望着：这深沉而洁的蔚蓝色天空在你的嘴唇上引起同它一样纯洁的微笑来；一串幸福的回忆徐徐地在心头通过，像云在天空移行一样，又仿佛同云一起移行一样；你只觉年你的眼光愈来愈远，拉着你一同进入那宁静、光明的深渊……"像极了王摩诘的禅味诗画和普利什文的自然牧歌。面对命运险恶和心灵苦难，诗人们依然追寻着光明和宁静，巴尔蒙特豪言以许"我来到这个世上是为了看看太阳"，莱蒙托夫在《白帆》中赞美道："而它，不安地在祈求风暴，仿佛是在风暴中才有着安详。"普希金说："但愿在坟墓入口处，青春生命活跃，但愿冷静的大自然，永远闪耀美丽。"内心的宁静不是淡泊，而是一种纯乎一心、主宰内心的力量，

托尔斯泰说："真正的信仰只有在宁静和独处时才会深入人心。"据说他晚年生病，晚上就坐在床上望着窗外的一轮明月。有次看到有关他的一幅插图，白发苍苍的他眼睛深邃而忧虑，旁边是他在日记中的一句话："手心冰凉，真想哭，真想爱。"最终，这颗一生都在同情和关怀人类苦难的心灵在一座简朴的坟墓中归于宁静。

俄罗斯总是充溢着青春般的热情，使得我多次回忆曾经的时光，也多次振奋内心的力量。俄罗斯有哥萨克的坚毅雄壮，一股顽强的韧劲如肖斯塔科维奇的《第七交响曲》，可以将任何敌人驱逐出去。俄罗斯同样也有诗人的悲伤，叶赛宁是一个很安静的天才诗人，他笔下的白桦树经常让我顿起普鲁斯特式的忧郁和惆怅。童道明在《阅读俄罗斯》讲到高尔基的四次流泪：为契诃夫的去世而流泪，为一只忠勇小狗的牺牲而流泪，在唱国际歌时而流泪，还有一次是高尔基在火车上，站长说火车司机和司炉工想见他，高尔基说："那太荣幸了，那太荣幸了！"然后他握着司机的手，哭了。童道明说："流泪是因为想爱。我喜欢流泪的高尔基。"

面对光明和黑暗，苦难的俄罗斯留下眼泪，滴落在人类广阔

的大地上，百年之后，我们仍能感受到来自历史和荒原上的悲怆
与深沉。

（2008 年 9 月 15 日）

天空照耀大地

人的可悲在于难以认清自身的不幸以及死亡所赋予生命的真正意义，由于无法认清自身的不幸，人便浑然不觉自己的真正价值所在，由此庸碌一生，贪婪一生，"以苦叹充盈天空，以泪水浸满大地"，最后无比恐骇地迎接死亡最后的审判，剩一具腐烂皮囊埋入荒土之中。自鸿蒙开辟，绝大多数人都沦落为无知无觉的行尸走肉，悲夫！

人的全部不幸在于人生来就是人的既定事实，故此人生来就是不幸的，为何？因为人是头在上、肢体在下的物，头主管灵魂和理性，肢体则附载欲望，所以人的真正涵义在于人是以灵魂和理性去控制欲望主导一切的物，若以欲望来左右灵魂和理性便枉为人了。然而，就事实来看，"肉体是灵魂的监狱"（柏拉图），人的灵魂和理性往往被束缚在这肉体之中。维吉尔说："这肉体恐惧、动欲、悲哀、欢乐，这样的心灵就像幽禁在暗无天日的牢房，看不着晴空。"同时，人生来便是罪恶的，亚当、夏娃在伊甸园这个光明世界中快乐生活，上帝使他们看不到自己的肉体，但在吃了禁果之后看见自己肉体的一刹那，羞耻感立即占据了他们的内心，肉体作为欲望在人类灵魂中扎下了根，种下了毒，由此人便被宿命地禁闭在这肉体监狱中，故人生来便是违背上帝意愿和美德的。我相信，人为孩童之时是有灵性的，但在成长过程中，沉重、肮脏、污秽的肉体将我们的灵性熏灭殆尽，如朱熹所说，人心生来是"虚灵不昧"的，但被"气禀所拘，人欲所蔽，则有时而昏"，由此，我们的灵魂也被愈加监禁困扰在这促狭逼仄脏乱的肉身中。从此，灵性与我们渐行渐远，我们醉生梦死，浑浑噩噩，哭天喊地，越来越多的欲望、荣辱、名利变本加厉地污染着我们的灵魂，自以为在不断进取奋进，其实只是受世俗的"习气"怂恿，我们越来越难以认清自身的全部不幸。最后在弥留之际，我们颤抖地向死神交上一生的生命报告，那令死神感到恶心和鄙夷的罪恶报告。

人无法认清自己的不幸便永远无法认识自我，一切问题的根源就在于人无法认识自身的不幸，若认识到这种不幸，便要努力改变这种不幸！在神话传说中，人是由土做成的，即人生来是从属于大地的，然而，大地作为万物的承载是贪婪的纵欲的，同样，大地和肉体也遮蔽了人对自身的认识。彼特拉克说："我为更伟大的事物而生，而不是要成为自己身体的奴隶！"人要摆脱这种不幸就是要让灵魂摆脱肉体和大地，让灵魂冲破肉体的重重桎梏，飞升云端去拥抱天空，并与众神一起俯瞰自我和大地！只有以天空的亮度和高度才能照耀和揭示大地的隐暗和自身的全部不幸，从而从世俗烦扰的喧嚣中超越出来，求得心灵的平静。由此我想到了安泰和赫拉克拉斯的不幸。

　　安泰的不幸在于他始终迷醉于大地赐予他的源源不断的力量，安泰和读者都认为大地是最强大最应受到尊重的力量源泉，然而在这里，大地实则代表了肉体和欲望，这也就意味着安泰的力量源泉看似强大而炫目，实则可悲而脆弱。赫拉克拉斯在发现他的力量秘密后，将他举到空中轻而易举地掐死了他！其实，现实的人何尝不是在为着名利、荣辱、得失等无数欲望而忙碌不休呢，他们自以为是在充实自我开拓世界，实际上却始终低着头迷恋着大地和贪欲，与安泰一样从未抬头仰望过天空，更别说让自己的灵魂脱离大地飞向天空了。所谓人，是一直贪恋着大地和欲望的；所谓神，是一直逍遥在天空和心灵中的。我们不要成为大地的附庸，我们要成为天空的主宰，我们要成为主宰自我内心的神。从人飞升至神，就要冲破肉体和欲望，就是要摆脱对一切尘世俗物的贪恋，在奋斗不懈的努力下让自己高坐在山巅之上手持理性的权杖制止风暴，安然进入死亡这个通道去接受最后的审判，这或许就是"自由"的全部意义。

　　希腊字母"y"在中世纪被形象地称为一种人生际遇的象征，也就是每个人皆会于某一时刻分别通往美德或逸乐的道路上踏出决定性的步伐。赫拉克拉斯走在十字路口，是该选择阿蕾特，还是选择卡吉亚？赫拉克拉斯犹豫不定，这就是人类面对贪欲时的软弱和恶习。阿蕾特代表了追求灵魂之美的美德女神，而卡吉亚代表了追求欢悦的幸福女神，虽然赫拉克拉斯在犹豫中选择了阿蕾特，然而却很可悲地陷入了卡吉亚的陷阱。选择阿蕾特代表着灵魂对肉体的胜利，而选择卡吉亚则象征着灵魂对肉体的屈服，然而选择阿蕾特注定要通过沉重艰难的努力去得到最后的安宁，故阿蕾特亦是一种非常疲惫的欢乐。在这个个体主义的社会，也许"生命不能承受之轻"，绝大多数人选择了卡吉亚，让自己的眼睛充斥着物质、情欲、光芒，却忘记了自己的灵魂和身体正在塌陷腐烂。

死亡的迫近促使人的不幸更加不幸，然而，尽管所有人都知道自己正一步步接近死亡，他们却不明白死亡到底赋予人怎样的真正意义，死亡并没有真正扎根于他们的心中。叔本华曾说："死亡是真正激励哲学、给哲学以灵感的守护神，或者也可以说是为哲学指明路向的引路者。"彼特拉克建议人应当"通过时常想起自身生命的有限，进而实践对死亡的沉思"，往往，人若无法认清自身的不幸，便难以觉察到死亡的终极价值。我所要表达的是：死亡不是简单地提醒人们生命短促不容浪费，死亡的真正涵义在于它是与美德并存与灵魂共生的！死亡的逼近促使人从青春的活泼光润一步步变为肌体的老化腐重，死亡是与肉体对抗的，也就是死亡是与欲望为死敌的！人只有在真正深入思考死亡时才能醒悟灵魂的超逸力量，灵魂越得到超越和飞升，我们对死亡越来越抱着更加安宁的心境去迎接它。"当你的身体不断变化时，你该为自己的灵魂没有与之同变而感到羞耻"，因为年龄的增长意味着死亡的力量在增长，所以灵魂的力量也应该得到增强！死亡最终是向往天空的，而肉体最后则是沉于大地的。康德所说的"道德律"和"星空"正是说明了死亡、灵魂和天空的一体意义，这样，我们就可以理解为什么苏格拉底说哲学是"为死亡所作的准备"以及蒙田认为探讨哲学"就是学会如何死亡"。

感谢彼特拉克，他在 Secretum 中通过假想与圣奥古斯丁的对话对自己灵魂进行了痛苦的拷问批判，每一句深刻严厉的批评都击打着我的内心，让我觉得羞愧而又欢欣！同时，彼特拉克启发着我对人的不幸和死亡进行更深入的思索和探寻。更重要的是，在读这本书的过程中，我越来越强烈地感觉到西方人文从古希腊一直到尼采一以贯之的自然流畅性，纠正了我以前许多肤浅与无知，让我深深叹服人类精神之光的伟大。

（2008 年 10 月 1 日）

夏友记

　　我们的生命来源于雨水、阳光和草木，故而夏天最能见证生命的勃兴。夏友，就是夏天的朋友，像夏天一样飞到我的身边。夏，即 2011 年之夏，亦即本命年闭关之夏。友，游也，旧雨新知，夫子曰："以友辅仁。"司马温公曰："风雨相友，草木以荣，君子相友，道德以成。"记，纪也，缘于温暖记忆，征于忠实记录，志于庄重纪念。

　　夏友自远方而来，目不暇接，不亦说乎？记得高一结束，同窗留言"独学而无友则孤陋而寡闻"，闭关期间，正是这些夏友带来诸多消息和故事，使陷入论著和论文中的我得知山外人间的变化，也让我在根管治疗和食堂饭菜的双重折磨下可以趁宴请朋友之机大快朵颐一番。虽然自己常常抱着"闭门即是深山，读书随处净土"的信念，但也常因人群太吵、城市太大而想一个人躲躲清静或与朋友拉拉呱聊聊天。这两天翻阅着闭关两月来的日记，突然有了写写这些夏友的想法，于是就爬梳日记，提要钩玄，无的放矢，废话连篇，形成了这篇《夏友记》。

甲

5月2日，高一哥们儿的女友，亦即我的高一同学袁同学，从沈阳军营探望哥们儿后返回苏大，因苏州无机场，只好先从沈阳飞至上海再转车。接到袁同学后，我请她到复旦步行街一家意大利餐厅吃饭。这两年我突然体会到，小学和初中同学时间太久远，大学同学又太近，只有高中同学恰好不远不近，最有岁月的模样和故乡的味道。我们说起当年在东平三中的求学时光，说起高一九的同学们，说起当年谁暗恋谁，说起各自所知的同学们的生活。袁同学说起一位高中女同学，我说，哦，我记得她，她当时还在咱们《久一报》做美编，画画特别好。袁同学说何止画画，接着说起她品貌何其好，唱歌何其棒，学习何其勤，高考分数不错可以上大学，但她父亲硬是不让她上，很快就嫁人了，唉，这种辛酸也只有农家子女才能理解。

袁同学的来临和谈话点燃了一种温暖的回忆，我想起家中一张高一全班同学温情永远的合影，想起那时常与二三好友荡舟大清河上，乘风破浪，想起与众多同志创办报纸，想起独自在半夜厕所的灯光下看英语，想起在花园的阳光和绿树下读书看报，想起高二、高三因为兼任语文英语课代表，可以每周阅读六十多本杂志，想起后来沉重而珍贵的抑郁时光，想起一些诚挚真切的老师。同时我也想起今年四月的一段旅行，为了追寻一个梦，我从长江口跑到黄河口，后来在归沪途中的车上，渡过长江，猛然从梦中醒来，窗外夜幕深垂，一轮清澈明亮的上弦月在远处山丘上缓缓落下，这才发现，原来我一直在路上。

袁同学翻看着我书架上的一些书，若有所思地说："我爷爷是一个老师，我记得他房间里就有很多这样的书，全是古文繁体竖排的。"我惊问："是吗，那些书呢？"她说："爷爷去世后就卖了。"我问："为什么要卖了呢？"她说："我们就觉得没用，小的时候我就很不理解他留那些旧书干嘛，但他还是像宝贝一样留着那些书，常用毛笔在房间里写字，不知道他在写什么。"我问："那可能是他老人家的手稿，那些书和手稿还有吗？"她说："我记得好像还有些书，他写的东西好像还有，有空送给你。"我笑着说："好啊，我得好好看看，抽空给你爷爷写个小传，我相信他老人家必定有故事。"过了一会儿，我长叹一声："唉，藏书的命运就是如此，有藏必有散，坐拥百城真读还好，不读的话，再好再多的书大都会被子孙败掉。"袁同学不好意思地低头笑了笑。

我们往往叹息书籍的悲惨命运，其实在人与书的相遇中，更应该叹息的是人。书不断经手，一册敦煌卷子，一本宋版书可以流传数千年，但人却有生死代谢，短短几十春秋而已，真是心比天高，命比纸薄，虽然书厄不断，但道义长存。记得去年听陈正宏老师的版本目录学课，他拿出自己珍藏的一卷《永乐大典》让我们欣赏，纸白墨精，朱墨灿然，字体典雅，气度非凡，是我见过的最美的一本书。他说自己藏有一册宋版书，上面有王世贞、黄宗羲、纪晓岚、翁方纲、顾千里的亲手批注，他激动地说，想想我竟然跟这些古人同摸、同读一本书，真是奇妙啊。当时我就想，既然这本书被这么多人题过，就可知在他手中的时间也只有一瞬而已，早晚还要归于他人，甚至毁灭。书籍只是载体，道不远人，道在心灵，真正的经典也只有那么几本，古人常说藏书不难，能读能用为难，那么何为能读能用？我想应该是将读书看成滋润心灵、激励成长的一种生活。想到这里，我转而感佩起袁同学的爷爷，他应该正是几千年来广大乡间儒生的一员，在困顿中仍然保持着一种安然的尊严，坚守着自己。

乙

5月9日上午，我正在图书馆查书，收到Jello师妹的一条短信，问我是否知道复旦附近有哪些著名书店，我料其已在上海，果然。我在珞珈时，Jello师妹乃古籍所肖老师麾下弟子，钻研战国文字，如今又高歌猛进，在武大简帛研究中心陈伟老师门下攻读博士，专攻秦汉简，如今许多秦汉史、经学史研究者都在猛读简帛。这两天因其男友来沪出差，Jello亦夫唱妇随，来沪玩耍。

中午请Jello在复旦北区北门胖哥川菜馆吃饭，聊起武大旧事，Jello说话手舞足蹈，阳光灿烂，大量网络用语滔滔不绝，典型的古籍所08级风格，这种欢乐的情绪也感染了我，同时也让我深愧我似乎不是80后而是70后。饭后两人一起逛书店，时间有限，只逛了学人、庆云、博师、古月等书店，鹿鸣、万象也只好有机会再去。我在庆云淘到戚继光的《练兵实纪》《纪效新书》，最近热爱兵法和军事地理，毫不犹豫买下，又多买了一份，给沈阳哥们儿寄了去。来到古月书店门前，Jello 惊称在孔夫子旧书网上买过好几次古月的书，高兴得蹦跳，让我给她在书店门口拍照留念。接着来到博师，她跑到里面，不一会儿拿着一本四库抽印本《山海经外 26 种》跑出来向我炫耀："小师兄，你看看，我竟然淘到了这本书！"我忙问还有没有，她得意地说没有啦，让我好一个羡慕嫉妒恨。

Jello 一路扫荡，淘到五六本好书。她可能不知道，自从她走后，复旦周围的书店开始陆续关门大吉，复旦北区唯一的人文书店三人行书店不久撤走，历史悠久的庆云书店也在临关门前挥泪二五折，万象书店也从复旦撤到了财大和复旦中间的大学路上。这当然与 Jello 没有任何因果联系。事实是，随着网上书店超低价免运费的冲击，书店难以抵挡，有的书店虽然顾客盈门，但大都是过来了解新书信息的，记住书名再回网上订购，所以，书店纷纷垮掉实在是无奈之事。前段时间，京东疯狂发飙，全场图书打三折，当晚上海师大的白博士打来电话让我赶紧抢购，但我现在对买书兴趣大减，发现攒钱买书不如攒钱旅行，图书馆于我足矣，所以那天看着同学们千儿八百地给京东送钱，我仍然无动于衷。

我逛过许多书店，从武汉到上海到南京到北京，感觉书店不单是一个书籍交易场所，更是一个特殊的公共文化空间，是一个优雅从容的风景所在。记得我进过华师闵行区的一家书店，里面布置得相当雅致，书店里有各种座位与喝咖啡的地方，读者可以边读边休息，复旦附近的万象书店经过装修后，也打扮得很是舒心，书店外面一片草坪和绿树，里面书籍满目，插架万轴，整整齐齐，旁边是五六张桌子，桌子上放着花瓶和台灯，读者可以随便抽取一本书坐在那里静静阅读。当心情烦躁时，我总会逛逛书店，虽然没有买书，但一进去马上就心静如水，当然遇到自己一直想读的好书，果断买下来，心里也是美滋滋的。有次跟导师一起吃饭，导师说他一直支持鹿鸣书店，他说一旦网上书店把书店挤走后，价格肯定会马上提上来，运费也会猛涨，这让我感到网上书店的发飙简直是一场商业阴谋，一旦书店瓦解，人类便会失去一片温馨的风景和空间。

Jello 听说复旦江湾校区非常漂亮，本来想一起去逛逛，怎奈逛书店时间太长，天色已晚，只好放弃。当晚，我们提着书来到北区附近的福满楼等待她男友。过了一会儿，一个沉敛文雅的小伙子信步走进来，他与 Jello 是高中同学，两人请我大吃了一顿，聊了许多关于他们家乡襄樊的事情。

丙

5月15日中午，看书看得头昏脑涨，收起书包到旦苑餐厅吃饭。刚要打饭，只见一位高高的男生叫住我，他说没有带卡，想用一下我的卡打饭，我说当然可以。他买了8.6元的饭菜，但没带零钱，他就拿出10元钱硬要塞给我，我说去给你买瓶橙汁，正好1.5元。他说："好，坐在一块儿吃个饭吧！"我买了两瓶橙汁过来，递给他一瓶，边吃边聊，一个新朋友慢慢展现在我的面前。

刘兄，满族人，家住呼伦贝尔大草原，与我同岁，大学毕业后在包头工作，最近刚被调到上海工作，今日闲来无事来到杨浦专门逛复旦。恰逢机缘，分秒不差，我在旦苑餐厅与他相遇。刘兄操着浓郁的东北话，我顿时对他的童年环境产生了好奇心，他见我对满蒙颇有了解，也渐渐打开话匣子侃了起来。他说满语是他的母语，上学之后说汉语，也会说一部分蒙语，我露出歆羡目光，夸赞道："加上英语，那也算是精通四门语言了。"

我越聊越觉得与刘兄特别投缘，比较喜欢他这种北方汉子豪爽的性情，便邀他一起逛了逛复旦校园，又领他在光华楼 27 楼远眺一番，随后两人坐在光华楼草坪上聊天。刘兄兴趣广泛，有很强的本民族荣誉感及身为中国人的自豪感，他说自己时刻认识到自己是一个满族人，举手投足不能给满族丢人，但他也觉得满族是中华民族的一分子，也为自己是一个中国人而感到特别骄傲，这样的情怀我很少在汉人身上看到。他说他去外滩看到中国人在鳞次栉比的银行前欢呼照相，顿时感到一种"沦落的沧桑"，他认为外滩那些银行恰是近代中国的耻辱，是被殖民的铁证，那么多中国人竟然当作圣地一般膜拜，真是可悲。两个人又聊起北部边疆各民族关系以及满族的风俗地理等，他说每年农历十月十三日是他们的颁金节，这个时候他全家就去辽宁祭祖陵。我说起清朝帝王高明的统治术，将四大边疆西藏、新疆、蒙古、东北同时绥服并纳入王朝版图，武功卓越，后期在内忧外患之际又设立新疆行省和台湾行省，功莫大焉。

我不好意思地说，自己去的地方很少，见识也少，所以一直渴望着去边疆旅行，现在就特想去西北一趟。刘兄说如果你去东北或草原，一定要到我们呼伦贝尔来，领你去我们的海拉尔转转。他听说我是山东人，说很想去威海，因为那里有刘公岛，我呵呵笑了，说你是想起北洋海军了吧，他说是的，当年北洋海军是亚洲最强的海军，甲午海战之后一败涂地，中国海军直到现在还被压制着。我们谈起了今后的理想和生活，颇有契合之处，他说没想到还能跟我交流上两句，我说你过谦了。他问我有没有听过草原歌曲，接着给我放了两首蒙古歌曲《鸿雁》和《欢迎到草原来》，音域宽广，歌声悠扬，我在草坪上静静聆听着，他则轻声和唱着。他还给我看了他女朋友的照片，一位漂亮的达斡尔族姑娘。我说，如果不是我最近在做牙齿根管治疗，肯定会邀你喝酒。他说你也挺忙的，下次有机会再聊。在邯郸路分别后，我走进图书馆继续看书。

6月底的一个雨天，我又在光华楼见到了刘兄，两人冒雨来到我的房间，在房间闲聊了北洋海军的历史，我给他看了看安冈昭男的论著。他说他前段时间刚去了威海一趟，见到了刘公岛，随后我们一起到胖哥川菜馆吃晚饭。这一次见面让我进一步认识到了刘兄的理想、抱负和性情。他关注着边疆及满族的命运，关注着个人理想的实践及自我的成长，所以我对他说，我在你身上看到了两个可贵之处：第一，我发现我们时代已鲜有的中国人意识，反而在一些少数民族同胞身上强烈地表现出来；第二，许多大学生包括一些读书人已很少有那么强烈的理想主义精神，反而你工作这么多年的人竟然还保持着这种精神和本色。

他说："兄弟，所以咱俩第一次见面我就觉得一见如故，刚才一进你房间，我发现除了一张凉席外，全是书，几乎没有什么修饰和电器，我就觉得你来上海是为读书而不是为享受的。"我心中一热，说："惭愧！不要被假象所迷惑。不过我一直觉得，大丈夫做事定当简洁明快，听过这句话吗，'道意坚时尘趣少，俗情断处法缘生'。"

他说自己最喜欢一篇文章，叫《少年中国说》，便跟我讲他对这篇文章的感受，我听得心潮澎湃，忍不住将这篇文章的最后两段背诵给他听。我说以后若能遂志，有两个心愿，一是在家乡建立一个公共图书馆，二是告老还乡，回到老家安度晚年，身为一个农家子，定当归田，若年老还留在城市，就会感到像无根之草，孤魂野鬼一般。他听完后，举起酒杯："兄弟！将来我也要回归草原，因为我的根在草原啊！"我们谈的最多的还是当今边疆问题的历史渊源，谈到了清朝的统治，我想起孔飞力说一定要将清朝的衰落同中华文明的衰落区分开来，我把这句话阐释了一下，因为我也感觉如果不能认清这个问题，就会影响我们对晚清的评价。刘兄说，实际上满族特别佩服汉族，满族认为汉族如果不自大，如果团结起来，一定会无敌于天下，成为世界上最优秀的民族，而不是最优秀的民族之一。我说，没有什么最优秀，各民族无论在历史上还是在当今都有着千丝万缕的联系，已经融为一个中华民族了。

丁

　　5月16日晚，我正在阳台上望着夜空吹风，收到韩璐短信，她说正在济南到上海的火车上，中午要在上海转汽车到湖州出差，只有四五个小时的停留时间，大家三四年时间没见，一起聚聚吧。看到这条短信，我陷入了回忆。大学时期，因为辩论赛，我认识了几个难忘的朋友，韩璐就是其中之一。她思维凌厉，逻辑冷峻而不失活泼，我总觉得她看人看事颇有洞见，似乎有种神秘力量，她的英语和日语能力也很强，屡次拿到全校最佳辩手和全国英语竞赛一等奖。她对心灵成长有着很强的渴望，她的信念和追求有时也激励着我，我很佩服她。韩璐大学毕业后便进入职场工作，常常出差演讲授课，昨天在西安，今天在广州，明天在烟台，后天又轮渡到大连，我常对其旅行式的工作表示羡慕。

　　5月17日一早，我赶到上海火车站，7点左右见到韩璐。她穿一身黑色职业装，比原来瘦了些，满脸疲惫。在回复旦的942路车上，我问起最近又去哪几个城市了，我戏称她的生活很像电影 Up in the Air 中乔治·克鲁尼的生活，她笑了笑，没说什么，她可能觉得我并不了解工作之后的真正辛苦。在旦苑餐厅吃完早餐后，我带着韩璐在光华楼前走过，穿过日本中心、北欧中心和相辉堂，一直进入北区，来到我的宿舍，一边喝水一边聊天。

　　与以往不同，我们再也没有提起辩论赛，虽然辩论赛对好几个朋友影响重大，似乎辩论赛已成为前尘往事，变成我们再难以触及的话题。韩璐谈了很多这两年的工作生活，也提起以前在大学中的日子。怀念这种东西，一个人时若隐若现，一旦朋友相聚，它就像洪水一样泛滥成灾。大学时，我常对朋友讲青春的重要意义，青春可以被雕琢，但不能被拒绝。但现在，站在青春的尾巴上，想起往事，似乎早已没了当年的底气。九夜茴在其小说中说："我也记得你说过，等待是青春苍老的开始，可是现在我觉得，是等待才让青春永恒。"然而，青春，我还在等待着什么呢？

韩璐说大学毕业后，自己发生了很多变化，她看了看我，说我也发生了许多变化。韩璐一下火车就订好了中午 11 点开往湖州的汽车票，所以聊到 10 点左右，我们就开始赶往汽车站。临走前，我从上次去姑苏寒山寺时带来的几本佛经中挑出两本送给她，在地铁上遇到一位老人和一个妇女，老人慈眉善目，看到身旁的韩璐手捧《地藏王菩萨本愿经》，借过来顶礼膜拜了一下，那位妇女也坐过来跟我们谈了一路佛经。

我把韩璐送到汽车站，看着她上了车，说一路顺风啊，接着挥手告别。

戊

夏天一开始，相九告诉我，他要回首尔工作了，这样一来，他的室友秀勇便从远处搬进北区留学生公寓。秀勇内向沉默，很少与人交流，几乎有点自闭，基本上都是把自己关在宿舍里看书，我常劝他别光看书，有空也出来散散步运动一下。这一次他搬到我附近，我突然发现，我一下子成为他最可依赖的人。

记得第一次和秀勇喝酒是在前年冬天，让我惊讶的是，他喝酒如牛饮水，转眼间，半斤白酒被他灌进肚里，我不敢再与他喝，只能买了一斤二锅头让他带回去喝。去年秋天，相九、秀勇、东勋、我以及济州岛的一位姐姐组成一个读书会，当时读的是梁启超《欧游心影录》。有次我们一起去喝酒，东勋不像他的同胞能喝酒，秀勇和那位姐姐说非常想喝二锅头，我拿来一斤二锅头，对他俩说，要慢喝，这不是你们韩国的清酒。但秀勇还是豪饮，那位姐姐自诩很能喝酒，但两杯下肚就马上意乱神迷，行为错乱，吵着还要喝，我便又要了一斤孔府家。喝完后，那位姐姐烂醉如泥，秀勇虽然有点摇晃，但仍然未倒。饭后，我们又背着那位姐姐来到烧烤店，我打电话叫了班里五六个同学一起陪喝，终于，秀勇和相九喝得差不多了，而那位姐姐自喝了三两中国烧酒之后便长睡不起，以后再也没见过她，据说很快就回纽约了。前几天，相九从首尔飞回复旦开题，约我和秀勇一起喝酒，相九兴高采烈地对我说："修志，我非常希望你能在明年春天在首尔参加我的婚礼。"

秀勇经过一年多的努力，终于在去年秋天如愿以偿成为韩昇老师的博士生。这个夏天，我与秀勇见面频繁，我向他请教关于韩国史、韩国语的诸多问题，他每次来也总是让我批改作文和论文，我慢慢发现秀勇其实是一个挺幽默的人，只不过不善表达和流露自己。我建议他有空应当多到中国各地旅行，后来他去了成都一趟，回来后向我说起，我说你们国家有个导演叫许秦豪，有部作品叫《好雨时节》，他说，哦，是的，杜甫草堂，我见过了，非常漂亮。他问我最喜欢的韩国明星是谁，我说男演员是安圣基，女演员嘛，最近觉得《成均馆绯闻》《城市猎人》中朴敏英的眼睛很明亮，他听后"嘻嘻"笑了。他比我大六岁，我的八卦心一时上涌，很好奇他的感情经历，每当我问起，他总是笑而不答，只说读书耽误了。6月中旬的一个雨夜，我请秀勇喝酒，他说不想喝啤酒，于是我要了两斤稻花香，喝着喝着我便说起一些曾经发生的故事和即将发生的故事，他默然良久，并没有说什么，只是一杯一杯地陪我喝。

与秀勇喝完酒后，我回到房间，去找会鹏说话，过了一会儿，会鹏接了个电话出去了很久，我坐在会鹏房间，听着他电脑中的音乐，再也抑制不住痛哭起来，十多分钟后，我才发现自己的失态，洗把脸回到房间，宇鸣、会鹏和晓伟过来劝慰我，会鹏说他实际上中途回来了，没有进来，一直站在门口静静看着我，会鹏坐在床上叹气："唉，我们回不去了。"宇鸣说："为什么要回去呢？从前也不咋地。"宇鸣突然说："小志，走，一起到雨中跑步去！"还没等会鹏、晓伟反应过来，我俩早已下楼冲入雨中，光着脚丫子和上身在雨中狂奔，从宿舍一直跑到光华楼，顿时感到酣畅淋漓，轻松很多，回来路上，我们一边找鞋一边扯皮，我拍了拍宇鸣的肩膀，大笑起来。

我们都没有想到，读博期间还能碰到交心的朋友，我发现无论喝酒时还是喝酒后，给自己最大安慰的还是哥们儿。几天后，我在图书馆查阅书籍时，偶然一个抬头，看到十年来一直想读的《欢乐英雄》，读完后，一种温暖直流心窝。

己

端午前一天，兔子从徐州赶到上海看望在沪读研的小学同学，知道我在上海，顺便也来复旦逛逛。兔子是我在武大文院时的同级同学，以前我和大黄、小鸟、金鱼还有兔子被发配到东湖旁的三环学生公寓，兔子常与金鱼一起玩儿，而我们仨又是金鱼的"保镖"，所以五人常常一起步行到珞珈山上课。三年前的 6 月份，妈妈打电话告诉我爷爷去世了，我马上买好当天的火车票回家。在武昌火车站坐上车后，正等着火车发动，这时我看到兔子从我身旁走过，我非常惊讶，马上叫住她，她转过身来，我问她为什么回家，她伤心地说："我姥爷去世了。"在火车上聊了一夜后，第二天上午，我在兖州下车，兔子赶往潍坊。兔子说她最喜欢逗狗惹猫，尤其是狗，见到狗就想去摸摸，几次在武大校园里看到她唤狗玩儿。

下午，我在复旦门口见到了兔子和她的小学同学，她们俩是同村的发小。在校园里逛了逛，我说："复旦邯郸校区除了相辉堂、北欧中心前后及光华草坪之外，乏善可陈，远远比不上珞珈山的四季景色。"兔子说："武大确实很漂亮，你这么一说，我都有点怀念了。"跟兔子探讨了一下最近读的几本书，她说感觉我比以前更沉寂了，之后又谈了谈工作之后的生活。四点左右，我带着两位走到五角场逛了逛，请她俩来到萨莉亚吃晚饭。

大家一边吃着一边聊，我问兔子："你家是临朐的，那么我想问一下，这个'朐'是一座山呢，还是一条河？"

她愣了一会儿，说："是一座山。"她接着问："你怎么会一下子想到'朐'是山或是河呢？"

　　我说:"中国的地名很有意思,大部分都是以山川来命名的,顾祖禹认为这是一个优点,他说虽然王朝不断更替,地名屡有沿革,但因为山川千古不变,所以还是采用依山傍水的命名方式。这是中国典型的山水意识,比如见到一位朋友,我问起他家在哪儿,如果我读书够多,那么听到地名我就应该知道他家那里有哪座大山在镇守,哪条河流在哺育,地理如何,风俗如何。"在省外四五年,有人问我家在哪儿,我说是泰安,很多人都说没听过,其实如果认真想想就知道我家在泰山下面,"泰山安则天下安"。同样,淮安、延安、潼安也都是靠河的城市,还有宁、阴、阳、临、源、东、西、南、北、中、上、下等等,八九不离十都跟山水有关。

　　我说:"我记得大家离开武大后,你在校读一些竹简。"

　　她笑了,说:"嗨,说来惭愧,到现在还没整理完呢,心生疲懒,也就是每个周末整理一点。其实我现在想考博,因为我觉得毕竟还有古文字的底子,我想考裘先生那个出土文献与古文字研究中心。"

　　我们聊起武汉这个城市,我说来到上海后才发现武汉的大气,虽说武汉城市建设一团糟,但武汉有山,有江,还有那么多的湖,读研期间我常常穿梭于磨山中跑步,我们几个也常到东湖之畔散步,班里同学还到梨园搞过野炊。一个上海同学告诉我,大多数的上海人见不到山,见不到长江,只能见到黄浦江,虽说生活在"上海",但也就是在崇明岛才能见到海。

　　聊着聊着,我突然想起了一件事,我问兔子:"我记得在你的Q-Zone上见过一首诗,读了好几遍,感觉很好。"

兔子问:"哪一首诗?"

我说:"就是叫什么夏天的纪念,献给 20 岁的兔子那首。"

她想了起来,笑着说:"哦,呵呵,那是我在吉大时,20 岁生日那天早上醒来,我的室友为我写的,当时就放在我枕头边,我醒来就看到了这首诗。她的网名叫未完待续。"她说着说着就吟诵了几句。

我点点头,说那首诗真不错,越读越有感觉,如果谱成曲子就是一首特别好听的歌。征得兔子的同意,我将全诗转引如下:

《夏天的纪念——给 20 岁的兔子》
朋友说生活像房间打扫了一遍又一遍
却还是寻不到那心爱的钥匙链
遗失在星期天阳光睡得好甜
曾以为它就躺在抽屉里面
朋友说寂寞是天空碎成了一片又一片
却还是抓不住那断了的风筝线
流浪着说抱歉成长苦不堪言
曾以为它就生活在奔跑里面
这个夏天,我们悄悄地改变
写一首歌纪念,别等到事过境迁
你埋怨日子混乱一片诺言熬不过时间
叶子绿得再耀眼也会有逃脱那一天
看你在秋千上微笑着的画面
安静得像照片中回不去的童年
我要你快乐多过从前幸福躲不开明天

泪水崩溃的瞬间记得让勇敢多一点
我写下岁月里思念的诗篇
放在枕边的祝福你醒来就看见

晚饭后，姐妹俩说要在五角场再逛逛，我告别两位，返回学校。来到房间，看到兔子给我留下的四大袋猪蹄和猪耳，想起兔子对我说：这可是朱元璋以前吃过的。我打开袋子，与宿舍哥们儿分而食之。

庚

夏天郁郁葱葱，光影流转，但也是一个灰暗的离别季节。

6月15日，梅雨正盛，下午，我躲在房间里看书，在豆瓣上查了几本书后，李壮打来电话说今晚要在上海师大聚聚，刘强亦从武汉赶来参加一个中德心理培训班，只有今晚有空。本科同学在上海甚多，今年夏天大部分同学就要毕业各奔东西了，本来我想请大家一起来复旦聚聚，李壮这么一说，我也只好撑着伞坐了一个小时地铁来到上海师大。

蒋琪、海峰、刘强、李壮和我来到东北饺子馆吃饭，过了不长时间，孙鹏亦来。我与海峰、李壮是三班的同学，刘强和蒋琪是一班同学，而孙鹏是二班同学，在读研二。大家说起近期毕业找工作的经历，李壮说已经签了上海电力学院的辅导员工作，海峰说下学期就要到包头担任高中历史老师，他说他就喜欢在中学教历史，我说能一直做自己喜欢的事就已经很让人羡慕了。我们问起海峰的大学女友现在在哪里，他说签了包头后，他女友也跟着他去包头，大家啧啧称赞。刘强大学毕业后考到地大，在武汉时我与他聚过三次，他说已经签了武汉一家精神病院的工作，他自己对此比较满意。蒋琪说今天刚从济南面试回来，还在等待结果，后来我从李壮那里得知，他已签了山东政法学院的教职。大家聊了聊教科院04级三个班同学的一些旧事和现在的生活，上学、工作、结婚、生娃。

李壮问我暑假有何打算，我说一直在攒钱去旅行，希望暑假能够如愿。晚餐快结束时，我与李壮说起下月螃蟹结婚的事情，两人约定一起去泰山参加他的婚礼。

辛

7月2日，我决定结束两个月的闭关时光，正式出关。当晚7点半，我和李壮在上海火车站会合，一起坐上1228次列车，离开魔都，前往泰山参加螃蟹的婚礼。李壮这两天忙着搬家，胃也不大好，我在火车上灌了些热水让他喝，很快他就倚在窗前睡着了。长夜漫漫，思绪翻飞，幸亏我带了一本《好兵帅克》，一边看一边笑，胡乱睡着了。

7月3日早上8点多，我们从泰山火车站走出来，小雨霏霏，云雾笼罩的巍巍泰山直扑眼前。这时我看见班长刘凯向我走来，他刚从济南赶到泰山，手里提着为我们买好的早餐。因为今晚我们必须赶回上海，所以一出泰山火车站，我们就到售票厅里买返沪的车票，车票紧张，无奈只好买了凌晨2点45的K371次的卧铺。

　　螃蟹早已派他的高中同学开车在火车站等候我们，我们仨坐上车后，雨渐渐大了起来，出来火车站不久，正好赶上婚车队伍，下车后跟随人群簇拥着来到螃蟹和小英的新房。我上一次见螃蟹是08年在长沙，而上一次见小英则是07年我离开聊大时。没想到，春香也从烟台赶来担任小英的伴娘。我们仨走进厅堂，见到了螃蟹的妈妈，阿姨慈爱可亲，笑容可掬，幸福在她脸上荡漾着，我们问候恭喜阿姨。接着我们又见到了新娘的父母，走上前去问候二老，我们说，我们仨还有春香都是新郎和新娘的同班同学，亲眼见证他俩从开始到现在修成正果终成眷属，祝贺祝贺！

　　新郎衬衫领带，帅小伙一个，新娘白色婚纱，雍容漂亮，非常登对。我走上前去，大呼："嫂子好！"新娘不好意思笑了，新郎和新娘吃完面后，把我们仨叫到一起合影留念。新郎将新娘迎入车内，婚车队伍开往泰山拍摄婚纱照。一路山色空蒙,凉风拂面，雨中的连绵群山真如水墨世界，仙气氤氲，风景甚好，到达泰山景区，雨渐渐小了些，我们走出车外，青山如黛，绿树如盖，雾岚如云,飞瀑如银,山林苍翠欲滴,空气凉爽清新,我们仨"吱哇哇"地大叫好山水好地方！身为一个泰安人，我竟然从来没有爬过泰山，真是罪过，我这才发现，我长久一直渴望的风景竟然就在故乡山川之中，人往往会忽视身边的风景，总不会经意那种信手拈来的美。新郎新娘甜蜜蜜地拍婚纱照，我们仨也在旁边搔首弄姿拍照。拍照完毕，婚车队伍进入后山深处，直奔婚礼现场。婚礼在新郎家附近的一家乡村酒店举行，酒店后面就是一条小溪，在山涧乱石中哗哗流淌。临近中午，同班同学李阳从滨州赶来，不一会儿，爆竹噼里啪啦，喜炮放得震天响，主持人宣布婚礼开始。

主持人笑问新郎新娘："从相恋到现在，有多长时间了？"新郎说："七年多了。"话音刚落，我带头鼓掌。主持人朗声诵道："先拜天地，一拜天赐良缘，二拜天作之合，三拜天长地久！"接着拜高堂，新郎和新娘的父母分列左右，新郎向新娘介绍父母，阿姨坐在上首，而后就是新郎的伯叔，新娘喊了三声妈，阿姨激动地答应着，掏出红包送给儿媳妇。之后，新娘向新郎介绍父母，主持人说向你的老泰山改口，新郎有点哽咽，叫了声"爸"，这时我看到阿姨的眼泪扑簌扑簌地掉了下来，我心中一酸，只有亲友方能得知此种滋味，因为新郎的慈父在我们读大学时因车祸去世了，这是新郎人生中的黑暗时刻，那段时间我专门写了一封信安慰新郎。最后夫妻对拜。新郎和新娘对站在一起，两两相望，此刻，多少柔情多少言语都融化在彼此目光的交错中，这时新娘泪如泉涌，泪花流到下巴，新郎赶紧擦拭新娘的眼泪，两人互相给对方戴上戒指，此情此景，深情款款，令人动容。三对拜完毕，新郎新娘喝交杯酒，一起点燃焰火蜡烛，美丽的焰火在红烛上喷出五彩荧光，象征着美好幸福的生活。之后新郎新娘又一起将美酒从高处的酒杯倒下，酒杯从高到低杯杯相连，美酒缓缓流下，预示着细水长流的感情。主持人宣布礼成，掌声雷动，大家衷心祝福着这对新人，随即婚宴开始。

下午3点多，婚宴完毕，螃蟹和嫂子将嘉宾送走后，就带着我们四个人和春香驱车来到新房，春香一下车就赶往汽车站返回烟台。我们走进新房，一起吃着糖果喝着清茶欢快地聊天，大家回忆起大学同班的那些美好时光，当年谁追谁啊，有几个人为了姑娘而醉酒痛哭啊，说起这些事情，大家都相视大笑。我和刘凯嘻嘻哈哈地说起了大一上学期，螃蟹追上嫂子的那个冬夜，当时螃蟹魂不守舍地回到宿舍，激动地高声吟诵，煞是可爱。是啊，我们04级3班真是给力啊！前两年，老大和健玲结婚，华聪和晓燕结婚，如今螃蟹和小英已经是我班"自产自销"的第三对了，不离不弃，莫失莫忘，说起来简单，做起来却真是不容易，因为看惯了随着毕业而来的众鸟分飞，所以一数起我班这些小夫妻，大家都甚感骄傲。我们不约而同地看了看班长，说就等你俩了，班长哈哈笑了笑，说：明年，明年你们一定得过来喝我的喜酒！嫂子看出我和李壮都有点发困，就把婚床收拾干净，劝我和李壮到婚床上去睡一会儿，我们哈哈大笑，我说不用不用，好不容易聚在一块儿，这样喝茶聊天多好啊！

聊到下午六点左右，螃蟹和嫂子给刘凯、李阳在附近一家宾馆定好房间后，请我们四个人在市区一家很别致的乡村饭庄吃饭。饭庄很是清幽，坐在里面就像坐在家中的葡萄架下一样，非常舒服，六个大学同班同学像一家人一样团团而坐，真是高兴。桌上摆满了好吃而实惠的家常菜，每一盘都量大味美，久违了的山东菜！刘凯对螃蟹说，我们四个人分别是宿舍里的老五老六老七老八，你是老四。还真是，要不是刘凯提醒，我还真没发现。螃蟹说，西瓜本来很想过来，但工作太忙，没有办法过来。于是大家说起了忠厚热心的西瓜及其标志性的招呼"Hi""Bye"，我说："我闭关后的一天晚上，西瓜发来短信说'刚在网上看到你闭关了，虽然不知你为何闭关，但一定要注意休息保重身体'，当时我心里就特别感动。"

六人对酌山花开，一杯一杯复一杯，我们举杯祝福这螃蟹和嫂子新婚快乐早生贵子，让我惊讶的是，刘凯今天喝酒甚为豪爽，满脸红光，满口白牙，眼睛眯成一条线，呵呵笑个不停，仿佛新郎是他。李壮虽然身体不适，但也喝了不少，李阳今天也有点疲倦，喝了几巡后就趴在桌子上打起瞌睡。

"今晚修修心情有点低落，本来最能说话，却最沉默，"螃蟹看着我，有意无意地说，"别太逼自己。唉，修修，你累了"。我笑了笑，举起酒杯，喝了一个。我们四个人都说今天的婚礼真好，让人感动，螃蟹动情说道："今天举行婚礼时，我看到你们在雨中撑着伞鼓掌，我不敢再看你们，我就怕自己受不了会掉眼泪，小英哭了，我就不能再哭。"

晚上九点半多，酒足饭饱，六人吃完后找了个亮堂处合影。走出饭庄，在凉爽的夜风中边走边聊，我和刘凯走在前面，螃蟹和嫂子牵着手，李壮和李阳与之并行，我回头看着六个人在路灯下错乱的影子，我对刘凯说，你看，咱们现在这个状态真像一部电影。螃蟹提议一起去唱歌，我们赶紧制止，说不如回宾馆聊聊天儿。嫂子到附近超市为我和李壮买了一大袋路上吃的。回到宾馆后，六人又聊了一阵子，螃蟹说特别希望我和李壮能留几天一起逛逛泰山，他没想到我俩一下火车就订好票了，他问几点的火车，我说凌晨2点45，他说先和嫂子回新房，一点半左右再和嫂子一起来送我俩走，我们忙说不用，这可是你们的新婚之夜啊，而螃蟹坚持说要送。

我冲了个澡就躺在刘凯床上呼呼大睡起来，一点左右，李壮把我叫醒，我俩轻轻给刘凯和李阳道了声别，悄悄走出宾馆，坐上一辆出租车，李壮给螃蟹发了条短信说"不用送了，我们已走了"。

在浓黑的夜色中，脑海中迷迷糊糊地闪过整整一天的温暖场景，我们坐着出租车来到了泰山火车站。

壬

越南的一天下午，电闪雷鸣，大雨倾盆。我正旅行到一个小乡村，赶紧躲进一家客栈吃饭，遇到一位老人，帮他拾起一条拐杖，他招呼我和他一起吃饭。他看了我半晌，问："客人来到此地，是为了找什么人吗？"我摇摇头。天色已晚，我跟着他走过一片原野和几条小巷子来到他家，他准备像荷蓧丈人招待子路一样留我住宿吃饭，我刚刚坐下一会儿，正欣赏着墙上的画，只听老人喊道："小妹，客来，上茶。"我心下大惊，熟悉的气息和心绪顿时袭来，此时一个扎着头发的侧影从卷帘后面飘了出来……

我睁开双眼，听见火车隆隆的车轨声，看着车窗外的风景忽忽闪过，对面卧铺上的李壮正张着嘴酣睡。这才发现已是清晨，而自己正躺在从泰山回上海的 K371 次列车的卧铺上。

《论语义疏》讲："遇者，不期而会之也。"自从 2008 年在梦里与她不期而会后，那个扎着头发，一身浅素的姑娘，她就时不时地出现在梦境中，让我有点猝不及防。在我记下的五个梦中，我先是在泰晤士河畔的 tower bridge 上遇到她，后来在万历年间及 2010 年的通州城内连续遇到她，再后来又在一列驶往外星的火车上遇见她，而这个夏天我又分别在月球和越南的小乡村里遇见她。

有时梦中的心境比现实更加安宁，如同我在风雨之夜坐在书桌旁读书写作的心情，如同我在故乡的麦田上徜徉散步时的心情。我一直在梦里梦外寻思她到底是谁，这时我忽然想起了辛弃疾。辛弃疾在花市灯如昼的狂欢人群中徘徊，似乎也是为了寻找某一个人，"众里寻他千百度，蓦然回首，那人却在灯火阑珊处"，其实"那人"不是别人，恰是作者自己。嗯，或许她就是我，一个理想之我，一个安宁之我，是我对心灵成长的一种期许。但我有点恍惚，我何时才能触及到生命中这美好坚定、友善宁静的灵魂？

然而，为了追寻宁静，人不仅要远离城市，还要远离书斋，正如 2007 年我在《远行》一诗中写道："人群挤瘪了我的面孔，书卷侵略了我的魂灵。"我相信，梦中给我的一个启示是：梦在天涯，梦在群星闪烁处，我走得越远，她就离我越近。

我躺在火车上，听着外面似乎永不停止的列车声，如同永远也不会停下的脚步。我知道，岁月如烟花一样在我身后绽放沉落，而时光却会随着前行的脚步飞扬起来。想到这里，我心中大为快慰，趁着一股倦意，快乐地睡去。

（2011 年 7 月 6 日）

金陵看戏

　　会议结束后，台大中文系主任李隆献老师虽是远方之客，却煞是古道热肠，笑呵呵地赠给每人几幅台静农先生的字帖、篆刻和书画。打开一览，满眼古意，一幅大篆"守斯宁静，君子太平"，气韵庄严，一幅题联"尚有清才对风月，便同尔雅注虫鱼"，骨格瘦峻，尤爱那一方篆印"身处艰难气若虹"和一幅清淡素净的梅花，刚柔互映。

　　晚餐后，南大中文系派车将我们从仙林送到兰苑，也就是江苏省昆剧院，此地原为明初国子监，后改为江宁府学。在这个月白风清的秋夜凉天里，兰苑静静躺在朝天宫的怀抱之中，静候着一群来自五湖四海和海东诸国的朋友。

　　蓦地一阵笛吹板响，帘幕静静拉开，昆曲折子戏正式开始。第一场为《牡丹亭春香闹学》，说的是塾师陈最良教授杜丽娘诵习《关雎》，伴读春香捣乱闹学，无意中发现了一座大花园，便劝诱丽娘前去游园。丽娘出场之时，宛若一束阳光照亮一个尘封已久的房间，见她水袖轻舞，婉静玉映，不可逼视；见她款款落座，不动声色之间亦明艳照人，更别提柔和清悦的吴侬软语了，真乃"吟咏之间，吐纳珠玉之声，眉睫之前，卷舒风云之色"。最后，春香说后面有一座大花园，丽娘春心悄动，便随其游园而去，给我们留下一个想象的倩影后，第一场折子戏便幕落而终。

在静静等待第二场折子戏时，我在那里想着丽娘游园的情景。丽娘走进园子，方知春色如许，惊喜之后不免怜叹："原来姹紫嫣红开遍，似这般都付与断井颓垣，良辰美景奈何天，赏心乐事谁家院？朝飞暮卷，云霞翠轩，雨丝风片，烟波画船，锦屏人忒看的这韶光贱……则为你如花美眷，似水流年，是答儿闲寻遍，在幽闺自怜。"不巧这几句戏词恰被墙外行人林姑娘听见了，她止住脚步侧耳细听，点头自叹："原来戏上也有好文章，可惜世人只知看戏，未必能领略这其中的趣味。"林姑娘刚刚和宝玉读完《西厢记》，再听到《牡丹亭》戏文中的"如花美眷，似水流年"八个字时，她仔细忖度，不觉心痛神痴，眼中落泪。那么，究竟是什么刺痛了杜丽娘和林姑娘的芳心？

正沉思之时，听得一声鼓响，第二场折子戏《虎囊弹·山门》便咚咚开始了。说的是鲁智深喝了两桶酒后，趁着酒兴耍起十八罗汉拳，大闹五台山，打坏了山门。演员的表演自不消说，浑厚的硬功夫激起我们数次掌声，粗俗幽默的念白亦惹得我们捧腹而笑，但因为我带着对第一场的追问而来，现在又看到了《山门》，恍惚又想起大观园里的那场昆曲。

那天是宝钗生日，贾府搭戏台唱昆曲庆生，宝钗点了一出《鲁智深醉闹五台山》，宝玉嫌其太热闹，宝钗说此戏中鲁智深唱了一支《寄生草》，填词极妙，遂念道："漫搵英雄泪，相离处士家。谢慈悲剃度在莲台下，没缘法转眼分离乍，赤条条来去无牵挂。那里讨烟蓑雨笠卷单行？一任俺芒鞋破钵随缘化。"宝玉听后喜不自胜，林姑娘看在眼里，对他说："安静看戏罢，还没唱《山门》，你倒《妆疯》了。"随后，湘云说一个小旦长得像林妹妹，两位姑娘遂闹了气，宝玉劝解不成反受闷气，突然品咂起鲁智深所唱"赤条条来去无牵挂"这句词，感觉参悟禅机，便写了一首偈子以表明自己心无挂碍。那么，为何这么一首《寄生草》让宝玉突觉悲凉呢？我一边看着鲁智深金刚怒目般地醉打山门，一边胡乱想着。

掌声雷动，鲁智深挥舞长袖，醉步而去。未几，第三场折子戏《疗妒羹·题曲》在悠扬委婉的笛声中开始。与前两场戏的题目不同，我并不知道这场戏讲的是什么，但手捧书册，一身素服，面容悲伤的旦角一出场，我就暗想：难道是小青？果然，旦角落座后便介绍自己乃冯小青，自幼父母双亡，虽才貌俱佳，但两度沦为小妾，如今受大夫人嫉妒，被软禁在深闺。小青苦寂无聊，只好读书打发时间，秋夜挑灯闲读《牡丹亭》，一面羡慕丽娘的美妙良缘，一面哀叹自己的悲惨命运，听着窗外三更雨，遂题诗曰："冷雨幽窗不可听，挑灯闲看《牡丹亭》，人间亦有痴于我，岂独伤心是小青？"

此场戏甚为幽怨，且不说小青的哀婉唱腔，就单说小青眉飞色舞地评论《牡丹亭》的情节，越是这样越能体现她对现实世界的恐惧和无力。她已经全然置身于戏中，多么希望自己也如杜丽娘一般遇到怜爱自己之人，然而冷雨声声，小青不得不从梦中醒来，忘不了新愁与旧愁，睡不稳纱窗风雨黄昏后，那展不开的眉头要怎样才能捱过天明的更漏？恰如林姑娘在风雨如晦的秋夜中所想的那样："秋花惨淡秋草黄，耿耿秋灯秋夜长。已觉秋窗秋不尽，那堪风雨助凄凉。"这部戏讲的是这样一个羡慕杜丽娘的小青，她原本绝世佳人，却命比纸薄，终于凄怨成疾，焚烧诗稿，临死前效仿杜丽娘临终观镜自画，雇画师为自己画像，自己祭奠自己而终。因为在《牡丹亭》中，杜丽娘作完自画像后死去，但此画像被柳梦梅拾到，最后丽娘复活，有情人终成眷属。小青至死还在念叨着《牡丹亭》，她想，既然今生无望，那就来生结缘有情人。小青乃万历江南人，死后成为传奇广泛流传，我想，曹雪芹在创作林姑娘之前，肯定听过小青的故事吧。

　　浮生若梦，为欢几何？人间的悲剧莫在于引以为傲的美好和力量终因时间的变化而要面临被摧毁被撕裂的命运。楚霸王得意自己"力拔山兮气盖世"，但又要怎样奈何"时不利兮"的四面楚歌？即便一代雄主汉武帝，横渡汾河之时原本气魄宏大，但望见秋风萧瑟，白云飞逝，也不免哀痛"少壮几时兮奈老何"。人生乃浮世中的浮生，人身宛如飘忽的浮尘，纵你心比天高，却也抵不住一阵疾风骤雨的摧残，这是有限的人生在无限的岁月中妄图追求永恒之时必然面临的绝望，否则，我们又怎会可惜流年，忧愁风雨，哀叹树犹如此呢？《牡丹亭》的几句戏词为何刺痛了杜丽娘和林姑娘？因为姹紫嫣红和断井颓垣、良辰美景和奈何天、如花美眷和似水流年三对事物之间各自形成了强烈的摩擦和落差，我们不忍心看到，极美之物却终被极丑之物吞没，《红楼梦》中警幻仙子居处的对联"幽灵微秀地，无可奈何天"便说明了这一切。即使生命璀璨，也要零落成泥，纵有千年铁门槛，终须一个土馒头，"说什么脂正浓，粉正香，如何两鬓又成霜"？小说《茶花女》开头最震撼的便是绝代佳人也会变成一副丑陋的骷髅骨，鲁智深也正因看透了"赤条条来去无牵挂"这个道理，所以"一任俺芒鞋破钵随缘化"。

其实，杜丽娘和林姑娘的自怜并不完全在于伤叹世事无常和青春易逝，更在于哀怜自己在最惊艳的时候所面临的孤独，"孤标傲世携谁隐，一样花开为底迟"。如同张曼玉在《东邪西毒》中倚窗而坐的那番惆怅表白："以前我认为那句话很重要，因为我觉得有些话说出来就是一生一世，但是现在想想，其实讲不讲也没有什么分别了，因为有些事是会变的。我一直以为自己是赢的，直到有一天看着镜子，才知道自己输了，在我最美好的时候，我最喜欢的人都不在我身边。如果时间可以返回以前该多好啊。"此番表白恰如其分地印证了这部电影的英文名字 Ashes of Time——时间的灰烬。同样，一位英雄，在自己最有雄心最有力量的时候却壮志难酬，这也是悲剧，"自古名将如美女，不许人间见白头"。往往，时间是一股巨大的改造力和摧毁力，人们在看戏之时，对时间或命运怀有悲凉的控诉，对主人公寄予深切的同情，若将这种同情反观自身，便能深刻理解其中的意味，宝玉参悟禅机，"赤条条来去无牵挂"；小青题曲寄情，"人间亦有痴于我"，便是看戏之后的不同回应。中国人的历史意识多讲求这种同情，寄寓道德精神和自身遭遇，所以，中国人实际上更崇拜失败的英雄，大者如孔丘、孟轲，小者如关羽、孔明。

虽说"天意怜幽草"，但"佳期不可再，风雨杳如年"，"他乡生白发，旧国见青山"，多少文人墨客怀才不遇之时，也如杜丽娘和小青一般总将自身的梦想投射到梦中和书中。宝玉说"枕上轻寒窗外雨，眼前春色梦中人"，但做梦甚久，一旦人生有欣慰和常态，也惊疑是否身在梦中，"今宵剩把银钉照，犹恐相逢是梦中"，"二十余年如一梦，此身虽在堪惊"。汤显祖在《牡丹亭》题跋中说："梦中之情，何必非真？天下岂少梦中之人耶！"而高彦颐在《闺塾师》中也为我们揭示了一大批追随《牡丹亭》的情迷们，小青便是其中之一。但"人生自是有情痴，此恨不关风与月"，明清士人对"情"的推崇非仅仅关乎情爱，却是对身处浮世和末世中漂泊不定的现状的关怀。

我们应该怎样看待这些明清传奇和故事呢？我们知道，明清是个"草色烟光残照里"的时代，国家控制松弛，商业交通发达，出版文化昌盛，但科举群体也日益扩大。千万人赴京赶考，无数举子落第，即便及第，也要长期待职，他们苦闷落寞，久作长安旅，常与优伶、歌妓交游，她们哀叹自身漂泊如絮，他们也哀叹自己怀才不遇，两者瞬间引为知音，青衫顿湿，"同是天涯沦落人，相逢何必曾相识"啊，由此才子佳人的故事便成为两个群体的共鸣，渐渐流传开来，由此一些哀叹红颜薄命的戏曲反而成了文人的闺怨诗。我曾经读过很多明清两代朝鲜使臣到北京朝贡的日记，清军入关后，朝鲜使臣一入辽东便感觉山水变色，华夷颠倒，每逢妓女，便隐隐对其有一种共鸣，常常感到自身也如流落在时代的烟花巷中，大明属国尚且如斯，更不用说大明的遗民是何等心境。所以，在这样的心境下，人们一方面将人世间的悲痛投射到戏台上，另一方面也想着能够在戏台上修正现实的残酷来慰藉一颗颗疲惫的心灵，这也是在抚慰着一个时代的创伤。

第四场折子戏《西厢记·游殿》便讲述了这样一种慰藉，在创作者笔下，命运应该是公平的，才子理应配佳人。张生在戏谑诙谐的法聪带引下游览普救寺，一路笑声不断，在这样的基调之中，张生必然会迎来巨大的惊喜。然而，这是作者对理想人生的期许，还是作者对残酷现实的反讽？我觉得，中国人津津乐道的爱情故事主要有两种：英雄美人和才子佳人。对于一部戏来说，英雄美人的故事虽然生离死别，却能显示其壮丽，而才子佳人虽然终成眷属，却容易流于萧索。这不在于两种故事的性质问题，而在于我们看戏的时候也应该看到自己在时间洪流中该把握和该怜惜的，即"千万怜取眼前人"，然而，"可怜身是眼中人"，可悲之事也在于嘲笑戏中人却不知正在嘲笑自己。

幕落，"灯火下楼台，笙歌归院落"，好友将我从昏昏的迷思中唤起，我冲她一笑，一起走出剧场，金风从树梢掠过草地，清凉入骨。人散后，一钩淡月天如水。

（2012 年 10 月 20 日）

等待你的归来

　　只是一本闲书,《陆犯焉识》,买来放在办公桌上,午休前,翻翻,望望窗外,满眼翻腾着初夏的绿意。翻着翻着,意识如落花,远随流水漂到另外一个世界。

　　好的小说家有这样的本事,她不动声色地坐在你面前,说着似乎平淡无奇的故事,你也用最舒服的姿态坐在她的面前,静静地听着,有时会走神,有时会随之莞尔微笑,然而不知不觉你已被她慢腾腾地催眠,等到谈话即将结束时,每一句话瞬间都变为针尖和雷声,让你茫然四顾不知所措。

　　极具才华的公子教授,陆焉识,风流倜傥,年轻时就被逼着娶了继母的侄女冯婉喻,整个故事就是从这里开始的。对陆焉识来说,这是一把大锁,他从结婚一直到反右时入狱,最要紧的就是砸开这把锁,挣脱束缚,他对她从来不过一笑,"哀莫大于心死,心死莫过一笑"。对冯婉喻来说,从结婚之前一直到死,陆焉识一直具有神一般的男性气概,她爱他成了畜,成了兽,纵使他被关押在江西，她也要拎着蟹黄从上海去看他，她看不得他像被畜生一样被呵斥。入狱二十多年，在青海的地狱中劳改，焉识终于彻底发现她对他的爱以及他对她的爱，他曾成功逃离青海来到上海看望婉喻，最终为了不给她和孩子们扣上罪名而选择自首。她盼望着焉识的每一封来信，含泪读着念着，二十多年的岁月中，婉喻一直等待焉识的归来，不，不是二十多年，是整个的一辈子，从结婚开始，她就一直等待他的归来。

"文革"结束，残酷的运动终于终止，焉识回到家中，这是两人一直翘首盼望的时刻，然而，此刻的婉喻却因几十年对焉识的相思所产生的紧张、焦虑和刺激而失忆了，她不认得站在面前的这个老头儿是谁，她问女儿："伊是啥人？"

婉喻坚持认为自己在等待丈夫陆焉识，但她对这个叫"陆焉识"的老头儿却完全没有印象，但这个经历岁月磨砺的老头儿平和亲切，她愿意接受这个老头儿的默默陪伴。儿女们多次劝两人复婚，然而婉喻的魂充满"宁静的烈度"，她可以掀翻桌子抗拒这个玩笑，她认为她只属于那个还未归来的焉识。当焉识拿起盛满当时写给婉喻信件的漆器箱子时，婉喻的眼神惊恐而决绝，焉识说："阿妮头，是我呀！"一声"阿妮头"仿佛隔世的呼唤。

"你是啥人？"婉喻以孩提的含糊口齿反问。

"我是焉识啊！"

"……焉识……是啥人？"

"是……这个人。"焉识指了指漆器箱子。

婉喻突然一伸手，狠狠给了焉识一个耳光，她不能容忍无耻之徒盗窃她最最私房的物什。

婉喻的失忆症越来越厉害，她不仅不认识眼前这个让自己日思夜想的陆焉识，也不认得自己的儿女，但她始终没有忘记自己一直在等待一个人。"那样的一个冯婉喻也是等待本身，除了永久地无期地等待远方回归的焉识，也等待每天来看望她、似乎陪她等待焉识的那个男子。你无法使他相信，陪她等待的这个人，就是她等待的那个人"。

焉识面对婉喻的失忆和苦等，静静担当着那个陪她等待焉识的那个男子，他认为自己饥饿一场，遭罪一场，生死一场，才领略了真的福气是什么："福气是他知道自己是个有福之人，因为他有冯婉喻这样的女人爱他，为他生养了三个孩子，并让他亲自见证了她怎样苦等他。冯婉喻对他焉识的情分，就是他的福气。"

婉喻生命的最后几个小时，想起了很多事情，想起当时她与焉识的相遇，想起她曾为救焉识而作的那一番孽，她胸腔深部发出异样的声音。焉识听出了她的痛苦，他叫着她，轻轻晃动她："婉喻！……婉喻，你怎么了？"

婉喻平静地看着这个老天使，她悄悄问："他回来了吗？"

丈夫于是明白了，她问的是她一直等的那个人，虽然她已忘了他的名字叫陆焉识。

"回来了。"丈夫悄悄地回答她。

"还来得及吗？"妻子又问。

"来得及的。他已经在路上了。"

"哦。路很远的。"

这最后一句话，严歌苓给出了一个解释：她仍然在袒护焉识，就是焉识来不及赶到也不是他的错，是路太远。

其实故事还没完，但读到这里，我已经眼泪如注。

已经等了这么久，你已经成为我的一个理想；已经让你等了这么久，你也已经成为我的一个信仰。陆焉识，冯婉喻，都只是一个名字而已，我所念怀，我所至死不渝的，就是我从来都不会忘记，有那么一个人，从一开始我就爱上了你，从生到死，从白到黑，我一直没有放弃过，一直等待你的归来。

"邯郸驿里逢冬至，抱膝灯前影伴身。想得家中夜深坐，还应说着远行人。"

（2014 年 5 月 15 日）

风雨故人来

　　天空飘着蒙蒙细雨，在伏暑时节洒下不少凉意。雨天，烟锁重楼，像一团浩大的烟雾，将天地万物都笼罩为一体，又如无数帘子将喧嚣人海分割成门掩黄昏的千家万户。纵然如此，水汽总会氤氲着妙然灵韵，那些无边丝雨并未阻挡自在飞花的轻轻生长与幽幽和鸣。

　　停下电动车，我对小朋友说："你先去上课，我去趟天雨家，上次咱们在海边玩儿得浑身湿透，天雨爸爸把备用的衣服借给你和妹妹穿，我得还回去。"

　　"我也要去！"

　　"天雨爸爸邀请咱们了，过两天带你一起去玩儿。"

　　天雨是小朋友的同班好友，小伙伴们曾一起在长长的树林公园里远足，在蓝蓝的海滩上玩耍。找到天雨家所在楼时，我才发现两家距离这么近，同在一个小区，只隔了两栋楼而已。敲门时，看了下门口的几双鞋，印象中是那天在海边的两双，心想应该没敲错。门开了，天雨爸爸连声说请进，本想交还物品就走的我却犹豫了，因为在他的笑容后面，是客厅满满一面墙的书架，我一眼就看到《剑桥中国史》《哈佛中国史》《船山遗书》等书。这是一个何等的家庭在读这样的书？强烈的好奇心驱使我忍不住走进邻居家中。我不好意思地说："本来想还了衣服就走，不想打扰您的，但刚才一下子瞅见这么多书，我就忍不住想进来看看。"

进入客厅后，我发觉此间的气象越发峥嵘，仿佛从亭台走向楼阁深处。客厅几面大墙被一套套大部头的全集和丛书挤占得密密实实，《黄宗羲全集》《顾炎武全集》《晚晴簃诗汇》《陈垣全集》《钱穆全集》《胡适全集》《饮冰室合集》《陈寅恪全集》《郑振铎全集》《林语堂名著全集》《顾维钧回忆录》《翁同龢日记》《列宁全集》《海涅全集》《茨瓦塔耶娃全集》……"三通""二十六史""走向世界"丛书，中华书局、上海古籍出版社、人民文学出版社等出版社推出的各种人文社科经典丛书……鳞次栉比、五彩斑斓的书脊发出夺目而令人眩晕的光，令我沉醉惊叹。

这时，一位七十岁左右的老先生顶着花白头发，一脸温和、皱纹深深地从书房里走到眼前，我这才注意到除客厅外，还有两间书房，四面大墙也全是密密麻麻的书。天雨爸爸介绍说，这是天雨爷爷。我赶紧说：叔叔，不好意思打扰了。老先生微笑说："我在书房整理材料，听到你说看到家里的书了，想进来看看，心想应该是相通之人，我就出来了。"

于是我又按捺不住，走到两间书房又环视了更多的书，《大不列颠百科全书》《中国大百科全书》等赫然在列，上世纪不少老版书也会聚于斯。仿佛置身于某个文学院的资料室，我忍不住问天雨爸爸："叔叔是做什么工作的？"

"哦，他在文联工作。"

感觉还未看够，看着老先生坐在沙发上，我冒着失礼之罪又走到客厅诸多书架前观看。再次让我深受震撼的是，诸多文史丛书或学者、作家全集，每本每册，无一例外，都插满了细密的纸条！好像无数猎猎飞扬的旗帜，昭示着主人如勤恳的耕牛在广大土地上曾经精犁细作的痕迹：这里的每个字，都不曾逃脱眼睛和心灵的审视。任意抽出一本古奥的文史古籍或名家学术文集，每张纸条所在页几乎都有着朱笔圈点批注。"邺侯家多书，插架三万轴。一一悬牙签，新若手未触"，我虽不是韩愈，但藏书主人明显比李泌认真朴实得多。这是在梦中吗？梦中多次在各种书架前盘桓，我翻看着眼前十册《吴宓日记》和十二册《韩国诗话全编校注》中的圈点愕然良久。

与老先生一起坐下后，听闻我在鲁大工作，他说起好几位熟识的老师，亢世勇、陈爱强、张清芳、何志钧、刘永春、李士彪、路翠江、贾小瑞、瓦当、苏琦、顾林、王超……我说，这都是我的前辈，有几位已经不在鲁大了。望着老先生的忧思双眼和逐渐打开话匣子的神情，我猜测他应该是我虽知晓却未曾谋面的一位先生，终于问道："敢问先生您的名讳是？"

"陈占敏。"

刹那间，几个斗大的叹号裹挟着闪电出现在脑海中。天呐，难以置信，眼前这位老先生竟是无缘拜识的陈占敏！一时不知该如何表达此时心情，我只是说："啊，陈老师，陈先生，真没想到，十分荣幸！现在文学院《贝壳》杂志还在连载您的《忧郁的土地：俄罗斯文学笔记》，我每期都读。"

窗外的雨仍在斜斜细细地下着，关于这场两个小时的谈话，宛若一次梦中的邀请，等到不一会儿陈先生的夫人也加入这场谈话后，更使这场令人唏嘘的往事追忆，一度在歌楼、客舟、僧庐中的听雨声中光影摇曳。

原来，陈先生在小学毕业后当了两年师范学校的工农兵学员，其实从未受过正规的初中教育，却靠着惊人的毅力，一路自学，艰苦创作，从小学老师、中学老师一直成长为文学名家。他自出版首部长篇《沉钟》后就获得张新颖、陈思和等老师的称赞，从此执着于书写农村母题，关怀底层生活。张炜老师说陈占敏的成就和名气远远不符，"最优秀的人都在安静的角落"，他说："占敏是站在文学领域最前端的人，也是最坚定的人，他这么多年坚持做与时代格格不入的事情，无论成功与失败，他的精神都是超越了时代的。他是这个时代的一个异数，一个传奇。"

原来，陈先生不仅从事文学创作和文学评论，如由《悬挂的魂灵》《金童话》《金老虎》《倒计时》熔铸成的"黄金四书"、《大水》《棉花树》《残荷》构筑成的"乡思三部曲"、关于俄罗斯文学和李白的两部评论专著，更可贵的是，还从事文学翻译。在自学英语三十三年，阅读海量英文原著后，他独自翻译了哈代的三部小说《德伯家的苔丝》《还乡》《无名的裘德》，目前又在翻译其他三部小说。他说，我虽不是外语系出身，但我有过800多万字的母语发表出版经历，自信能翻译出哈代的文气。对此我深表认同，人类伟大心灵的悲欢其实是相通的，只有母语写作好的人，才能让自己的思想更深阔，觉察更敏锐。

原来，陈先生是一个看透生死、劫后重生和心灵涅槃之人，他在十年前被告知生命还有三个月，如今，那场病患已然被他强大的内心力量所治愈,他说是文学的力量磨练了自己。他感叹:"十年前，本想再写几部长篇，结果一场病，耽搁了很多，却翻译了几部外国小说，写了更多的研究评论，不知是幸还是不幸？"他说自己从未把那场病患与死亡联系在一起，因为他感觉从未收到过命运给他的讯息，我说，您是在淡忘中与之共存。

在看过藏书、聆听往事后，我确信眼前的陈先生带有三分历史的古气，三分乡村的土气，二分西方的洋气，还有二分是东夷地区的灵气。他既有老一辈学者从建国之后苦难岁月和枯坐书斋中得来的悲悯平淡，又融合了哈代、托尔斯泰和约翰·克里斯朵夫为一体的心灵魅力，还是一位快乐劳作的西西弗斯，让我心中猛然荡漾起一股好久不见、经久不息的英雄气概和理想主义。我想起那次北大陈晓明老师做客鲁大文学院，他说，山东文学的高度就是中国文学的高度。其实，应该还有后半句：胶东文学的高度就是山东文学的高度，如莫言、张炜等等皆是胶东人。

陈先生用招远口音滔滔不绝地说起从前的往事，他讲起自己对写作的态度和信念，说:"一个真正的作家，应该永远用怀疑的眼光看待现在的社会。"我想起王月鹏老师曾为陈先生写过一篇长长的传记文章，称他是一个"拒绝合唱的人"，"他是一个文学圣徒，三十年如一日，始终以虔敬的姿态在稿纸上劳作，以血为墨，无怨无悔。他以血为墨构筑了一个属于自己的世界，他把这个世界交付给遥远的时间，并且坦然地接受时间的检验，领受属于自己和那些文字的最终的命运。"

天雨闪动着充满灵气的大眼睛，笑嘻嘻地在她爷爷和我中间玩耍，我对她说："天雨，你知道吗？你生在一个文学贵族之家，你爷爷为人类文学的发展和交流作出了重要贡献。"在陈先生面前，我自愧不如，他是一个真正的读书人，居敬持志且高度自律，为人平淡又关怀底层。想起前几天跟一位年轻同事聊天，他说导师曾说起，你们年轻人都赶不上我用功，我每天都看书十多个小时。想想我刚读博时，我导师也是这么说的，他也是这么做的。我们这些研究者，大多越来越不是在读书，而是在找资料写论文，"非求益者也，欲速成者也"，镇日缝缝补补，讨巧钻营，求田问舍，何来真正的关怀呢？

不期而遇，偶然因为一个念头，因为小朋友之间的同窗友谊而促成的这场邂逅，给自己带来一番痛快的洗礼，仿佛生活以此为契机，要重新开始了。我不禁感念人与书的相遇和人与人的相遇，恰好又在风雨之中，印证了之前自己在石榴花大讲堂上的一句体悟："流年终相遇，风雨故人来。"捧着陈先生签赠给李士彪老师和我的长篇小说《九曲回肠》，我走出这座读书楼，走进雨中。

（2022 年 8 月 1 日）

早晚梦相逢

秋　声

　　听母亲说，外祖父年轻时曾在一家乡村私塾教书，对学生要求特别严格，方圆几十里的人们都知道他是位严师。我不禁伸伸舌头：难怪外祖父有那么一副严肃古板的外表，一副老夫子的架子。

　　外祖父有一书房，美其名曰"松雨轩"。小时候，一到清晨，我就被外祖父从被窝里揪出来，睡眼惺忪地来到松雨轩，被逼着背诵《古文观止》。坐在外祖父的对面，我随手翻到一页，便如小和尚诵经般摇头晃脑地念起来。《古文观止》中有很多绕口难懂的文字，我觉得很是枯燥，偷偷看了看外祖父，外祖父也在吟诵，花白的山羊胡子跟着嘴巴一翘一翘的，我觉得特别滑稽，不禁笑出声来，外祖父则瞪了我一眼，我赶忙又低下头，唱起书来……

　　又是一个清晨，我照例来到松雨轩。哈，外祖父竟然不在。我满心欢喜，便跑到他的书桌旁，挥起他的狼毫，在宣纸上画小鸟，给小花猫描眉毛，把书房扑腾得一片狼藉。这时，听到一阵熟悉的脚步声从室外花径上传来，我急忙做出正襟危坐的样子，翻到欧阳修的《秋声赋》，大声朗读起来："其色惨淡，烟霏云敛；其容清明，天高日晶；其气栗冽，砭人肌骨；其意萧条，山川寂寥……"我边读边偷偷斜望着外祖父，外祖父一边捋着山羊胡子，一边微笑着沉吟，我很是得意。过了一会儿，外祖父突然问我："修志，你知道欧阳修的这篇《秋声赋》讲的是什么意思吗？"

我怔住了，只觉得这篇文章读起来顺溜溜的，感觉是篇短赋，比散文有节奏，至于其中的意思嘛，却未求甚解。看着我一脸困惑，外祖父正色道："读书贵在养气与知意，所谓'好学深思，心知其意'，我们读书，一定要体味古人的心境，'文章千古事，得失寸心知'啊！有人常拿'好读书，不求甚解'来自诩，实在是自鸣得意、自欺欺人，他们其实忘了这句话最关键的是后面一句，'每有会意，便欣然忘食'。'好读书，不求甚解'说的是真正爱读书的人不寻章摘句，重在抓取关键信息，晓悟大道旨趣，关键在于能否做到'会意'和'欣然'。"

我睁大眼睛，听着他这段引经据典、文白夹杂的话，一脸懵懂。他叹了口气，转过身去，望着窗外梧桐落叶，用沙哑的声音缓缓吟道："丰草绿缛而争茂，佳木葱茏而可悦。草拂之而色变，木遭之而叶脱。"

后来我到外地求学，受《古文观止》的浸润，接触了不少古典著作，也越来越喜欢古文了。随着年龄的增长和知识的增多，我对古文的含义也有了自己的想法。特别是对于欧阳修的《秋声赋》，我提出了质疑：他在里面说道"百忧感其心，万事劳其形，有动于中，必摇其精，而况思其力之所不及，忧其智之所不能"，这不是明显地流露出他安分守己、悲观消极的人生态度吗？而人家刘禹锡在两篇《秋词》中说得好，"自古逢秋悲寂寥，我言秋日胜春朝""山明水净夜来霜，数树深红出浅黄"，同是一秋之赏，为什么不选择昂扬之赞呢？

于是，那天回家，我便把这一想法告诉了外祖父。外祖父已经很老了，有时在巷道里拄着拐杖走会儿路后，需要再扶会儿墙，皤然的白发在秋风中飘忽不定。他凝神听后，眼睛迷离，摇摇头，喃喃地说道："不是这样，不是这样的。"然后咳嗽几声，踱步来到庭院。夕阳的余晖洒满了整个庭院，外祖父就这样静静地伫立在那儿，一句话也没有说，只是出神地望着那如血的残阳和西天的晚霞。我当时一阵心酸，没再说什么，迟暮的外祖父！

就在那个萧瑟的秋天，我却突然收到了母亲的一封来信……

我跌跌撞撞地回到家中，母亲颤抖地拿出一封信，颤声说道："修志，这是你姥爷留给你的。"我来到松雨轩，默默坐在外祖父的书桌旁，缓缓打开信纸：

修志，其实你那天对《秋声赋》的理解应该是有些道理的。我很高兴你已经能够独立地去思考问题了，这对于读书来说很难得。但是其中的真正蕴意，并不是能一言以蔽之的，我想在以后的人生岁月中，你会慢慢领悟的。你需要了解的是，欧阳永叔不止创作诗文，更重要的是，他是一个史学家和政治家，他把自己对历史、世界和生命的体悟融入到了这篇文章中。我把松雨轩留给你了，记住，好好读书！

我终于禁不住失声哭了起来，大滴的泪水打湿了信纸。泪眼
迷蒙之中，我望见墙上外祖父亲笔书写的那篇小楷《秋声赋》，夕
阳残照之下，愈显得苍劲有力。

崎君说："三更有梦书当枕，千里怀人月在峰。"许多年过去了，
至今在梦里，我时常梦见外祖父那亲切的款款音容，耳畔常响起
那抑扬顿挫的鼻音。三更醒来，衾枕已湿，披衣起坐，推开窗户，
清风徐来，却只看见"星月皎洁，明河在天"。听着外面潇潇秋雨
滴打着芭蕉梧叶，瑟瑟的西风吹刮着竹林飒飒作声，我又想起了
欧阳前辈的那篇《秋声赋》，"欧阳子方夜读书，闻有声自西南来
者"，不禁感慨万千。不是秋季的季节，我时常怀念着秋声，等待
着那亲切而又令人感伤的西风消息。

（梦于 2004 年 10 月）

津 渡

再次见到她，是在通州码头。

那天早上我接到辽东友人的信函，说高淮到了辽东之后，敲骨吸髓，已激起百姓揭竿，而近来鞑子又屡屡侵扰，形势危急，他身为广宁总兵，焦急苦闷，想让我去助他一臂之力。看完信后，我便收拾行囊，取出长剑，飞身上马，绝尘向北。

申时，风雪大作，抵达燕山时，积雪过膝，人马难行，我只得前往最近的通州城住宿一晚。在运河边寻一家客栈住下，对面即是码头。虽然还不到年关，但此地乃京城咽喉，漕运繁忙，舳舻相接，今日因河水冰封，所以商队只好由车马驮载船货在冰上行走。我漫步于码头岸边，望着车水马龙的景象，正暗暗担心着辽东形势，这时一阵熟悉的马铃声远远传来，好像孤寂树林中的一声鸣镝。我心中一惊，回头远望，那熟悉的橘红色步摇流苏在风雪中飘曳着。

果然是她。

"明月照积雪，朔风劲且哀。"她在船内摆好几碟小菜，拿出一个酒壶，斟上两杯。她理了理额前的头发，浅笑道："我还以为认错了人，但远远看见这把流星剑，寻思肯定是你无疑。"

我说："那倒是，这把剑可是拜你所赠，怎会看走了眼。可还记得这剑跟随我多少年头？"

"嗯……当然记得。"她眉眼往上一挑，"那是万历二十年，我随家父前往卢龙贩马，在万柳庄内的孤竹棋社，你我手谈一局，初次相识，一个月后我们便匆匆告别。你说无心考取功名，想去医巫闾山读书学剑，你我到那里后不久，不想家父旧疴又犯，病躯难支，我回家侍奉，襄助家兄料理家业。临别之时，在那石碑长亭前的垂柳之下，我将这把流星剑赠予你，以期日后相逢。恍恍惚惚，兔走乌飞，现在算来，得有八年了吧。"

"是啊，八年都已过去了。萧舒，你还是当年的样子，从我们相遇开始到今日，一点都没有变，而我却平添了许多白发。"我凝神望着灯火照耀下的人面桃花，忆起两人在山中跟随师父和诸位同门研读经史、练习剑术的画面，心中无限感慨。

她这才一下子发现了什么似的，"原来那是白发，我还以为是冰雪未化。唉，这些年你过得怎样？后来我从苏夏那里得知，自从那次贼人侵扰败退后，你又回齐鲁山寺读书了，一切都还好吗？"

我饮完一杯，满心暖畅。"还好，山中自有岁月，书中自有天地，我只是不想腐儒袖手一生。唉，当今朝廷无能，与民争利，可惜了这么好的江山，再好的兵法也许都难以力挽民心了。"

"嗯，我了解你的心思。你虽无登车揽辔之心，却有澄清天下之志。"她低下头，纤长的睫毛被烛火照得如池塘春草。

一阵沉默后，她似乎想起了什么："对了，去年我和家兄在通州城内遇见一群朝鲜使臣，家兄招待了他们。有一位叫李恒福的大人，冠服尊贵，不巧与家兄曾在东征之役中有交，当时我才知道为何那些年总是见不到家兄。李大人对家兄说，现在的锦州卫总兵，叫什么努尔哈赤，他身为朝廷命官，竟然攻打其他卫所，全然不顾朝廷恩威。家兄忧叹辽东形势岌岌，担心朝廷会有安禄山之祸。"

"哦，原来如此。"我想起友人那封信，心中默默盘算着。

窗外的雪又下了起来，雪声如雨声，渐密渐疏，让人想起许多往事。

"对了，为何来到此处？"品着温热的酒，我笑问。

"家父驾鹤，世事如棋，我了无牵挂，不想再回故乡，徒增伤感而已。"

"可是你这酒，却还是故乡的滋味，如同往昔。"

"没想到你还记得。其实这么多年来，我也经历了很多事情，浮萍一般在江湖中飘摇，幸赖家兄护持，才不至于心灰。想想当初，你我读书策马在北镇……"

"好多年了吧，我也常在夜深人静时想到那些时日。两年前，苏夏写信给我，也说起师父和那些往事，她说甚是想念你……"我摩挲着酒杯上的暗纹，低着头，越说越无声。

"是，余生漫漫，但那次遭遇是后来故事的开端。那次苏夏来看我，我握住她的手，说咱们姊妹好好聊几天吧。当时她就笑了，说师弟在门外等着她呢。"

雪声渐渐小了，帘枕外，明月澄莹，白云迢递。这个风雪夜晚如此短暂，谈兴未尽，天涯转眼已是破晓，雪色映天。我挥毫写了一幅字赠与她，她端详了一会儿，喃喃念起这首唐诗："晴川落日初低，惆怅孤舟解携。鸟向平芜远近，人随流水东西。白云千里万里，明月前溪后溪。独恨长沙谪去，江潭春草萋萋。"

我起身告辞，走出船舱，跨上马后，正欲告别，她双眸凝视着我。我望向远处，平林漠漠，如烟似云，于是调转马头，伴着一声嘶鸣，疾驰而去。

"不要回头望。"我紧握缰绳，奋力地想，任凭如刀的寒风袭入眼睛。

（梦于 2010 年 8 月 5 日）

山 中

"我正在路上，两个小时后到你那儿，吃完饭后就去山里，怎么样？"

看着燕阳的这条短信，我非常惊诧，自从大学分别后，我已经十年再没见过他。有关他消失的传闻有很多种版本，有人说他去了大西洲，逃到城邦之外，脱离了任何国家的国籍，跑到海底去了，也有人说他躲进深山禅修去了，可是具体在哪儿，中国那么大，谁又能知道？有人说得更邪乎，说他在那场战役后离开了地球。不过当年大家伙儿找了好一阵子，确实没有找着他，哀叹之余，也只存了一份影影绰绰的念想在脑海中。

领着燕阳来到我的书房，我冲上一杯清茶，他呷了一口，看着窗外的薄暮树林，露出一个悠长的笑容，说："还记得大学时候，嗯，应该是十年前吧，你曾说过一首诗。"

"哦，是吗？我倒想不起来了。"我正看着他喝茶，觉得十年之后他竟然还是当初的模样，没想到他会突然这么一问。

"嗯，当时你我正在聊武侠，恍惚间你说起一句元诗：'山中何事，松花酿酒，春水煎茶。'呵呵，闻见茶香，突然想起来了。"

我笑了起来："我还真不记得了，不过这句诗听着倒清静。"我略一沉默，说："正要问你呢，十年前，发生什么事情了？这十年你在哪儿逍遥啦？为何一直不联系我们？我们一直担心你有什么不测。"

燕阳狡猾一笑，起身说："先请我吃饭吧，饭后我们坐车出发，路上跟你说。"

午饭后，我们径自来到上海站，燕阳走在前面，我只管跟着他，来到一节车厢坐下，列车开动，以出奇的速度向前飞驰。

燕阳望着车窗外，缓缓地低声说："十年前，我察觉到自己越来越不自由，自从那件事情之后，我发现我们被束缚住了，毫无空间可言。我在想，作为一个人类，能不能不属于任何国家？之后我就去了圣琪。"

"圣琪？天呐！"我惊叫起来，"就是红矮星格雷司旁边的那颗星球吗？"

他摇摇头说："不是，科学家探测有误，我去了之后才知道，圣琪并不在天秤座，它在另一个星系。你能想象吗？圣琪简直就是另一个地球，那里的气候和山川与这里毫无二致，我是第一个去那里的人。我被圣琪壮丽的奇观惊呆了，那里有高山瀑布，广泽森林。黄昏降临不久，我仰望星空，能感受到银河系的巨大旋臂在我头顶飞快转动，我顿时明白这里的时间比太阳系要慢得多。我猜想你应该就在猎户座旋臂中的太阳系中读书。"燕阳越说越得意，越说越惬意。

我听得入迷，问："那么圣琪是个怎样的星球呢？与地球相比又如何？"

燕阳故弄玄虚地说："因为三个等边的太阳同时照耀，所以那儿的植被与这里差异很大。怎么，你想去那儿？那儿可不是轻易能过去的，须找一个支点和通道。"

我眨了眨眼睛，问："对啊，你当时是怎么过去的？据我了解，那里离这儿有二十多光年呢。现在美国的'旅行者号'探测器已经够快了，但飞了三十多年才飞到海王星那儿，人类连太阳系都还没出去呢，你又是怎样跑到圣琪那里去的？"

燕阳神秘一笑，说："我问你，如果一只蚂蚁在一张很长的地毯上爬行，限用五秒钟，它要从地毯这一端爬到另一端，你该如何帮它？前提是不能改变它的速度。"

"不能改变它的速度？那怎么可能？"

燕阳"呵呵"笑了，说："转换一下你的思维嘛，你不能改变蚂蚁，就去改变地毯，你可以把地毯对折在一起，蚂蚁不就上去了嘛！"

我顿时恍然大悟。燕阳说："宇宙像一条很长的海绵，我们只顾着在海绵里面穿行，却不知道可以将海绵对折。河外星系虽然远，但我们一旦改变宇宙空间，它就直接扑到我们的面前。"

我说："我明白了，原来是这样。以前安徒生曾有一个梦想，就是从他的花园往下挖，挖啊挖，挖到一个温暖的国度，那就是中国。按照你的原理，我们在地球上也可以更大程度地节省时间，在地球仪上，中国的背面是巴西，我们可以在黑龙江挖一条地下隧道，一直挖到里约热内卢，这样的话，我们就可以用极短的时间直接到达，连太平洋都省去了。"

燕阳哈哈大笑："你脑子转得可真快，不过要是每个国家都挖的话，地球岂不成了蜂窝煤？"这时，周围的人都用异样的目光看着我。我低声说："现在基本上一塌糊涂，跟蜂窝煤没啥两样。"我继续问道："别卖关子了，圣琪到底如何？快讲给我听听，你在那里乐不思蜀十年了，肯定很快活吧？"

燕阳说："不是十年，我在那里只待了一天后，就回来找你。当时我在圣琪走下山，过了一会儿，星辰逐渐变淡，东边的太阳就开始露出头来了，一群让人惊异的动物跑了过来，它们却好像并没把我当成陌生人，站在我的身旁悠闲地喝水。等我穿越那个通道回来时，从山中出来，我才发现山下的一条河跟圣琪的那条一模一样。回来找你的路上，我想了想，觉得我们的宇宙应该有多层，而且每层宇宙应该是平行不悖的。"

我高兴地说："所见略同！我一直觉得宇宙无处不在，可以微观到一粒灰尘，也可以宏观到一个佛家的不可说，我常常想，也许我们所知的宇宙就是一个巨人身上的灰尘，从生成到落到他的肩膀上，对他来说也许只有一天的时间，然而对我们来说却已经200亿年了。所以我觉得空间决定时间，地球也无非是个蝼蚁窝而已。有时候想得玄了，我也常会痴问：若众多我们这样的宇宙组成大宇宙，大宇宙组成总宇宙，那么总宇宙之外又是什么呢？"

我们聊得正欢，一个扎着头发的姑娘拿着一本书走了过来，坐在燕阳的身旁，但燕阳似乎没注意到她。燕阳望了我一会儿，对我说："最近有没有做梦？"

我说："你还不知道我？天天做梦，我恨不得每天都记下做的梦。我对一个朋友谈起过，在梦中我注意到每个人的眼神及其灵魂的游动，我便思考这一切的原因，我有时会想：梦中世界是否更真实？诚然，如果我们以白天世界的思维来衡量梦中世界，它那么荒诞，那么断裂，然而，若我们以梦中世界为参照体系，白天世界同样是那么荒诞，看似理性，实则贪婪，却总不似梦中那么纯粹。果真如此的话，哪个世界更为真实得贴近人性的美好呢？人生苦短，我宁可重温梦境，也不愿在贪婪的事上浪费一点生命的时光。"

那姑娘眨巴着眼睛看了我一会儿，接着捧起书继续读。燕阳听完后，笑了："你这样同样也是一种贪婪，不是么？呵呵，我还不知道你啊，你有时太疏懒，正经的事没做，倒惹出了不少闲愁，一有闲愁你便胡乱想了，现实也被你荒废了。当然，这些想法或许如同宇宙中的暗物质，它们潜流暗动，虽然难以觉察，但也难以否认它们的作用，你要学会控制它们，不要让它们肆意膨胀。"

我说："哈哈，还是你最了解我，我也正痛下决心。还有，我要是给你发邮件，你在圣琪能收到吗？"

燕阳"扑哧"笑了，说："哈哈，你这又是糊涂了。"他低头看了看手表，说："还有一个小时就到山里了，你先睡一会儿，到时我就叫醒你。"

我趴在桌子上，望着车窗外呼啸而过的树木，恍恍惚惚睡着了。

　　等我醒来后，我发现那个姑娘坐在身旁望着我，这时门"吱嘎"一声开了，一个身穿白大褂的医生走了进来，看了看我："你可真行啊，昏迷了三天了，幸亏她及时将你带到医院，你先别说话，好好休息几天吧。"接着，医生对姑娘说："对了，病人叫什么名字？你急匆匆地把他背过来时，我们问你，你也不说，现在登记。"

　　姑娘不好意思地说："当时我真不知道，我是在火车上遇见他的，谁承想他一睡不起。不过我刚才在他旅行包里找到了他的身份证，他叫燕阳。"

（梦于 2010 年 10 月 5 日）

琴 歌

那是一个秋风萧瑟的季节，我记得，大人苦读十年之后，终于考取进士。及第之后，我们一路纵马飞驰，可谓春风得意。和许多幸运的朋友一样，我们来到京师的雁塔前兴奋题诗，也游览几个通都大邑，在不少酒肆歌以咏志。后来，他又顺利通过吏部的"身言书判"考试，朝廷命他南下楚州赴任。临别前的晚上，诸位亲旧赶来相送。乌鸟半飞，月明星稀，万木萧萧，西风入衣，烛光摇曳，琴声依依。

这琴声似乎在欢快中添了些忧叹，令人唏嘘。岁月的琴声如河川一般静静地流淌，不知不觉，在阅尽沧桑的眼眸中，这世界已经变了许多，无论江湖还是庙堂。但好在有人总能在喧嚣中体察这些难得的平静时刻，想起那些过往和知己，这说明他们并未忘却内心，泯灭真正的自我。

我们听着琴声，望着珠帘背后的白衣少艾，似一朵玉兰摇曳于灯火之中。一番觥筹交错，颇有金陵子弟饯别青莲先生的气氛。

那晚，大人喝了许多酒，脸膛泛光，神采异常，还即兴应着琴歌吟了一首诗。我坐在他身旁，安静地听着，这是十几年来我所听过的他最有心声的诗。我一边想着，一边望着楼外乌黑的云山出神。

平明时分，我们骑马在深山丛林中穿行。快到淮水时，大人回头对我说："你跟随我这么多年，先在中岳读书，之后又栖身边关，最近这几年又奔波于长安洛阳，也难为你了。此次楚州之行，不知是凶是险，我知道你还有事未了，心中有垒，赶紧去吧！"

我掉转马头，他拉住我说："万事皆有定数，不可强求，虽然人人皆知，但往往心中难放，困于执念，'允执厥中'吧。"我点点头，抱拳相别，转身离去。

胜国凿通运河，杨家柳树落叶纷纷，我策马于落满柳叶的运河边上。翌日辰时，走过沙丘城后，我已抵达清河郡临清县，一路劳顿，饮马运河。汲水之时，听到远处传来一阵清畅的读书声，我循声走去，只见一座瓦房私塾，十几个孩童正摇晃着诵读《诗经》，而在讲台上正襟危坐的，不正是那位弄琴之人么？

在竹林中饮茶几盏，看着夕阳下的薄云，我有些发呆，刚才那一番谈话，最终让我明白，原来她是魏兄的妹妹。魏兄在吐蕃之战中负伤，突出重围后再也不见踪迹。几年来，她一直在寻觅他的踪迹，却始终杳无音讯。

我说："他的个性我很是了解，当年一路踏遍吴越之地，一心想寻访青莲先生，所幸与青莲先生在广陵相遇。后来我见他之时，他又鄙弃书生之气，说崇拜前朝史万岁将军，决意征战沙场。当前朝廷与黑衣大食之间干戈屡作，很不太平，我不知道他是否去西域了。因为少伯兄那次出玉门关归来后，我们痛饮良久，他说似乎在府兵伍卒中看到他了。"

她默然良久，似乎想说什么，我低头看着杯中舒展的茶叶，装作出神的样子。悄无声息中，她叹了口气，起身长揖，蹒跚消失于津渡暮色中。

入夜，明河在天，万籁俱寂，我捧着她留下的那把琴，抚弹几曲，"欲将心事付瑶琴"，怎奈忧思滚滚，惆怅更甚。望着江流浩荡，犹如在望着漆黑的夜空一般，又像站在悬崖边缘，无边的恐惧顿时袭来。我还是没有想明白，我所来究竟为何事，我的记忆开始模糊，我在想，今天，是什么日子？明天，又是什么日子？今年是开元还是天宝？我来到这里是为了什么？为了大人的嘱托？为了圣上的密旨？为了一个人？还是为了侍养双亲？我想着想着，感觉好像都有，好像都没有。我越想越乱，最后只能采取一个最简单最投机也最情愿的办法，选取最后一个，回家。

我骑在马上，歪歪斜斜，困倦难堪，囊中的书似乎掉了一路。最后经过泰山时，我从马上跌落下来，我昏昏沉沉睡在了山路上，似乎只听见风在耳边呜呜地吹。朦胧之中，我感觉我的马在身旁嘶鸣了一夜。

我渐渐望见了家乡的那片麦田，越过石桥，进入村子。一群孩子们惊异地望着我，他们可能在想：这个陌生的客人从哪里来？他要往何处去？

家中的大杨树越来越近，马上要进入家门时，我恍惚间看见她从对面走过来，抚摸了一下我的马，并没有看见马鞍上的我，继而走进另外一条巷子，消失在远处，只留下一段悠悠扬扬缥缥缈缈的琴声。

我知道，有许多事情，我并没有告诉她，因为那个真相，我不能触及，这也是魏兄的嘱咐。她也许已经知道了，只是不说而已。在我们身后，更大的喧嚣动乱，已像野兽一般在草丛中低吼。

此刻，我整了整衣冠，坚信这是错觉和幻想，跳下马鞍，走进了久违的老宅。

（梦于 2011 年 3 月 14 日）

月 海

一束阳光从窗外照进来，我趴在课桌上，缓缓睁开眼睛，看到强光直射，赶紧又埋下头。这时一声焦雷响彻双耳："黄修志，你给我站起来！"

全班鸦雀无声，我迷迷糊糊站起来，自然老师已经站到我跟前，怒气冲冲："又打瞌睡了！上课时你能不能专心一点？"我涨红了脸，大气儿不敢喘。我逐渐从睡梦中回过神儿来，赶紧把盖在自然课本上的一本凡尔纳藏进桌洞里，然而自然老师眼疾手快，一个箭步上来，劈手夺起这本书，他拿起来一翻，脸色愈发阴沉："好哇，不光上课睡觉，还看课外书！昨晚看到很晚吧？"我吞吞吐吐地说："没……没有，老师，我……一直在听你，听你讲课呢。"

自然老师呵呵笑了一声，说："那我问你，刚才我讲到哪儿了？"

我偷偷瞟了一眼黑板，低声说："月食。"

很显然，自然老师觉察到了这一点，说："看你小眼溜溜的，很机灵嘛，来，过来，到讲台前扎马步，举块砖，省得你再困。"

　　我又一次拖着疲沓的步伐走到讲台前，双手将一块砖举过头顶，扎马步，顿时感到这个姿势特像缴枪投降一样，全班同学都故意绷紧脸不笑。我瞥见她一边看着课本，一边偷偷抿着嘴笑。

　　下课后，我早已经四肢酸麻，趴在课桌上一动也不想动。这时她在后面拍了拍我的肩，笑嘻嘻地说："小书虫，看什么书这么入迷啊？"我没好气地把那本书扔给她。

　　"哇，《从地球到月球》耶！"她高兴地喊道。

　　"少装蒜！这本来就是你的书，昨天你硬要借给我，说要我赶紧看完。我好不容易花了一夜时间才看完，接着今天就丢人了！"

　　她眨了眨眼睛，若有所思地看着我，说："嗯，知道为什么吗？"

　　我翻了翻白眼，没接话茬，转过头去，翻出数学课本，开始备战下个月四年级升五年级的考试。

　　夕阳渐落，铃声一响，孟庄小学的孩子们鸟兽一般放学回家。我被自然老师叫到办公室又训了一顿，心情郁闷，刚走出校门，只见她一个人在门口一边哼着歌一边踢着沙包。我装作没看见，径直走开。她跑了过来，在我身后喊："你等等我，干嘛呀，多大点事儿啊，还男生呢！哎，你等等我呀，跟你说个事儿，你要不听，可别后悔！"

　　我放慢脚步，她追到我前面，气喘吁吁地说："跟我来，带你去一个地方。"

　　我不知道她葫芦里卖的什么药，只好跟着她来到小河对岸的一座小山丘，夏风吹得杨树叶子飒飒作响，河对岸飘来阵阵悠悠麦香。我们爬到山丘的最上面，这里有一块齐整的平地，平地上停放着一个黑乎乎的东西，用油纸覆盖着。我满腹狐疑，她一脸得意，我问："啥玩意儿啊这是？"她指了指夜空，说："快看！"

我举头仰望，"星月皎洁，明河在天，四无人声，声在树间。"我还是不知道她在搞什么鬼，正要问她，她"啪"地一下把油纸掀开，这时一架银白色的飞船展现在我的眼前。

我骇异得说不出话来，她拿起一根头绳，扎起头发，说："赶紧进飞船！"

坐在飞船里，她望着月亮说："前段时间我一直在制作这架飞船，昨天晚上我飞到新西兰，发现了月亮的一个比较精确的轨迹，赶紧飞回来精心修改了飞船的飞行程式，以免重蹈尼切尔船长的覆辙，另外我又多准备了一套宇航服。哈哈，今晚你受邀乘坐这架飞船飞往月球。"

我喜不自胜，拿起一支迷你版的 VLT 望远镜，望见月球表面的阴沉部分，附近皆是连绵的群山，在太阳的照耀下，闪耀着银灰色的光芒。她似乎猜到了望远镜里的画面，说："那里是月海，是月球的平原地区，月海有很多种，比如云海、澄海、静海、雨海、智海、冷海、丰富海、危海、东海等等，很多啦！当年阿波罗 11 号是在静海登陆，而你所望到的正是雨海，雨海的附近是月球上最大的山脉亚平宁山脉。月球上环形山虽然很多，但也有一些伟大雄壮的自然山脉足以匹敌地球上的山脉，月球南极上的一些山峰甚至比珠峰还高呢，其实我们在地球上所看到的月亮主要是这些山脉，因为它们最能反射阳光。嗯，现在我们就去月海！"

只听长风呼啸，飞船如流星一般从华北平原的一座山丘上一飞冲天,穿越大气层,向月球奔去。大地和云彩在我脚下急速下沉,这时我发现月亮更加明澈,星光更加璀璨。她说:"地球不是一个观察宇宙的好地方,因为有大气层,所以好像戴着一副蒙了雾水的眼镜在看一样。你看,穿越大气层后,星星就不再闪烁了吧?"

飞船逐渐进入月球轨道,月球这块巨大无比的大石球离我们越来越近。飞船飞越张衡环形山、万户环形山、门捷列夫环形山后,在雨海缓缓降落。我们穿上宇航服,走出飞船,踏上月球的土地。脚下的土地非常松软,就像踩在草灰上一样,一步一个脚印,由于月球上没有风,所以这个脚印会像印章一样永远铸刻于此,想到这里,我不禁有些得意。四周寂然无声,全是荒凉的戈壁,除了我的呼吸声,听不到任何声音,死寂得让人害怕。我们走出一片低洼地,渐渐看到远处的月平线上升起了一颗巨大而美丽的星星。

那正是地球!令我惊异的是,站在月球上看地球,正如站在地球上看月球一样,地球也有阴晴圆缺,此时,地球只将蔚蓝色的一半显现给我们,我知道我的村庄此刻正在夜色笼罩之中。我们瞻望着这巨大的蓝宝石,它盖住了半个星空,阳光照耀在海水上,海水又将阳光反射到月球上,此时此刻,蓝色的地光以美丽的晕圈层层照耀着我们年轻的脸庞。与婵娟月光相比,地光不知奇美多少倍!

看着这壮丽的奇观,我激动不已,想起许多过往,从未有过的思绪在我脑海里激荡,泪水不知不觉流了下来。她看了看我,也流下眼泪,泪水像晶莹的珍珠一样在我们眼前飘浮着。她感慨地说：“我认识一个宇航员，他说，每个飞向太空的人，从太空中俯瞰地球时都会流泪，因为他从那刻开始摆脱了以大地为中心的认知体验，他会发现人类原来生活在这么一个美丽的星球上。他为人类感到幸运，觉得这是宇宙的奇迹，同时他也意识到地球是一艘航行在死亡之海中的救生艇，因为美丽，所以脆弱，他也为地球感到担心，感到孤独。”

我们继续往前走，走到一片高地，拿出 VLT，朝地球望去，繁花似锦，万木葱茏，狉狉蓁蓁，江河奔涌，林岚暮霭，黄沙险峰，冰川晶雪，海浪排空，真像看一个万花筒一样。她也拿出 VLT，似乎望到什么东西，指了指地球左边的一颗星，兴奋地说：“看那里，大红斑！”

我顺着她指的方向望去，只见木星南半球一只硕大的大红斑从东向西缓缓转过，诡异得像女巫的大红眼睛，她似乎觉察到月球上的两个小生物正在偷窥着她。想到这里，我背后一阵冰凉，赶紧转移视线。这时，我看到了太阳系中的第二美女——土星。土星穿着五彩的裙子，煞是漂亮，当年“旅行者号”和“卡西尼号”都曾拜访过土星。

“我喜欢土星，土星的卫星最多，可谓众星拱之，毫不寂寞。”她一边望着一边说道。

远处的环形山越来越多，我们启动液氢飞行装置，在上空飞行着，飞到一座巨大的环形山内，就像站在上帝的碗里。我们缓缓走着，走到环形山的内壁前，我在上面刻上一行字：“明月皎皎照我床，星汉西流夜未央。”她也在上面刻上一行字：“今人不见古时月，今月曾经照古人。"她莞尔一笑："曹子桓和李青莲肯定想不到吧，他们的诗会被后人刻在月亮上。"

游荡了许久，我们回到飞船降落的雨海，乘船前往其他月海俯瞰了一番，路过夏湖、梦湖、暑湾、虹湾，又在南极的山间逡巡盘旋了一会儿。飞船在莱布尼茨山脉的缓坡上停下，她指着山下说："下面都是有冰的，但数量不是很多，科学家说暂时可供几万人使用 100 年。"

我问："那这些冰来自何方呢？"

她想了想，说："应该来自彗星吧。地球上的水最早也是来自彗星，彗星携带大量冰块来到地球，逐渐形成了原始的海洋，后来海洋也经过进化，有了生命，之后又有了我们。"

我问："你相信进化论吗？我总觉得达尔文的进化论还是很有问题的。我很难相信地球如何一下子有了有机物，我很难相信自然课本上说的那样，无机物在若干条件下变成了有机物，这个过程我觉得完全是个偶然。"

她望着天上的地球出神，接着问我："那你认为地球上的生命是怎么诞生的？"

我说："既然海洋都是来自彗星，是由外星带来的，那么生命也有可能是由外星带来的，而且几率是很大的，我很难想象，一潭死水会折腾出生命来。生命绝不会无缘无故地来，也不会无缘无故地去。"

她想了一会儿，说："话虽如此，那携带生命细胞的彗星又从何处而来？"

我摇摇头，沉默了许久。此时地球渐渐沉落，我们仰望上空，天月之间，星辉斑斓，一片岑寂。

她凝望着窗外的星辰，轻轻地说："有人说，星星和我们一样，都是由原子组成的，那么星星也是我们身体的一部分，所以，我们并未离开，我们也只是在回家而已。修志，你记得吗，三年级时咱还学过《数星星的孩子》，后来每当仰望星空之时，我总想，我的梦就在那儿，嗯，就在那儿！我想超越大地，拥抱群星，我常常觉得，在探索宇宙的旅行中，你也是在认识自己的心灵，宇宙不仅仅是一个具体的空间，还是一种抽象的存在，然而这种存在非常沉重，只有人类的心灵才能承受这种沉重，你能理解吗？它会让你想到，地球仅仅是沧海之一粟，一粒微尘，身处浩瀚宇宙之中，你会感到一种恐惧，一种卑微，你由衷地感到一种对宇宙的敬畏，对生命的感念。同样，正是因为宇宙才让你认识到，我们不可能与宇宙争空间之广狭，但我们可以用心灵争时间之长短。平静的生命源于沉着的心灵，心灵一旦崇高安宁，不偏不倚，不忧不惧，岁月即凝为永恒，生命便会延续下去。其实，面对眼前的地球，我突然发现，我们的星球就是一颗心，是宇宙中最美的一颗心灵，它有白昼和黑夜，有光明的一面也有阴暗的一面，然而，'有阴影的地方，必定有光'，正是光明和阴影才共同铸造了一颗充沛的心灵，这才是'光阴'的美好意义。你看，地球的梦想是永远围绕太阳不断旋舞前行，它一心还是向往光明。有时我会对人类失去希望，正如我也有时会痛恨自己一样，但是现在，我和你来到地球之外，看到了地球，也看到了自己，内心的种种纷扰顿时沉静下来，我觉得与其怨天尤人，不如想着努力抚平自己。"

她说的每一个字柔和而又动情，我静静听着，一股暖流通达全身。我点点头，说："嗯，数星星的孩子终究还会长大，没错，你也说出了我的心里话，让我想起了里尔克的一首诗，'世界如此广阔，但在我们体内，它却深如汪洋'。"

她看了看航空仪表，说："走吧，时间不早了，太阳要升起来了，会热得受不了。"

我问他："下一站，哪里？"

她看了看太阳系谱图，说："火星吧，那里已经有两个朋友在考察了。"

我笑了笑："你是说'勇气号'和'机遇号'？"

"嗯，我喜欢这两个名字。我也给咱们的飞船起了个名字，'梦想号'，哈哈，怎么样？梦想如光，照亮夜空！"她欢快地比画着，眼中闪着星光。

听到此话，一种长久未有的安宁浸润我心。突然间，眼前一阵恍惚，星光抖颤了一下，我想起了什么，看着她正低头沉思，谜一般的侧颜，似曾相识，如垂柳深处明净的湖水。我猛地抓住她的手，问："等等，你不觉得现在就是梦吗？多少次宛如梦境，我感觉已经见过你很多次了，却总不晓得你来自哪里，去往何方，告诉我，你到底是谁呢？"

我看见她明亮的眸子中端坐着一个疑惑的我。她平静地说："我是谁？不重要。重要的是，有了我，你才能永远把梦做下去；有了你，我也才能和你一起分享新的梦想。"

"嗖"，飞船冲向冥冥太空，穿越群星，向新的未来疾驰而去。

它也变成了一颗星。

（梦于 2011 年 7 月 2 日）

剑　龙

　　传说西方有一座山，山顶积雪如云，夏季融化之后，一条大河便从山峰飞流直下，奔啸向东，汇入沧海。山中有一位神，是人间的大圣人，他豢养了两条龙，司掌天地之水，谁若能收服其中任何一条龙，便可王可圣可霸。

　　渊松当然听过这个传说，他依稀记得小时候爷爷对他说，自禹王治水定海以来，这个传说便流传开来。虽然一千多年过去了，但在这个洪荒时代，口耳相传的故事倒是具有惊人的延续性，更何况渊松就生活在传说中禹王的家乡兖州。十年前，渊松在几次征战中也常常听到几个年老的兵卒念叨这个传说，他们哀叹千秋百代的人们都是听着这个传说长大的，都想着去西方寻找神和龙，但谁也没有勇气做千里之行，而今自己老了，年轻时候的梦想很快就会随着死亡而灰飞烟灭。这给渊松一个强烈的感觉，西方是块神奇之地，是一切传说和梦想的源头。如今，四海承平，天下粗安，东夷部族也渐渐安定下来，渊松归卧泰山，耘地种谷。三年之后，大旱，河竭，地裂，大凶，冬，片雪未见，民益艰困，渊松开始思索到底是哪儿出了问题。次年春，玄鸟飞至屋檐下，渊松忽然想到了那个古老的传说，简单收拾了行囊，当天夜里便骑着一匹快马溯河西去。

跨过太行山、王屋山、中条山、吕梁山、贺兰山、太华山、祁连山，渊松在重重迥异的树色中马不停蹄地穿行，一路披荆斩棘，其间发生了许多故事难以道尽。西行渐远，天地逐渐开阔，荒原平袤，大河明亮，他顾不得欣赏异域景色，一直走到极西的一座大山面前。这座大山高耸入云，其巍峨绵延之气势远胜于泰山，山口的摩崖上刻着"玄黄西极，剑龙昆仑"八个大字。渊松下马走进白雾笼罩的山中，顿觉寒气逼人，毛发竖立。他在山中采食野果，刀炙野兽，艰辛寻找了几个月，但始终没有见到一个人，他已经有点心灰意冷，打算下个月就回泰山。

一个清晨，渊松从树上醒来，望见不远的山谷上方飘荡着一片白云，他想，有白云的地方可能就有流水，有流水的地方必定有人。

渊松快步走到白云之下，渐渐听到浩荡涛声，他刚要仰望那片白云，白云倏忽东飞。他正觉奇怪，这时他看见一个白发白须老头儿在河岸上闭目而坐。渊松略整衣冠，走上前去，跪拜问道："敢问老先生，您可是这昆仑之神？"

老人闭目不答，问道："尊驾何处而来？缘何至此？"

"小子海岱夷人，本耕山野，只因近岁大旱，大河枯竭，舞雩无功，六谷不登，人相食，故特来河源一探究竟，欲寻济世良方，清凉天下，伏望老先生垂怜赐教。"渊松言及于此，越发哀痛恭谨。

老人微微睁开双眼，看了看渊松，伸手将他扶起，笑道："你是夷人，我是戎人，虽在河尾河头，但同饮一河水，也算有缘。"渊松坐在老人的对面，老人寂然凝虑，长长的白眉微微颤动，说道："自有生民以来，河水滔天，宛丘屡被淹没，东方之人常来昆仑寻找治水良方，太昊、夏禹亦曾来此。可知为何？"

渊松想了想，说："传说昆仑山中有两条龙，掌管天地之水，想必两位圣王听过这个传说。我也是听了这个传说才来找您。"

老人微笑道："不错，传说固然不虚，但这两人并不是因为听了这个传说才来此地。我第一次来到昆仑山时，在山顶积雪中发现了两条雏龙，一青一白，精心将它们豢养大，后来经历了许多奇异的事情之后，我才发现，这两条龙正是天地的水脉，青龙掌管大地的川流，白龙掌管长天的雨雪，两条龙必须相互配合方能云行雨施，河清海晏，如此便万国咸宁，天下文明。"

渊松感到十分惊异，问："那现在这两条龙呢？难道近岁的大旱是因为这两条龙出了什么问题？"

老人忧叹一声，继续说道："正因为两条龙具有非凡神力，所以常被邪人觊觎。一千多年前，一群邪人劫走了这两条龙，在天上地下为非作歹，洪水泛滥了几十年，后来夏禹文命来到昆仑，取走了两把剑，重新收服了青龙和白龙，打败邪人，洪水退去。然而邪人又潜到大海兴风作浪，致使海水倒灌，夷人苦不堪言，夏禹又率部族泛海追杀，最后平定海疆，并取昆仑之铁铸造了一块定海神针，深埋在东海之中，以此压服妖气。"

"两把剑？为何这两把剑有如此大的威力？"渊松没等老人说完，突然问道。

"是的，这两把剑乃老夫所铸，也是取昆仑之铁铸成。为防青白二龙被邪人控制，所以我又为青白二龙各铸了一把剑，一为青川剑，一为白云剑，青白二龙见到各自的剑后，便如同见到主人一样回到持剑人的身边。"

渊松有些好奇，问："为什么给两把剑取这两个名字呢？"

老人悠悠说道："青龙司大地之水，川乃大地之灵，故名青川剑。白龙掌长天之水，云乃长天之灵，故名白云剑。"

渊松说，原来如此。他忽然想到一个问题，问："您说您铸青川白云双剑是为了防止二龙被邪人控制，二龙见到双剑后如同见到主人，那如果双剑被邪人拿走，岂不更加凶险？"

老人哈哈大笑，他捋着白胡子说："问得好！问得好！我料定你会来到昆仑，也料定你会有此一问。来，随我来。"说罢，老人拉住渊松的胳膊，念了声"起"，一阵疾风掠过，老人和渊松转眼就飞到了大河的对岸。还没等渊松反应过神儿来，老人指了指眼前的一块巨石，渊松定眼一看，只见一块长铁深嵌在巨石中，似乎已有千年无人触摸，岁月已将其侵蚀得锈迹斑斑。老人说："这就是青川剑！"

渊松诧异万分，这块丑陋的锈铁竟然是神奇的青川剑，他问："但是您还没告诉我，现在青白二龙到底怎么了？为什么大河枯竭了，天不下雨了？"

老人望了望东方，说："这一千多年以来，青白二龙一直尽职尽责，人间风调雨顺。但前不久出现了一只叫西王母的怪兽，它不知哪儿的本事，纠集了一群可怕的怪兽，组成了一个怪兽军团，在华山之西设计捉住了青白二龙，将其困在笼中，由此天地水脉断绝，出现了旷古未有的大旱。现在西王母又将青白二龙编入军团之中，准备乘东方大旱之机，大肆东侵。"

渊松顿时明白了，他问："您的意思是说，现在必须要有人手持双剑将青白二龙唤回来，并且将西王母军团战退？"

老人点了点头："不错！我将双剑铸完后就将其嵌入巨石中，只等待有缘人将其抽拔出来。你来之前，有一个人就来到我这儿取剑，不过她只拿走了白云剑，而青川剑却怎么拔就是拔不出来。所以我对她说，你还是赶紧拿着白云剑去解救白龙吧！她刚走，你就来了。"

渊松跃到巨石上面，猛一提气，使尽浑身力气去拔青川剑，但青川剑如万斤铁坠一般，纹丝不动，他又试了好几次，仍无济于事。老人看着满头大汗的渊松，朗声大笑："年轻人，看样子你的修为还不如方才那人。青川白云二剑不是随便就能被人拿动的，若要掌控其中一剑，必须要有一番修为，一番顿悟，然而此番顿悟须是心体澄明之人方能领会，领会之后，神剑自然轻盈在手。包括东海的那块定海神针铁，非心体澄明之人不能持动。"渊松坐在石头上垂头丧气，同时也佩服老人铸剑的苦心。

老人走上前去，安慰渊松："年轻人，别灰心，老夫给你算上一卦，给你解解卦，你再静心想想，定会有所顿悟。"说完，老人从怀中取出蓍草，摆了一摆，沉思冥想了一会儿，笑着说："看似曲折不平，却是好卦！我现在给你解说此卦，此卦有分教，你要谨记！"说完，老人沉吟道："元亨利贞。初九：潜龙，勿用。九二：见龙在田，利见大人。九三：君子终日乾乾，夕惕若。厉，无咎。九四：或跃在渊，无咎。九五：飞龙在天，利见大人。上九：亢龙，有悔。用九：见群龙无首，吉。"

渊松一边听着，一边熟记于心。老人说："不要着急，好好想想，十日之后，再来此处找我。"话音刚落，老人化为一缕白烟飘到远处峰峦之上。渊松沿着大河离开山谷，在山中一边漫步一边琢磨着老人的卦辞。转眼八天过去了，渊松还是想不出个所以然来，心中越发焦闷，这卦辞中到底有何玄机？第九天，他沿着大河来到山谷，继续苦思着那段卦辞，越想越烦躁，他抬头看了看炎炎烈日，更加羞愤。走过一段河瀑，渊松看着奔腾咆哮的河水出神，他猛然跳进大河波澜中，很想在清凉的河水中冷静放松一下。渊松屏气凝神，保持自然的姿势，随着河水流动，他感到自己像一条游龙一片羽毛在水中畅游，浪花虽然凶猛，涛声飘鸣，但此刻却如小鱼一般簇拥着渊松。河水呼啸着将渊松冲出山谷，冲到一个渐趋平静的河段中，渊松在河底漂浮着，他缓缓睁开双眼，看到天上不知何时多了许多白云，白云随风变化，悠悠而过，白云的倒影落在水中，映在渊松的眼睛里，在他看来，云水相接，周围的水和天上的云一样安静，此刻已经分不清自己是在水中还是在云中。渊松突然感到自己真的变成了一条龙，在云水之间逍遥腾飞，这种神意自得的心情是从来未有的一种清透，清透中闪动着空灵，空灵中流动着飘逸和安宁。

　　第十天，渊松一早来到巨石面前，老人早已在那里等待，他依旧是渊松初次见他的那种姿态，闭目而坐。渊松跪拜道："师父，我想通了。"老人并不答话，渊松凝望剑石，接着说："我太心急了，恨不得能手提昆仑冰雪解救天下，但潜龙勿用，无论动机如何，须认清心体自然，不可汲汲求是。当潜藏若虚，使心中先为一溪活水，盈科后进，惕厉无止，修行到自在如意之程度，方可出水入云，达至飞龙在天之最高境界。然而盈不可久，心灵只有在云水之间方可逍遥自得，若知进不知退，只会适得其反。敬顺昊天，待到那时，'云从龙，风从虎，圣人作而万物睹'，德普天下，人人谦让，天下大宁。所以，我想，龙与云、水、剑一样，它们都在持剑人的心中，青川白云二剑乃水心、云心，所以它们能收服青白二龙。说到底，人、剑、云、水、龙，五者存乎一心而已。云随风赋形，水随地赋势，与其说被牵制束缚，倒不如说是借风乘势待时而动。风，势也，时也；云，水也；龙，人也；剑，心也。昨天我观云观水，突然想到了这些。"

　　渊松说完后，心中豁然明朗，畅快无比，他正等着老人的反应，这时他看见青川剑在石缝中剧烈摇晃，鏦鏦铮铮，外面的锈铁纷纷脱落，很快露出秋水般的寒光，只听"嗖"的一声，青川剑从巨石中突然飞起，飞到了渊松的手中。老人朗声大笑，笑声激起阵阵松涛排排雪浪，在山间回荡。

　　渊松高兴地握着青川剑把玩着，老人说："你已握住青川剑，但也要知道如何使用它。青川剑乃山川之精华，其剑气便是激水，激水之坚胜于金石万倍，有开天破地之威。刚才那人取走的白云剑乃云山之精华，其剑气便是激云，激云之寒胜于冰雪万倍，所挥之处皆为坚冰，金铁遇此寒气全部融化。青川、白云二剑只有合击才能发挥其最大威力，你现在就出发，去阻止西王母。"

渊松跪拜在地，含泪说道："师父，此去经年，不知何时灭掉妖孽，更不知何时再见师父，虽然只与师父相处两日，但受教终生。然而徒儿尚不知师父名讳，若人问起，也好回答。"

老人笑道："你我再次相见之日，必是天下汹汹之时，所以为何还要相见？再说你已天启，我虽老了，但已放心。时间太漫长，世人对我的称呼有很多，以前有人叫我太昊叫我轩辕叫我神农，攻击我的人叫我蚩尤，后来有人叫我放勋叫我重华叫我文命，最近的一次又有人叫我昌，实在繁琐，好在我从不在乎。要记住，名字是别人叫出来的，自己千万不要把它当成一回事，你自己永远只是你自己。"

渊松洒泪拜别老人后，背着青川剑走出昆仑山，策马向北，翻过一座座高山，渡过一条条河流，终于来到西王母的营地。此时西王母正率领庞大的怪兽军团向东推进，战旗遮天蔽日，连营百里，分成四个方阵急速前进。最前面的是第一方阵为熊象战队，呈三角形，皆披重甲，头顶尖刀，乃一线平推横扫开路之方阵。紧随其后的第二方阵为猰㺄战队，呈长方形，身裹甲刺，乃搏杀撕咬的主力方阵。最后的第三方阵为虎豹战队，呈新月形，不带甲胄，乃收拾残局勇追穷寇之方阵。三个方阵之中又有许多可怕的怪兽如穷奇、毕方、狰、狡、颙、蛊雕等等在吼叫，四周又有众多豺狼作为机动战队。在第一方阵的上空是第四方阵鬼禽战队，飞翔着各种千奇百怪的巨大猛禽，皆有尖喙利爪，千万张翅膀已遮断了半个天空。

渊松俯卧在不远处的山冈上，看着这恐怖的巨大军团以及许多从来没见过的怪兽，不禁打了个寒战，他仔细寻觅，发现半人半兽的西王母蓬发盖面身着盔甲，正骑着青龙飞在最前面，却不见白龙的影子。他站在山冈上，抽出青川剑，直指天空，厉声喊道："青川剑在此，青龙何在？"话音刚落，青川剑射出一束白光，照到青龙身上，青龙眼睛闪烁，一声狂吼，挣脱了西王母的缰绳，朝渊松飞来。青龙围着渊松所在的山峰不断盘旋，渊松从山峰跳下，青龙不偏不倚用脖子接住了他。渊松骑在青龙上，像骑在流星上一样，山川如飞，大地若沉。青龙飞到第一方阵前面，狂吼嘶鸣，喷出巨浪，渊松随即挥舞着青川剑，左砍右劈，前冲后刺，一道道激水射向熊象战队，血光四溅，肉雨横飞，庞大的熊象咚咚倒地。渊松深感熊象太多，这样杀下去很快就会被反扑，所以他骑着青龙后退到半空，大喝一声，青川剑飞到空中，喷出无数激水，像一张巨大的箭网朝熊象战队扑去。

很快，第一方阵死伤累累，许多熊象也四处逃散，西王母站在高空看着熊象战队的溃败，怒不可遏，大啸一声，派出无数猛禽朝渊松扑来，渊松骑在青龙上，随着剑花飞舞，猛禽纷纷坠地，顿时天空下起了血雨。但是猛禽越来越多，它们从四面八方攻击，渊松分身无术，青龙也被它们啄得挂了几处彩。又一波更凶悍的猛禽冲了过来，渊松正寻思如何退出第四方阵，这时突然看到一股寒光从远处天空中射来，所照之处，猛禽皆化为粉末。接着，两股三股千万股寒光陆续射来，鬼禽战队很快在这个立体型的寒光阵中化为乌有，西王母也赶紧降落到第二方阵后面。

"激云！"渊松突然醒悟，这时他看见一条白龙从白云深处呼啸而来，青龙见此，亦冲到天上，青白二龙在空中盘旋嘶鸣着。渊松看到一个白衣人持剑骑在白龙上，她看了看渊松，隔云喊道："前面就是村社了，西王母一旦进入村社，我们就不能大刀阔斧地攻击它们了，否则会伤及百姓，趁现在还是在野外，一定要把它们消灭在村社之外！"渊松俯瞰着西王母军团，虽然鬼禽战队和熊象战队已被消灭殆尽，但还有不少残余，而狻猊战队和虎豹战队依靠其轻捷飞快的速度正向村社逼近。渊松观察了此处的山川形势，对白衣人说："西王母还有一个时辰就能进入东面的村社，你看到没有，南面是一个大峡谷，我在东面阻击，你用白云剑从北面进攻它的侧翼，我们合力将其驱赶到大峡谷中，它们一旦进入峡谷，我们就让青龙白龙同时喷水，一举淹没西王母及其部众！"

白龙飞到北部，白云剑陡然化为一道白虹，一阵横扫，狻猊虎豹纷纷偏向东南逃窜。青龙飞到东面的天空，渊松将青川剑朝狻猊战队抛去，青川剑突然变为几十丈长的巨剑，它飞快旋转着如割草一般冲向敌军。在青川白云剑强大的攻势下，半个时辰之后，狻猊战队和虎豹战队损失惨重，阵形大乱，已经被冲散开始转变进攻方向，向南边的峡谷逃窜，西王母见大势已去，独自骑着一只巨大的飞禽逃向西北。为防止第三方阵随之逃跑，青龙和白龙转而飞到敌军的尾部继续驱赶。大合围终于完成，青龙喷水，白龙降雨，直到将整个峡谷变成了一个大湖。

　　这场战斗从中午杀到黄昏，天昏地暗，哀号冲天。渊松骑着青龙俯瞰着血染的战场和群兽的尸体，嗟叹不已，他对白衣人说："虽说这些野兽被西王母控制残害生灵，但它们好歹也是千万生灵呐。用你的白云剑将战场清理一下吧，现在大旱，尸体遍地，很容易造成瘟疫。"白衣人点点头，轻轻一挥白云剑，一股冰冷的雾气弥漫开来，少倾，尸横遍野变成了碧绿原野。

　　青龙和白龙载着渊松和白衣人飞到高山上，两人从龙上跳下来，手持长剑走到一棵树下，山风吹动着两人的黑发，两人相视而笑。白衣人说起寻剑途中的各种艰辛，渊松听着，也想起了自己的西行遭遇，不禁动容。转眼明月升起，白衣人起身唤起白龙，飞身骑上，说："天下苦旱久矣，青龙白龙各有使命，君当勉力，不负师父重托。"说罢，白龙长啸一声，消失在月光天际，云深不知处。渊松骑着青龙在云海之中眺望着白龙的轨迹，他猜想着，那可能是燕山的方向。

　　一阵狂风席卷大地，乌云密布，少顷，大雨倾盆。渊松骑着青龙在风雨中自由翱翔，感到万分的清爽酣畅，他俯瞰着下面的滔滔大河和万点青山，心想："原来，一个人不断讲述实践自己的梦想，他本身也会变成传说。但无论传说如何传说，他始终是他自己，心中的梦想从来就没有改变过。"

（梦于 2011 年 7 月 20 日）

微　光

　　一个陌生人突然闯进我的房间，他问我，你想不想重新开始？

　　我从书堆里抬起头来，问：怎么重新开始？

　　他说，记忆是证明我们存在的唯一证据，也是证明你还是你的全部材料，比如你第二天睁眼醒来，觉得今天还是你自己，只是因为你的大脑里有昨天的影像，有对往日时光的记忆，所以你才会确定自己就是自己。一个人从睡醒到清醒的过程，实际上是确认自己还是自己的过程，就像电脑启动的过程，记忆就是启动的密码。

　　我"呵呵"笑了，问，那重新开始有什么好玩儿？

　　他说，我用手一指，你的记忆会全部消除，这样你就会有一个新的开始，无所顾忌地去开始新的生活，开始新的旅行，喜欢到哪儿就到哪儿。

　　我略一思索，问：你是不是重新开始过？你的家人和朋友，他们在哪儿呢？

他顿时泪流满面……

我听到"啪"的一声，从睡梦中惊醒。我看到墙上的中国地形图落到我身上，我迷迷糊糊地起来把地图重新粘上，准备重温梦境。

他站在我的面前，伸出手指指着我，我只觉得像醉了一般，好像看见了银河系的巨大旋臂来回飞舞……

我听到"啪"的一声，从睡梦中惊醒。我又看到墙上的中国地形图落到我身上，我迷迷糊糊地起来又把地图重新粘上，准备再重温梦境。

我爬上一座山丘，山上绿树葱茏，我站在山巅，向东望去，一阵海风吹来，我得意地想：原来这就是太平洋！

下山的时候，我寻思着回去的路，似乎是迷路了，见到一位老大爷，问：您知道台大在哪个位置吗？

他指了指转角的一条绿径，转头就走了。

我在这条绿径上漫步，欣赏着沿途的绿枝和野花。走到尽头，已是薄暮，一个陌生人迎面走来，他说是我的陈年老友，是初中的历史课代表。他带着我来到一个餐馆，两人在靠窗的位置坐下，他聊起了在艋舺的生活，我一边看着他眉飞色舞的脸庞，一边听着餐馆中央一位歌者拖着墨绿色的长裙用闽南语唱着幽幽的歌，我的记忆时浮时沉。

附近的一个陌生人听到我们的谈话，她转过头问："你们是山东人？"

我说："是啊，山东话好听不好听？"

她笑了："土里土气的，不如我们台北话好听。"

我转过头来继续听朋友说话。

"你不记得了吗,当时我个子矮,坐在前排,一次物理实验课上,我还亲手抓了那根试管,冰凉冰凉的……后来你是咱那一级考历史考满分的三个人之一,我把卷子送到你那里去,你都有点惊讶……初中毕业后,咱们六七年没见,你去了武汉,得知我也在武汉,那天晚上你还给我打了个电话,当时我正感冒得躺在床上难受呢,你说老同学应该见面聊聊,可惜我一直没有联系你……"

听着听着,我渐渐有点心不在焉,向窗外望去。窗外是一条幽深的巷子,青瓦白墙,几棵树在晚风中微微摇动,一个陌生人在树下拉着悠悠的大提琴,他戴着墨镜,满头花白。巷子的尽头露出一点沉沉的微光,微光忽明忽暗,仿佛是一盏烛火,一阵轻风就能将之吹灭。

我拖着下巴望着这条令我遐想痴迷的巷子,忘却了对面朋友的拉呱,忘却了后面女生的谈笑,忘却了歌者的浅唱。我在想,那条巷子的尽头会是一个怎样的风景呢……

我听到"啪"的一声,从睡梦中惊醒。我又看到墙上的中国地形图落到我身上,我迷迷糊糊地起来又把地图重新粘上,窗外已明,准备起床写论文。

粘地图的时候,我终于明白为什么地图会掉下来。

双面胶不好,导致无法有效连接美丽的蓝图与冰冷的墙面,也就无法粘合梦想与现实。这个双面胶,叫此刻。

(梦于 2011 年 10 月 4 日)

幽　草

"人间上上仙，深居幽草间。"

在秋深的光华书院中，听见石头吟诵出这么一句诗，我顿时好奇起来，问此诗何来。石头略一思索，便给我讲了他的一段经历。

石头有次回故乡的时候，在一片茂密的林木花草之间穿行，明亮的河面掩藏在鹅黄浅绿的草木之后，荡漾着春日气息，河边一棵高大的杨树下面静静躺卧着一座简陋的土屋。石头走到土屋面前，木门上方题着篆体"幽草居"，字体柔曲，宛若垂柳。敲门三下，吱嘎一声，一位大叔微笑着打开木门，邀请石头进屋。

房屋里的陈设很简单，除了几个大书架和几张桌椅外，皆是日常所用的瓶瓶罐罐。书架上摆满了大叔与一个女人的照片，女人浅笑得很文静，照片中有各种背景，在河边，在田间，在高塔上，在闹市中，在厨房里。

"她去买酒了，"大叔笑着说，"我叫曹北，你坐吧，家里粗糙，别介意。"

石头望着陈列四壁的书册，叹道："真是个苦学之人，这些都是你的书吗？"

"嗯，也不是，几年前，我接到一个陌生人的来信，他说近期会把藏书都寄给我，让我暂时替他保管，如果二十年之内，他不过来取的话，这些书就全部属于我。我收到这些书后，专门在河边盖了这间屋子，用来储藏这些书。我没什么营生，在屋子后面开垦了几亩地，种着庄稼和蔬菜，闲来无事，两人便一起读书消日。"

石头觉得挺有意思，问："那这个人如果过来把这些书取回去的话，你俩又该如何呢？"

曹北挠挠头说："还真没想过，我只想着能好好保护好这些书，他来取的话，我就算尽了托付，不来取的话，我们就在此好好看书呗。"

石头笑了一会儿，又端详了整个屋子，越看越觉得屋子简陋。房梁直接用一根新鲜的粗木架在泥墙上，连青树皮都没有剥，窗上的玻璃很薄，厨房用草帘隔开，在东北一隅，连通墙角的烟囱。两张古朴的桌子端放在书架前面，书架上面有一幅字，上面写着："人间上上仙，深居幽草间。落花照松雨，云飞水自闲。"

听到这里，我有些入神，问石头："后来呢？"

"后来，后来我着急赶路，喝了一杯茶就走了"，石头带着些许遗憾叹息着，"也没来得及翻阅上面的书。"

许多年过去了，仍然记得石头讲的这个故事，一年暮春时节，我到北方旅行，恰逢黄河之畔的这片草木，揣着不安分的心寻找这个小屋。

它还会在吗？

没想到，它还在，只是更加陈旧，田园已芜，小草已经长成大树，郁郁葱葱遮盖住了屋子，风雨已把匾上的"幽草居"吹洗得斑驳不清。刚要敲门，一阵清风从河面飘过来，吹开了木门。

"有人吗？"

毫无回应，我便轻轻踏入此屋，一股陈木旧书散发的浓重气味扑鼻而来。这时一位老者正在窗边的椅子上斜坐着，抬头看了看我，示意我坐下。老者满脸白须，眼神凝滞哀伤，注视我良久，说："客人从何而来呀，寒舍简陋，姑作歇息吧。"

我环望四周，果然如石头所言，四壁皆是书籍，但已插满了各色标签。老者说："客人来得凑巧，我刚从南方安葬一个人回来，如果你昨天来的话，怕是家中无人。"

我"哦"了一声，问："你去了这么久，家中无人，不怕这些书籍丢失？"

老者看了看我，说："很多年前，也有位小伙子这样问过我。才开始我也有此担忧，后来越来越觉得这些担心纯属多余。在这么个人间世，有多少人会读书？遑论偷书。对大多数人而言，偷书相当于偷砖头偷坷垃一样无用。即便有人愿意读书，但如果他们真爱读书的话，也断不会偷书。你说对吗？"

我点点头，说："曹先生，可以让我看下您的书吗？"

老者愣了一下，用迟疑的眼神看着我，回望了一下这些书，问："知道为什么这间屋子叫'幽草居'吗？"

我想了想，努力想起石头曾经吟诵的一首诗，"人间上上仙，深居幽草间"，便背给他听。他不动声色，问："还有呢？"

还有？还会有什么呢？我望着窗外的河流草木，说："李商隐，深居俯夹城，春去夏犹清。天意怜幽草，人间重晚晴。"

他深深舒了一口气，仿佛要把此生的气全部舒完似的，缓缓说道："好啊，天意怜幽草，你随意看吧。"随即，他拿起门边的一顶草帽戴上，走进草木深处。

他是去买酒吗？我这样想着，随即走到书架前，翻阅着一部部典籍著作。这些书真是年代久远，纸张泛黄，上面写满了批注，看字迹应该是两个人的，第一个人写批语前会写一个"注"字，第二个人写批语前会写一个"疏"字，一前一后，很有趣致。只是，这些注语……感觉有些异样。

天渐渐黑了，但老者还没有回来，我不免有些担心他了，翻书也开始有些胡乱草草起来。借着灯光，我拿到一本书，突然瞥见书中扉页上钤着一个红色的印章，"松雨轩藏书印""幽草居保藏印"。

我开始慌乱起来，呼吸陡然急促，赶忙翻腾着其他书来看，上面全部钤着这两个红印。我有些失神，猛然坐在书架下面的椅子上，一个信封掉在我的眼前，我默默展开信封：

　　幽草曹先生台鉴：近因秦乱纷仍，兵燹连年，特渡海藏息。仆素仰幽草先生善养芸草，乃世间第一等托孤寄命之士，故托付拙轩藏书于府上。廿载之内，若幸造访，必来取之，称君曹先生而吟义山诗者，即仆也。廿载之后，若仆无踪，君

自留于子孙，德润后世。天高海阔，珍重盼逢，希鉴存不尽，
至望至望。黄松雨谨拜。

原来，他走了。晚上，我在这间土屋里昏昏沉沉睡着了，梦
中出现各种幻象，仿佛是前世的记忆，又仿佛是此生的事实。次
日早上，我本想用木条把这间屋子封死，后来想到曹北的话，就
仅把房门紧关之后，渡过黄河，离开了这片幽草之地。

有人说，人就在天涯，天涯怎么会远呢？是啊，天涯在脚下，
但家园就在心中。在外面走了那么久，心里总会想起那间土屋，
它似乎散发着一种迷人的光芒和气息，映现在落日楼头，回想在
断鸿声里，萦绕在游子心里。又过了许多年后，当我再次回到河
边的那个土屋时，它的周围已悄然变成一个小集市，但土屋仍在，
它就在集市后面的小巷子中，屋后仍然流淌明澈的河水。

"谁啊？"清亮的声音传出门外，一位约莫二十来岁的姑娘走
出屋门，手里拿着一册书卷。

我有些紧张心慌，说："我是过路的人，脚乏了，记得以前这
里有很多书，想讨杯茶看会儿书。"

她说："哦，请进吧。"我走进房间，一切都没有改变，只是
更加整洁清香了。她一边沏茶，一边念叨："其实我也不是这里的
主人，有次经过这里，见这个屋子荒着，也没人进来，就收拾一下，
住了下来。好生奇怪，这里有那么多的书，可我觉得惬意。你说
你上次来过这里，你知道原来的主人去哪儿了吗？"她把茶端到
我面前，歪着头，明亮的眼睛凝望着我。

　　我端着茶杯，没有回答，好像看见这清清淡淡的茶香，似一只长尾鸟，飞过木窗竹篱，与西天的晚晴余晖碰撞在一起，似旋飞的树叶，缓缓地，跌落在幽草丛中。

　　醒来后，我抱着双膝望着窗外的星辰，感叹良久。二十七岁这年，我拥有了一个属于自己的房子。每天，我可以在窗前看到海云漂游，听到海浪翻腾。刮风下雨的时候，我觉得这个房子很温暖，很安全，它不大不小，里面没有什么装饰，都是朴素的家具，唯一可以让我觉得非常富有、异常珍惜的是，这个房子里有她，有一个即将到来的孩子，还有已经装满几排书架的书房。

（梦于 2014 年 9 月 3 日）

书 架

　　一排排的书架又在我面前展开了。它们密不透风地站立在学院前的林荫大道上，就像眼镜湖畔的快递点。我穿梭于书林之中，像漫步于树林之中，惊讶于为何三联、中华、上古、商务等出版社都在我们学校卖书，而且都贴心地标上这么便宜的价格。同学们碰到我，兴奋地向我炫耀他们买的一本本书，都是人文社科经典和最新的优秀论著。学生们已会识别什么是好书，说明他们已会识别不同的朋友，选择做怎样的自己。我真开心，也买了几本书，付钱的时候，发现每个摊位负责收钱的都是各社团的负责人。他们热情而赤诚，纯真而深沉，像极了青春该有的样子。

　　走出这片书林，继续往前走，看到路边一个垃圾桶，余光一瞥，里面躺着的正是我们曾经精心编写的杂志《石榴花》。我有些心疼，就像那次在一间教室里打扫垃圾时看到一本创刊号，心疼地带回办公室一样。我没看清这是第几期，正当准备擦拭上面的灰尘时，我听见有个声音在说："一切都会归于尘埃，你做好该做的，量力而行，适可而止。看看他们已经爱上了读更多的好书，你和我，已经完成了使命。"听到这句话，我放下了杂志，迎风继续向前走去。

路过小区的广场，瞥见一个男人戴着口罩蹲在地上，一排旧书杂志摆在跟前。这是在卖书吗？我走过去，翻了翻杂志，感觉没啥看头，乏善可陈，地面上的几本书也是花花绿绿的大众读物，大冰心灵鸡汤、杨澜教你如何做女人等。正要起身离开，见旁边还有一个塞满书的背包，书角外露着。我犹豫地看了看这个男人，他点点头。我从包里抽出一本，竟然是奥古斯丁的《上帝之城》，一下子把这个书摊的格调提升到思想的云端和遥远的往昔，其他几本也多是类似的书。男人见我兴致勃勃的神情，不动声色地说："我后面还有，跟我来吧！"

跟着他走了几步，他穿得很特别，靴子好像是勘探队或军队的。来到广场旁边的一个角落里，只见三个大书架快要散架似地立着。我先快速扫了一遍三个书架上的书，多是人文社科、古籍、民俗学等方面的旧书，每一个书架上贴着"5折""3折"的标签。我抑制不住兴奋地问："您从什么时候在这里摆摊的？从哪里弄来这么多书？"男人苦笑道："好几天了，没人看，你是第一个。"

他并没有回答我的第二个问题，我也不方便再细问。我一本又一本地把要买的书抽出来，放在脚下，转眼间已摞了一大堆。这三个书架，其实比较杂乱，除了书之外，还有一些打印复印的资料，感觉就像从一个人的书房原封不动地搬来似的。

这时，我看到一本厚厚的笔记本，抽出一翻，竟然是一本日记，上面写满了心情各异的字迹。我从第一页读起，上面写着："今天是我来厦大读博的第一天，虽然青山明媚，海天清爽，但见了导师，感觉压力很大，发现自己要读的书很多……"我快速翻着一页又一页，感觉像摁了快进键一样迅速了解了这个人的求学生活，各种酸甜苦辣，好学深思和苦尽甘来。

日记本怎么放在这里呢？我回头看了一眼那个男人，只见他坐在马扎上沉默不语。但没想到，在第二个书架上我又发现了第二本厚厚的日记，粗粗浏览，记载的是到高校工作的各种事情。最后一页写着一段话，大概意思是，作者因为各种压力，感觉高校就是一些对社会现实俯首称臣的人的避难所或养老院，但在各种考评枷锁的异化和控制下，教师在教书治学中俨然失去了对知识和真理的纯粹性寻求，写论文、申课题也变成了与文章风骨、学问气质无关的技术工种，大家津津乐道甚至自鸣得意的都是如何媚权、媚俗以及向利维坦明眸善睐，圣贤哲人的教导已然成为历史夜空中的微尘和绝响，昔日那些理想主义的光焰早已烧成了灰烬，她有些心灰意冷。

我沉吟半晌，抱起要买的一摞书来到第三个书架，又选了几本哲学书。在看到第三本日记时，我有些"细思极恐"了，心想，这是干嘛呢？日已西移，斜光照着书架和我的脸，我有些恍惚，寻思着，这样翻阅别人的日记应该不对吧？但我想，我就看一眼吧，从中间随手翻到一页，没想到竟然看见了我的名字，上面写着一句话："有朋友建议我，可以像黄老师那样以'人生文学史'的态度，把这些记录整理成一本书，分享给世人，但我一直不确

定它的价值何在。但我想，我若开启一种全新的生活，就应该把
这三个书架的书都弄出去，但不知现在有谁愿意看这些书。"

看完这段话，我猛地合上日记本，深呼吸一口气，确信这不
是幻觉。那男人站了起来，似乎在等着我问问题。我沉默了一会儿，
说："我若买下这里所有的书,请您算算总共多少钱？"他愣了几秒，
说："不用算，因为这些本来就是送给您的。您不想知道捐书的人
是谁吗？"

再次跟着他走了，我回头看着那三个书架，他说："不用担心，
大家都很忙,对这些书不屑一顾，没人关注它们。"我问："那咱
们这是要去哪儿呢？"他说："她在医院。"啊，医院？不知她在接
受治疗还是在治疗别人？

男人没有说话,继续往前走,这时我听见了一阵打印机的声音，
还有细微的风声,仿佛来自夜晚校书的斋，或是清晨藏经的塔。

（梦于 2020 年 1 月 31 日）

风 云

　　草木葱茏的盛夏时节，即将离开我最后的求学之地，到处都是穿着学位服拍照的学子，他们青春飞扬，笑靥洋溢。漫步在青青草坪上，灰色的相辉堂与白色的北欧楼遥相呼应。仿佛在记忆的黑白片之间，是站在青青草地上的离别之人。碰到一位从北方草原来的朋友，我忘记了他的模样，他说来自呼伦贝尔。

　　我说我认识那里的两位朋友，一个是我在这里偶然认识的，那时他正去餐厅买饭，但没有餐卡，正巧我在旁边排队买饭，他向我求助，于是就一起坐下来吃饭，一个人的世界就在我面前打开了。他是满族兄弟，饭后他还和我听了一首《鸿雁》。另外一位呢，是一位老师，来自海拉尔，其实也是偶然认识的。很巧妙吧？你来自呼伦贝尔哪个地方呢？

　　他没有说话，只是抬头看着天空，说："看，地上的风把天上的云都吹跑了。"我们并排躺在草地上，看着天上风起云涌好不热闹，天是湛蓝青空，云是雪白花朵。看着看着，我发现最美的倒不是青空和云朵，却是那一棵棵高大葱绿的水杉树，它们好像组成一把把绿色的大伞撑破了一色的天空。怎么没注意到这些美丽的大树呢？我们拿起手机，一会儿拍照片，一会儿拍视频，生怕这些映现在蓝白之间的绿树消失。

看着这些大树，想起跟一位老师的聊天，那时我问：李老师，看你现在多自在，你有什么打算呢？他说："我准备花些时日去看看烟台的树，就是一边走路一边看，发现来这里许久，还没有好好看望它们。"那种神情仿佛是为多年没能造访老友而心怀愧歉。

想到这里，我发现已到黄昏，树木已被晚霞笼罩，风，不知何时而停，云，不知何时而散，四周旷寂，草坪上只有我一人独躺。

穿过漆黑的夜色，我打车来到一家酒馆。酒馆里没有多少人，幽幽的灯光照亮砖灰色油亮的大理石墙壁，慢慢的歌曲荡漾在每个角落，有罗大佑的歌，"时光他带走光阴的故事，改变了每个人"；有童安格的歌，"午夜的收音机，轻轻传来一首歌"；还有 Beyond 的歌，"今天我寒夜里看雪飘过，怀着冷却了的心窝飘远方"。气氛恰到好处，仿佛只是为了离别。

看到几个从来不认识的人和我一起走进一个厅，也有几个认识的人，虽然共事颇久，彼此之间很少说话，但总体印象还不坏。这不是詹老师和徐老师吗？徐老师有点乱乱的头发间总是一张尴尬而不失微笑的脸，平时的交集好像大多是在路上或例会上打招呼。很奇怪，我跟他并不熟，但我还是在学院里时不时想起他，好几次我邀请他参加聚餐，他都是客客气气地拒绝了，其实我只是想创造机会多跟他聊天，因为我深信自己在骨子里跟他是一类人。如果有人问我："你认为徐老师此刻在做什么？"我可以毫不迟疑地说："他总是在看书。"

人群中，烛火摇曳，影影绰绰，我看到秦老师倚在墙边，凝望着窗外。我走上前去，拍了拍肩膀说："其实好几天前就知道了你的事情，几次想当面跟你说，但见别人都在问或有学生在场，也没来得及说，说实话，我很震惊，怎么会呢？"

他那样说着，跟我听来的一模一样。我不由得又分了神，想起几年前离开那片校园草坪后，来到上海南站乘车北归。正在排队检票时，突然看到排在我前面的是一个熟悉的身影，竟然是秦老师。我很惊讶于我们竟然在上海南站偶遇，而且是同一个车厢，原来他去绍兴开会，去复旦看望了下正在读博的涂老师。就这样一路从上海的高铁上聊到苏州站时，另一个熟悉的身影走进车厢，我们跟她打着招呼。她拍了下手，用她特有的大嗓门说："哎呀，黄老师，秦老师，你们怎么会在这儿？"张老师说自己本来不是这一车厢，刚一上车就被人恳求换了座。三人又从苏州聊到烟台，作为后辈同事，我还记得他们给的那些忠告。转眼间，几年前的邂逅仿佛今天上午刚发生的事情，而今，这两位前辈和其他几位前辈却都要离开了……

晚餐马上就要开始了，我愣在原地，看到大家有的开始陆续入座了。我来到洗手间，洗把脸，看到旁边的一位女老师洗着脸，她身上穿着军训服。我低头看看自己，也穿着军训服，向后回望，所有人也穿着军训服，这是大一新生聚会庆祝大学生活正式开始吗？

落座后，我对秦老师说："刚才你故意尿了我一鞋，说是临别礼物，一会儿喝酒，有你好看！"他叹口气："我都准备好了，所以今晚打车过来的。"而学生在旁边对他说："老师，您别这样，何苦呢，伤了身体更不好。"

我问："为什么这里有我认识的人，也有我不认识的人呢？"他意味深长地笑道："你认识的，属于过去和现在，不认识的，来自于未知的未来。"

还有这样的事？难道这里有时光的魔法师吗？我很纳闷。又一阵音乐响起："多少次迎着冷眼与嘲笑，从没有放弃过心中的理想，一刹那恍惚，若有所失的感觉不知不觉已变淡……"

这时，主持人清了清嗓子："今天我知道大家都是打车过来的……"话音刚落，厅内响起一阵沧桑无奈的笑声，但这笑声很快就像理想面对现实般碎裂了。我环顾四周，却看见今天上午和我并排躺在草地上看天看云看树的那位伙伴，他怎么也在这儿呢？难道他提前离开也是为了赴宴？

还没想完，我看到他和众人一起缓缓举起酒杯……

（梦于 2020 年 6 月 17 日）

典　籍

　　适逢毕业季，下了几番透雨后，暑气暂退，校园里的草木撒欢似的渴饮，一夜之间便觉又壮大肥硕了很多，幻成织云般的绿峰翠嶂横亘在眼前。晋人嵇含曾著《南方草木状》，详述岭南植被，若他日有暇，踏遍校园山林，我也可以作一本《鲁东草木志》了。每在片刻闲暇独览风景之时，总有许多著述的想法，今日想计划写这样一部好玩儿的书，明日又憧憬着编那样一部开辟以来未有的集子，但总是戎马倥偬，自讨苦吃，俗事搅扰心头，恁多美好的事情一直这样耽搁着，想来不免怅叹。

　　伏案读书，不知不觉好像听见哗哗的河流声，举目一看，原来是窗外的树林。叶在波光粼粼中摇曳着，光在绿叶葳蕤中跳跃着，风在人间草木中奔跑着，人在初夏时光中安坐着，寂寂空空，什么也没想，就这样随着窗外的这片河水漂流着，心情顿时明亮起来，忍不住出门沐浴这夏日之光。

　　走出教研室，到了一楼大厅，看到一些滞留在校的同学正摆摊卖书。有些书是一些新中国成立以来的若干文件汇编，有些书是一些通俗的古籍，问了问，价格却不菲。来到学院门口，发现各学院的同学都来文学院门口集中摆摊了，难道真的是因为文学院门口有刻着"斯文在兹"的石头？同学们的摊上不仅有书，还有一些文具和小巧的生活用品，摊子挺长，一直摆到第二餐厅门口，热热闹闹，颇有些闹市的烟火气，一改疫情期间的冷清气氛。边走边看，其间文艺小说居多，偶有近古奇谈笔记，然思忖良久，此种书籍流传较广，随处可见，读得多了反而恐泥其中，浮动心性。

走到二餐附近，碰到李老师，他送给我一瓶酒，挺大的玻璃瓶儿，一些泛着些许泡沫的白酒在里面摇曳着。拎着酒瓶和他并排走着聊天，走了不大会儿，已经漫步在草丛中了，旁边有几棵柳树百无聊赖地斜倚在楼前。只听"砰"的一声轻响，低头一看，酒瓶盖子不知何时掉了，而瓶内已空空如也。是刚才喝了吗，还是中途洒了？

正疑惑时，学生在前面喊我，才想起一会儿要开个班会。赶到教室，不记得要讲什么了，但面对同学们，如同面对当年的自己，复杂的心情瞬间涌上心头。即兴做了一番演讲，劝告大家好好珍惜这个夏天，期待九月份我们如期再见。紧接着来到另外一个教室，一位老师请每位同学讲下最近读的一本印象深刻的书。大家沉默良久，我站起来说道："我来给大家介绍一本书吧，最近刚刚看完，感觉很喜欢。这本书叫《隋氏清通》。"

"为什么叫这样一个名字呢？"

"我记得作者在序里说了，说这本书是他随意而写，想在《百家姓》里随便抓取一个姓，结果恰好抓到了'隋'字，所以就取了这个名字。'清通'呢，就是把许多事情弄清楚，说明白。"

"哈哈，这位作者真会瞎说，《百家姓》里哪有隋姓，怕是他在做梦吧？"一位同学笑了起来。

"啊，是吗？我只记得他在序里是这样说的。"

"那这本书讲了什么呢？"

"这本书是研究亚洲历史文化的书，先后讲了古代伊斯兰教与佛教的斗争、亚洲各帝国的地图挂毯、东亚地区的关羽信仰、欧亚大陆的文明互动……"我一边回忆着这本书的目录，一边滔滔不绝地说着。

"很有意思啊，在网上可以买到吗？"

"当然了，我就是在网上买的，写满了批注。"

"那我在网上怎么没搜到呢？"

不可能吧，我拿起手机，点开一看，上面显示 2020 年 7 月 5 日早上 6 点多。晨风从窗外吹来，我环顾四周，叹了口气，趁着梦中的惯性，在百度里搜索"清通"二字，搜到《隋书·儒林传》里的序言："爰自汉、魏，硕学多清通，逮乎近古，巨儒必鄙俗。文、武不坠，弘之在人，岂独愚蔽于当今，而皆明哲于往昔？在乎用与不用，知与不知耳。"

（梦于 2020 年 7 月 5 日）

塔 尖

几天前接到一位朋友的电话，他说要过生日了，而生日那天正好是他博士论文答辩的日子。这家伙说话一套一套的，他说这天挺有意义，一则离开 29 岁的躯壳，正式加入奔四的行列，二则告别母校的求学时光，与一些师友畅叙思往之幽情，可谓双庆，所以他想打着庆生和毕业的旗号邀请几位师友聚聚。

我犹豫再三，很想去，但又苦于眼巴前的事儿层层叠叠，加上疫情期间，出趟远门不容易，就客气地说："好的，我看情况吧，尽量过去。"但他好像猜出我的犹疑，又打了几通电话絮絮叨叨一阵子，说："你来吧，来了咱们这个晚宴才有点趣味，说不定有些意外发现呢。"

禁不住他的再三催促，最终还是买了前往上海的高铁票，算起来 2020 年已经过了七个月，我还是第一次离开烟台。高铁比往年似乎快了一些，读了半本书，睡了一会儿觉就到了上海站。毕业七年了，望着汹涌如潮的人群和上上下下的电梯，我对上海站和上海南站的位置已经没有什么概念了，就像虹桥机场和浦东机场虽然隔得那么远，各自吞吐繁华万千，但也只是一个《黑客帝国》中的电话亭一样，迎来送往，分不清我们要借此通向虚空还是真实。

到达邯郸路时已是傍晚，夜色中来不及品味校园旧时月色和风景，径直走进学校的卿云宾馆。二楼一间大厅里摆着两张大桌子，菜已上齐，大部分人也落座。看到阔别多年的彼此，大家呼朋唤友："小志，来，坐在这儿！"

喊我的是阿太，他是我当年入学时认识的第一位同学。2009年，感觉像去年，但已经十一年过去了。记得 2009 年 9 月初，我来到复旦北区宿舍，开门碰到的第一个人就是他，当时他的第一反应是一边自报姓名一边伸出右手。记得在一个瓢泼大雨的夜晚，我泪如雨下，他陪我从北区跑步到光华楼再回来，我们浑身湿透，但害他感冒了一场。几年前回上海，段王请我们一起吃饭，饭后本想跟他多说几句叙旧的话，但比较遗憾嗟叹没像初逢那样握手言别，下楼后只看到他的背影。可是，为什么今晚他也来了呢？因为我不记得他跟这位朋友有什么交集。

落座后，趁朋友还在老师那边敬酒，我们聊起近况。墙上一幅画让我出了神，上面画了一座高塔，塔尖之上又建了一座高塔。阿太见我的注意力在那幅画上，他说："这是马坦的作品，叫塔上之塔。塔尖是虚空的顶端，虚空之后便是另外一个空间。塔尖就像一面镜子，映照和连接了两个不同的空间。很有意思吧！"

还是第一次听说这个艺术家，我问："这个马坦还有其他作品吗？"我对这个名字和塔画感到好奇，因为记得两年前同样一个夏天的晚宴上，在日本东洋文库的大厅里，一位朋友曾与我聊起墙上一幅与马有关的油画，他觉得马的眼睛很忧伤。而且，那两天，我们还抽空去了天空之树看了东京铁塔。难道真是巧合吗？

"马坦呀，他其实不是一个画家，是一个历史学家。"阿太说道，"法国人吧，但思想深邃，气魄宏大，他的书刚翻译过来，有空可以读下。"他滔滔不绝地说起了这个人和他的作品，给我的感觉有点像沃格林或霍布斯鲍姆。我想，书架上既已有了沃格林和霍布斯鲍姆，怎能没有马坦呢？

酒过三巡后，大家都有些醉意了，我即兴上台唱了一首自己作词的歌："英雄的烈火点燃了星空，少年的心胸吞没了海洋，雪落时刻，遥望河川，在湍急的水流中，看到你我拥抱的画面，未曾被凛冬吹干……"

我对阿太说起最近看到一本单位的旧书，上面有位前辈写了一段三十多年前的故事，他当时非常钟情于石榴花，很想以石榴为主题结一诗社，名为"红石榴"，但没有如愿，一直耿耿于怀。没想到三十多年后，我们和小伙伴们一起创立的石榴花，竟然无意间遂了他的心愿，虽然我们追寻着思想的光亮走得更远。这已经是第二次有人在不同空间上说我们实现了他的心愿。

阿太听着，沉吟一会儿，说："不对，其实我觉得你一直很喜欢石榴花啊，还记得吗？咱们四个在毕业前夕拿着相机在校园里拍照。我记得在文博系后面溜达时，你就看着一树红绿相间的石榴树出神，'咔嚓'一声，我就拍了张照片。不信，你可以翻一下

QQ 空间里的照片，我记得你当时上传过。"

打开 QQ 空间里那张叫作"流年"的相册，第一张是和他们在一间酒吧里沉思的照片，好像也是同学用手机偶然捕捉到的。再往后翻，果然有这么一张手捻石榴叶，眼望石榴花的照片。阿太笑着说："看你的手指，这不是塔尖么？一个在过去，一个在未来。"

晚宴后半场有点索然无味了，邻座有人问我们做什么研究，当我俩说到做历史研究时，那位老师一声长"哦"的反应让我们太习惯了。很快，两张桌子上的人都空了，只剩下我们俩。我背起背包，来到洗手间解手，但水喝得有点多，一分钟过去了还没解决完。

下楼后，阿太问我："去哪儿？"我说："回北区啊！"他笑道："你得了吧，都毕业多少年了，现在疫情期间，更进不去了。"

一阵凉风吹来，我抬头看了看月亮，低头看到月光下的两个身影。阿太喃喃说道："今晚这顿饭吃得有点郁闷，你说他请我们吃饭，竟然没跟我们喝一杯，跟没见到他似的。"

我突然想起了什么，问："阿太，咱俩都在干什么？我问你，今晚请咱吃饭的那位朋友叫什么名字？"

他愣住了，半晌没答话。我也想不起来，一股似曾相识的感觉慢慢袭来。

（梦于 2020 年 7 月 30 日）

巴 士

深夜时分，我驾驶着一辆蓝色的空无一人的巴士，在空空荡荡的街道上穿行。城市早已醋睡，只有路灯还在守卫。似乎刚刚下过一场雨，车轮驶过，总是溅起一波波水花，好像一叶渔舟在风波涌起的江面上漂流。没有人上车，我也不靠站停车，至于终点站是哪里，我也不是特别清楚。

百无聊赖，我一边握着方向盘，一边顺手拿起一本即将读完的书，同时看着路途和书页。这是一位学者的回忆录，在讲完自己跨越诸国的治学历程后，开始接受一位后学的采访。他被提问："您如此关注这个征服世界心灵的历史人物，如果穿越时空，您想回到他身边成为他的好友吗？"他说："还真没这么想过。有人说，过去就是异乡。我最大的欢喜就是在亘古的往昔中远离他，这样才能在清冷的寒夜中尽力理解他和那个时代。"

读到这里，公交车的仪表盘上提示即将没油，我继续向前开，看到不远处有家萧索的加油站。我将车停在杂草丛生的加油机旁，店员打开油箱，说："嚯，油垢可真多，我帮您清理下再加油吧，得花半个小时。您可以到店里坐会儿。"

走进店里，我点了一杯拿铁，昏黄的灯光照得人有点恍惚。月光如秋水般在夜空中缓缓流淌着，流云在逍遥地飞逝。我坐在橱窗前看着眼前的夜色出神，此时，一个身影走到我跟前，对我说："老师，我还以为认错了人，没想到真是您。相聚的时间真宝贵，我让您提问我三个问题怎么样？我想好好跟您聊聊。"

"哦，我不问，你就不说吗？"我端详着这个学生，看上去有些似曾相识。

"是啊，老师，您知道我的，一般都是您问的时候，我才打开话匣子。"

"这么说来，之前确实遇到过类似的学生。也许是我年龄大了，不好意思，我真想不起来你是谁了，请问你是？"

"老师，咱俩目光一接触时，我就知道您没认出我。这样吧，老师，咱俩时间都很宝贵，这个问题不算，因为我说了，您可能还要疑惑一阵子，何必浪费时间呢。您可以直接问下一个问题。"

"好吧，这么晚了，你怎么来到这里了？"我打量着他，感觉三十来岁的年龄，很奇怪他为什么叫我老师。

"也很巧合吧。其实今天呢，我在写一本书，马上就要收尾了，但我没有诗人那种一气呵成的才情，苦思冥想了一晚上，想用最后一段话来结束这部书。至于这段话怎么写，我却想不出，毕竟我已写了这么多年，在浩繁的历史尘埃中寻找到那么多的材料，不断在那些伟大的著作中获取灵感，自认为对书中的人物已有透彻的观察和剖析。但写了那么长的篇幅，总要停止的，就像您的这辆巴士，应该有个终点吧。那么，这最后的一段话应该怎么写？我向往的一个效果就是：它不会为前面的五十万字而狂欢庆祝，也不会自鸣得意于探寻到历史的真相，它应该是一团云雾，冷冷的、淡淡的，缓缓地、轻轻地在读者的眼前浮现，同时又悄悄地、沉沉地在读者的心中散去。我躺在床上，想了好几个花样，但感觉都很做作，有些心烦意乱，看到窗外下雨了，我就走到窗前看着雨中的城市，突然想开车到雨中走一走，可能会些新的想法。开了不一会儿，雨渐渐停了，我看见前方有一辆蓝色巴士在不疾不徐地行驶，感觉有些诧异，都已经临近子时，为何还有班车呢？好奇心害死猫，反正我也无聊，就一路跟着巴士来到了这里。谁曾想到呢？老师，我竟然遇见了您，算起来，二十多年没见了。"

"很有意思啊，千家万户的灯虽然都熄了，但忧思重重的人总会彻夜未眠。那你不会打个电话跟你的朋友啊，同事啊，聊一聊你的这个困惑吗？或许他们能提供一些建议呢。"

"啊，老师，这是您的第二个问题吗？说到这里，我也不是没想过。但我感觉他们帮不上忙，人文学科可以分享更多的体验和视角，但不像社会科学和自然科学，可以通过分工合作来探究一个问题的终极真相。其实人文学科没什么真相可言，多是在累积千千万万的可能性。你所了解到的一个事件，它们并不是一个最终的结果，而只是一种被动触发的可能性而已，因为它们没有尘埃落定，还在不断触发着未来的各种可能性。我们的人生、时间和宇宙，都是混沌一片，可贵的是，我们尚可根据一些苍白得可怜的理念，去编织一个信念体系，而我们去描述和分析万事万物时，无疑都在用内心的修辞来去包装它。我们是喜欢上这种理念、信念和观点呢，还是喜欢自己制作的文本修辞所散发出的一种感动自己和说服他人的氛围、心情呢？恐怕很难说得清楚。以前读古人的书，有的人淹贯群经，语感超好，即便两千多年前的书册有漫漶残缺，他也能一眼补全字句，出土简帛一面世，马上印证了他的判断。我做不到这一点，无法与千古人如此共情，但至少想以自己的语感写出自己的作品。"

"说来说去，你还是有执念了。那么，我问你：当时你为什么要写这部书呢？"

"是啊老师，我确实有些执念，或许这就是我可笑的信念了吧？这个问题，常常被人问起。一开始，我只说，没有为什么，就是想写而已。现在想想，即将收尾，反而觉得比'想写'还要简单，只剩下一种劳作的态度了，或者说，这么多年，除了吃饭睡觉外，不能闲着，总要找点事儿干吧。我不干这个事儿，也会干别的事儿。这个就是我要干的事儿，既然要干，那就干好吧，既然要写，那就写好点，尽力写好点。就好像让我种一园子菜，既然有时间种，那就种好点，试一试自己能不能通过花些心思和气力，把这个菜园经营出赏心悦目的景色和收成。否则看着满园狰狞或荒芜，心里也不舒服。照此看来，这个菜园子不是一个菜园子，是自己的信念体系的一个外化，正如这本书一样。"

"你很会自我开导嘛。其实世界万事，说来说去，不过是佛经开头总来一句'如是我闻'而已。那么多的伟大和沉重，总要淡入尘中，留下的，或者在生命凋谢时被我们带走的、被人们所记住的，也只是自我的闻见，无论论这个众生世界，还是于你自己的心路而言。人间至道，最朴实的经典已经说得很清楚，你自负读过伟大的书籍，难道你忘了孔子说的'多闻阙疑'和老子说的'多言数穷，不如守中'了吗？何必在意呢？"

"老师，真真一如既往，我哪里是自我开导，就得需要您的提问和启发。对的，'如是我闻'，用不着刻意彰显。"他痛快地把剩下的咖啡一饮而尽。

这时，加油站的店员喊了一声："师傅，油加好了！"

我有些迟疑地走出店门，这个人默默跟在我身后。等我坐在驾驶位上，雨又开始飘洒起来，瞬间瓢泼。他敲敲车窗玻璃，问道："老师，让我来问您一个问题：您知道要去哪儿吗？"

"不知道，但我知道，我必须要一直走下去。"

钥匙一转，我启动引擎，鸣响一声，巴士继续在雨夜中向前驶去。透过后视镜，我看到他站在原地，雨水浇湿了一身，直到再也看不见。

他是谁？我仍然想不起来，更奇怪的是，我问他，他也不说，唉，还有这样的事儿。我一边寻思着，一边继续拿起那本学者回忆录来读。

最后一页还是一位后学继续追问他："请问您在二十多年前写完这部书时，当时有什么特别的感慨吗？毕竟这是您的第一本代表作。"他说："现在想起来有点恍惚记不清了。我记得当时即将脱稿时，苦思冥想最后一段应该怎么写，应该是打了个瞌睡，梦见自己开着一辆接送学生的巴士，来到一家加油站旁的咖啡店里静了静，醒来后就没有这种烦恼了。"

终于读完了，虽然最后一段读得有些漫不经心。我放下这本回忆录，注视着前方静如深洋的雨夜，叹了口气。唉，好奇怪的一个夜晚啊，宛若一场梦，还是好好开车吧。我想。

（梦于 2022 年 9 月 5 日）

视　频

　　多年以前，是的，这是一个实数，确切地讲，应该是五六年前，我曾赴远方参加一个研修班，是的，远方，远得都让我忘记了地方，就像诗人所说，"远在远方的风比远方更远"。在那次研修班中，我认识了几位艺高人品好的朋友，姑且也可称为短时的同窗。那时我们在研修中展开了严苛的学术训练，聆听名师传授，每个人都受益良多，不过待研修班结束，相聚时光戛然而止，有些后悔当时没有好好告别。

　　今日，有位朋友突然联系我，让我追忆下当时有位老师讲座的题目。对于这位朋友，我有很深刻的印象，怎么说呢，我很佩服她，她很早就在顶尖学府学习，眼光锐利，思维敏捷，是那次研修班的翘楚。

　　我说："记得我在以前的手机上曾保留过一些照片和视频，我找找看吧。"

　　抽屉里有好几部手机，从蓝色 LG 到方块诺基亚、全键诺基亚，再到小米、红米、华为，像日记本一样整整齐齐摆在一起，集齐了从大学到现在的所有短信、通话记录、日常照片和视频，藏着一段段我与这个世界爱恨交织的往事，似一排岁月列兵等待检阅。我找到相应时光区间的那部，充上电，开机。点开相册，一张张合影，一帧帧影像，传递着当时的专注与欢乐，缤纷的研修记忆顿时鲜活起来。

找到那次讲座的照片，原来是司马老师的讲座，题目是"生命史的可能性：论修复性记忆对未来行动之影响"。很有意思的主题，当时大家都议论纷纷：一向正襟危坐的司马老师怎么这么赶时髦？不过也有朋友提醒我们不可忘记司马老师曾在他那部伟大史学经典中深藏的微言大义。正要锁屏，但有段视频引起我的注意力，因为，似乎从未见过。

视频中，是在研修间隙，组织方召集大家前往一片溪流山川去观景。在渡船的时候，一船只能乘坐两人，需要一位在后面摇橹，一位在前面压住船头。艳阳高照，白云在山川间慵懒飘浮，我在靠近芦苇的栏杆旁望着悠远的风景发呆。我们三三两两在渡口旁花树掩映的亭子里集合，等着研修班老师分组合。这种体验令人想到中学时期大家在等待班主任公布调座结果的心情：谁会是我的同桌呢？研修班老师指了指我和她说："修和杜吧！"这时，不知谁唱了句"十年修得同船渡……"，另一个人接唱"若是千呀年呀有造化……"引起大家一阵啧啧声。

她说："你们瞎唱什么呢？要唱回KTV唱去！老师，我有点晕船，还是申请坐索道过去吧。"她生气地扭过脸，脚步重重地砸在桥面上。突然想起了什么，她从书包里拿出一叠书稿塞给我："你的小说吗？都是梦呓，云山雾罩，看不懂。"接着她转身离开，笑眯眯走向索道。这个表情在视频中被特写得格外明晰生动，这时，她才意识到有人在摄录，走上前来，猛地把镜头扯掉："拍啥呢？"

这是谁拍的呢？怎么会在我的手机上？而且，这段画面，我已经毫无记忆了。我淡淡地说起司马老师讲座的题目。

"好，我记下了。"她顿了顿，说："我一直想问你个问题，在那里已经十年了，不想有更丰富的生命体验吗？还有，据说你写了部公共史学作品，记录了和学生们之间的大学历程，为什么要写呢？"

似乎这个问题常被提起，我还是想了想，想用更精练的语言概括下："互为彼此吧。"

"哦，我明白了，你们都是彼此生命史的见证者和塑造者。"她似乎在回忆，"我突然想起，多年以前曾读过一本写梦的书，作者自序里说这是一部史书，读完后，我真是觉得瞎扯！梦境都是历史了，让咱们这些研究历史的情何以堪？我估计研修班的司马老师和欧阳老师也会嗤之以鼻的，毕竟他俩可都是史学宗师，瞧不上这种荒诞笔墨。"

"哈哈，你是高贵的学院派嘛。"我忍不住笑了起来。

"不过我现在有点懂了，梦境也是心路，心路就是心史。史学虽然有严格的边界性，求证据，重逻辑，但史学精神的启示录还是多样的。"她边说边感悟道，"对了，说起那本书，我还想起读那本书时经历的那次漂流，明明欧阳老师点到了咱俩去乘船，你却拿着手机拍个不停，完全无视点名。气得我……哈哈！还挺，挺遗憾的小插曲，不是吗？"

什么？我汗毛直立：那镜头画面中的我，是谁？此刻的我，又是谁？

心内心外寂寂无声，只听窗外渐渐喧腾，无边的夜雨，在不知何处的天涯，如天涯般广大，斜斜密密，下个不停。

（梦于 2023 年 1 月 7 日）